本书获暨南大学“211 工程”第三期“比较文艺学与海外华文文学”建设项目资助

跨文化视野下中国古代小说研究丛书

主编 程国赋 史小军

中国剑侠小说史论

罗立群◎著

暨南大学出版社
JINAN UNIVERSITY PRESS
中国·广州

图书在版编目（CIP）数据

中国剑侠小说史论/罗立群著. —广州：暨南大学出版社，2012.8
（跨文化视野下中国古代小说研究丛书）
ISBN 978-7-5668-0243-9

Ⅰ. ①中…　Ⅱ. ①罗…　Ⅲ. ①侠义小说—小说史—中国　Ⅳ. ①I207.409

中国版本图书馆 CIP 数据核字（2012）第 135241 号

中国剑侠小说史论
著　　者： 罗立群

丛书策划： 史小军
责任编辑： 陈绪泉
责任校对： 黄　颖　卢凯婷

地　　址： 中国广州暨南大学
电　　话： 总编室（8620）85221601
营销部（8620）85225284　85228291　85228292（邮购）
传　　真：（8620）85221583（办公室）　85223774（营销部）
邮　　编： 510630
网　　址： http：//www.jnupress.com　http：//press.jnu.edu.cn
排　　版： 广州市天河星辰文化发展部照排中心
印　　刷： 佛山市浩文彩色印刷有限公司
开　　本： 787mm×960mm　1/16
印　　张： 21
字　　数： 344 千
版　　次： 2012 年 8 月第 1 版
印　　次： 2012 年 8 月第 1 次
定　　价： 49.80 元

总 序

暨南大学中国古代文学是具有历史积淀的优势学科，前辈学者汤擎民、陈芦荻、郑孟彤、艾治平、李文初、洪柏昭、王景霓等教授对本学科的发展起到了重要作用。本学科于1983年获得硕士学位授予权。2003年，由邓乔彬教授领衔的暨南大学中国古代文学学科获得博士学位授予权，现为暨南大学“211工程”重点建设学科之一。

本学科梯队结构合理，成员主要是30~50多岁的中青年博士，年富力强，呈现出年轻化、高学历、高职称的特点。本学科科研成果突出，近五年来主持国家社科基金和省部级项目15项，其中邓乔彬教授、程国赋教授主持的两项国家社科基金项目结项获评为优秀等级；在《文学评论》、《文艺研究》、《文史》、《文学遗产》、《文艺理论研究》等权威期刊上发表论文近30篇，出版学术著作10余部。

学科成员注重跨学科的研究方法，尤其重视文献学、文艺学与古代文学相结合，有意识地在文化学的视野中探讨古代文学，目前已形成中国古代小说研究、诗词学研究、儒释道与古代文学研究、古代文学学术史研究等特色鲜明的研究方向，在学术界产生较大影响。

为了进一步发挥学科特色，形成团队优势，体现学校“搭大平台，组大团队，拿大项目，出大成果”的发展思路，2008年，学校成立“暨南大学中国古代小说研究中心”，由程国赋教授担任中心主任，王进驹教授担任中心副主任。目前，中心已形成三个较具特色的研究方向，即中国古代小说传播与接受研究、中国古代小说与文化研究、中国古代小说史研究。三个研究方向的具体人员及学术研究情况如下：

第一，中国古代小说的传播与接受方向。带头人为程国赋教授（博导），具体成员有罗立群教授、张春晓副教授、蔡亚平博士。程国赋教授系广东省高校“珠江学者特聘教授”、教育部首届“新世纪优秀人才支持计划”入选者、广东省“千百十工程”国家级培养对象。主持并完成国家级、省部级社科项目10余项，在《文学评论》、《文艺研究》、《文学遗产》、《文史》等权威期刊上发表学术论文15篇，出版学术专著8部，获得广东省2008—2009年哲学社会科学优秀成果奖一等奖、《文学评论》2003—2007年优秀论文奖等奖励，在境内外中国古代小说研究领域产生较大影响，处于国内小说研究界前沿地位。

本方向罗立群教授自20世纪80年代末即从事武侠小说研究，撰有《中国武侠小说史》等学术专著；张春晓副教授、蔡亚平博士均在古代小说研究领域发表多篇具有一定影响的学术论文。

第二，中国古代小说与文化研究方向。带头人为史小军教授（博导），具体成员有魏中林教授（博导）、张世君教授（博导）、韩春平博士。史小军教授近年来在《文学评论》、《文艺研究》等权威期刊上发表论文4篇，主持教育部社科规划项目、广东省社科规划项目等多项省部级课题。他从事的《金瓶梅》与传统文化研究在国内学术界受到较多关注。本方向魏中林教授在《红楼梦》的研究与教学等方面取得突出成绩，发表多篇高水平的学术论文。张世君教授（博导）近年来在明清小说评点、叙事研究方面独树一帜，成果丰硕。韩春平博士在明清时期南京地区小说创作及传播方面撰写系列论文，受到学术界关注。

第三，中国古代小说史方向。带头人为王进驹教授，具体成员有陆勇强教授、全秋菊副教授、宋小克博士等。王进驹教授近年来在中国社会科学出版社出版《乾隆时期自况性长篇小说研究》，在《文艺理论研究》诸刊上发表多篇学术论文，主持教育部社科项目、广东省社科项目、广州市社科规划项目多项，并致力于清代小说作家的文献考订。陆勇强教授、全秋菊副教授、宋小克博士在神话与小说、明清小说作家、作品的考证、小说文献与戏曲文献的交叉研究等方面也颇有建树。本方向在中华书局、上海古籍出版社已出版或即将出版的著作还有《隋唐五代小说研究资料》、《中国古代小说史料学》等。

从师资力量来看，上述三个研究方向共有研究人员12名，其中，教授7人（博导4人），副教授2人，讲师3人，具有博士学位的有10人，师资力量较为雄厚。

暨南大学中国古代小说研究中心根据学校实施的“宁静致远计划”和“侨校+名校”的发展战略，最近几年开始组建学术团队，力争推出一批学术精品，培养出一批优秀人才，我们将这种发展思路称为“六个一工程”，即举办一次古代小说学术研讨会；出版一套具有广泛影响的学术丛书；培养一批中青年学术骨干与教学骨干；争取获得一批重要科研奖励，包括教育部人文社科优秀成果奖和广东省哲学社会科学优秀成果奖；申报一项国家社科基金重大攻关项目或教育部重大攻关项目；争取获批为广东省人文社科重点研究基地或教育部人文社科重点研究基地等等，试图通过上述“六个一工程”的建设，把暨南大学中国古代小说研究中心打造成在省内相关研究领域处于领先位置、在国内外具有重要影响的学术团队。

围绕以上学术目标，我们近期开展了一系列的学术活动。2011年3月26日至29日，本中心与《文学遗产》编辑部联合主办、广州大学等单位协办“跨文化视野下中国古代小说学术研讨会”，共有来自海内外的80余位学者与会，会议共收到62篇论文。会议期间，先后邀请多位国务院学科评议组成员，法国、韩国著名学者等举行四场精彩的讲座。《文学遗产》、《中国社会科学报》、《中华读书报》、《暨南学报》、《广州日报》等报刊均对本次会议进行了报道、评介，在学术界产生了较大的反响。这次会议的召开在一定程度上展示了中国古代小说研究的最新成果和研究动向，加强了学术交流，推动了暨南大学中国古代文学的学科建设。

这次我们在暨南大学出版社出版“跨文化视野下中国古代小说研究丛书”（共7本），这也是本中心开展的一项重要学术活动。列入该丛书的具体书目如下：

史小军《明清小说与传统文化探究》：明清小说既是传统文化的组成部分，又是传统文化的载体。本书既关注明清小说如何表现传统文化，又关注传统文化如何影响明清小说，试图透过明清小说中具体的文化现象的描写来形象地解读中国传统文化的内涵和精髓。论题角度新颖，一石二鸟，为读者深入了解传统文化与明清小说找到了一条捷径。

罗立群《中国剑侠小说史论》：本书梳理了中国剑侠小说的发展历程，对剑侠小说的概念、剑与剑术文化、剑侠形象、情节模式与时空设置，以及自唐代至当代中国剑侠小说的演变历程一一作了回顾和阐述，史料翔实，立论公允，为作者多年来研究武侠小说的又一力作。

宋小克《上古神话与文学》：本书立足于中国典籍文化，重新解读了《山海经》、《庄子》、《楚辞》、《列仙传》等典籍中的诸多神话，从生命意识的角度切入，在神话意象中发掘生命意识，考察生命意识在文学中的嬗变。论证翔实，新意频出，兼具学术性与趣味性，丰富了上古神话研究的内涵。

王进驹《“自况”文学传统与小说戏曲》：本书对中国文学传统中“自况”这种艺术表现方法、创作心理和艺术思维的形成、产生和发展的过程、特征以及影响作了系统考察，对其性质、内涵和在不同文体中的表现进行了学理性阐析，特别是对小说和戏曲创作与发展过程中的“自况”现象和文学史意义及其理论内涵进行了比较全面的考察，探幽发微，引人入胜。

张春晓《两宋民族战争本事小说戏曲故事演变》：在多民族国家的融合过程中，存在着政治、经济、文化等民族认同的必然趋势，它直接影响着与民族斗争内容相关的历史本事在后继朝代小说戏曲中的故事演变。本书以两宋历史中的民族战争为源头发展起来的杨家将故事、狄青故事、岳飞故事等为关注对象，对这些原本在野史戏曲中零星流传的故事片段在文学演变过程中所流露出的通俗化、娱乐性特征以及所折射出来的民族认同的丰富生动的微妙细节都进行了多方位的详细阐释。

韩春平《明清时期南京通俗小说创作与刊刻研究》：本书探讨了明清通俗小说的整体发展演变情况，揭示了明清南京通俗小说创作与刊刻的地域特色及成就，还原了南京这一典型地域对明清通俗小说创作与刊刻的历史贡献和小说史意义。

蔡亚平《读者与明清时期通俗小说创作、传播的关系研究》：在充满商业气息、小说作为商品的明清两代，通俗小说在创作、传播过程中不可避免地留下读者的印迹。本书在文献整理的基础上关注明清时期通俗小说读者群的构成及其特点与影响，探讨了读者与明清通俗小说创作观念、章法结构、小说流派等之间的关系，以及读者与明清时期通俗小说的传播、续书、评点等之间的关系。

以上7本专著的作者均为本中心的中青年学术带头人或学术骨干，他们的著作或为教育部社科规划项目、广东省社科规划项目、广州市社科规划项目的结题成果，或为各自的博士学位论文，或为多年来给本科生、研究生开设选修课的心得总结，具有较高的学术水平和学术价值。我们相信，这套丛书的出版将为我校中文一级学科建设以及“211 工程”项目建设作出自己的贡献。

暨南大学中国古代小说研究中心
2012 年 8 月 28 日

序

论剑说侠意兴殊

——读罗立群《中国剑侠小说史论》

我读初中的时候，是20世纪60年代初。当时，一则世运坎壈，终日里饥肠辘辘，正是梦幻滋生的好时机；二则管理者也人饿志短，50年代的各种约束随之松弛，于是旧武侠小说就在一些同学中偷偷流传。那些书多是在校门口地摊上淘得，一般一两角一册，纸页黑黄，少头没尾，有几种到现在我还是查不出它们的名字。记得名字的则有《永庆升平全传》、《三侠剑》、《小五义》、《七侠五义》、《兵书峡》等。尽管小男孩的阅读心理多半是在看热闹，但当时也朦朦胧胧觉得“侠客”与“剑客”（或是“剑侠”）大有不同——侠客们脚踏实地，讲究的是一招一式，至多飞檐走壁而已；剑侠们则以“超距”伤人为特征，劈空掌已是末技，如《兵书峡》的龙九公、《三侠剑》的夏侯商元等。待到80年代，自己把文学变成了职业，通俗小说尤属职业中主要“经营”的方向。于是，武侠小说堂而皇之可以作为专业研究的对象了。不过说来惭愧，由于种种原因，在这个研究领域始终用力不勤。至多讨论讨论金庸作品的文化意义，分说分说鲁智深、武松身上的侠义热血。而早年的阅读体验，则不过成为讨论、分说的背景知识。至于当年那种朦胧感觉，虽然偶尔也会浮现出来，甚至勾起一丝得意之情，可从未想过这里蕴涵着一个颇有开采价值的富矿，当然也就未曾有过任何深入、系统的思考。

现在，立群兄的皇皇大作摆到了我的面前，由于有当年的小小“情结”，所以一口气读了下来。掩卷之时，已近阑夕，却仍是意兴勃勃。这当然有数十年“情结”一朝开释，那真是金圣叹所谓“不亦快哉”的感觉。不过，更深一层的却是因立群学术成就而带来的快感，这就如同佛学里时常提到的“法喜”。

十余年前，立群的《中国武侠小说史》问世。作为一部分体的专门史，其突出的优点是脉络清晰，资料扎实、详备。在当时海内外几部同类著作里，显示出了自己的学术个性。而十余年后再读到这部《中国剑侠小说史论》，不仅为立群学术疆域的拓展而快慰，更为他学力的提高和境界的升华而欣喜。所谓“士别三日，当刮目相看”也。

这部著作可以看出立群的学术敏感与学术眼界。在有些人看来，武侠文学难登大雅之堂，那么武侠文学的研究也就价值不大。当然，这是对“学术”缺乏理解的褊狭之见，不值一驳。但也不能不看到，受其影响，忽视或小视武侠文学研究的情况并非个别现象。整个武侠文学的研究尚且如此，何况它的一个分支？立群兄却没有被类似褊狭之见束缚，而是秉持一个学者最可宝贵的“独立思考，自由探索”精神，发现真问题，开掘真材料，“自家凿破一片田地”（严沧浪语）。

如果说，有一种意象同时深入大传统与小传统，同时为雅士与豪客所钟情，那大约只有“剑”足以当之。自战国开始，诗人如屈原、哲人如庄子，皆与剑结下深厚情缘。后世淡薄如陶潜、超妙如王维、狂放如李白、奇诡如李贺，都有咏剑的名句，至于一代雄杰辛弃疾，那“醉里挑灯看剑”的情境，睥睨百代的龚自珍，那“美人如玉剑如虹”的气魄，更是脍炙人口，令人神往。立群的大作，深入到这一特殊的文化现象中，既梳理其脉络，又剖析其社会心理，为勾画“剑侠”文化基因图谱，夯实了基础。

而说到文化基因图谱，宗教的维度对于“剑侠”亦十分重要。如道教的“名角”吕洞宾不仅“袖里青蛇胆气粗（网上有人解此句作“将青蛇收降放到袖子里”云云，一笑），朗吟飞过洞庭湖”，还以“飞剑”斩黄龙。至于唐传奇《聂隐娘》所写之将剑“缩微”收藏到身体里，则来源于佛教的想象。这在立群的大作中都有深入的讨论。

因而，是不是可以进一步说，剑侠之“剑”是来自士人在宗教文化背景下的自我“阳刚化”想象呢？

这一点，与一般意义的武侠有所区别。“剑侠”的威力多由于神奇的特异功能，描写的重点往往放在奇遇及特异功能的获得上。相比之下，通常所讲的一般武侠之“武”，则来自民众在江湖文化背景下的救世主想象，其重点在于肉体力量的炫耀、武技的比拼与正义的伸张。当然，这只是大略而言，事实上，武侠与剑侠并非总是泾渭分明，其要素也往往是混融杂陈的。而与此相应的，“剑侠”似乎更宜于以文言来表现，而白话则写行走于江湖的好汉——“武侠”更拿手一些（这也是一般而言，而且截至晚清）。而文言消歇之后，那种“纯正”意义上的“剑侠”也随之消歇，还珠楼主的“剑侠”其实更接近于晚近的“玄幻”，可以说是“剑侠”别子为宗的变体。

这些话题，立群已经分说得十分清楚，我这里只是随感而发的联想而已。说到这里，忽地记起一个相关的困惑——实际超出了立群这部书的范围，兴之所至便随手记下，算是向立群兄以及读者诸君讨教。从故事的宗教文化背景论，或是从故事情节的想象特征论，与还珠楼主的《蜀山剑侠传》最为接近的古典小说当属《封神演义》：都是滋生于道教文化的土壤，都是想象出各种“宝贝”来推进情节、展开故事。可是很奇怪，《封神演义》的争雄决胜所依靠的花样百出的“法宝”，有什么“化血刀”、“打神鞭”，很多冷兵器都因作者的想象而有了神奇的特异功能，而唯独早已有了特异功能的剑（吕洞宾笔下，就有“先生笑，飞空一剑”、“一剑横空几番到”、“仗剑锋，麾魔障，荡妖邪”、“两手擘鸿蒙。慧剑飞来第一峰”种种表述），却几乎被作者彻底冷落。诛仙阵出现一次，却悬挂半空并无作用；云中子进献一次，也是悬挂而终遭焚毁。书中多次写到某种兵器化为龙形“夭矫”而至，这本是传说中剑的专利（“张公两龙剑，神物合有时”），为什么陆西星弃而不用，从而把大规模铺陈渲染的机会留给还珠楼主？

当然，这肯定不是“剑侠小说史”的论题范围，只是连类而及，“疑义相与析”罢了。

立群兄在南开读书的时候，同窗多以“罗大侠”称之，据说拳脚也颇有几年真功夫。另一位有“侠”名的就是在下。在下的三脚猫功夫曾为金庸演练过两次，似乎得到过好评。所以朋友间或有撮合我二人下场过招者，但机缘始终未至。如今垂垂老矣，向罗大侠讨教拳脚已无可能，便觅此怪题，讨教一二吧。一笑。

陈　洪

辛卯初春于南开园

目　录

第一章

剑侠踪迹何处寻

剑侠小说是武侠小说一个重要的分支，其奇幻的色彩、丰富的想象、超自然的“剑术”、形迹诡秘的剑侠形象，为读者展开了一幅十分独特的艺术画卷，形成了一个与相对而言较为平实、拘谨的写实型武侠小说相当不同却又关联紧密的审美体系。

作为中国武侠小说的重要分支，剑侠小说有着自己独特的叙事模式和文化传承，并由此在中国文坛上形成了一种独特的文化现象。揭示其叙事模式的审美特征，破译其文化基因的奥秘，梳理这一独特的文学类型的演变趋势，对我们阅读和理解作品，并进而加深了解此类作品的文化价值，无疑有着十分重要的意义。长期以来，学术界对剑侠小说的研究关注不够，研究论文少得可怜，公开出版的专著更是凤毛麟角。从已经出版的各种小说史和发表的论文来看，研究的视点几乎只聚焦于《七剑十三侠》、《蜀山剑侠传》等少数几部小说，并没有对这一小说类型及其文化现象作整体性研究。其观点或曰此非武侠小说的正宗，是其末流；或曰是将武侠小说神魔化，过于荒诞不经。由于没有对其进行认真深入的梳理、探讨，结论未免过于简单、片面。有的文章虽对其思想与艺术展开讨论，但由于缺乏文化源流的发掘和类型小说传承的梳理，其研究自然无法深入和全面。[①] 鉴于此，本书试图对剑侠小说这一文学类型进行一次整体性的考察，研究的范围涉及“剑侠”概念的考证、“剑术”文化渊源的梳理、剑侠小说形态的分析、演变趋势的描述和文化意义的诠释，其中有些篇章重在形态分析，有些篇章侧重勾勒过程演变，而文化意义的阐释则渗透于各章节之中。

---

① 不少学者对剑侠小说持否定意见，如袁良骏《武侠小说指掌图》（新华出版社2003年版）、刘荫柏《中国武侠小说史》（花山文艺出版社1992年版）、齐裕焜《中国古代小说演变史》（敦煌文艺出版社2002年版）等。持有肯定意见的论文也有，如梁军《以奇制胜　意趣深厚——〈七剑十三侠〉的思想与艺术》（《明清小说研究》1992年第1期），但缺乏文化源流的探讨。而对《蜀山剑侠传》的研究则较为集中，涉及作品的思想内容、艺术特色、文化源流等方面。

第一节　“剑侠”释名

在中国古代文献中，侠之为义多歧而名称繁多。以司马迁《史记·游侠列传》而论，就有布衣之侠、闾巷之侠、匹夫之侠、乡曲之侠、卿相之侠，此外，历代论者对侠的言行举止的认识各有表述，如义侠、节侠、勇侠、健侠、豪侠、剑侠、武侠，还有侠客、侠士、侠盗、豪杰、刺客、剑客等各类称呼。古人曾感慨：“侠之一字，岂易言哉！”[①]

在侠的各种称谓中，“剑侠”一词产生相对较晚，但剑侠故事在社会上广泛流传，且屡见于各种野史笔记中，剑侠小说也成为武侠文学中十分重要且特征极其明显的一种小说类型。剑侠小说自问世之日起，兴盛不衰，代有名篇，流风所及，直至今日。遗憾的是，一直以来，人们对于“剑侠”一词的源流从未做深入、细致的考证，这对我们阅读和理解剑侠小说及其文化意义不能不说是一个缺陷。

剑侠小说在汉代已见雏形，至唐代发展成熟并广为流传，其中一些名篇，如《虬髯客传》、《聂隐娘》、《红线》、《昆仑奴》等对后世武侠小说创作产生了深远的影响。剑侠形象是剑侠小说的主角。对于“剑侠”的理解，人们的认识并不一致。一种看法是将一切以武行侠者均称为剑侠。这种解释比较宽泛，它既指世间武艺高强、血气方刚、爱打抱不平、扶弱锄强的豪杰，也包括出世间剑术高深、行踪不定，具有神奇本领和传说色彩的剑仙。如《剑侠飞仙天豹图》、《剑侠奇中奇》等书，主要描写武艺高强、忠信仁义的侠客，但也涉及精通法术、云游四方的修道剑仙，叙述虽各有侧重，却一概视为剑侠。另一种解释则更为宽泛，如周诗雅《续剑侠传》将历代猛将、义士烈女以及轻生蹈义者、妇人之有志节者一并收入，皆视为剑侠一脉，其标准明显地大而无当。第三种理解是将剑侠的标准限定在高深莫测、剑术通神、奇幻无方的剑仙范围，这正是本书所持的观点和要讨论的问题。

---

① 李贽：《焚书》卷四《杂述·昆仑奴》，中华书局1974年版，第538页。

“剑侠”这一称谓出现较晚，在唐以前的文献中尚未发现。最早将“剑”与“侠”相互关联的是韩非子。《韩非子·五蠹》篇说：“犯禁者诛，而群侠以私剑养。”并对“游侠私剑之属”提出猛烈抨击，认为这些“带剑者”、“私剑之士”，是“行剑攻杀暴傲之民也”。《庄子·说剑》篇中提及“剑士”，形象不雅，举止怪异，“蓬头、突鬓、垂冠，曼胡之缨，短后之衣，瞋目而语难，相击于前，上斩颈领，下决肝肺”。庄子所说的“剑士”与韩非子所说的“游侠私剑之属”，皆是战国时期诸侯显僚私养的门客，他们与权贵倾心相交，为主分忧，以武犯禁，出生入死。春秋战国时期，养士之风已经蔓延。齐庄公热衷于养士，门下勇士甚多，礼遇甚厚，别国勇士皆来投他，他也以此为得意。当齐庄公被权臣崔杼杀害时，门下勇士州绰、贾举等人慷慨赴难。而勇士卢蒲癸、王何返国攻杀崔杼同党，并对已经死去的崔杼进行戮尸，为齐庄公报了仇。① 这类门客勇士的行为对剑侠形象的产生有一定的影响，但与文学中的剑侠形象还有相当的差距。

与“剑侠”一词颇有渊源的词语还有“剑客”。自汉以来，在各种史书与诗文中，“剑客”一词屡现笔端。如《汉书·李陵传》称李陵所带之兵“皆荆楚勇士奇才剑客也，力扼虎，射命中”。江淹《别赋》叹道：“乃有剑客惭恩，少年报士，韩国赵厕，吴宫燕市，割慈忍爱，离邦去里。……方衔感于一剑，非买价于泉里。”《北齐书》卷二一《列传第十三》记高干、高昂、高季式兄弟之事，言高昂“招募剑客，家财倾尽，乡间畏之，无敢违忤”。南宋诗人陆游《侠客行》中有“浪迹潜山海，岁晚得剑客”句。细按之，上述文献中所提到的“剑客”皆指有奇才异能的武士；《别赋》与《北齐书》中所说的“剑客”与《庄子·说剑》篇中的“剑士”，《韩非子·五蠹》提到的“带剑者”、“游侠私剑之属”几乎没有区别，而陆游诗中的“剑客”则可看作是“剑侠”的别名。

“剑侠”一词的出现始于唐代。相传为唐代道士罗公远、叶静能所注的《真龙虎九仙经》中有“遇剑侠”称谓，经云：“第九遇剑侠者，或因

---

① 齐庄公养士及被杀事，参见左丘明著，杜预等注解：《春秋左传集解》（第3册），上海人民出版社1977年版，第977～1106页。

遇于宝剑，亦得随意东西变现也。”[①] 修道者因遇宝剑，道力突飞猛进，遂得神术，并冠以“遇剑侠”的称谓，所论虽具有浓烈的宗教意味，却成为“剑侠”这一广为流传的词语的滥觞。

唐代道教经典中虽有“剑侠”之说，但一开始流布并不广泛，同一时期的其他文献中几乎不见记载。北宋以后，“剑侠”一词始广为流行，出现于各类文献典籍中。苏东坡在《渔樵闲话录》中就曾对唐传奇中的女剑侠发出感慨：“噫！吾闻剑侠世有之矣！然以女子柔弱之质，而能持刀以决凶人之首，非以有神术所资，恶能是哉！”[②] 宋人洪迈《夷坚志补》卷一四“郭伦观灯”篇中的青衣角巾道人，打抱不平，痛殴调戏妇女的一群恶少年。他对郭伦说：“吾乃剑侠，非世人也。”[③] 在此之前，虽已有剑侠小说风行于世，但时人尚未以“剑侠”名之。

至明代有人在《太平广记》“豪侠”类的基础上辑唐宋剑侠小说精品编成《剑侠传》一书，“剑侠”一词首次出现在剑侠小说的书名上。清朝末叶，著名的“海上三任”之一的人物画大家任渭长依据《剑侠传》画了33幅剑侠图，与他所画的高士图、先贤图并传于世，而其名声又胜过后两种。清代著名文人王士祯在《池北偶谈》中直接将“剑侠”作为小说的篇名。至光绪年间，香山人郑观应又从明清笔记小说中搜集到有关剑侠故事39则，取名《续剑侠传》，与《剑侠传》合刊一函行世。[④] 清人胡汝才亦辑录文言小说集《剑侠》一书，他在书前引言中自称读《剑侠传》，有感于剑侠之道，故将历史上可嘉可骇的剑侠加以辑评，并对虚幻的“剑术”予以考证阐发。[⑤] 晚清至民初，各种以剑侠为书名的白话小说和文言小说集风行世上，广为传播，足见“剑侠”一词在民间的影响力。

---

① 《道藏》（第4册），文物出版社、上海书店、天津古籍出版社1988年影印本，第321页。

② 苏轼：《苏轼文集·佚文汇编》，中华书局1986年版，第2617页。

③ 《剑侠图传全集》“郭伦观灯”，河北人民出版社1987年版，第79页。

④ 在明人邵国铉《合刻三志》中，有《续剑侠传》一卷，共21篇，题“元乔梦符撰”，所录皆唐宋旧篇。一般研究者认为是伪托，刘荫柏则认为此书为乔梦符编辑的可能性极大［参见刘荫柏：《中国武侠小说史》（古代部分），花山文艺出版社1992年版，第156页］。另据《武阳合志》著录，周诗雅也辑有《续剑侠传》一书，五卷本。

⑤ 胡汝才《剑侠》一书至今未见，此据朱一玄等编著的《中国古代小说总目提要》抄录。

“剑侠”一词的出现，与中国的剑文化心理以及宗教的发展流传密切相关。中华民族是一个强悍尚武、充满了生命活力的民族，在其漫长的生存和发展中，形成了一种独特的好剑之风和强烈的剑崇拜的文化心理，这种社会风气及民族心态可以从历代文献中大量的有关剑的传说记载中得到验证。①

中华民族独特的剑文化与中华民族传统的侠文化既区别明显又密不可分。剑文化的产生源自一种原始民俗信仰，它与原始人类的自然物崇拜密切关联，类似于原始生民的图腾崇拜（将剑与龙相互转换、合二为一就是最明显的例子）。剑，是一种兵器，它能够为人类带来安全，也可以给人类造成杀戮，在古代人的眼中，它既是凶器也是神物。人们信仰它、恐惧它，希望通过崇拜获得庇佑和帮助，因此这种信仰与崇拜是对超自然威力的信仰和崇拜，其原始动力来自万物有灵观念，其文化心理也有着相当的宗教情绪。在这种文化氛围中，奇异性和神秘性就表现得十分突出。

在侠文化的研究中，学者们对侠的产生各执其说，莫衷一是，但对侠的行为特征、举止风范皆有定论。大体说来，侠不囿于正统社会的道德和法律，讲信诺、重气节、轻财货，救人于困厄之中。侠看重友情和声誉，为此常常背公死党，以武犯禁。侠在中国社会的文化传承过程中发生变化，初非美名，而渐成佳誉，终于久居人心，挥之不去。侠最激动人心之处是见义勇为，血气方刚，且伴随着轻命蛮勇，快意豪迈，尤能体现侠的坚毅勇武的精神气质。侠的这种精神气质与中华民族的尚武习性一脉相传，而与剑文化之间也有着诸多相同的精神特质和文化元素，两者都反映出我们祖先对原始生命力的信仰与渴望，体现出一种强悍雄武的民族气质。在中国古代文献中，“剑”与“侠”密切关联，剑的传说与侠的故事

---

① 关于剑的传说与剑崇拜文化心理的论述，参见罗立群《一种特定的文化符号的阐释——话说“剑术”》（《古典文学知识》1991 年第 2 期）、《古代武侠小说对“剑术”的表现及其文化意韵》（《南开学报》2006 年第 6 期）、《中国古代剑侠小说的发展及文化特质》（《文艺研究》2007 年第 12 期）。

互为渗透，相辅相成。干将、莫邪铸剑是一个广为流传的民间故事[1]，其中剑的神异与侠客的诛杀暴戾、为民复仇的义举相得益彰。《列子·汤问》也叙述了来丹向孔周寻觅宝剑为父报仇之事，剑的神幻功效在来丹复仇意志的映衬下更为奇特。其后，在佛道二教广泛传播、自神其教、刻意为幻的社会背景的激发催生下，剑在叙事文学中演变为神通广大的“剑术”，成为修道者护身行侠、克敌制胜的法宝，“剑侠”这一词语及其文学形象便应运而生了。

“剑侠”这一称呼突出的是侠士的神奇剑术，而不是纯粹的侠义精神，相比之下，在广大民众之间，后者更具有侠的魅力。明代思想家李贽就曾对“剑侠”这一称谓发表过十分不满的议论，他说：“剑安得有侠也？人能侠剑，剑又安能侠人？人而侠剑，直匹夫之雄耳，西楚霸王所谓‘学剑不成，去，学万人敌’者是也。夫万人之敌，其一剑之任耶！彼以剑侠称烈士者，真可谓不识侠者矣。……夫剑之有术，亦非真英雄之所愿也。何也？天下无不破之术也。我以术自圣，彼亦必以术自神，术而逢术，则术穷矣。”[2] 也有人对此提出不同的看法，《续剑侠传》的辑录者郑观应就对剑侠的本领推崇备至，他认为剑侠之术是补天地之缺，与儒学之道一样，“其所致力者各异，其有济于世则未尝异也。余悯宇宙之迍邅，慕仙人之神妙，而剑侠一流，于今为宜，于用为切。苟有其人，何患乎异端，何虑乎强敌！”[3] 李贽所论重在侠义精神，故对“剑侠”颇有微词；郑观应身处清末，政治腐败，社会黑暗，外敌侵入，民不聊生，当此之际，自会对身怀神术的剑侠十分向往了。

---

① 干将、莫邪在战国时是作为剑名来记载的，《荀子·性恶》、《庄子·达生》以及《战国策》“赵策”、“齐策”中均有所记。西汉刘向《列士传》始记干将被杀、其子报仇事。《书钞》、《太平御览》、《吴越春秋》、《越绝书》、《博物志》、《列异传》、《搜神记》等书均有记载，文字各异。

② 李贽：《焚书》卷四《杂述·昆仑奴》，中华书局1974年版，第538页。

③ 郑观应：《剑侠传序》，《剑侠图传全集》，河北人民出版社1987年版，第184页。

第二节 剑侠来源于刺客

明隆庆三年（1569）履谦子刻本《剑侠传》卷首韬庵居士《〈剑侠传〉引》云：

凡剑侠，经训所不载，其大要出庄周氏、《越绝》、《吴越春秋》，或以为寓言之雄耳。至于太史公之论庆卿也，曰："惜哉，其不讲于刺剑之术也！"则意以为真有之。不然，以项王之武，喑呜叱咤，千人皆废，而乃曰无成哉！夫习剑者，先王之僇民也。然而城社遗伏之奸，天下所不能请之于司败，而一夫乃得志焉。如专、聂者流，仅其粗耳，斯亦乌可尽废其说。然欲快天下之志，司败不能请，而请之一夫，君子亦可以观世矣。①

韬庵居士的这段话指出剑侠确实存在，虽然典范的经书不予记载，但剑侠事迹在一些诸子野史中记载得较详细，并且引用《史记》中的《项羽本纪》和《刺客列传》中有关"剑术"的描写予以说明。同时，韬庵居士还指出了剑侠产生的社会原因以及剑侠与刺客之间的必然联系，认为像专诸、聂政这样的刺客只是略通粗浅的"剑术"而已，还不能算是真正的剑侠高手。

关于剑侠与刺客之间的渊源，明人吴琯在《古今逸史·自序》中说得最明白："剑侠实刺客之余烈，若此之科，不容曲述。至于据事，则事颇区详；酌言，则言殊瑰铄矣。"② 吴琯明确指出，剑侠是刺客的继承者。

何谓刺客？顾名思义，就是指受人雇用以武力进行暗杀活动的人。春秋战国时期，专业刺客已经出现，成为各政治势力之间相互争权夺利的一步险棋。刺客为酬知遇之恩，履难蹈险，借躯图报，虽殒身而不惜。对于

---

① 四库全书存目丛书编纂委员会编：《四库全书存目丛书·子部二四五》，齐鲁书社 1995 年版，第 585 页。

② 转引自刘荫柏：《中国武侠小说史》，花山文艺出版社 1992 年版，第 2 页。

刺客的行为，历来评价不一，有褒有贬。概言之，刺客感于恩义，忠于所托，不图私利，杀身不悔，自有过人之处，尤其是有些刺客深明大义，不盲从，有主见，更是可歌可泣。如《左传》记载，晋灵公荒淫无道，大臣赵盾力谏，反遭忌恨。晋灵公派刺客钼麑暗杀赵盾。钼麑在目睹了赵盾勤勤恳恳、操劳国事之后，十分感动，叹曰："不忘恭敬，民之主也。贼民之主，不忠；弃君之命，不信。有一于此，不如死也。"① 于是触槐而死。曹沫为了国土劫齐君，荆轲凭一剑入强秦，都是重然诺、感恩义、轻生死、忘安危的义举。故明代郑瑗《蛔笑偶言》云："晋灵公刺客不杀赵宣子，汉阳球刺客不杀蔡中郎，刘裕刺客不杀司马楚之，唐太子承乾刺客不杀于志宁，淮南张颢刺客不杀严可求，西夏刺客不杀韩魏公，苗刘刺客不杀张魏公，孰谓盗贼无义士乎？"② 司马迁正是有感于此，才满怀激情写下了《刺客列传》，赞誉刺客"立意较然，不欺其志，名垂后世，其妄也哉"③。但也有刺客为了私人之间的然诺恩仇，不顾公众的利益和社会秩序，充当低级杀手，更有甚者，纯粹为了财利而行杀戮之事。因此，刺客也有品行高低、人格优劣之分，不可一概而论。

唐人小说中的剑侠形象受刺客的影响是十分明显的，我们不妨将史书中的刺客与文学中剑侠作一番比较。首先，刺客大都依附高官显宦，平时受主恩宠，关键时刻凭借武力为主子排忧解难。而在唐代剑侠小说中，聂隐娘先依附魏帅，后转而跟随刘昌裔，为刘截杀刺客，使刘转危为安；红线是潞州节度使薛嵩家养的青衣，当魏博节度使田承嗣欲吞并潞州时，红线施展神术，一夜往返七百里，轻取田承嗣枕下金盒，田"惊怛绝倒"，遣使求和；摩勒是显僚的家奴，他依持剑术，为小主人从一品勋臣家中盗出红绡妓，事泄之后，飞出高墙，不知所向，却令一品勋臣惊惧不已。《李龟寿》中的剑侠李龟寿及《义侠》中的剑客都是受人差遣行暗杀之事，从小说情节来分析，两人很可能是专业刺客。其次，刺客的行为是兵行险

① 左丘明著，杜预等注解：《春秋左传集解》（第2册），上海人民出版社1977年版，第540页。

② 四库全书存目丛书编纂委员会编：《四库全书存目丛书·子部一〇一》，齐鲁书社1995年版，第467页。

③ 司马迁：《史记·刺客列传》，《二十五史》（1），上海古籍出版社、上海书店1986年版，第285页。

着，行动必须隐秘，有时还需伪装，以便接近目标，突然发难，获取成功。所以专诸藏短剑于鱼腹中；荆轲裹匕首于地图内；豫让漆身吞炭，毁容变音，伏击赵襄子。小说中的剑侠也是行踪诡秘，莫测高深，虬髯客乘驴如飞，“数步遂不复见”；聂隐娘“遇夜即失踪，及明而返”；崔慎思妾、贾人妻混迹尘世之中，隐姓埋名，伺机报仇，功成身退；京西店老人、兰陵老人、《田膨郎》中的小仆、《潘将军》中的三鬟女子，或潜于市井，或隐于军营，一旦暴露，人去室空。

正因为剑侠与刺客的相同点极多，因此小说家常将刺客作为剑侠的别称，如《卢生》中卢生声称“某，刺客也”①；《任愿》中青巾者曰：“吾乃刺客也”；《秀州刺客》里张魏公见“一人持刀立烛后，公知为刺客”。《酉阳杂俎》卷二云：“世间刺客隐形者不少，道者的隐形术，能不试二十年。可隐形，名曰脱离。后二十年，名籍于地仙也。又言刺客之死，尸亦不见。”卷九云：“或言刺客，飞天夜叉术也。”如下表所示，四卷本《剑侠传》33篇小说，涉及刺客题材或剑侠行为有刺客特征的作品竟达到19篇。

《剑侠传》篇目	内容与刺客是否有关
老人化猿	无关
扶余国王	有关
嘉兴绳技	无关
车中女子	无关
僧侠	无关
京西店老人	无关
兰陵老人	无关
卢生	有关
聂隐娘	有关
荆十三娘	有关
红线	有关

① 李昉：《太平广记》（第4册），中华书局1961年版，第1465页。注：这篇小说在其他版本中文字略有差异，如《剑侠图传全集》中为“我，侠客也”。由此可知，剑侠、刺客、侠客这三个称呼在当时人们的认识中有相通之处。

（续上表）

《剑侠传》篇目	内容与刺客是否有关
田膨郎	无关
昆仑奴	有关
许寂	无关
丁秀才	无关
潘将军	无关
宣慈寺门子	无关
李龟寿	有关
贾人妻	有关
虬须叟	有关
韦洵美	有关
李胜	有关
乖崖剑术	无关
秀州刺客	有关
张训妻	无关
潘扆	有关
洪州书生	有关
义侠	有关
任愿	有关
花月新闻	有关
侠妇人	无关
解洵娶妇	有关
郭伦观灯	有关

剑侠与刺客的关联还可从剑侠小说产生的社会背景加以考察。有唐一代，社会经济迅猛发展，都市文化和市井文化都很发达，任侠之风也在社会上蔓延。小说《潘将军》写道："尝闻京师多任侠之徒。"在此风气下，侠士少年"轻死重义，结党连群，喑呜则弯弓，睚眦则挺剑"。"其间或有轻訬任侠之徒，斩龙刺蛟之党，鄱阳暴谑之客，富平悍壮之夫，居则藏

镪，出便竦剑。”[①] 中唐以后，藩镇拥兵自重，不受朝廷管辖，“意在以土地传付子孙，不秉朝旨，自补官吏，不输王赋”[②]，几乎成了独立王国。藩镇既互为表里，又钩心斗角，且招募亡命之徒，蓄养刺客，意图谋杀政敌，确保自己的势力。当此之际，刺客活跃，暗杀之风盛行，宋人王谠《唐语林》卷四云：“天宝已前，多刺客。”[③] 代宗宝应年间，唐代宗李豫忌恨宦官李辅国骄横恣纵，把持朝纲，于是派“盗入辅国第，杀辅国，携首臂而去”[④]。而到了宪宗元和年间，更是“奸人遍四海，刺客满京城，乃至官吏禁兵，附贼阴计，议臣言未出口，刃已戡胸”。元和十年（815），宰相武元衡主张平定吴元济叛乱，与藩镇交恶。王承宗、李师道遣刺客入京，将武元衡杀害；数日后又刺杀刑部侍郎裴度，未曾得手。文宗开成年间，宦官仇士良派遣刺客杀宰相李石，幸李石马快，得以走脱。可见，在晚唐，刺客行凶，目无法纪，不仅藩镇如此，连皇帝有时也采用这种手段。在这种特殊的历史背景下，文人对武艺高强、行踪诡秘的刺客题材开始关注，在叙写与传闻的过程中，加以想象、虚构，不断翻新、变化，于是剑侠小说风行于世，蔚为大观。

由于唐代文学中的剑侠形象与刺客极有渊源，因此剑侠身上所表现出的神秘特质与一般的仅凭武勇豪气任侠于世的豪侠、游侠颇有区别。大致说来，唐代的剑侠具备神奇的剑术，大多依附某一达官显宦，但不受过多的限制，行踪飘忽不定，嗜血成性，恩仇观念极重，道德内涵缺乏，虽有个别篇章写出剑侠明大义、知曲直（如《义侠》一篇中的剑侠本奉县令之命追杀某客，了解事情真相后，便如飞返回将忘恩负义的县令杀死），但从整体上看，唐代剑侠的道德色彩极淡。

至五代及宋，剑侠打抱不平、锄奸扶弱的内容明显增多，如五代无名氏《灯下闲谈》中的《虬须叟》和《韦洵美》、宋人孙光宪《北梦琐言》

---

① 沈昫等：《旧唐书》，《二十五史》（5），上海古籍出版社、上海书店 1986 年版，第 361 页。

② 沈昫等：《旧唐书》，《二十五史》（5），上海古籍出版社、上海书店 1986 年版，第 467 页。

③ 王谠撰，周勋初校证：《唐语林校证》（上），中华书局 1987 年版，第 353 页。

④ 沈昫等：《旧唐书·宦官传》，《二十五史》（5），上海古籍出版社、上海书店 1986 年版，第 574 页。

中的《荆十三娘》、宋人吴淑《江淮异人录》中的《洪州书生》、宋人刘斧《青琐高议》中的《任愿》、宋人洪迈《夷坚志》中的《郭伦观灯》等篇，皆写剑侠打抱不平、惩奸除恶之事。只是剑侠在维护正义的过程中，嗜杀本性仍无改变。与唐代剑侠相比，这一时期文学中的剑侠形象对官宦显僚的依附性明显减弱，其公开身份不再是豪门府中食客或奴仆，而是云游四方或隐居尘世的颇具神秘色彩的方外之人，如《虬须叟》中的虬须老叟往来尘世，缥缈无迹；《韦洵美》中的行者隐居寺庙勤苦打钟数十年；《荆十三娘》中的荆十三娘混迹于商旅之中；《李胜》中的李胜形若书生，居于道观；《洪州书生》中的书生漫游无方，“不知所之”；《任愿》、《花月新闻》、《郭伦观灯》中的剑侠皆为在世间修行的道士。这种身份的转换和行为的道德倾向表明，此时文学作品中的剑侠在整体形象上已逐步和历史上的刺客拉开距离，开始成为既神秘莫测又本领超凡的特殊的社会公道的执行者。

明清以后，文学中的剑侠形象发生了根本的变化。唐代剑侠的那种嗜杀喋血的性格已经淡化，剑侠的行为趋于理性化，言行举止中有了较多的约束，剑侠的行为规范逐渐形成，剑侠在注重“剑术”修炼的同时，也十分强调个人道德的自我完善。这种情形的产生，既源于作者对民间文化心理的认同，更重要的，还是宗教观念影响文学创作的结果。无论佛教还是道教，在修道过程中皆强调从人的内心去寻找善恶的根源。佛家的澄心去欲、破孽化痴，道教的修心炼形、积善造德，都是让“修道”之术直指人心，而佛教的普度众生论与道教的救世济物观更是将修道伦理化、道德化。凡此种种，皆使前期剑侠的神秘恐怖面容彻底改换，一变而为清晰和亲切。

在剑侠形象的性格演变中，明代凌濛初《初刻拍案惊奇》卷四《程元玉店肆代偿钱　十一娘云冈纵谭侠》[①] 极为关键。这篇小说借十一娘之口，讲述了剑侠的发展历程以及如何运用剑术和剑侠必须遵守的戒律，具体总结了明代以前剑侠小说的内容，正式提出了剑侠的戒律和剑术运用的法则，首次将是非善恶、忠奸斗争纳入剑侠形象的评判中，对后世剑侠小说的发展起到了积极的推动作用。

---

① 凌氏此篇白话小说是根据明人胡汝嘉的文言传奇小说《韦十一娘传》改写而成。

第三节 “剑侠小说”称谓的出现

何谓剑侠小说？剑侠小说这一名称，源于小说中的剑侠形象。由于人们对剑侠的理解存在着差异，因此对剑侠小说的认识自然也有区别。一种比较流行的看法认为，剑侠就是忠勇仁义、敢作敢为、凭借武功替天行道的侠客，凡手持七尺青锋、胸怀一腔正义、扶危济困、匡世救国者即为剑侠。《剑侠飞仙天豹图》、《剑侠奇中奇》等小说中描写的就是这一类的剑侠形象。光绪年间，乐安居士为《剑侠奇中奇》一书所作的序明确点出了此书所写的剑侠之“奇”：“郝、鲍诸人本性侠，而行忠君信友，奇人也，奇事也，亦奇文也。而篇中尤为马俊描写尽致，拯相知于囹圄，脱淑媛于陷井；出险恶则直探虎穴，保君上则深入龙宫，是书第一人，亦千古侠客之第一人，故名之曰奇中奇。”[①] 由此可知，此书判断剑侠的标准是人物的品性是否忠信仁义，有无侠肝义胆，符合者即为剑侠，并不考虑此人是否有超自然的神术。以此为标准识辨剑侠，未免大而无当，失之宽泛。“况且剑客与侠士不同，若如一枝梅、徐鸣皋、徐庆等辈，总称为侠客，本领虽有高低，心肠却是一样，俱是轻财重义，助弱制强，路见不平，拔刀相助。若是他们七兄弟皆是剑客，不贪名，不要利，只是除恶扶良的心肠，与侠客相同，所以剑侠二字相连。剑客修成得道，叫做剑仙。”[②] 如此，将剑侠与一般侠客相区别，剑侠除了侠肝义胆、忠信仁义之外，更要具备神奇莫测的剑术。这里所说的剑术不是一般的剑术套路，不是飘逸敏捷的武术功夫，而是具有神秘色彩又威力无穷的超自然的法术，具体表现为剑可搓揉成丸，藏于剑侠身体内，施展时白光一闪，御风飞行，指顾之间，往返千里，削敌首于百里之外，斩妖魔于瞬息之间。有此剑术修为者方可称为剑侠，描写此类剑侠济世除恶的小说便是剑侠小说。诚如《七剑十三侠》第一回所云：“这班剑客侠士，来去不定，出没无踪，吃饱了自己的

① 乐安居士：《剑侠奇中奇·序》，《剑侠奇中奇》，黑龙江人民出版社 1988 年版。

② 唐芸洲：《七剑十三侠》（附《仙侠五花剑》），岳麓书社 1991 年版，第 26 页。

饭，专替别人家干事，或代人报仇，或偷富济贫，或诛奸除暴，或挫恶扶良；别人并不去请他，他却自来迁就；当真要去求他，又无处可寻。若讲他们的本领，非同小可，有神出鬼没的手段，飞檐走壁的能力，口吐宝剑，来去如风；此等剑侠，世代不乏其人，只是他们韬形敛迹，不肯与世人往来罢了。”① 这一番表述可看作是为“剑侠”这一形象做注，也可视为“剑侠小说”的判定标准，即剑术加侠义，两者缺一不可。本书所要讨论的正是《七剑十三侠》这类剑侠小说。

需要说明的是，有两类作品不属于本文讨论的范围。一类是作品中虽有剑侠人物出现，但只是偶尔光顾，连配角都谈不上，完全是跑龙套，对小说的情节发展不构成影响，如前文提到的《剑侠飞仙天豹图》、《剑侠奇中奇》等作品，虽书名标出“剑侠”字样，书中也有剑侠活动，却不能算是标准的剑侠小说，因此本书不予讨论。还有一类作品，主人公身上有着浓郁的侠义色彩，惩奸除恶，扶危济困，且身怀异术，神通广大，变化无端，道法高妙，但其本领与“剑术”无关，如《绣像评演济公活佛传》，小说中的主人公济公疯疯癫癫，度化众生，游戏江湖，法力无边，专管人间不平事，是一位集神仙、侠士、游民为一体的喜剧式的人物形象，但他没有“剑术”，不是剑侠，作品自然也不属于剑侠小说。

剑侠小说这一文学品类在唐代已经广为流传，但“剑侠小说”一词的产生相对而言要晚得多。学术界较早使用“剑侠小说”这一称谓的学者是鲁迅、郑振铎和赵景深。鲁迅在1932年1月发表的《中华民国的新“堂·吉诃德”们》一文中写道：“记得先前的报章上，发表过几个店家的小伙计，看剑侠小说入了迷，忽然要到武当山去学道的事，这倒很和‘堂·吉诃德’相象的。”② 1932年7月在新中国书店出版的散文论文集《海燕》中，有一篇郑振铎写的《论武侠小说》，文章提到“宋初，吴淑作《江淮异人传》，也带有很深刻的唐人的剑侠小说的影响”③。赵景深1944年在一篇对明《剑侠传》的考证文章中曾对此书辑录的各篇小说的出处详细考订，并与吴曾祺所编的《旧小说》相互比勘，“比勘的结果，知道《剑侠传》是

---

① 唐芸洲：《七剑十三侠》（附《仙侠五花剑》），岳麓书社1991年版，第2页。

② 鲁迅：《鲁迅全集》（4），人民文学出版社1981年版，第352页。

③ 转引自芮和师、范伯群等编：《鸳鸯蝴蝶派文学资料》，福建人民出版社1984年版，第837页。

不妨称为《唐宋剑侠小说选》的"[1]。三篇文章都提到剑侠小说，内涵也十分明确。20 世纪 80 年代以后，研究剑侠小说的论文偶得一见，"剑侠小说"一词时被提及，有些论文的题目便直接采用了"剑侠小说"的提法。[2]

需要指出的是，本书论述的着眼点是从道教文化的影响来考察剑侠小说的内容及其发展的。因为在笔者看来，在剑侠小说的叙事情节、主旨表达中，道与侠是融为一体的。道教追求延年益寿、羽化登仙，试图通过一定的修养方式来变化气质，达至永存；剑侠亦通过修炼剑术来超越自然束缚，最后修成剑仙，与世长存。道教的炼养方技包括守一、存思、服气、胎息，以及脱胎换骨的金丹大道、沟通鬼神的符箓咒语等，剑侠的剑术修炼方法则几乎完全从道教炼养方技中照搬。道教在修炼过程中讲究施功布德，救护黎民，剑侠修炼亦要求扶危济困，积累功德。因此在剑侠小说中"仙侠一途"，修炼剑术者都是修道之人。基于此，在本书论述的剑侠小说中，某些按传统分类列为道教小说的作品也在讨论范围之内。

还有一点需要说明，本书是将剑侠小说作为一种类型进行研究的。既然是研究某种小说类型，就必须依据相应的原则对作品进行分类，这种分类绝不等同于目录学上的分类编排，只是研究者"根源于这么一种信念：即文学创作中存在某种惯例性的规则"，试图从中找出某类小说"区别于其他小说类型的基本叙事语法"[3]。因此，笔者的研究从题材内容入手，将剑侠小说的划分标准定义为剑术和侠义，而且，这两个内容在小说中必须是重要的情节组成部分，不能是可有可无的，也不能游离于小说情节之外。这样的划分当然存在缺陷，因为构成小说类型有诸多因素，至少还有作品题旨和文学风格两项。但是，中国古代长篇小说的题旨往往是多元的，而作品风格也是多样化的，难以把握标准，更易引起口舌；况且，以剑术和侠义为划分标准，也多多少少涉及作品题旨和作品风格，如行侠修仙情节中所表述的"道侠一体"观，剑侠在"剑术"演练和降魔施法情节中呈现的奇丽、飞逸、灵动、诡异的审美意象等。

---

① 赵景深:《中国小说丛考》，齐鲁书社 1980 年版，第 66 页。

② 比如王汝梅、薛洪勣《初论在韩国新发现的剑侠小说〈韦十一娘传〉——附〈韦十一娘传〉全文》(《吉林大学社会科学学报》1994 年第 3 期)，张乐林《试析晚清剑侠小说中剑侠形象的转变》(《明清小说研究》2005 年第 1 期) 等文章的标题。

③ 参见陈平原:《千古文人侠客梦》，人民文学出版社 1992 年版。

美国肯塔基大学教授John Cawelti曾对通俗小说的艺术特征进行过深入研究。他将通俗小说的“模式”切割成两个方面：文化模式和情节模式。文化模式是指文学作品所表现的具有时间和地域特征的文化形式，情节模式是指作品中相对稳定的艺术框架。[①] 笔者对剑侠小说的划分标准与John Cawelti的表述有点类似。问题还在于，对类型小说的任何一种划分标准，都不能“一刀切”般地解决所有疑虑，因为类型小说的划分本身只是一种理论上的假设，是为了论述行文的方便以及在研究中更好地把握错综复杂的文学现象而设计的。这种假定性对文学现象有一定的认识理解作用，但并不能解决所有的问题。自古以来小说分类的不一致与不精确，原因就在于此。

第四节　剑侠小说的发展演变

唐代以前，未有成熟之剑侠小说问世，但有些作品可看作剑侠小说的雏形，如《搜神记·三王墓》、《搜神记·李寄》、《搜神后记·比丘尼》、《世说新语·周处》等。其中《搜神记·三王墓》是比较重要的作品。这篇小说以铸剑传说为题材，突出宣扬了干将之子赤比不屈不挠的复仇与反抗精神。

楚干将、莫邪为楚王作剑，三年乃成。王怒，欲杀之。剑有雌雄。其妻重身当产，夫语妻曰：“吾为王作剑，三年乃成。王怒，往必杀我。汝若生子是男，大，告之曰：‘出户望南山，松生石上，剑在其背。’”于是即将雌剑，往见楚王。王大怒，使相之：“剑有二，一雄一雌。雌来，雄不来。”王怒，即杀之。莫邪子名赤比，后壮，乃问其母曰：“吾父所在？”母曰：“汝父为楚王作剑，三年乃成。王怒，杀之。去时嘱我：‘语汝子：出户望南山，松生石上，剑在其背。’”于是子出户南望，不见有山，但睹

---

① 参见John Cawelti，*Adventure*，*Mystery and Romance*，Chicago：University of Chicago Press，1976.

堂前松柱下，石低之上，即以斧破其背，得剑。日夜思欲报楚王。

王梦见一儿，眉间广尺，言："欲报仇。"王即购之千金。儿闻之，亡去。入山行歌。客有逢者，谓："子年少，何哭之甚悲耶?"曰："吾干将、莫邪子也。楚王杀吾父，吾欲报之!"客曰："闻王购子头千金，将子头与剑来，为子报之。"儿曰："幸甚!"即自刎，两手捧头及剑奉之，立僵。客曰："不负子也。"于是尸乃仆。客持头往见楚王，王大喜。客曰："此乃勇士头也。当于汤镬煮之。"王如其言。煮头三日三夕，不烂。头踔出汤中，踬目大怒。客曰："此儿头不烂，愿王自往临视之，是必烂也。"王即临之。客以剑拟王，王头随堕汤中。客亦自拟己头，头复堕汤中。三首俱烂，不可识别。乃分其汤肉葬之，故通名"三王墓"。今在汝南北宜春县界。①

小说将复仇与反抗暴政联系起来，塑造了一位自掌正义、为民申冤的侠客形象。这篇小说有剑有侠，剑与侠都是不可或缺的情节要素，推动了后世的剑侠小说创作。受时代风气之影响，这篇小说情节较为怪诞，赤比自刎之后，尸体不倒，"两手捧头及剑奉之"；山中侠客行侠人间，一诺千金，终于以智慧、胆气和生命将楚王杀死，为赤比报了仇。这篇小说虽然侠气纵横，但"剑术"未成，不能算是真正的剑侠小说。

唐代是剑侠小说的勃兴时期。"安史之乱"之后，藩镇割据，军阀混战，社会动荡不安，百姓生活在水深火热之中。此时佛道二教十分流行，人们对宗教深信不疑。加上叙事文体的发展完善，传奇小说的日臻成熟，剑侠小说的大量涌现也就顺理成章了。

唐代剑侠小说约有数十篇，其中《虬髯客传》、《聂隐娘》、《红线》、《昆仑奴》、《崔慎思妾》、《贾人妻》、《义侠》、《僧侠》、《兰陵老人》、《京西店老人》等都是极具影响的作品。《虬髯客传》叙述"风尘三侠"红拂女、李靖和虬髯客之间的一段浪漫豪迈的传奇故事。三位主角形象生

① 干将、莫邪在战国时是作为剑名来记载的，《荀子·性恶》、《庄子·达生》以及《战国策》"赵策"、"齐策"中均有所记。西汉刘向《列士传》始记干将被杀、其子报仇事。《书钞》、《太平御览》、《吴越春秋》、《越绝书》、《博物志》、《列异传》等书均有记载，文字各异。诸书记载中，以干宝《搜神记》所记最详，文辞最佳。本书录自干宝：《搜神记》，中华书局 1979 年版，第 128 ~ 129 页。

动，性格丰满，英姿勃勃，在胆识兼备、豪情四溢、侠义雄心的共同性格基础上，又有着迥然不同的人物个性，向人们打开了各自不同的心灵发展的画卷。尤其是江湖异人虬髯客，似飞将军从天而降，挟狂风迅雷而来，使人惊悸，又化明月清风而去，令人神往。整篇小说结构严谨，情节逐次展开，文笔虎虎有生气，对后世的武侠小说创作产生了深远的影响。《聂隐娘》与《红线》都是描写剑侠依凭剑术为主子效力，其中《聂隐娘》更是情节曲折怪诞，文字幽玄奇诡，或学剑于深山，或杀人于闹市，或藏剑于脑后，或隐身于人体，无形灭影，行踪难测，其隐身、变化、飞行及比剑斗法的巧妙构思，为剑侠小说的发展踏出了通途。书中人物妙手空空儿出手只是一招，一击不中，飘然远逝，“自来武侠小说中，从未有过如此骄傲而飘逸的人物”①。《崔慎思妾》、《贾人妻》均写女侠隐身伺机复仇，篇中女侠忍辱负重，行为果敢，心态怪异，来去如风，成为复仇女侠的固定叙事模式。唐代剑侠小说不仅数量较多，而且质量优异，在中国剑侠小说的发展史上留下了浓墨重彩的一笔，后世剑侠小说的人物形象、情节模式、叙事手法和“剑术”演示，几乎都可以在这里找到依据。

宋元人创作的剑侠小说偏于对唐人小说的模仿，缺乏创新，在情节上不如前人曲折、生动，文笔没有唐人的气势，人物形象更是远不及唐人小说中有神采，但也有自己的特色。宋元剑侠小说之“剑术”描写，侧重道教法术，如咒语、画符、托梦、隐形之类，与唐代剑侠小说有所不同。再有，宋元剑侠小说内容往往涉及国土沦陷、流浪思乡、亡国之恨。此种差别当与宋元时代道教广为流行以及异族入侵，百姓背井离乡、流离失所的现实有关。

明代是剑侠小说创作的低潮，但有两篇小说对剑侠小说的发展关系重大。一是钱希言所著文言小说集《狯园》中的《青丘子》。小说叙丹溪生王生，误入深山，巧遇七世祖先王重阳。经王重阳指点，王生入武当山拜剑仙青丘子为师，修炼剑术之事。小说首分神仙、剑仙之别，认为剑仙骨骼资质不及神仙，“因缘尚隔一层”，为后世剑侠小说区分剑仙、剑侠等级开了先例。本篇小说最早提及王重阳及全真教，又详述道教炼剑之术，虽是小说家言，却为以后的剑侠小说创作提供了借鉴。二是话本小说《程元

① 金庸：《侠客行》，明河社出版有限公司 1994 年版，第 767 页。

玉店肆代偿钱　十一娘云冈纵谭侠》。此篇小说虽然是凌濛初据胡汝嘉文言传奇小说《韦十一娘》改写而成，其影响却不可低估。小说借十一娘之口，讲述了剑侠的发展历程以及如何运用剑术和剑侠必须遵守的戒律。它具体总结了明代以前剑侠小说的内容，正式提出了剑侠的戒律和剑术运用的法则，首次将是非善恶、忠奸斗争纳入小说评判中，对后世剑侠小说的发展起到了积极的推动作用。晚清的《七剑十三侠》，民国年间的《江湖奇侠传》、《蜀山剑侠传》等，其作品的立意皆源于此。另外，明人辑录的唐宋剑侠小说集《剑侠传》的问世，使"剑侠小说"这一小说类型的内容稳定，意义明确，对世人理解、传播和创作剑侠小说都产生了巨大的影响。

清代是剑侠小说创作的繁荣时期。此时不但涌现出大量的文言短篇剑侠小说，还出现了《七剑十三侠》、《仙侠五花剑》等较有影响的长篇白话剑侠小说，很多著名的文人如王士祯、蒲松龄、纪昀、袁枚、沈起凤、王韬等都加入了创作的行列。尤其到了晚清，社会激荡，民生多艰，这类小说更是充斥坊间，广为流传。在小说内容上，这一时期的剑侠小说都自觉地将善恶、忠奸的斗争作为小说的重要情节，剑侠凭借神术入世行侠，诛佞锄奸，造福人类。小说作者想象力丰富，剑术描写神奇诡异，匪夷所思：

只见凌云生、御风生、独孤生、卧云生、罗浮生、一瓢生、梦觉生、漱石生、自全生一起吐剑，九道白光望空而下。余半仙连连吹气，三枝剑又化出九枝剑来，共是十二枝剑，抵住十二道白光，空中交斗。忽如群龙戏海，忽如众虎争锋，忽如一阵苍鹰击于殿上，忽如两山猛兽奔向岩前。[①]

作者纵奇思、发妙想，使这类剑术描写既形象生动，又绚丽多彩，光怪陆离，曼妙无方，成为小说中最传神和最具意境的情节。清代剑侠小说不但剑术描写神奇，而且炼剑的过程与运剑的方法往往与儒释道的传统观念互相融合，儒家的经世致用、佛教的神通、道教的法术和民间对剑的崇拜心理汇合，一起构成神奇剑术的理论依据。如此修炼出来的剑术，自然

① 唐芸洲：《七剑十三侠》（附《仙侠五花剑》），岳麓书社1991年版，第204页。

既具有儒家的伦理道德倾向，又有着佛道救人济物、镇妖除邪的宗教救世精神。清代剑侠小说上承唐代剑侠小说的余绪，下开民国剑侠小说的先河，承上启下，影响深远。

民国年间是武侠小说盛行狂热的年代。这一时期由于社会变动，社会思潮、新闻传播的进步，武术运动的发展和普及以及文学本身发展等多种因素，武侠小说创作如雨后春笋，蓬勃兴旺。身体力行，相率投入武侠小说创作行列的有革命党人、学者名流、新闻界耆宿、翻译名家、社会言情小说大家、掌故大家，乃至医生、律师、职员等，作品之多，传播之广，内容之新，技法之高，均与昔日不可同日而语。[①] 这一时期武侠小说创作不仅作品众多，盛况空前，而且流派纷呈，风格各异。有的作家注重表现民风民俗，有的作家刻意描绘江湖帮会，有的作家醉心于描述拳术流派和武术技击，有的作家细腻刻画情之缠绵悱恻，爱之生死两难。在各家各派纷纷登台献艺之际，平江不肖生向恺然的《江湖奇侠传》隆重登场，揭开了近代剑侠小说创作的序幕。随后还珠楼主李寿民走入前台，向世人推出了他呕心沥血的剑侠小说巨著《蜀山剑侠传》、《青城十九侠》，为读者开启了一片奇幻绝伦、想象无极的新天地。请看一段书中对极光的描写，便可感觉到还珠楼主写景文字的色彩感和表现力：

只见正北方遥空中，现出了万千里一大片霞光。上半齐整如截，宛如一片光幕，自天倒悬，下半光脚，却似无数缨络流苏下垂，十余种颜色，互相辉映，变化闪动，幻成无边异彩。一会变作通体银色，一会变作半天繁霞，当中涌现大小数十团半圆形的红白光华，精芒万丈，辉耀空中，甚是强烈。千里方圆的绣琼原，顿成了光明世界，近水遥山，一起倒影回光，霞影千重，相随闪变不定，耀眼生花。[②]

还珠楼主秉绝代才情，运慧思妙语，神驰八极，虚幻仙魔，在建构浪

---

① 关于民国年间的武侠小说的创作情况，请参看罗立群著《中国武侠小说史》（修订本，花山文艺出版社 2008 年版）第七章“武侠小说的狂潮期”。还可参阅范伯群主编《中国近现代通俗文学史》（上卷）第二编“武侠会党编”，江苏教育出版社 1999 年版。

② 还珠楼主：《蜀山剑侠传》，山西人民出版社、北岳文艺出版社 1998 年版。

漫神奇的剑侠仙境的同时，又将中国传统的儒、释、道精神融入惊天动地的仙魔大搏杀之中，使荒诞的情节、优美的风光、虚拟的世界、丰富的内涵有机地组合在一起，其作品的宏大架构和整体性的玄妙构思，实在是剑仙世界里的第一人。

自20世纪50年代初至70年代末，武侠小说在中国内地几乎绝迹，作为武侠小说重要一支的剑侠小说自然也被扫荡殆尽。这三十年间内地没有一家出版社出版过一本原创的武侠小说。然而，由于武侠小说扎根于民间，浸透着中华民族的道德意识和文化传统，源远流长，是一种老百姓喜闻乐见的文学样式，所以，内地的禁锢并没有使其在中华大地绝迹，在中国香港和台湾地区，武侠小说创作又呈欣欣向荣之势。在此武侠小说创作的大潮中，有一些作家模仿还珠楼主的情节和笔法撰写剑侠小说，如萧逸的《塞外伏魔》、《长啸》，海上击筑生的《南明侠隐》，醉仙楼主的《太乙乾坤》等。虽然这些作品没有产生较大的影响，但毕竟延续了剑侠小说一脉，有些作品在艺术上也有可圈可点之处。

20世纪80年代始，内地海禁重开，梁羽生、金庸、古龙等人的武侠小说自海外飞来，立刻风靡了内地的广大读者，人们倍感新鲜，争相阅读，一时大有洛阳纸贵之势。80年代中期，平江不肖生、还珠楼主等人的作品纷纷重印发行，进一步唤醒了潜藏于民众心底的根深蒂固的武侠梦幻和创作热情，并由此带来了中国内地武侠小说创作的复兴。

进入90年代，网络原创武侠小说悄然诞生，迅速传播，从而改变了武侠小说的创作模式，为写作者提供了一个可以自由发表、广泛传播的平台，对武侠小说创作和传播都产生了重大影响。当此之际，许多无名写手都纷纷闯入网络，讲述自己的武侠故事，编织自己的武侠梦想，展示自己的创作才华。一些网络写手由此成为颇具人气的武侠小说创作新秀。在网络原创武侠小说的热潮中，剑侠小说创作成为一股不可忽视的力量，其数量和质量都取得了骄人的成绩。萧鼎的《诛仙》是其中的佼佼者。此书在写作过程中，即被众多网迷追捧，新浪网和百度网都曾在年度评选中将其评为最佳小说，据说网上点击率超过3 000万人次。网络剑侠小说的作者虽然达不到还珠楼主的才情和学识，但他们的创作观念和创作手法都有所突破，在人物性格塑造和整体谋篇布局上更是超越前贤，尤其在“情”的处理上更是寓意深刻，笔力充沛，感人至深。

综上所述，剑侠小说创作的发展演变有起有落，数度繁荣，其中优秀的作品，堪称天下第一奇书。从剑侠小说创作的前景来看，它只是文学创作滚滚洪流中的一朵浪花，虽时而灿烂，耀眼夺目，但终究随波逐流，奔腾向前，由于娱乐形式的多元化、小说题材的多样化，它很难再达到昔日的辉煌了。

第二章

追本溯源论“剑术”

“剑术”，是剑侠小说的神奇所在，也是剑侠小说的形态特征。这里所说的“剑术”，不是一般的武术功夫，而是小说家幻想的、经过独特修炼得来的一种神奇的超自然法术。它变化无方，神奇莫测，威力无穷。请看唐代小说《聂隐娘》中聂隐娘、精精儿、空空儿三位剑侠的斗剑情景：

是夜明烛，半宵之后，果有二幡子，一红一白，飘飘然如相击于床四隅。良久，见一人自空而踣，身首异处。隐娘亦出曰：“精精儿已毙。”拽出于堂之下，以药化为水，毛发不存矣。隐娘曰：“后夜当使妙手空空儿继至。空空儿之神术，人莫能窥其用，鬼莫得蹑其踪，能从空虚之入冥，善无形而灭影。隐娘之艺，故不能造其境。此即系仆射之福耳。但以于阗玉周其颈，拥以衾，隐娘当化为蠛蠓，潜入仆射肠中听伺，其余无逃避处。”刘如言。至三更，瞑目未熟，果闻项上铿然，声甚厉。隐娘自刘口中跃出，贺曰：“仆射无患矣！此人如俊鹘，一搏不中，即翩然远逝，耻其不中。才未逾一更，已千里矣。”后视其玉，果有匕首划处，痕逾数分。①

能飘然于空中相斗，能钻入活人腹中，来无影去无踪，眨眼工夫飞行千里，“剑术”之高之奇，令人不可思议。

“剑术”的运用主要靠剑。剑侠的剑，长短可以随意变化，剑术造诣越高，剑器越短。《聂隐娘》中聂隐娘开始练剑时，手中的剑长二尺，剑术长进以后，其剑缩短为五寸。剑侠平时或将剑纳入口中，或藏入指甲里，或置入袖子里，或变成小丸子随身携带，用时只要张口一吐，或伸手一指，或随手一抛，即可放出一道剑光，杀向敌人。剑光闪过，剑即失去踪迹，敌人已身首异处。这类神奇的“剑术”描写，在之后的剑侠小说创作中一直延绵不绝，且越变越奇，至民国年间还珠楼主《蜀山剑侠传》问世，终于达到了奇幻绝伦的顶峰。

从史料记载看，古人对于神奇的“剑术”是十分崇信的。司马迁在《史记》里慨叹荆轲刺秦王的失败是由于“惜哉，疏于剑术”；又写力能扛鼎、勇敌万夫、武艺超群的楚霸王项羽，“去学剑”竟“不成”，无法领悟

① 李昉：《太平广记》（4），中华书局1961年版，第1458页。

“剑术”的精妙旨意。司马迁所说的“剑术”恐怕不是武术中的剑术技击，而是传说中的神奇“剑术”了。古代小说中凡写剑侠施展“剑术”，或曰亲眼目睹，或曰听某人自述亲身经历，言之确凿，不容置疑。苏东坡在《渔樵闲话录》中就曾对唐传奇中的女剑侠持有的“剑术”发出这样的感慨：“噫！吾闻剑侠世有之矣！然以女子柔弱之质，而能持刀以决凶人之首，非以有神术所资，恶能是哉！”① 明人王世贞在《剑侠传小序》中认为像专诸、聂政那样能力敌万人、不畏生死的刺客之流，其剑术“仅其粗耳”，难入“剑术”正宗。凌濛初在《初刻拍案惊奇》卷四里借韦十一娘之口明确指出：“专诸、聂政诸人，不过义气所使，是个有血性好汉，原非有术。若这等都叫做‘剑术’，世间拼死杀人，自身不保者，尽是术了？”② 凌氏认为，世间确有“剑术”存在，但不是专诸、聂政这样只凭义气、血性和粗浅武功去杀人的匹夫之勇，相比之下，“剑术”要神奇高明得多。古人如此崇信“剑术”，那么，这类神奇而又虚幻的“剑术”是如何产生的呢？我们不妨对此作一番追根溯源的探讨。

第一节 “剑”的传说与崇剑心理

剑，薄窄而双刃，是古人随身佩带的兵器，轻便灵活，被誉为“百器之君”。据史籍记载及出土文物的印证，作为传统的冷兵器，剑几乎是与青铜器的使用同时产生的。春秋时期人们就已大量使用青铜剑，至战国时期，铁剑开始登上历史舞台。稍后，韧而又刚、坚而不脆的钢剑一跃而起，统治剑坛。随着冶炼技术的提高，剑越铸越精，越来越利。加上剑本身轻捷灵动，携带方便，实战性强，因此，得到社会的普遍认同，以至在先秦时期的社会上形成了一股好剑之风。

春秋战国时期，各国国君、诸侯为了保护自己的利益，极力寻找和聘请精于冶炼技术的工匠，为自己铸造神兵利器。据史书记载，先秦时期著

---

① 苏轼：《苏轼文集·佚文汇编》，中华书局1986年版，第2617页。
② 凌濛初：《拍案惊奇》（上），上海古籍出版社1982年版，第72页。

名的铸剑大师就有薛烛、风胡子、欧冶子、干将、莫邪等人，而著名的剑器则有莫耶、鱼肠、吴鸿、扈稽、湛泸、纯钧、胜邪、巨阙、龙渊（也作龙泉）、泰阿（也作太阿）、工布等。考古发现可以为此作证，1964 年发现的吴王光剑，1966 年和 1973 年发现的越王勾践剑，1976 年发现的吴王夫差剑，每一把都是十分精致的工艺品。封建贵族们更是把剑作为饰佩物和尚武精神的象征。滕国的国君自称：“吾他日未尝学问，好驰马试剑。”① 莒国的国君更是“虐而好剑，苟铸剑，必试诸人”②。赵惠文王则养了三千多名“剑士”，令其“日夜相击于前”③。楚庄王因为宋国杀了自己的使臣，“投袂而起，屦及于窒皇，剑及于寝门之外，车及于蒲胥之市”④。由此可见，当时国君出门是一定要佩剑的，楚庄王生气，出门忘了带剑，侍从追到寝门之外把剑送上。

先秦社会弥漫着的好剑之风，不但造就了一批善于铸剑的能工巧匠，也在社会上形成了一股浓烈的剑崇拜的文化氛围。先秦时期战乱频仍，社会动荡不安，人民的生命财产遭受着严重的威胁。随着剑器在战争中的普遍使用，人们为摆脱内心的恐惧和寻求稳定安全，便幻想三尺青锋在手，就能制敌全身，由此而产生对剑器的崇拜和寄托心理。这种崇拜和寄托心理的产生，除了社会的原因之外，剑本身的形状、性能也起到了一定的作用。刘向《说苑·指武》记载：“鲁石公剑，迫则能应，感则能动，昒穆无穷，变无形像，复柔委从，如影与响，如龙之守户，如轮之逐马，响之应声，影之像形也。”⑤ 剑的形体可任意弯曲，形状深微莫测，且可与人产生互动感应，这种从直观角度进行的夸张而颇具神秘性的描绘，既有着对剑的优美形体与超越性能的赞美，更包含了古代人们对神物的幻想与崇拜。正如有的学者指出的那样：“剑之为物，在中国社会之意识形态中，自古迄今，具有一种不可解脱之潜势力，此中虽由古时传统迷信所推演，

---

① 孟轲：《孟子·滕文公上》，影印文渊阁四库全书本。

② 左丘明：《左传·昭公二十三年》，影印文渊阁四库全书本。

③ 王先谦：《庄子集解》，中华书局 1987 年版，第 270 页。

④ 左丘明著，杜预等注解：《春秋左传集解》（宣公十四年），上海人民出版社 1977 年版，第 612 页。

⑤ 刘向撰，向宗鲁校证：《说苑校证》，中华书局 1987 年版，第 374 页。

而古剑艺术之成就，固有其优点。”①

古人的崇剑心理在当时社会好剑之风的推动下，在民间巫祝风气盛行、宗教鬼神观念的传播指引下，很自然地升级为一种超自然的幻想。剑开始被神秘化、人格化。剑在神化为“剑术”的过程中，首先是在剑形、剑纹和剑饰上涂以神幻色彩，配以威灵之物，增益其超自然的功能。《越绝书》记载，欧冶子师徒被风胡子请至楚国，为楚王造了三把剑：一曰龙渊，一曰泰阿，一曰工布。铸成后，楚王问风胡子：“何谓龙渊、泰阿、工布?”风胡子答道：“欲知龙渊，观其状，如登高山，临深渊；欲知泰阿，观其釽，巍巍翼翼，如流水之波；欲知工布，釽从文起，至脊而止，如珠不可衽，文若流水不绝。”此书又记载了相剑师薛烛为越王勾践相剑之事：

王取纯钧，薛烛闻之，忽如败。有顷，惧如悟，下阶而深惟，简衣而坐望之。手振拂扬，其华捽如芙蓉始出。观其釽，烂如列星之行；观其光，浑浑如水之溢于溏；观其断，岩岩如琐石；观其才，焕焕如冰释。“此所谓纯钧也?”王曰：“是也。客有直之者，有市之乡二、骏马千匹、千户之都二，可乎?”薛烛对曰：“不可。当造此剑之时，赤堇之山，破而出锡；若耶之溪，涸而出铜；雨师扫洒，雷公击橐；蛟龙捧炉，天地装炭；太一下观，天精下之。欧冶乃因天之精神，悉其伎巧，造为大刑三、小刑二：一曰湛泸，二曰纯钧，三曰胜邪，四曰鱼肠，五曰巨阙。”②

从《越绝书》的记载来看，剑的外形被神化，造剑场面更被夸张，宝剑的出世惊天动地，凝聚了天地的精华。《古今刀剑录》一书是记载古代刀剑的专著，为南朝梁道士陶弘景所著，书中著录了夏禹、太康、孔甲、殷太甲、武丁、周昭王、秦昭王、秦始皇、汉高祖、汉文帝、汉武帝等历代君王所铸和所佩带的宝剑，都有一定程度的神幻色彩。如记“夏禹子帝启，在位十年，以庚戌八年铸一铜剑，长三尺九寸，后藏之泰望山腹上。

---

① 周纬：《中国兵器史稿》，百花文艺出版社 2006 年版，第 67 页。

② 袁康、吴平：《越绝书》卷一一，《二十五别史》(6)，齐鲁书社 2000 年版，第 57 ~ 58 页。

刻二十八宿文，有背面。面文为星辰，背记山川日月”[①]。喜录奇闻逸事、神怪传说的唐人志怪笔记《酉阳杂俎》记述汉高祖斩白蛇剑，“剑上皆用七彩珠、九华玉以为饰，杂厕五色琉璃为剑匣。剑在室中，其光景犹照于外，与挺剑不殊。十二年一加磨龙，刃上常若霜雪。开匣板鞘，辄有风气，光彩射人”[②]。这种对于剑的外形的包装以及性能的夸饰，根源在于人类对强大的自然力的内心恐惧和对神物保佑的幻想与崇拜。

其次是铸剑传说的人格化。许多野史笔记中都记载了干将、莫邪铸剑的传说。如《吴越春秋》卷四“阖闾内传”云：

干将者，吴人也。与欧冶子同师，俱能为剑。越前来献三枚，阖闾得而宝之，以故使剑匠作为二枚，一曰干将，二曰莫邪。莫邪者，干将之妻也。

干将作剑，采五山之铁精，六合之金英，候天伺地，阴阳同光，百神临观，天气下降，而金铁之精不销沦流。于是干将不知其由。莫邪曰："子以善为剑闻于王，使子作剑。三月不成，其有意乎?”干将曰：“吾不知其理也。”莫邪曰：“夫神物之化，须人而成。今夫子作剑，得无得其人而后成乎?”干将曰：“昔吾师作冶，金铁之类不销，夫妻俱入冶炉中，然后成物。至今后世，即山作冶，麻绖菱服，然后敢铸金于山。今吾作剑，不变化者，其若斯耶?”莫邪曰：“先师亲烁身以成物，吾何难哉?”于是干将妻乃断发剪爪投于炉中。使童女童男三百人鼓橐装炭，金铁乃濡，遂以成剑。阳曰干将，阴曰莫邪。阳作龟文，阴作漫理。干将匿其阳，出其阴而献之，阖闾甚重。[③]

《吴地记》中也有类似的记载，云干将铸剑，铁汁不下，其妻莫邪自投于炉中，铁汁乃出。遂铸成雄雌二剑，取名干将、莫邪（人名剑名合一)。干将进雄剑于吴王，自藏雌剑。雌剑思念雄剑，常悲鸣。两处记叙略有不同，但都表现出一种类似原始宗教的对剑的心理崇拜，铸剑过程中

---

① 陶弘景：《古今刀剑录》，《文津阁四库全书·子部》（第277册），商务印书馆2005年版，第249页。

② 李昉：《太平广记》（5），中华书局1961年版，第1757页。

③ 赵晔撰，张觉校注：《吴越春秋校注》，岳麓书社2006年版，第59页。

都灌注了人的一种主体精神，体现出人剑合一、物我合一的古代中国人的哲理思维。剑分雌雄，成为以后文学创作中经常出现的固定模式。此类传说在民间流传的过程中又有演变，文人据此记录、加工写成一段悲壮感人的故事。故事中干将、莫邪由为吴王造剑演变成为楚王造剑并因藏匿雄剑而被杀，其子眉间尺在侠客的帮助下，用雄剑为父报了仇。故事的主人公由干将、莫邪变为眉间尺和山中侠客，楚王成为暴虐凶残的反面人物，故事的主题由铸剑变为复仇，但剑的神奇与崇剑心理在故事中依然表现得十分明显。

《列子·汤问》也记载了邱郦章之子来丹寻觅神剑为父报仇的故事。来丹之父被黑卵所杀，黑卵力大无穷，骨硬皮坚，刀枪不入。来丹无奈，想依靠神兵利器来复仇。他听说孔周藏有殷帝之宝剑，能“却三军之众”，便往求之。“孔周曰：‘吾有三剑，唯子所择，皆不能杀人。且先言其状：一曰含光，视之不可见，运之不知有，其所触也，泯然无际，经物而物不绝。二曰承影，将旦昧爽之交，日夕昏明之际，北面而察之，淡淡焉，若有物存，莫识其状，其所触也，窃窃然有声，经物而物不疾也。三曰宵练，方昼则见影不见光，方夜则见光不见形，其触物也，騞然而过，随过随合，觉疾而不血刃焉。此三宝者，传之十三世矣，而无施于事。匣而藏之，未尝启封。’”① 来丹借了“宵练”剑去杀黑卵。他趁黑卵醉卧之时，“自颈至腰三斩之”，黑卵却毫无动静，依然沉睡。来丹知道“宵练”剑果然不能杀死仇人，叹而归去。书中写来丹寻觅神剑，蓄意报仇，虽然不曾杀死黑卵，但“含光”、“承影”、“宵练”三剑视之若无的光感效果，兵不血刃的斩杀性能，神奇描述中依然可见当时社会对宝剑的崇拜和眷恋。

剑的神秘化、人格化在战争中表现出极大的威力。东汉袁康和吴平的《越绝书》卷一一记载：晋郑联军围楚三年，楚王甚忧。于是，楚王亲自登城，高举太阿宝剑指挥作战，楚军士气大振。“三军破败，士卒迷惑，流血千里，猛兽欧瞻，江水折扬，晋郑之头毕白。”晋郑联军被击败，楚国之围遂解。楚王在胜利后问大臣风胡子：“此剑威耶？寡人力耶？”风胡子对曰：“剑之威也，因大王之神。”楚王又问：“夫剑，铁耳，故能有精神若此乎？”风胡子于是引经据典，陈述原因，不但肯定了剑的精神的存

① 张湛注：《列子注》卷五.《诸子集成》(3)，中华书局1954年版，第64页。

在，而且认为“铁兵之神”（剑）与“大王之神”（人）是相通的。[①] 这一传闻说明，在古代中国人的观念里，认为在剑的物质载体中凝聚着人的精神情感，两者互为依托，合为一体。它可看作是中国剑侠小说中“剑术”描述的人剑合一之境界的滥觞。

此外，在古代文献中，剑被神化为能祛除妖魔、镇邪避祸、遇难呈祥的法宝。晋人王嘉在《拾遗记》卷一〇记载：越王勾践以白马白牛祭祀昆吾山之神，采金铸成八枚宝剑，“六名灭魂，挟之夜行，不逢魑魅；七名却邪，有妖魅者，见之则止”[②]。唐人戴孚《广异记》讲述了一个宝剑镇妖的故事。名士裴徽迷恋一妇人，入其家中，见陈设华美，侍女多美色，心喜欲留宿。“会腹胀，起如厕。所持古剑，可以避恶。取剑坏纸（按，别本作裹剑纸），忽见剑光粲然。执之欲回，不复见室宇人物。顾视在孤墓上丛荆中。”[③] 剑的避邪镇妖性能在这两段记述里表现得非常突出。剑之所以能祛妖避邪，古人给予这样的解释：“夫剑，阳物而有威者也；鬼，阴物而无形者也；以无形而遇有威，是故销铄其妖，而不能胜，故鬼畏剑也。”[④] 以阴阳相生相克观念阐述剑对妖邪的威慑力。

值得注意的是，在古代典籍文献中，剑往往与龙互相化形，合为一体。《晋书·张华传》中记载了剑气以及剑的变化、飞腾和消失，具有一定的神秘气氛和人化色彩。张华博闻多识，尤精通图纬方伎之书。他见豫章方向有紫气上冲牛斗，便和精通天文的雷焕商议。雷焕说：这是“宝剑之精，上彻于天耳”。张华便让雷焕到豫章丰城县做县令。雷焕到丰城后，掘地四丈，“得一石函，光气非常，中有双剑，并刻题，一曰龙泉，一曰太阿”。雷焕派人送一把宝剑给张华，自己留一把佩带。后来，张华被杀，剑失所在。雷焕死后，其子雷华继承了宝剑。有一天，雷华从桥上经过，“剑忽于腰间跃出堕水。使人没水取之，不见剑，但见两龙各长数丈，蟠

---

① 袁康、吴平：《越绝书》卷一一，《二十五别史》（6），齐鲁书社2000年版，第59页。

② 王嘉：《拾遗记》，引自《太平广记》（5），中华书局1961年版，第1756页。

③ 李昉：《太平广记》（7），中华书局1961年版，第2646页。

④ 张邦基：《墨庄漫录》，《文津阁四库全书·子部》（第286册），商务印书馆2005年版，第175页。

萦有文章，没者惧而返。须臾，光彩照水，波浪惊沸，于是失剑”[①]。郦道元《水经注》对此事亦有记述：“昔张公（即张华）遇害，亦亡剑于是水。后雷氏为建安从事，迳践濑溪，所留之剑忽于其怀跃出落水，初犹是剑，后变为龙。”[②]《太平广记》卷二二九“汉太上皇”条，叙述汉太上皇未发达时，常佩一把匕首，“上有铭，其字虽难识，疑是殷高宗伐鬼方时作此物也”。这把匕首是一位陌生人在路上送给他的，说是殷代的灵物，世世相传，“水断虬龙，陆斩虎兕，魑魅魍魉，莫能逢之，削玉镌金，其刃不卷”。一次，他在丰沛山泽中穷谷处见有人铸剑，问铸何器，回答说：为天子铸剑。并请汉太上皇将匕首投入炉中，杂而冶之，定能炼成神器。炼成后，可以克治天下。太上皇将匕首投入炉中后，“烟焰冲天”。炼成后，太上皇将此剑赐予刘邦，刘邦佩此剑平定天下。“及天下已定，授吕后，藏于宝库之中。守藏者见白气如云，出于户外，如龙蛇。”[③] 王嘉《拾遗记》卷一也有类似记载：“颛顼高阳氏有画影剑、腾空剑。若四方有兵，此剑则飞赴，指其方则克。未用时，在匣中常如龙吟。”[④] 在这些文献资料的记载中，剑或变形飞升，“状如龙蛇”；或藏于匣中，“常如龙吟”；或干脆跃入水中，化成龙形。剑本身具有意识，能自由飞翔，能发出声音，剑之精气上冲牛斗，且具备消弭灾难、祛妖避邪的神奇功能。龙，是炎黄子孙普遍崇拜的一种图腾，对龙的崇拜象征着中华民族对生命力和超自然能力的向往，以及要求掌握自然、征服自然的美好愿望。剑、龙互化，合形为一，反映出中华民族对剑的崇拜心理，积淀着人类对神的崇拜和对“力”的追求，对勇武强悍、叱咤风云、扭转乾坤、掌控自然的向往和赞美。

---

① 房玄龄等：《晋书》卷三六，《二十五史》（2），上海古籍出版社、上海书店 1986 年版，第 1368 页。

② 郦道元：《水经注》卷二八，浙江古籍出版社 2001 年版，第 447 页。

③ 李昉：《太平广记》（5），中华书局 1961 年版，第 1756～1757 页。

④ 王根林、黄益元、曹光甫校点：《汉魏六朝笔记小说大观》，上海古籍出版社 1999 年版，第 496 页。

第二节　佩剑风气与文化意象

剑，作为中国古代冷兵器的代表，备受兵家、武士及文人士大夫的喜爱。明代茅元仪在《武备志》中曾说：“古之兵者，必言剑。”而随身佩剑更是中国社会普遍流行的一种风习。许慎《说文解字》云：“剑，人所带兵也。从刃，佥声。”刘熙《释名·释兵》亦云：“剑，检也，所以防检非常也。又其在身拱时，敛在臂内也。”两书皆从语源上释义，许慎指出剑是人随身佩带的兵器，刘熙更从礼节的角度强调了佩剑的礼仪法度。由此看来，剑很早就具有一种文化象征，随身带剑更是一种普遍的社会风气。

从文献资料来考察，至少在春秋战国时期，剑已经成为人们随身佩带的装饰品和防卫武器，代表着一个人的身份、地位乃至尊严。吴公子季札奉王命出使各国，佩宝剑而往。“初使北，过徐君，徐君好季札剑。口弗敢言，季札心知之。”因为要出使各国，不能没有佩剑，所以没有将剑送给徐君。等到出使归来，往见徐君，徐君已死，季札为表示自己的心意，把随身佩带的宝剑挂在徐君墓旁的树枝上。[①] 在季札看起来，作为一个国家的使者必须佩剑，剑是一个人身份的象征。所以他虽然知道徐君喜欢自己这把剑，自己也愿意送给徐君，但必须在完成国家使命之后才可以赠送。正因为剑象征着人的身份和尊严，所以屈原在被放逐之后，虽然“颜色憔悴，形容枯槁”，但仍然身佩长剑，行吟江畔，“带长铗之陆离兮，冠切云之崔嵬”。

段玉裁在《说文解字》“剑”字下注云：“桃氏为剑，有上制，有中制，有下制。注云：此今之匕首也，人各以其形儿大小带之。”[②] 段氏之注解源自《考工记》。《考工记》是一部先秦古籍，内容涉及自然科学、手工技艺和工艺美术等各类知识，曾引起各代学者的关注。从其记载来看，佩

---

① 司马迁：《史记》卷三一，《二十五史》（1），上海古籍出版社、上海书店1986年版，第182页。

② 许慎撰，段玉裁注：《说文解字段注》，成都古籍书店1981年影印本，第192页。

剑在当时不但是一种普遍的风气，且有上制之剑、中制之剑和下制之剑之分，长短大小也有不同，佩剑应有等级之别，人们须根据自己的身份佩带相应的剑。据《史记·六国年表》记载："（秦简公）六年令吏初带剑。"[①]《史记·秦始皇纪》写道："（秦惠公）七年百姓初带剑。"[②] 据一些研究者考证，"吏"是一个纯粹性的功能性称谓，仅就其治人理事而言，不涉及封建身份和礼乐教养。[③] "百姓"一词，据《辞海》解释：是古代对贵族的总称，战国以后用为对平民的通称。《辞源》释为：一指百官，二指平民、庶民。如此，战国以后称"百姓"为平民应当不会错。于是，有论者认为，佩剑的习俗本来是贵族的特权，后来才开始在民间普及。[④]

佩剑之风在民间兴起后，剑成为人们日常活动的一个重要特征。冯谖贫乏，衣食不能自给，到孟尝君家做门客，依然随身带着剑。因为在孟尝君家没有受到很好的待遇，他弹剑而歌，发泄胸中的积郁，终于引起孟尝君的注意，既改善了待遇，又施展了才干。毛遂在赵国平原君处做门客，三年不显异能。秦军围攻赵国邯郸，平原君游说楚王合纵救赵，毛遂等二十门客佩剑相随。从日出谈到日中，合纵之议未决。毛遂按剑历阶而上，侃侃而谈，历数合纵对楚国的益处，终于使楚王下定了合纵救赵的决心，毛遂亦从一般门客升为上客。秦王以武力威逼安陵君，企图侵占安陵，安陵君命唐且出使秦国。在会谈中，秦王以"天子之怒"威胁唐且，欲使其屈服。唐且挺剑而起，以"布衣之怒"斥责秦王，声言"若士必怒，伏尸二人，流血五步，今日是也"，迫使秦王长跪道歉。[⑤] 剑在士的活动中起到了十分重要的作用。

由于佩剑早先是一种特权，因此，这种风习在社会上普及之后，仍在一定程度上保持着它的传统。如秦法规定：群臣上朝不得佩剑，只有国王可以在殿堂上佩带宝剑。当荆轲刺秦王时，群臣手中没有兵器，在殿上乱

---

① 《二十五史》(1)，上海古籍出版社、上海书店 1986 年版，第 79 页。

② 《二十五史》(1)，上海古籍出版社、上海书店 1986 年版，第 33 页。

③ 阎步克：《士大夫政治演生史稿》，北京大学出版社 1996 年版。

④ 田延峰：《佩剑风习流变及文化内涵》，载《宝鸡文理学院学报》（社会科学版）2000 年第 2 期。

⑤ 毛遂事见《史记·平原君虞卿列传》，冯谖、唐且事分别见《战国策》"齐策"和"魏策"。

成一团，而腰悬宝剑的秦王，因为剑太长，一时无法拔出，只得绕柱狂奔。汉代百官中只有“萧何赐带剑履上殿，入朝不趋”[①]，与众不同。东汉以后，佩剑重视装饰，等级也更加细化，不同等级的官吏均佩带符合自己身份、地位的剑。《隋书·礼仪志》对此有详细记载：

开国公……佩山玄玉兽头鞶腰剑……

开国侯伯……开国子男……佩水苍玉兽头鞶腰剑……

一品，玉具剑，佩山玄玉；二品，金装剑，佩水苍玉；三品及开国子男、五等散品名号侯虽四五品，并银装剑，佩水苍玉；侍中以下，通直郎以上，陪位则像剑。带真剑者，入宗庙及升殿，若在仗内，皆解剑。一品及散郡公、开国公侯伯，皆双剑；二品、三品及开国子男、五等散品名号侯，皆只剑。[②]

唐代承隋制，佩剑之风依然盛行。宋元之后，佩剑风气趋向衰落。

佩剑之风的流行，不仅影响着人们的生活，也进入了文学视野。文人大都浪漫、潇洒，而剑携带方便，柔中有刚，虽是一种兵器，佩带者不仅没有粗豪野蛮之态，反而可以用它来装点自己，为柔弱的文人气质增添一点威武气概。自古文人爱宝剑，孔子教剑，屈原佩剑，阮籍学剑，李白咏剑，历代文人的尚剑精神，使剑与文学结下了不解之缘。剑成为众多文学作品中不断吟诵和反复描写的对象。

涉及“剑”的文学体裁主要有两类，一是诗歌，一是小说。在诗歌中，剑被文人当作一种文学意象，诗人借此表达情怀，抒发感慨。不管是阮步兵的“挥剑临沙漠”，还是陶渊明的“抚剑独行游”，也不管是鲍照的“仗剑出门去”，抑或是李白的“抚剑夜吟啸”，诗人的理想、壮志和狂傲之气都凝聚在“剑”的意象中。如阮籍的《咏怀》诗第六十一首：

少年学击剑，妙伎过曲城。
英风截云霓，超世发奇声。

---

① 《二十五史》(1)，上海古籍出版社、上海书店 1986 年版，第 235 页。

② 《二十五史》(5)，上海古籍出版社、上海书店 1986 年版，第 29、32 页。

挥剑临沙漠，饮马九野垌。
旗帜何翩翩，但闻金鼓鸣。
军旅令人悲，烈烈有哀情。
念我平常时，悔恨从此生。

阮籍本有济世之志，但身处政治黑暗、危机四伏的魏晋之交，只能以酣饮和故作旷达来逃避迫害。他的八十二首《咏怀》诗充满了苦闷、凄怆和孤独的情绪，此首以剑技高而终无所用来体现其极度苦闷、忧愤难遣的情怀。

与阮籍的怨哀、愤懑相反，李白则借剑抒发豪迈飘逸、自命不凡的精神气质。如《赠张相镐二首》之二：

抚剑夜吟啸，雄心日千里。
誓欲斩鲸鲵，澄清洛阳水。
六合洒霖雨，万物无凋枯。
我挥一杯水，自笑何区区。

诗人的夺人气魄与冲天豪情于字里行间一览无余。

清代著名文人龚自珍在诗词中对“剑”情有独钟，经常将“剑”与“箫”对举：

少年击剑更吹箫，剑气箫心一例消。
谁分苍凉归棹后，万千哀乐集今朝。
（《己亥杂诗》）

经济文章磨白昼，幽光狂慧复中宵。
来何汹涌须挥剑，去尚缠绵可付箫。
（《又忏心一首》）

怨去吹箫，狂来说剑，两样销魂味。
（《湘月》词）

秋心如海复如潮，但有秋魂不可招。
漠漠郁金香在臂，亭亭古玉佩当腰。
气寒西北何人剑？声满东南几处箫。
斗大明星烂无数，长天一月坠林梢。
（《秋心》）

以“剑”代表立业报国的壮怀，用“箫”表达忧国伤时的情思，剑气狂放，箫心幽怨，于哀婉绮丽中写出嵚崎不平之气，雄奇哀艳两种风格兼而有之。

张华、雷焕宝剑化龙之事流传甚广，东晋鲍照和唐代大诗人李白都曾以此典故入诗。鲍照《赠故人马子乔》诗云：

双剑将别离，先在匣中鸣。
烟雨交将夕，从此忽分形。
雌沉吴江水，雄飞入楚城。
吴江深无底，楚关有崇扃。
一为天地别，岂直限幽明。
神物终不隔，千祀傥还并。

李白《古风五十九首》中第十六首也写道：

宝剑双蛟龙，雪花照芙蓉。
精光射天地，雷腾不可冲。
一去别金匣，飞沉失相从。
风胡殁已久，所以潜其锋。
吴水深万丈，楚山邈千重。
雌雄终不隔，神物会当逢。

这两首咏宝剑诗，都以西晋张华、雷焕观剑气探知宝剑隐藏的方位，于是从土中挖掘出雌雄双剑，各佩一把，而最终双剑沉入水中，化为双龙的传闻为题材，但两首诗所表达的情怀是有差别的。鲍诗是为古人送别而作，故借雌雄双剑的分而复合表达对友人的思念和再次相逢的愿望。李诗则引出古代相剑名师风胡子，感叹人间知己难遇。清人王琦评论这两首诗道：鲍诗为古人而赠别，其居要处在“神物”一联；李诗感知己之不存，其警策处在“风胡”二语。辞调虽近，意旨自别。①

在大量吟诵宝剑的诗歌中，吴均的《咏宝剑》、白居易的《李都尉古剑》、欧阳修《宝剑》都将剑视为传世之宝物，当作有灵性的神兵利器，满怀深情地予以赞美，字里行间透出一种傲视群伦的豪迈气势。而欧阳修《宝剑》诗中“此剑在人间，百妖夜收形。奸凶与佞媚，胆破骨亦惊”的诗句，更突出了宝剑作为神物所具有的镇妖驱邪、诛奸除佞的正义之气，提出了宝剑的伦理实用价值。贾岛的《剑客》一诗则写出了另一种境界：

十年磨一剑，霜刃未曾试。
今日把示君，谁有不平事。

在这首朴素自然、清新爽健、毫无雕琢、率真奇迈的咏剑诗里，我们可以感受到诗人郁郁不得志的愤懑和渴望建功立业的豪情。

在诗歌创作中，剑的描写大都作为一种文学意象，或表现出诗人对社会现实黑暗的抨击，或表达了诗人对功名进取的追求，或洋溢着诗人的豪侠气概。而在小说创作中，“剑术”描写成为格外引人注目的主要内容。这里所说的“剑术”，不是中国武术中的剑术套路，而是古代小说中一种特殊的文化符号，它融会了儒家的伦理道德、侠士的正义之气、佛教的神通和道教的法术，变幻无穷，神鬼莫测，威力无比。

作为一种带有特定文化意蕴的文学表现形式，“剑术”的形成除了上述剑崇拜的社会文化心理因素之外，还有着文学自身的继承和发展的因素。最早对“剑术”予以文字描述的是庄周。《庄子·说剑》篇中描述了战国时期的击剑风气，并具体细微地阐述了运剑的法门。庄子认为：“夫为剑者，示之以虚，开之以利，后之以发，先之以至。”并指出用剑之时，要“忘己虚心，开通利物，感而后应，机照物先”。如此这般，方能达到

---

① 转引自李白：《李白全集》，珠海出版社 1996 年版，第 84 页。

“其剑十步杀一人，一去千里，行不留住”的绝高境界。

汉代赵晔《吴越春秋》也描述了一位精通“剑术”的越国女子的剑术之道。

越王问范蠡手战之术。范蠡答曰：“今闻越有处女，国人称之。愿王请问手战之道也。”于是王乃请女。处女将北见于王，道逢一翁，自称曰袁公。问女曰：“吾闻子善为剑，愿一见之。”女曰：“妾不敢有所隐，惟公试之。”公即挽林木少之竹，似枯槁，末折堕地，女接取其末。袁公操其本而刺处女。处女应节入之三，女因举杖击之。袁公飞上树，化为白猿。①

打败袁公后，越女见到了越王。越王请教“剑之道”，越女回答说：

其道甚微而易，其意甚幽而深。道有门户，亦有阴阳，开门闭户，阴衰阳兴。凡手战之道，内实精神，外示安仪，见之似好妇，夺之似惧虎，布形候气，与神俱往；杳之如日，偏如腾兔，追形逐影，光若仿佛，呼吸往来，不及法禁，纵横逆顺，直复不闻。斯道者，一人当百，百人当万。②

越女说完后，当场表演，其“剑术”果能“一人当百，百人当万”，天下无敌。庄子与越女的剑术理论十分相似，异曲同工，都极为深奥而又充满辩证法的哲理。此类“剑论”对后世剑侠小说创作中神奇剑术的形成，无疑产生了相当大的影响。

如果说在诗歌中，剑是作为一种文学意象被诗人热情赞美和反复歌颂的话，那么在小说中，剑就被视为一种文化符号让小说家们浮想联翩、心动不已，并且将它与中国民间自古以来就为广大民众所向往的游侠精神紧密地结合起来。“剑术”描写的具体化、形象化和类型化，标志着剑侠小说的成熟。民间崇剑的文化心理和民众要求公平正义、斩奸除恶的美好愿望，在“剑术”具体、形象的描述中发挥着重要的作用，成为中华民族武侠文化的重要组成部分。

---

① 赵晔撰，张觉校注：《吴越春秋校注》，岳麓书社2006年版，第241页。

② 赵晔撰，张觉校注：《吴越春秋校注》，岳麓书社2006年版，第242页。

第三节 “剑术”与宗教文化

剑侠小说最显著的特征是剑侠身怀的神奇莫测的剑术，它给剑侠小说罩上一层神异的光环，而这层光环的形成主要来自佛教与道教。

对剑侠小说中“剑术”与宗教的关系，前贤已有论述，如沈曾植在《海日楼札丛》卷五《成就剑法》中就曾描述过密宗对“剑术”形成产生的影响：

《妙吉祥最胜根本大教王经》有成就剑法，云：“持明者用华铁作剑，长三十二指，巧妙利刃。持明者执此剑往山顶上，如前依法作大供养，及随力作护摩。以手执剑，持诵大明，至剑出光明。行人得持明天，剑有烟焰，得隐身法。剑若暖热，得降龙法，寿命一百岁。若法得成，能杀魔冤，能破军阵，能杀千人。于法生疑，定不成就。”又有圣剑成就法。又云：“若欲成就剑法，及入阿苏罗窟，当作众宝像，身高八指”云云。按：唐人小说纪剑侠诸事，大抵在肃、代、德、宪之世，其时密宗方昌，颇疑是其支别。如此经剑法，及他诸神通，以摄彼小说奇迹，固无不尽也。①

这段记载详细地叙述了佛家修行“剑术”之法、“剑术”的威力、修炼者的心诚以及对唐代剑侠小说的影响。台静农先生在《佛教故实与中国小说》一文中对此作了进一步的讨论。他补充列举了一些材料，如《圣迦柅忿怒金刚童子菩萨成就仪轨经》卷上云：

对舍利塔前，诵真言六十万遍，即先成就。然后以补沙铁作剑，长六指或八指或十六指或三十二指，或依余真言教中剑量，剑成之后，以五净洗之。右手把剑于道场中念诵，乃至剑现光焰，持诵者则得变身，为持明仙，飞腾虚空，为持明剑仙。

---

① 沈曾植：《海日楼札丛》（外一种），中华书局1962年版，第219～220页。

又《金刚萨埵说频那夜迦天成就仪轨经》云：

持明者发菩提心，安住三昧心无二相，作此法已，告同伴人言，汝持座来。彼人闻已诵纥哩纥哩字，而作欢喜之间，现自本身带甲骑马，以手执剑，即取剑出鞘，作大忿怒，利牙咬唇，诵三吽字时，持明者即舒右手向前接剑。剑既入手，具大神通，随持明往诸天界，入彼八十俱胝持明天女宫中，役诸天女与同伴为眷属承事，当得灌顶王位，及其眷属当受快乐，腾空自在。于瞬息间从阎浮提界往西瞿耶尼、北俱卢洲、东胜神洲已，彼过七重大海及七金山，日宫月宫，至妙高山上。乃至他化自在天、那罗延天，如是复至昆仑山中，入补陀落迦山，见观自在菩萨，与菩萨处听闻妙法，因缘成熟，得于世间最上成就，所有世间虚空界内圣剑持明天中，此持明人得为彼主。

又《法苑珠林》卷五六《七宝部》引《萨遮尼乾子经》云：

佛言：大王，当知转轮圣王，复有七种名为软宝，所有功德，少前七宝。……第一剑宝者，轮王所用，国内若有违王命者，彼宝剑即从空飞往，诸小王见即降伏。①

从以上引述中可以发现，密宗的剑法成就与其神秘的修行颇有关联，其中咒语（即口诵真言）的作用尤为重要。而一旦剑法成就便具备无上神通，如飞行、隐身、变化之类，谲诡奇丽，神思远迈，玄妙无方。密宗的剑法修炼意在具大神通，得无上自在，其过程与目的皆充满宗教情怀，但这种奇思异想让小说家深受启发，对剑侠小说中神奇“剑术”的形成产生了一定的影响。

与佛教相比，道教修行的方法及理念对剑侠小说的创作更具有影响力。如前所述，“剑侠”一词本就出于道教典籍，《真龙虎九仙经》有云：“炼精华为剑，巡游四天下，能报恩与冤，是名为烈士。”此四句下有注：

---

① 上述三段佛经文字转引自台静农：《台静农论文集》，安徽教育出版社 2002 年版，第 243 ~ 246 页。

罗公曰：列仙侠有九等不同，第一天侠，第二仙侠，第三灵侠，第四风侠，第五水侠，第六火侠，第七气侠，第八鬼侠，第九遇剑侠。第一天侠，本天仙奉上帝赐剑也；第二仙侠，已修上真升天之行，又复炼气为锤剑；第三灵侠，已是地仙，镇居山岳，及炼就剑匕，万里闻有不平之事，飞剑立至，谓之灵侠；第四风侠，亦是地仙，练得剑匕，修之间断，未通极灵，知有不平，通风处身剑一时俱至也；第五水侠，本是水仙炼成，号曰水侠，无水不可腾飞也；第六火侠，修之自焚起，亦号火光三昧，炼匕剑成了，身欲飞腾，须化火一团，乘而来往，故号火侠也；第七气侠，唯学定息气，便将精华炼剑，剑成如气，仗而往来，号曰气剑也；第八鬼侠，人不见其形，本修神仙，水墨形，水墨剑也，出入往来，如气不殊；第九遇剑侠者，或因遇于宝剑，亦得随意东西变现也。

叶公曰：炼剑者，先收精华，后起心火，肺为风鞴，肝木为炭，脾为黄泥，肾为日月精罡也。肾为水脾，土为泥模，身为炉，一息气中，为法息成剑之气也。磨之于胆也，心为火，再烧精华内淬。又胆上磨九度了，一度一度磨时，肝血染着，故曰耶溪铁打，即精华也。师子胆磨丽水金妆，即心火烧时，肺为火烁金熔，滴在剑上也。蛟龙血洗磨时，肝血染着也。若铸金锤，又则不同，每咽日月华，纳归肺脏，肺缘属金，故号金锤也。又金锤出，准前是黄金本，肺应白，何得却黄本？肺脏是脾之子，肺主涕，若吞日月华，纳归肺一十二月满，举心火下，火铸之，火克金，故一时熔下脾为土为模也。号子投母，乃随母之象。脾黄气起，拒火之力，方成金锤。凡铸剑就者，即为列仙也。烈士游四天下宇宙之中，折平处众，不得非为也。有人遇者传得金锤匕剑，皆有神通也。①

《真龙虎九仙经》，又名《天真皇人九仙经》，归洞真部方法类，据说是天真皇人授黄帝丹经，当为道教徒伪托，不足信。注者罗公指罗公远，叶公指叶静能，皆为唐代著名道士。《通志·艺文略》著录："《天真皇人九仙经》一卷，唐叶静能撰，罗公远、一行注。"应为此经。《文献通考》卷二二五晁氏称此经："一行、罗公远、叶法静注，论水火龙虎造金丹之

---

① 《道藏》（第4册），文物出版社、上海书店、天津古籍出版社1988年影印本，第320～321页。

术。”《道藏提要》认为此书原有一行注，被后人删去，叶静能与叶法善疑为一人。[①]

《真龙虎九仙经》为道教内丹典籍。内丹是道教重要的炼养方术。丹，原指用铅、汞等矿物炼制而成的红色或丸状的药物，被认为服之能长生不死，羽化成仙。据称，道教信徒炼制这种理想中的长生不死药的过程，须经“七返九还”，最后复归于“道之初始”，故称“还丹”。又炼丹以金（实为铅、汞）为主要原料，故称“金丹”，并取“金性不朽败”之义，以喻其能令人永生不死。内丹，指在人体内炼成的长生不死药，其所需原料精、气、神，亦用外丹术语喻称，其炼制过程亦如外丹之经七返九还而复归本初之道，故亦称还丹、金丹。内丹炼养之道，渊源于先秦以来的行气、守一、吐纳、导引等术，是此类方术在实践和宗教化过程中发展成熟的产物。汉末魏伯阳依据传统方术，参合易经、黄老，撰《周易参同契》，隐晦而又系统地阐述了内外丹炼化之道，是中国炼丹史上第一部丹经，被尊为“丹经王”。《真龙虎九仙经》承魏伯阳内丹一脉，又有所变化发展。此经以天人合一的生命哲学为修炼核心，从炼形入手，以人身为炉鼎，以精、气、神为药物，用观想存思之法，静意修心，安神炼气，进而修成黄云撞顶（按：此为道教用语，“黄云”，为人体脾藏真气所化；“黄云撞顶”，即人体内真气聚于头顶）、夺舍分身，直至五藏气交，圣身出体（按：这是道教一种炼神出离身体的方法。所谓“圣身”，是指修炼者的元神，其自头顶百会穴出入自在，如此即达到一种神妙的境界）。此经修道之术，依次为炼精化气，炼气化神，炼神还虚。

从炼气、化神、体道、成圣，到飞剑行侠，这是《真龙虎九仙经》中讲述的剑仙修炼之道。经文的表述，宗教情绪十分狂热，但对文学的影响较为明显，如此经中云：“炼精华为剑，巡游四天下。”罗注更将此等修炼依炼丹功力之深浅细分为九个层次，而每个层次的修行都与剑密切相关，或“奉上帝赐剑”，或“炼气为锤剑”，或“将精华炼剑，剑成如气”，或“遇于宝剑”等，其间更有飞剑、气剑、水墨剑等各种名目，而第九种仙侠则直接称为“遇剑侠”。相比密宗典籍而言，此经中描述仙侠的种种神通，如升天、飞腾、掌控水火、以气御剑、人不见其形、随意东西变现

---

① 任继愈主编：《道藏提要》，中国社会科学出版社 1991 年版，第 161 ~ 162 页。

等，与唐人小说中红线、聂隐娘、摩勒等剑侠所具有的各种神术更为接近，“以气御剑”对明清以后的剑侠小说更是产生极大影响。

剑是道教徒重要的施法工具，在道教修行的观念中，剑具有驱魔斩妖的功能，有助于道术的修炼，因此道教经籍对剑多有记叙。与罗、叶二人差不多同时的著名道士司马承祯，在《上清含象剑鉴图》中详细描绘了景震剑的名式取象和神异功效，在《铸剑镜法并药》中还描述了铸剑的过程。[①] 上引《真龙虎九仙经》“叶注”也从内丹修炼的角度谈及炼剑。《三洞群仙录》、《历世真仙体道通鉴》等道教典籍都有道教神仙御剑除魔、体道修行的记载。元末明初毕云龙所著《浑元剑经》记述了道教仙家剑法的修炼，对丹道与剑术融合之法描写得十分详细，同时也规定了剑侠应遵循的戒律。

在文学描写中，道教神仙运剑施法，斩妖除佞，剑已成为体现道性、助民济物的仙家法宝。《醒世恒言》卷二一“吕洞宾飞剑斩黄龙”中，汉钟离赐吕洞宾降魔太阿神光宝剑，嘱咐曰：“此剑能飞取人头，言说住址姓名，念咒罢，此剑化为青龙，飞去斩首，口中衔头而来，有此灵显。有咒一道，飞去者如此如此。再有收回咒一道，如此如此。”[②] 并在给黄龙长老的书信中写下四句偈语：“丹只是剑，剑只是丹。得剑知丹，得丹知剑。”[③]《警世通言》卷四〇“旌阳宫铁树镇妖”中更将道法剑术予以想象和夸张：

（兰公）遂剪下一个中指甲来，约有三寸多长，呵了一口仙气，念动真言，化作个三尺宝剑。有歌为证：

非钢非铁体质坚，化作宝剑光凛然。不须锻炼洪炉烟，
稜稜杀气欺龙泉。光芒颜色如霜雪，见者咨嗟叹奇绝。
琉璃宝匣吐莲花，查镂金环生明月。此剑神仙流金精，

① 参见《道藏》（第6册），文物出版社、上海书店、天津古籍出版社1988年影印本，第683～684页。

② 冯梦龙编，钟仁校注：《醒世恒言》卷二一，陕西人民出版社1992年版，第442页。

③ 冯梦龙编，钟仁校注：《醒世恒言》卷二一，陕西人民出版社1992年版，第453页。

干将莫邪难比论；闪闪烁烁青蛇子，重重片片绿龟鳞。
腾出寒光逼星斗，响声一似苍龙吼；今朝挥向烈火中，
不识蛟螭敢挡否？

兰公将所化宝剑望空掷起。南剑刮喇喇，就似翻身样子一般，飞入火焰之中，左一冲右一击，左一挑右一剔，左一砍右一劈，那些孽怪如何挡抵得住？①

上述描写将宝剑与道教法术结合起来，宝剑在道教法术的催动下极具威力。而“呵了一口仙气”，“念动真言”以及“丹剑合一”之类的描写，更是把道教传统的行气、服气、胎息等养生道术加以夸饰和神化，渲染成为具有神功异效的御剑之术。将宝剑与修真养道联系在一起，这是道教内丹修炼兴起之后，道教修炼由“内”至“外”，即由内炼精、气、神到向外施展法力的具体表现，法术的灵验与否需要依据修炼者内炼功力的深浅而定，它体现了道教“内炼为本”的法术思想。

宗教对剑侠小说的影响还可从剑侠小说的内容多涉及佛道题材得以证明。以四卷本《剑侠传》和郑观应《续剑侠传》为例，两书共辑录文言剑侠小说72篇，从下面所列表格中可以看出，涉及佛道人物和观念的作品有31篇，足以说明宗教文化的作用不容忽视。

《剑侠传》篇目	是否涉及佛道	《续剑侠传》篇目	是否涉及佛道
老人化猿		李鉴夫	涉及
扶余国王	涉及	青丘子	涉及
嘉兴绳技		顶缸和尚	涉及
车中女子		李福达	
僧侠	涉及	门客	
京西店老人		大铁椎传	
兰陵老人		高髻女尼	涉及
卢生	涉及	伟男子	

① 冯梦龙编，严敦易校注：《警世通言》卷四〇，人民文学出版社1956年版，第596页。

（续上表）

《剑侠传》篇目	是否涉及佛道	《续剑侠传》篇目	是否涉及佛道
聂隐娘	涉及	琵琶瞽女	
荆十三娘		燕赤霞	涉及
红线	涉及	侠女	
田膨郎		佟客	
昆仑奴		毛生	
许寂	涉及	葛衣人	涉及
丁秀才	涉及	了奴姊妹	
潘将军	涉及	游客铁丸	
宣慈寺门子		水先生	
李龟寿		逆旅少年	涉及
贾人妻		末座客	
虬须叟	涉及	柳生	
韦洵美	涉及	卫女	
李胜	涉及	袁客	
乖崖剑术		王姓客	涉及
秀州刺客		空空儿	
张训妻		珠儿	涉及
潘扆		黄瘦生	
洪州书生	涉及	周栎园姬	涉及
义侠		道人	涉及
任愿	涉及	童之杰	涉及
花月新闻	涉及	河海客	涉及
侠妇人		余客	
解洵娶妇		侠女子	涉及
郭伦观灯	涉及	柳南	
		老僧	涉及
		相士	
		飞剑将军	涉及
		张青奴	
		朱振玉	
		奚成章	

郑观应《续剑侠传》所收明代钱希言著文言小说《青丘子》就是专讲剑侠“炼”剑之事的。青丘子隐于武当山上炼剑，属下有青童玉女守炉看火，有专备炼剑的净室：

室中有药鼎，高数尺，周遭封固，紫焰光腾，照耀林壑，第教生以守炉看光，添缩薪炭，不得擅离妄视而已。每昼则有玉女持稠膏一筒，投鼎中，搅和之，鼎中声类霹雳。夜半则有青童复持稠膏，依前沃入，其声淜湱如旧。此室之中，玉女二人，青童二人，更番直应，日以为常。生偶问及鼎中何物，皆笑而不对。先生已具知之，愠怒诟责，便欲驱逐出门，众相跪请，乃止，后遂不敢发问。久之，丹鼎成矣。出其金液，计可六百余斤，分而为二，又折至七八斤而止。移至大磐石上，捣之，昼作夜息，渐渐而薄，因成铁片。择甲午、丙午诸日，铸成六剑，悬于绝壁之下，以飞瀑溅激其上，日月之光华烛之。历经旬朔，剑质始柔。此六剑各有名目，先生举一畀生，令童子开启脑后臂间藏之，亦无所苦。却令斋心七日，尽传击刺之秘，命生往青城山中，结茅栖止。诫无妄用其剑，第一不得作世间非为事，自奸天诛。①

这篇小说承袭《真龙虎九仙经》中区分仙侠等级之描写，首次在文学作品中划分神仙、剑仙之别，认为剑仙骨骼资质不及神仙，“因缘尚隔一层”，为后世剑侠小说区分剑仙、剑侠等级开了先例。小说中提及王重阳及全真教，而书中详述的丹鼎炼剑之术，则明显是道教冶炼金石制作丹药过程的形象叙述，由此可见，道教典籍中有关剑的记叙对剑侠小说的形成和发展是有巨大影响的。

需要引起我们注意的是，宗教在中土的传播过程中，佛道两家常常互相汲取，相间共融，如《道藏提要》认为：《真龙虎九仙经》“与一般内丹法不同。又多言开顶出神，及出神后投胎移舍、夺位分身之术，似出佛教密宗之法”②。至于小说家言，更是佛道混杂，像聂隐娘本是佛门子弟，却也会使用道教法术。

---

① 《剑侠图传全集》，河北人民出版社 1987 年版，第 84 页。

② 任继愈主编：《道藏提要》，中国社会科学出版社 1991 年版，第 162 页。

尤其需要指出的是，道教内丹术重在人体内部精、气、神的修炼，讲究性命双修，内炼为本，由内至外，推己济人。从对剑侠小说的影响来看，它无疑增加了剑侠修炼中的道德色彩，提升了剑侠个体的道德层面，并且在修炼中对剑侠添加了必要的行为约束，制定了严格的清规戒律，使早期剑侠的嗜杀性格大大削弱，明清以后文学作品中的剑侠形象便明显地呈现出较多的人性化与道德倾向。

第四节 “剑术”与伦理文化

中国古代的封建社会是以亲亲的宗法制为基础的社会，一切社会人际关系皆以此为依据推演开来。维系这种社会制度思想体系的儒家哲学，表现出一种伦理化的泛道德主义的倾向。《礼记·大学》言道：

古之欲明明德于天下者，先治其国；欲治其国者，先齐其家；欲齐其家者，先修其身；欲修其身者，先正其心；欲正其心者，先诚其意；欲诚其意者，先致其知。致知在格物，物格而后知至，知至而后意诚，意诚而后心正，心正而后身修，身修而后家齐，家齐而后国治，国治而后天下平。自天子以至于庶人，壹是皆以修身为本，其本乱而末治者否矣。①

这一套格物、致知、正心、诚意、修身、齐家、治国、平天下的思想体系，就是儒家大师所追求的一种人生境界，它以个人道德和学问修养为基础，以内在超越推进社会理想，将理想人格的追求转化为理想社会的蓝图，这就是所谓的“内圣外王之道”。

著名学者汤一介先生认为，“内在超越”是中华民族思想文化的重要特征。“儒家是以通过道德修养以达到超凡入圣的超越境界，佛教的禅宗是以通过自心顿悟以达到瞬息永恒（借用李泽厚语）的超越境界，那么道

① 李学勤主编：《十三经注疏本·礼记正义》，北京大学出版社 1999 年版，第 1592 页。

家则是通过任自然无为以达到精神自由的超越境界，而这三者的‘超越’都是‘内在超越’。”另外，“道教的超世游仙思想深深影响着中国的士大夫。而道教的神仙思想则以‘我命在我不在天’立论，其方法（功夫）则靠所谓内丹或外丹的修炼，就这点说，它也不能不说与老庄‘内在超越’思想无关”①。

受这种“内足以资修养而外足以经世”（梁启超语）的“内在超越”思想文化的影响，在剑侠小说的描写中，剑侠欲炼“剑术”，先学做人。《七剑十三侠》里的海鸥子说：“剑术一道，非是容易，先把名利二字置之度外，抛弃妻子家财，隐居深山岩谷，养性练气，采取五金之精，练成龙虎灵丹，铸合成剑，方才有用。”（第一回）飞云子曰：“谈道术者，第一要戒淫。”（第六十四回）玄贞子云：“古来剑仙侠客，哪一个不从忠孝节义四字上做起？”（第七十回）《江湖奇侠传》中欧阳净明教导私自离家出走的柳迟说：“只听说学道的人有抛妻撇子的，不曾听说有抛父撇母的。父母都可以抛撇，这道便学成了，又有何用处？并且世间也绝没有教人不孝的道术。”（第三回）《蜀山剑侠传》中陆敏想跟随极乐真人李静虚学习道术，极乐真人说：“世上无不孝的神仙。”并以“不孝有三，无后为大”为由，告诫陆敏：“即使要出家静修，完成散仙功业，也须等有了嗣续以后。”（第一百一十九回）由此可见，要炼成无所不能的“剑术”神通，必须既要行得端，坐得正，心无杂念，又要具有中华民族的传统美德。

剑侠小说中的“剑术”具有替天行道、拯世救民之功用，因此，剑侠在择徒传授剑术时十分注重人物的品性，且反复考察，在确信其品行符合道德标准后方予以传授，而学炼“剑术”者亦须经历种种考验。《初刻拍案惊奇》卷四《程元玉店肆代偿钱　十一娘云冈纵谭侠》描写十一娘初学剑术，其师对她进行考察：

（道姑）至暮，径下山去，只留我独宿，戒我道：“切勿饮酒及淫色。”我想道：“深山之中，那得有此两事？”口虽答应，心中不然。遂宿在团瓢中床上。至更余，有一男子逾墙而入，貌绝美。我遽惊起，问他不答，叱

---

① 汤一介：《当代学者自选文库·汤一介卷》，安徽教育出版社1999年版，第568～569页。

他不退，其人直前，将拥抱我。我不肯从，其人求益坚。我抽剑欲击他，他也出剑相刺。他剑甚精利，我方初学，自知不及，只得丢了剑，哀求他道："妾命薄，久已灰心，何忍乱我？且师有明戒，誓不敢犯。"其人不听，以剑加我颈，逼我从他。我引颈受之，曰："要死便死，吾志不可夺。"其人收剑笑道："可知子心不变矣。"仔细一看，不是男子，原来就是赵道姑，作此试我的。因此道我心坚，尽把术来传了。①

韦十一娘在考察中表现出色，品行兼优，道姑才传她剑术。《仙侠五花剑》中红线告诫弟子素云说："凡学剑术之人，第一要心术端正，不许无事生非。第二要毅力坚固，不得有初鲜终。第三要涵养深沉，不可逞能嗜杀。有此三者，方许大道能成。"小说中公孙大娘叮嘱下界传道的虬髯公等人："诸位道长下山，倘然得遇有缘，千万须看此人的心术若何，然后传他绝技，不要误授了外君子内小人的人儿，那时仗着本领高强，又倚宝剑利害，妄作妄为起来，不但有玷师门，只怕为祸不小。况道长等此去授徒，原欲阐扬正道，使人不入歧途。倘若误授匪人，其害何堪设想。诸位宜留心在意为是。"② 剑侠空空儿因一时失察，误收恶人燕子飞为徒，传其剑术，结果败坏师名，贻害苍生。为了根除祸害，众剑仙一同下界，合力围剿，终将燕子飞诛灭。

剑侠出自乱世，"剑术"是剑侠行侠人间的手段，若有人用"剑术"来行不义之事，就会给自己招来杀身之祸，其"剑术"也会失去应有的灵验。我们在剑侠小说中经常看到剑侠艺成出山，其师必然再三叮咛：不得持"剑术"为非作歹，否则必遭天谴。《狯园·青丘子》中王生在武当山上炼成剑术，下山之前，其师青丘子"命生往青城山中结茅栖止，诫勿妄用其剑，第一不得作世间非为事，自奸天诛"③。《江湖奇侠传》第四十四回，笑道人的徒弟戴福成倚持剑术，胡作非为。笑道人将他带到当日传授剑术的山洞，教训道："道家其所以需用法术，是为救济人，以成自己功德的。是为自己修炼时，抵抗外来魔劫的。谁知你倒拿了这法术，下山专

① 凌濛初：《拍案惊奇》(上)，上海古籍出版社 1982 年版，第 74 页。

② 海上剑痴：《仙侠五花剑》(与《宋太祖三下南唐》合刊)，华夏出版社 1995 年版，第 183、193 页。

③ 《剑侠图传全集》，河北人民出版社 1987 年版，第 84 页。

一打劫人的财物，造成自己种种罪过。你的罪过，不是责罚可了的，我也不须责罚你。我错收了你这个徒弟，我应代你受祖师责罚。我于今惟有还你本来面目，我门下容不了你这种徒弟。”说罢，抬腿一脚向戴福成头上踢去，将戴福成踢得昏死过去。戴福成醒来之后，以前学成的剑术完全失去。① 因此，剑侠必须有严格的自律精神，清心寡欲，潜心修炼，替天行道，正如《初刻拍案惊奇》卷四《程元玉店肆代偿钱　十一娘云冈纵谭侠》中剑侠韦十一娘所说：“就是报仇，也论曲直。若曲在我，也是不敢用术报得的。”如以“剑术”假公济私，必遭报应。小说中韦十一娘要寻野味招待客人，便命徒弟青霞操弓矢下山，尽人力打猎，因为“剑术”是不可以用来伤物命以充口腹的，否则“神理不容”。

伦理文化对剑侠小说的影响还表现在“剑术”有正邪之分。《里乘·剑侠》篇写韦生与黄山一和尚斗剑，和尚口吐青气，韦生口吐白气，“互相激射，盘旋天际，夭矫闪烁，如电交掣。少选，青气渐弱，白气益锐，砉然一声，响若裂缯，将青气划为两断，堕地顿灭”。韦生事后告诉围观者，和尚所炼的剑气为雌，是邪道；自己所炼的剑气为雄，是正道。邪不胜正，和尚必然失败。②

“剑术”有正邪，就在于炼剑者的方式有正邪。《女仙外史》第八十二回月君针对尹伐夏的剑术修炼有一番评议：“飞剑法术，只有得剑仙。其剑能屈能伸，能刚能柔，能短能长，可以通灵变化。若在剑侠，只讲得击刺，算在武艺之列。如今尹伐夏的剑术，大抵用符咒遣着鬼神去的，若是正神，岂有助人行杀？若是邪神，擅行杀戮，必致上干天怒，这算是邪术。”在作者看来，尹伐夏的修炼方法不正，故为邪术。③《淞滨琐话·粉城公主》一篇，写粉城公主幼学剑术，父亲被奸臣所害，逃至海岛上，聚集一群义士杀贪官，替天行道。但她所炼剑术有些邪门，所用宝剑必须要读书人的脑血浸泡四十九日才能化为白光，飞行自如。后来，她抓住一贪官父子，截留了贪囊三十万，并将其子衅剑，剑术方成。④

晚清以后，“剑术”正邪描述明显增多，从修炼方式的正与邪扩展至

---

① 平江不肖生：《江湖奇侠传》，岳麓书社 2009 年版，第 344 ~ 350 页。
② 许奉恩：《里乘》卷六，重庆出版社 2005 年版，第 179 页。
③ 吕熊：《女仙外史》，百花文艺出版社 1985 年版，第 906 页。
④ 王韬：《淞滨琐话》卷七，齐鲁书社 2004 年版，第 159 ~ 163 页。

修炼目的的是与非、修行派别的善与恶，以及修炼者是用以造福社会还是危害社会。《七剑十三侠》、《江湖奇侠传》、《蜀山剑侠传》等在叙述故事时，都注重表现剑侠的道德修养，尤其强调剑侠在修炼“剑术”过程中的内在超越与人格提升。正邪、善恶、是非、忠奸等主题内容的引入和强化，彰显了“剑术”拯救社会的应用功能，使飞行变化的剑术神通承载着阐扬道德伦理的文化使命。

第三章

绮丽、飘逸，天马行空

——文学作品中的剑侠形象

剑侠是剑侠小说的主角，是拯救弱小的超人，是实现正义的英雄，是漫漫长夜的一线光明。他们手持三尺青锋，胸怀一腔热血，御风而行，奔走天下，越荒山，卧古寺，入市井，履深巷，挟一路风尘，扬人间正义。

在文学发展的历史长河中，剑侠形象经历了一个演变发展的过程。唐传奇中的剑侠形象大都行踪隐秘，来去如风，神龙见首不见尾，而且嗜血成性，道德观念淡薄，其言行举止与爽直勇武的豪侠、轻财重义的游侠迥然有别。聂隐娘艺成之后，光天化日之下在热闹的都市中杀人，又将人头装入袋中，向师父报告之后，再用药物将人头化为水。当她击杀了另一剑侠精精儿之后，“拽出于堂之下，以药化为水，毛发不存矣”①。贾人妻和崔慎思妾报仇之后，远行之前，竟狠心杀死了尚在襁褓中的亲生儿子。虬髯客与李靖开怀畅饮时，从随身所带的革囊中取出一个人头和心肝，并用匕首切心肝作下酒之物。

自五代及宋代开始，小说中的剑侠逐渐承担起打抱不平、维护正义的职责，如《灯下闲谈》中的《虬须叟》，《北梦琐言》中的《荆十三娘》，《江淮异人录》中的《洪州书生》，《夷坚志》中的《侠妇人》、《郭伦观灯》，《青琐高议》中的《任愿》，《女红余志》中的《侠妪》、《佳次妇》等篇均以除恶惩凶、扶危助弱作为小说表现的主题，但是，他们在行侠仗义的同时，言行举止中仍有着嗜血滥杀的恶习。可以看出，这一阶段小说中的剑侠形象与唐代相比已经有所变化。

明清以后，小说中的剑侠形象发生了根本性转变。自胡汝嘉《韦十一娘传》问世，其“剑术为公”的论述对后世剑侠小说创作产生了巨大的影响。此后，小说中描写的剑侠均有强烈的道德观念和处世原则，严格自律，举止理性，明辨是非，勇于担当，此前嗜血滥杀的恶习得到了明显的改变。剑侠在修炼剑术的同时，也在进行着自我人格的完善，不能抛弃名利、没有恒心、好勇斗狠、不忠不孝之人是无法炼成神奇剑术的。龚自珍《最录李白集》曰：“儒、仙、侠实三，不可以合，合之以为气，又自白始也。”② 认为李白身上具有儒仙侠三者的气质。如从这一视角来审视明清剑侠小说，可以发现，小说中的剑侠形象正是儒仙侠三者合一的产物。从

---

① 李昉：《太平广记》（4），中华书局1961年版，第1458页。
② 龚自珍：《龚自珍全集》，上海人民出版社1975年版，第255页。

此，剑侠才真正成为拯救社会、公平正义的理想化身，成为民间崇拜的心灵偶像。

第一节　令人敬畏的复仇女侠

复仇是一种复杂而广泛的社会现象，复仇意识作为一种顽强的民族心理由来已久。“有仇不报非君子”，“父母之仇，不共戴天”，神话传说中共工怒触不周山、精卫衔木石填海、刑天死后仍操干戚起舞，便是这种顽强不屈的复仇心理的反映。

在文学作品中，复仇题材被反复描述，且与反抗暴政结合起来，演绎了无数催人泪下的感人场景。创作于汉代、依据史实敷衍成篇的小说《燕丹子》便是一部深刻反映复仇理念的武侠小说。燕太子丹在秦国做人质，受到秦王的羞辱，逃回燕国后发誓报仇。他说：“丈夫所耻，耻受辱以生也；贞女所羞，羞见劫以亏其节也。”将自己的受辱比作贞女失节，是人生的奇耻大辱，表现出强烈的复仇意志。樊於期为了报仇不惜献出自己的头颅，自刭后“头坠背后，两目不瞑”，充满了誓必雪耻复仇的悲壮豪情。小说中燕丹子等人虽然“贵匹夫之勇，信一剑之私”，致使复仇失败，但不畏强权、敢于雪耻的复仇精神和刺秦举动悲情壮烈，感人至深。① 干宝《搜神记·三王墓》也是一篇将复仇意志和反抗暴政结合在一起的武侠小

① 《燕丹子》，《汉书·艺文志》未著录，记载此书最早的是《隋书·经籍志》。《隋书·经籍志》子部小说家著录：“《燕丹子》一卷。”《旧唐书·经籍下》丙部子录小说类：“《燕丹子》三卷。”《新唐书·艺文三》丙部子录小说类：“《燕丹子》一卷。”此外，《宋志》、《文献通考》皆作三卷。清人孙星衍校刻《燕丹子·叙》曰：“《燕丹子》三卷，世无传本，惟见《永乐大典》。纪相国昀既录入四库子部小说类存目中，乃以抄本见付。”《四库提要》认为是书：“至明遂佚。”对此，余嘉锡《四库提要辨证》指出：“此书著录于明陈第《世善堂书目》卷上，则当明之中叶，犹未佚也。”可见，此书成书后，版本相同，内容一致，三卷本即一卷本。关于此书作者，《旧唐志》题“燕太子撰”，不知何据，似伪托。作者已不详。此书今存《永乐大典》、《问经堂丛书》、《岱南阁丛书》、《平津馆丛书》、《子书百家》、《子书四十八种》、《四部备要》、《丛书集成初编》等书中。

说，赤比的复仇意志坚定而强烈，当山中侠客愿意为他完成复仇心愿，提出“将子头与剑来，为子报之”的条件时，赤比毫不犹豫地答应，“即自刎，两手捧头及剑奉之，立僵。客曰：‘不负子也。’于是尸乃仆”。小说以夸张的笔法烘托赤比不惜性命、誓死报仇的决心，描述山中侠客铲除暴虐、不计生死的豪侠壮举，显示出崇高的精神力量和丰富的社会内涵。鲁迅因此在《故事新编》中将此篇改写成《铸剑》。

复仇，当它从一种迫切的心理诉求转化为具体的报复行动时，通常都是一种暴力行为，尤其是以眼还眼、以牙还牙、以血还血的私相图报，更是充斥着暴力和血腥。这种行为举止非常符合“侠”的我行我素的性情以及自掌正义、不受拘束的处世规范，因此，在武侠小说发展史上以快意恩仇为题材的作品层出不穷，其中以女侠为复仇主角构成一类独特的情节模式，格外引人注目。

在文学史上，以表现女侠复仇为题材的文学作品，东汉时期便已出现。东汉末年，发生了一位女子为报杀父之仇，挺身前往刺杀暴徒，然后自首遇赦的故事。三国时期著名的音乐家左延年写了一首纪事诗《秦女休行》歌咏此事。诗中写道：

秦氏有好女，自名为女休。
休年十四五，为宗行报仇。
左执白杨刃，右据宛鲁矛。
仇家便东南，仆僵秦女休。

晋初诗人傅玄也写了一首题目相同而内容略有出入的诗。《乐府诗集》将二首诗收入，指出：此二诗皆“言杀人报怨，以烈义称”。曹子建《精微篇》也言及女子复仇：

关东有贤女，自字苏来卿。
壮年报父仇，身没垂功名。
女休遇赦书，白刃几在颈。
俱上列仙籍，去死独就生。

黄节为此诗作注引朱乾语：“篇中累序诸女报父仇及赦父命，使听者凛然于言外。”[①]

至唐代，剑侠小说风行于世，女侠以剑术复仇的故事广为流传。如李肇《长安妾》、崔蠡《义激》、薛用弱《贾人妻》和皇甫氏《崔慎思妾》等篇皆是。以《贾人妻》为例：

唐余干县尉王立调选，佣居大宁里。文书有误，为主司驳放，资财荡尽，仆马丧失，穷悴颇甚，每乞食于佛祠。徒行晚归，偶遇美妇人同路，或前或后依随。因诚意与言，气甚相得。立因邀至其居，情款甚洽。翌日，谓立曰：“公之生涯何其困哉！妾居崇仁里，资用稍备，傥能从居乎？”立既悦其人，又幸其给，即曰：“仆之厄塞，阽于沟渎，如此勤勤，所不敢望焉。子又何以营生？”对曰：“妾素贾人之妻也。夫亡十年，旗亭之内，尚有旧业，朝肆暮家，日赢钱三百，则可支矣。公授官之期尚未，出游之资且无，脱不见鄙，但同处以须冬集可矣。”立遂就焉。阅其家，丰俭得所，至于扃锁之具，悉以付立。每出，则必先营办立之一日馔焉。及归，则又携米肉钱帛以付立，日未尝阙。立悯其勤劳，因令佣买仆隶，妇托以他事拒之，立不之强也。周岁，产一子，唯日中再归为乳耳。

凡与立居二载。忽一日夜归，意态遑遑，谓立曰：“妾有冤仇，痛缠肌骨，为日深矣。伺便复仇，今乃得志，便须离京。公其努力，此居处，五百缗自置，契书在屏风中，室内资储一以相奉。婴儿不能将去，亦公之子也。公其念之！”言讫，收泪而别。立不可留止，视其所携皮囊，乃人首耳。立甚惊愕。其人笑曰：“无多疑虑，事不相萦。”遂携囊逾垣而去，身如飞鸟。立开门出送，则已不及矣。方徘徊于庭，遽闻却至，立迎门接俟。曰：“更乳婴儿，以豁离恨。”就抚子，俄而复去，挥手而已。立回灯褰帐，小儿身首已离矣。立惶骇，达旦不寐，则以财帛买仆乘，游抵近邑，以伺其事。久之，竟无所闻。其年立得官，即货鬻所居归任。尔后终莫知其音问也。[②]

---

① 黄节注：《黄节注汉魏六朝诗六种》，人民文学出版社2008年版，第447页。
② 李昉：《太平广记》(4)，中华书局1961年版，第1471~1472页。

贾人妻身怀绝技，却含冤数载，为报冤仇，她委身王立，操持家务，打理营生，并为王立生下一子。一旦完成夙愿，她毫不犹豫地离开同居两年的王立，并在临行前将所生的儿子杀死，为的是以绝后念。此类叙事情节在后世剑侠小说创作中反复演述，至清代，更是不断翻新，迭出不穷。如《聊斋志异・侠女》、《小豆棚・齐无咎》、《翼駉稗编・隐娘尚在》，以及清人笔记小说中的吕四娘故事，《武侠丛谈》中的南阳女侠等情节，甚至白话小说《儿女英雄传》中的侠女十三妹，都是此类故事情节与人物形象的延续和发展。

"贾人妻"型的女剑侠形象颇有代表性。在此类小说中，身负冤仇的女剑侠的观念、举止都异于常人，她们所做的一切都是为了报仇。为了隐藏身份，"伺便复仇"，她们可以轻率地与陌生男人同居、生子；复仇之后，她们又可以斩断情丝，抛弃一切，为杜绝念想，竟然杀死自己的孩子。乍看起来，她们行为果决，敢爱敢恨，然而，在这表层现象的背后却有着深层的文化基因。

复仇意识是人类共同的文化心理，由来已久，深藏于人们的心灵深处，在世界各个民族的文学作品中均有所表现。若按照精神分析学的理论来解读的话，人类的复仇意识可以称为人类的"集体无意识"，是由遗传保留的无数同类型经验在心理最深层积淀的人类普遍性精神。它的内容能在一切人的心中找到，带有普遍性。它是原始的，包括本能和原型，以一种不明确的记忆形式积淀在人的大脑组织结构之中，在一定条件下能被唤醒、激活。[①] 因此，复仇意识超越了民族和时代，是人类稳定而持久的文化心态。分析、研究描写复仇题材的文学作品，可以探索其中的文化精神和价值观念。

如果我们从文化的视角来考察女剑侠复仇题材小说的话，可以发现，这一情节模式凝聚着中华民族的审美情趣和价值取向，是中国传统文化的基本伦理准则在文学中的反映。中国古代社会是一个有着几千年历史的封建伦理道德社会，非常重视人际关系，君臣关系、父子关系、夫妻关系、兄弟关系、朋友关系便是全部人际关系的核心。在这五伦关系网中，每一

---

① 参看［瑞士］荣格著，冯川、苏克译：《荣格文集：让我们重返精神的家园》，改革出版社 1997 年版；申荷永：《荣格与分析心理学》，广东教育出版社 2004 年版。

个人都是一个特殊的社会角色，都为对方和社会承担着必尽的义务。“为人君者止于仁，为人臣者止于敬，为人子者止于孝，为人父者止于慈，与国人交止于信。”[①] 君仁、臣敬、父慈、子孝、夫倡、妇随、兄友、弟悌、朋友之间讲信义，所谓君臣有义、父子有亲、夫妇有别、长幼有序、朋友有信，这是封建社会中每一个人所要达到的完美的道德标准，生活在封建社会中的人，其道德规范和行为准则脱离不了这种人伦关系。在这种人伦关系的社会制度里，家族中有人被害，其亲人理应为之报仇。《礼记·曲礼上》曰：“父之仇弗与共戴天，兄弟之仇不反兵，交游之仇不同国。”［疏］云：“父之仇弗与共戴天者，父是子之天。彼杀己父，是杀己之天，故必报杀之，不可与共处于天下也。”[②] 为家族亲人和朋友复仇的举动，白纸黑字地写在儒家的基本经典中，成为人们遵循的道德规范和行为准则。在现实社会中，这种以暴易暴的复仇行为也得到人们的认同，并视同国家法律。《后汉书·张敏传》：“建初中，有人侮辱人父者而其子杀之，肃宗贯其死刑而降宥之，自后因以为此。是时遂定其议，以为轻侮法。”[③] 相反，不为亲人报仇的行为会遭到世人的唾弃，甚至受到官府的惩罚。如五代时期孙光宪《北梦琐言》卷一八“诛不孝”条记载了这样一桩事：“襄邑人周威，父为人所杀，不雪父冤，有状和解。明宗降敕赐死。”[④]

女剑侠生活在如此文化氛围的社会制度里，自然须承担中国传统伦理道德赋予她们在纲常秩序中的权利和义务，亲人被害，她们所做的只能是尽自己应尽的伦理义务——复仇。长安妾、贾人妻、崔慎思妾、侠女、吕四娘、南阳女侠、卫女、齐无咎妾等青春少女，在有生之日，与杀害她们亲人的仇人不共戴天。她们义无反顾地改变自己的生活，在如锦似玉的年华里，委身事人，长期隐居，历尽艰辛，窥伺复仇良机。一旦报仇成功，她们的使命便已完成，于是果断而又忍情地抛开一切，飘然远逝，从人们

① 《大学》篇之传文解，转引自夏传才：《十三经讲座》，广西师范大学出版社2006年版，第222页。

② 李学勤主编：《十三经注疏·礼记正义（上）》，北京大学出版社1999年版，第84页。

③ 《二十五史》(2)，上海古籍出版社、上海书店1986年版，第935页。

④ 上海古籍出版社编：《唐五代笔记小说大观》（下），上海古籍出版社2000年版，第1948页。

的视线中迅速消失。封建纲常的伦理关系决定了这群女侠在亲人遇害之后的生活方式，封建社会赋予她们的权利和义务促使她们去完成中国传统道德中最有光彩的献身事业，而无视这种献身精神对人的个性自由的抹杀。她们是中国传统文化孕育出来的一群既让人同情又令人敬畏的复仇女神。

世界上的事物不是单一的，而是复杂的。我们在认识到中国伦理型文化不尊重个人价值和个人的自由发展，抹杀人性的同时，也应看到其积极的一面。这种文化曾是民族团结、社会和谐的积极力量，并在特定条件下成为鼓舞人们自觉维护正义、忠于民族、忠于国家的动力。在民族面临畏难、暴君佞臣肆意专行的时期，它曾造就了许多悲壮高洁的民族英雄和为民请命的仁人志士。当恶人制造人世间的悲剧、好人含冤无处申诉已是社会普遍现象的时候，自掌正义、以暴易暴的复仇就成为黑暗社会的一线光明，复仇意识便成为百姓的迫切心理要求和理想的精神寄托，复仇的怒吼就是发自受压迫的穷苦百姓心灵深处的呼喊。如此复仇之举，铲奸除恶与替天行道相辅相成，在向邪恶势力讨伐的同时蕴涵着对公平、正义的执着追求。它既是杀戮，也是同情；既是幻想的消失，也是理想的憧憬；既是果断的否定，也是热烈的肯定。在这个意义上，复仇意识完全是一种向不公道的命运、体制奋起抗争的精神，是一种不屈服于无理的控制和拨弄的精神，是一种敢于向不合理的现实进行公开挑战的精神。晚清《指严笔记三则》说："清初相传多侠女，盖专制杀戮之戾气所激而成也。"当我们以此视角来解读复仇女剑侠形象，就可以获得较为亲切的审美感受和艺术魅力。

明清以后，剑侠小说写女剑侠复仇往往将个体行为与社会效果相结合，突出忠奸斗争、善恶伦理以及扶危济困的"利他"复仇，伦理道德色彩更浓。在复仇中，"剑术"的使用也更加谨慎，严禁滥杀，正如女剑侠韦十一娘所说：

就是报仇，也论曲直。若曲在我，也是不敢用术报得的…… 仇有几等，皆非私仇。世间有做守令官，虐使小民，贪其贿又害其命的；世间有做上司官，张大威权，专好谄奉，反害正直的；世间有做将帅，只剥军饷，不勤武事，败坏封疆的；世间有做宰相，树植心腹，专害异己，使贤奸倒置的；世间有做试官，私通关节，贿赂徇私，黑白混淆，使不才侥幸，才士屈抑的；此皆吾术所必诛者也。至若舞文的滑吏，武断的土豪，自有刑宰主之；忤逆之子，负心之徒，自有雷部司之，不关我（指剑侠）事。①

与唐宋小说中的女剑侠相比，明清小说中的女剑侠血腥味较淡，突出侠义精神和道德规范，倡扬“剑术为公”，其形象从令人敬畏变得令人向往。

第二节　道侠一体的修行剑仙

作为一种独特的小说类型，剑侠小说在内容与艺术手法上都有自己的特色，其中一个重要的表现特征就是成功塑造了道侠一体的剑仙形象。道教清心寡欲，隐居静修，侠者古道热肠，干预社会，一个出世，一个入世，风马牛不相及，两者如何一体？但是，如果我们深入地梳理两者的思想渊源，就会发现两者确有相通之处。

墨家学派是先秦时期的显学，也是道教的思想渊源之一。墨家崇尚大禹，效法大禹躬行天下的襟怀和艰苦朴素的生活作风，主张兼爱天下，利人济物，“必务求兴天下之利，除天下之害”②。墨家的精神渗透在道教的教义、言行中，道门提倡清心苦修，倡扬济世度人，今存《道藏》中收有《墨子》一书，道教宫庙有禹王庙，其内供奉大禹神像，道教经典《洞神八帝元变经》中有《禹步致灵》篇，叙述大禹创立禹步以及灵异之处。墨家对侠的影响更为明显，并率先提出“任侠”观。《墨子·经上》：“任，士损己而益所为也。”注曰：“谓任侠。”《墨子·经说上》：“任，为身之所恶以成人之所急。”墨子精辟地概括了侠的精神实质。墨家“摩顶放踵，利天下为之”③ 的精神境界，奔走列国排难解纷的浑然忘我的献身行为，

① 凌濛初：《拍案惊奇》卷四，上海古籍出版社 1982 年版，第 72 页。
② 孙诒让：《墨子间诂》，《诸子集成》（4），中华书局 1954 年版，第 71 页。
③ 杨伯峻：《孟子译注》，中华书局 1960 年版，第 313 页。

看重信义、轻疏财货、乐于吃苦、勇于牺牲的行事准则，堪称是一个侠气纵横的武士集团。虽然墨家与侠并不能画等号，但墨家对侠的影响是学界公认的。道教和侠都从墨家文化中汲取营养，共同的思想渊源必然使两者在观念和行为处事上拉近距离。

道教神仙是道教信仰——“道”的形象外化，道有生养万物、救世济民的特质，道教神仙除了潜心修道以求长生不死之外，还肩负消灾除怪、救护众生的职责。道教神仙的这种特质与侠的“救人于厄，振人不赡”、“其言必信，其行必果，已诺必诚，不爱其躯，赴士之厄困”的特征可谓同质异构、殊途同归。[①] 小说中的剑侠虽然为了积阴功、成大道而降妖除魔、解救生灵，其宗教行为中却闪烁着侠义的光芒。《绿野仙踪》描写冷于冰救助热心为友、遭兄陷害的朱文炜，又帮助流浪寻亲的朱文炜之妻，作者于二十四回回末赞道：“为君全大义，聊且助相缺；夫妇两成全，肝肠千古热。”《瑶华传》中地方官讹诈良善，嘱盗攀赃，将年老多病的陆老爹关入监牢，瑶华闻讯，夜半入官府，插刀示警，救出无辜。二十八回开篇写诗赞曰：“但闻不平鸣，奋志拔刀助；诚哉使者行，非欲邀声誉；遣奴递严词，飞身入公署；插刀置床沿，能使贪官惧。”《吕祖飞剑记》中吕洞宾负剑游历天下，有道士问他：“先生此剑何所用?”答曰：“世上一切不平事，以此去之。”至于剑侠小说中斩孽龙、杀鬼魅、降甘霖、灭蝗灾，更是剑侠以神术行侠义之举。正如《瑶华传》第二回剑仙无碍子向雄狐宣讲“剑侠道”宗旨时所说：“君道所行之事，不离仁义礼智信，是遵儒教也。积功行于此中，置皮囊于度外，是遵释教也。路见不平，拔刀相助，挥金如土，解难拯危，是遵道教也。”其对道教的阐释与侠义观念完全吻合，体现出道侠一体的创作思想。

道侠一体的特征还表现在书中的剑侠功成隐逸，不受封赏。《吕祖飞剑记》中吕洞宾斩虎杀蛟，为民除害，百姓闻讯纷纷前来膜拜瞻仰时，他却隐身而去，不知行踪。《绿野仙踪》中冷于冰帮助林岱、朱文炜剿灭叛军之后，不与众人道别，自驾遁光回泰山去了。《七剑十三侠》中的七子十三生帮助王守仁、徐鸣皋平叛除奸后，皇帝欲加封赏，玄贞子等声称：

---

① 司马迁：《史记·游侠列传》，《二十五史》(1)，上海古籍出版社、上海书店1986年版，第347页。

“臣等野鹤闲云，无意功名久矣。”说着，便御风而去，不见踪迹。剑侠漠视功名，不图富贵，自是潜心修道的仙家初衷，早已将功名富贵置之度外，但这种功成耻受赏、“事了拂衣去，深藏身与名”的仙家做派，颇有古游侠“不矜其能，羞伐其德”的风范。

在“剑术”修炼的具体描写中，道侠一体的形象表述最为明显。《七剑十三侠》中海鸥子向徐鸣皋讲述剑术之道：

那剑术一道，非是容易，先把名利二字置诸度外，抛弃妻子家财，隐居深山岩谷，养性炼气，采取五金之精，炼成龙虎灵丹，铸合成剑，此剑方才有用，此非一二年不可…… 炼成了宝剑，然后再学搓剑成丸之法，将那三尺龙泉，搓得成丸，如一粒弹子相仿，然后再学吞丸之法，不独口内可以出入，就是耳鼻七窍皆可随心所欲，方才剑术成功。此非武艺，实是修仙之一道…… 所以修仙之道，或炼黄白之丹，点铁成金，将来济世；或炼剑丸之术，锄恶扶良，救人危急，皆是要行善事，先立神仙根基。①

海鸥子所说的剑术，含有抛家、隐居、养气、炼剑、搓剑、吞丸等步骤，并且明言此种修炼就是修仙之道，又强调此种修炼要和“锄恶扶良，救人危急”的侠义之举结合起来，按此修行，矢志不渝，就可脱离凡胎，晋升剑仙。《蜀山剑侠传》中李宁和周淳要修炼成剑仙，便带了女儿李英琼入深山老林，避开尘世俗务的缠绕，一心一意修炼剑术。而李宁教给女儿的入门功夫无非是凝神炼气及各种内功，修炼的也是道教炼养术。峨眉派领袖剑仙乾坤正气妙一真人齐漱溟，因感于妻子一句“现在我二人虽然快活，这无情的韶光，转眼就要消逝”的话，触动心思，于是入名山，访仙道，炼成剑术，修成正果。可见，在剑侠小说中，修炼剑术与修道成仙本无区别，剑术修炼就是成仙得道的途径。

如果认真考察剑侠修炼剑术的具体方法的话，我们会发现，它是用特殊的艺术语言来体现道教的金丹养生理念。“金丹”一词在道教典籍中出现的频率较高，所谓“金丹”本是一种由矿物石炼制而成的药物，后来把锻炼人体精、气、神的功夫也叫做金丹。于是，在道教金丹学说中，包含

① 唐芸洲：《七剑十三侠》（附《仙侠五花剑》），岳麓书社 1991 年版，第 3 ~ 4 页。

着两个层次：一是外炼功夫，其结果称为“外丹”；二是内炼功夫，其结果称为“内丹”。自唐末开始，内丹修炼日益受到社会的重视，出现了许多著名道教宗师，形成了众多流派。[①] 小说中的剑术修炼描写正是内丹为主、辅以外丹的道教炼养方技的形象描述。剑侠在传授剑术之前，总是先给徒弟服食灵丹，使其换易筋骨，再培养元气，筑其根基，然后采五金之精，铸炼成剑，如海上剑痴《仙侠五花剑》中公孙大娘的五花剑，是“在丹房采日精、月魄、电火、霜花并雷霆正气而成，其质非钢非铁，乃是落花之液酿成。每花只取乍落的第一瓣，故得先天第一肃杀之气，和以铅汞，计凡千炼始成。剑质可以吹毛使断，濡血无痕，削铁如泥，砸石成粉”[②]。外丹炼成，再用内丹之术将剑纳入体内，炼为己有，吞吐运用，以至人剑合一，随心所欲。

明代钱希言《獪园·青丘子》篇写丹溪生王生入山寻道，在断崖绝涧的山洞中遇见一白髯老翁，竟是自己的七世祖王重阳，已修成神仙。经过考验，王重阳对王生说：“此儿大佳，真有心之士哉！但汝骨骼未就，因缘尚隔一层，今生止可学剑仙之术，游戏人间。”并指点他去武当山拜青丘子为师，学习剑术，最后修成了剑仙。这篇小说描写剑仙青丘子，“隐于武当山，游行天下已久，见者终莫测其年代”。在武当山顶盖茅屋数间，屋前有苍松六株，“烟萝四合，仄径微通”，净室中有药鼎，“高数尺，周遭封固，紫焰光腾，照耀林壑”，青童玉女数人轮流守炉看火。而青丘子本人“秀发庞眉，倚树而啸”，时而混迹于丐者当中，游戏于尘世。[③] 小说中的剑仙青丘子就是隐居深山修行的道士，且有时下山混迹于百姓之中，游走四方，行善积德。本篇小说中神仙与剑仙的生活不同，神仙凌空跨鹤，音乐伴随，飞行云端，聚会仙境；而剑仙则隐居山洞修炼，丹鼎仙药相伴，且经常游戏尘世，往来人间。两者都是修行道术，剑仙比神仙毕竟差了一层。

清人乐钧《耳食录·何生》一篇中，女剑仙了奴姊妹游戏人间，遇山左何生，心生情愫，两女同嫁何生。何生与女剑仙的相遇、离别两段都写

---

① 参阅詹石窗：《道教文化十五讲》，北京大学出版社 2003 年版，第 253 ~ 256 页。

② 海上剑痴：《仙侠五花剑》（与《宋太祖三下南唐》合刊），华夏出版社 1995 年版，第 182 页。

③ 《剑侠图传全集》，河北人民出版社 1987 年版，第 83 ~ 84 页。

得较为精彩：

山左何生者，富而好义。尝客金陵，遍谒同舍郎。一少年客居西室，首戴长巾，衣甚褴褛，而珠神玉貌，如好女子，见人辄扃门避去。何心仪之，投三刺，客瞰亡始来答拜。他日，窥其室曲突无烟，客坐绳床上，拥败絮而已。退问主人："客何姓？何许人？"亦弗之知也。乃谓："税居半载矣，值弗偿，不能复馆之。"何叹息不已，意必避难而穷于途者，乃代为纳值，嘱勿言。简馈之金钱，周其乏，客不辞，亦不谢。无何，款其关则无应，入其室，无人焉，客竟去矣。床下有青布囊，启之，所馈钱悉在。深叹其廉，然心窃怪之。

……

了奴谓何曰："吾姊妹皆紫兰宫捧剑侍者。与姊窃戏西圃中，拔剑对舞，误伤守宫之鹤，故谪堕人间，使主游侠之事。遇镜而圆，幸托于君，及瓜而代，又将去汝。此后落花明月，万古相思，殆无相见之期矣。"何大悲，二女亦泣。女谓了奴曰："妹子故善笛，今盍为郎奏之？"了奴振笛，为悲凉促遏之音，一时风吼霜飞，肝肠尽裂。乃投笛于地曰："离绪填胸，安有佳音，不如且已。"遂大恸而别。①

了奴姊妹本是天上神仙，因犯下过错，谪降人间，以剑仙身份游戏红尘，行侠除恶，并与尘世间男人谈情说爱。处罚期满后，两女又重返天庭做神仙，与尘世间的一切永远分开。这篇小说没有写天庭生活到底如何，却浓墨重彩地描绘了人间生活：雄服游戏红尘的趣事、林间驱除猛兽的豪情、人间斩奸除恶的义举，更有轰轰烈烈的男欢女爱。从小说的情节来看，虽然剑仙的身份、等级不及神仙，但剑仙的生活似乎更值得留恋，所以两女在即将重新步入天庭时，不是兴奋，而是悲伤。

在剑侠小说中，道教与侠义实为一体，剑侠修炼剑术就是一种修行，扶危济困、铲奸除恶就是行善人间，积累功德。剑侠的修行需循序渐进，剑仙与神仙还有高下之别。

---

① 《剑侠图传全集》，河北人民出版社 1987 年版，第 119、121 页。

第三节 深藏不露的世外高人

剑侠通过特殊的途径修炼剑术，艺成之后，凭此剑术行侠人间，积累功德，功德圆满后再返回神境，闭门修行，不问世事。不管是避居深山炼剑修行，还是隐身市井行踪诡秘，或是最终完成使命回归太虚幻境，剑侠都是脱尘离俗、深藏不露的世外高人。

剑侠炼剑离不开大自然。大自然浩瀚深邃，气象万千，参天的古树、飞泻的山泉、幽深的洞穴、奇异的丛岩，其声色光影闪动着生命的灵性，高耸险峻更汇集了天地日月的精华。《抱朴子·明本》称：中世以来，求仙访道者皆飘然绝迹幽隐，“山林之中，非有道也，而为道者必入山林，诚欲远彼腥膻，而即此清净也”①。于是，远离红尘而又孕育着无限生机意趣的大自然就成了剑侠修炼剑术、打通天界与人间的中转站。《传奇·聂隐娘》中，聂隐娘被师父携入深山石穴之中，“嵌空数十步，寂无居人。猿猱极多，松萝益邃”，与另外两位女子一起练习剑术。五年后，聂隐娘剑术有成才回归家中。《初刻拍案惊奇》卷四《程元玉店肆代偿钱 十一娘云冈纵谭侠》中，剑侠十一娘居所云冈是一陡绝山崖，“程元玉抬头看高处，恰似在云雾里；及到得高处，云雾又在下面了。约莫有十数里，方得石蹬。蹬有百来级，级尽方是平地。有茅堂一所，甚是清雅”。其师徒炼剑的山崖，十分陡峭，“下临绝壑，窅不可测。试一俯瞯，神魂飞荡，毛发森竖，满身生起寒栗子来”。《绿野仙踪》里，冷于冰是在福建玉峰山玉屋洞修行的，书中言道：“后来于冰游行天下，到处除妖斩祟，济困扶危，都是在这玉屋洞修炼的根基。”《江湖奇侠传》中昆仑派剑侠笑道人，他炼剑修行的“清虚观”是在深山之中，而金罗汉吕宣良、沈栖霞沈道姑、黄叶道人等剑侠的修行场所也都是远离尘世的僻静之处。

剑侠入深山修炼剑术，除了上述的脱尘离俗、亲近自然之外，在深层意义上，还与中国上古社会普遍流传的入山寻仙、上山升天的认识有关。

---

① 《诸子集成》（8），中华书局1954年版，第42页。

《淮南子》、《拾遗记》等书对此都有较为具体的描述：

昆仑之丘，或上倍之，是谓凉风之山，登之而不死；或上倍之，是谓悬圃，登之乃灵，能使风雨；或上倍之，乃维上天，登之乃神，是谓太帝之居。

（《淮南子·坠形训》）

昆仑山有昆陵之地，其高出日月之上。山有九层，每层相去万里。有云色，从下望之，如城之像。四面有风，群仙常驾龙乘鹤游戏其间。

（《拾遗记》卷一〇）

在古人的思维模式中，山与天是合为一体的，登山而上便可入天界，甚至可成神仙。此山天相通的思维模式的产生，“盖因高山云雾缭绕，山天相接，似隐似现，极易令人产生飘然于天国仙境的联想与幻想之故”①。如前所述，剑侠炼剑本为修仙，入深山居古洞也就不难理解了。

剑侠修成剑术之后，便会离开深山，出入人间，游走江湖，行侠仗义。他们不管是在热闹的都市，还是在偏僻的乡村，总是深居简出，与平常人杂处，不露出任何特异之处，尽量不引起世人的注意。京西店老人、兰陵老人混迹于市井之中，聂隐娘、红线、昆仑奴藏身于豪门之内，贾人妻、崔慎思妾、长安妾、荆十三娘以婚姻家庭作掩护，三环女子、卢生、丁秀才、车中女子靠行走江湖度日。他们虽然具有超自然的能力，但平时深藏不露，只以平常人的身份安安稳稳地生活。正如海上剑痴《仙侠五花剑》中黄衫客解释剑侠隐姓埋名的原因：“皆因从古到今，凡是真正的剑侠，多不肯自露姓名，怕的是众口传扬，惊世骇俗之故。”

虽然剑侠隐姓埋名，平时“真人不露相”，但是如遇不平之事，一旦决定出手时，其行如风，果决异常，绝不拖泥带水，也不累及他人，一切全由自己担当。《醒世恒言》卷三〇《李汧公穷邸遇侠客》中县令房德拜访隐居剑侠一节中这样描述：

---

① 梅新林：《红楼梦哲学精神》，华东师范大学出版社 2007 年版，第 173 页。

天色傍晚，房德易了便服，陈颜、支成相随，也不乘马，悄悄地步行到陈颜家里。原来却住在一条巷中，不上四五家邻舍，好不寂静。陈颜留房德到里边住下，点起灯火，向壁缝中张看，那人还未曾回。走出门口观望，等了一回，只见那人又是烂熟醉，东倒西歪的，撞入屋里去了…… 房德上前，一把扯住道："闻得义士，素抱忠义，专一除残祛暴，济困扶危，有古烈士之风。今房某身抱大冤，义士反不见怜，料想此仇永不能报矣！"道罢，又假意啼哭。那人冷眼瞧了这个光景，只道是真情，方道："足下真个有冤么？"房德道："若没大冤，不敢来求义士。"那人道："既恁样，且坐下，将冤抑之事并仇家姓名，今在何处，细细说来。可行则行，可止则止。"两下遂对面坐下，陈颜、支成站于旁边。房德捏出一片假情……那人听毕，大怒道："原来足下受此大冤，咱家岂能坐视。足下且请回县，在咱身上，今夜往常山一路，找寻此贼，为足下报仇。夜半到衙中复命。"房德道："多感义士高义！某当秉烛以待。事成之日，另有厚报。"那人作色道："咱一生路见不平，拔刀相助，那个希图你的厚报？这礼物咱也不受。"说犹未绝，飘然出门，其去如风，须臾不见了。①

剑侠身居陋巷，每日喝得烂醉，不露行迹，如同常人，当他决定杀仇偿冤时，疾如飞鸟，来去如风，来时一道金光飞入，去时顷刻不见人影，一来一往，有风无形。当他得知自己上当受骗，险些误杀好人时，义愤填膺，随即回县衙刺杀忘恩负义的房德夫妇。

剑侠抛开名利，身处深山，看似与世无争，胸中却有一段入世救民的侠义心肠。《初刻拍案惊奇》中剑侠韦十一娘师徒居住在荒无人径的云冈，却时时关注着官场的举动，凡遇"剑术必诛之徒"，则派遣徒弟下山清理。蜀中"某官性诡激好名，专一暗地坑人夺人。那年进场做房考，又暗通关节，卖了举人，屈了真才，有象十一娘所说必诛之数"。十一娘弟子青霞奉师命入蜀行公事，"过得数日，忽传蜀中某官暴卒"。李昌祺《剪灯余话·青城舞剑录》中，道士真无本、文固虚精通剑术，知晓兵法，素有拯救天下苍生之志，但不得所用，报国无门。二人感叹之余，题诗于黄鹤楼，明志遁去。数年后，卫君美偶遇二人，被挟入青城山。在山中，卫君

① 冯梦龙：《醒世恒言》卷三〇，人民文学出版社 1956 年版，第 456 页。

美目睹了高墙华屋，锦绮充盈，金玉山积，美女成群。后来到一处山岩中，看见此处有百余具骷髅，二道士说："此世间不义人也，余得而诛之。"小说中真无本、文固虚两位剑侠，虽不为世用，隐居深山，时有英雄失路之悲，却仍然关注社会，仗剑除恶，拯世救民的豪情壮志并未减弱。即便剑侠身居闹市，举止与常人无异，仍会暗中行侠，不为世知。聂隐娘艺成之后，回到家中，经常"遇夜即失踪，及明而返"。虬髯客行踪不定，来去随意，来时乘蹇驴悠悠而来，去时"其行若飞，回顾已失"，神龙见首不见尾，虽韬形敛迹，不肯与世人交往，但为惩罚一个负心之人，不惜追踪十年。

剑侠一旦干预世事，暴露身份之后，往往人去屋空，不留痕迹。红线盗盒，消弭一场战事之后，在庆功宴上，"伪醉离席，遂亡所在"。昆仑奴为崔生偷姬，成全少主人一段爱情，事情败露，便手持匕首，飞出高墙，"顷刻之间，不知所向"。三环女子还珠之后，潘将军亲带礼物往谢，"明日访之，已空室矣"。贾人妻、崔慎思妾、长安妾、洪州书生、虬须叟等剑侠，或不知所终，或腾空而去，即使出现，也是惊鸿一瞥，很快再次从世人的眼中消失。如《醒世恒言》卷三〇中的剑侠，他再次出现是在长安街上，此时已隔半年之久，李勉也已复官之后又升官。他领着李勉来到一座大宅院，"厅堂屋舍，高耸云汉，奴仆趋承，不下数百"，宴席丰盛，胜于王侯，绝色佳人，成群结队。等到第二天，李勉再去拜访时，"只存一座空宅"了。

剑侠的功成身退、隐逸消失，与中国古代文人的心态以及中国传统的隐逸文化有着密切的联系。剑侠游戏人间，拯救苍生，轰轰烈烈，但其最终的结局总是归隐。隐逸文化深深地制约着剑侠小说的创作。隐逸既是一种文化现象，也是一种生存方式，它与中国的文人有一种解不开的情结。作为中国主流文化的儒家和道家，隐逸文化观各不相同。儒家主张立身处世因势而异，隐现变通。孔子曰："天下有道则见，无道则隐。"[①] 并以赞赏的口吻说："君子哉！蘧伯玉，邦有道则仕；邦无道，则可卷而怀之。"[②]

---

① 刘宝楠：《论语正义》，《诸子集成》（1），中华书局1954年版，第163页。

② 刘宝楠：《论语正义》，《诸子集成》（1），中华书局1954年版，第335页。

孟子也说："穷则独善其身，达则兼济天下。"[①] 儒家的隐逸是与政治环境、理想抱负紧紧联系在一起的。道家则不同。道家的隐逸是要挣脱一切羁绊，放任个体生命，从而达到一种永恒的绝对的精神自由，也就是庄子所说的"逍遥游"的人生境界。这两种隐逸文化观都对剑侠小说产生一定的影响。

与儒家一样，小说中的剑侠也是或隐或现，不同的是，剑侠是"天下无道则见，有道则隐"[②]。《七剑十三侠》书前"小引"云："所谓剑仙大侠，似乎都是在世乱之时才出现人间，其实这也是必然之理！因为盛治之时，文教昌明，民心耻格，事实上也不须有剑侠的白刃；到了纲常废弛，道义沦亡时，奸邪当道，强梁横行；居上位的只管淫侈骄恣，在下位的也只管阿谀囊括，土豪劣绅棍徒恶霸辈便益发肆行无忌！良善的人们只能遭摧残，被冤抑，受压迫，忍哀怨，于是一般剑侠便要来代天伸诛了。"剑侠的理想抱负虽与儒家大致相同，但行为处世有别，隐现的时机当然也就不同了。尽管剑侠依持利剑，纵横人间，神出鬼没，震绝人寰，但最终要"事了拂衣去，深藏身与名"，归隐才是剑侠的完满结局。

这种隐逸自然与道家思想有关，也和对社会现实的思考有关。剑侠虽然关注社会，为天下苍生排忧解难，但在本质上与正统的政治规范格格不入，其崇尚个性的姿态、不为名利的气质与封建士大夫济世辅政的使命感、光宗耀祖的人生理想极不合拍，功成隐逸才是其最好的归宿。《老子》云："富贵而骄，自遗其咎；功遂身退，天之道。"[③] 李白《行路难》其三咏叹："吾观自古贤达人，功成不退皆殒身。"在剑侠小说中，这种知进退存亡的清醒认识更化为"英雄回首即神仙"的人生追求。所以，剑侠的功成隐逸既是对现实社会深刻反思的结果——功成身退、全身远祸；又是对宇宙本源和生命本质的探求——追求永恒、羽化登仙。在熙熙攘攘的尘嚣之外，在清静岑寂的山林之中，与清风明月做伴，与白云山泉为伍，气定神闲，悠然自得。由"侠"而"隐"，是中国文人的理想；修养成仙，更是中国文人的梦幻。可以这么说，剑侠形象地承载着中国古代知识分子憧憬的人生模式与人生境界。

---

① 焦循：《孟子正义》，《诸子集成》（1），中华书局1954年版，第525页。

② 邹之麟：《女侠传》卷首，《说郛续》卷二三，《续修四库全书·一一九一·子部·杂家类》，上海古籍出版社影印本。

③ 《诸子集成》（3），中华书局1954年版，第5页。

第四节　从无情女到至情侠

男女之间的爱情描写是文学作品亘古不变的永恒主题。但是，在剑侠小说的发展史上，早期剑侠小说的爱情世界可以说是一片空白。

唐代剑侠小说的主角以女性居多，这些女剑侠从不谈情说爱。《红线》中的红线、《车中女子》中的飞行女侠、《潘将军》中的三鬟女子都完全不涉及男女情爱内容。《贾人妻》、《崔慎思妾》、《长安妾》等篇，女剑侠虽然结婚生子，但只是将婚姻当作一种身份掩护，一旦报仇成功，立刻远走高飞，弃婚姻如敝屣，对曾经生活在一起的伴侣没有丝毫的留念，为了斩断情丝，甚至在临别时毅然杀死自己的孩子。《聂隐娘》中剑侠聂隐娘，自十岁被老尼携入深山学习剑术，五年后学成归来。此后，“遇夜即失踪，及明而返”，父母不敢过问。对于她的婚姻，小说是这样描述的：

忽值磨镜少年及门，女曰：“此人可与我为夫。”白父，父不敢不从，遂嫁之。其夫但能淬镜，余无他能。①

婚后，夫妻俩虽然生活在一起，却没有任何恩爱情节的描写。和其他女剑侠一样，聂隐娘的情感世界也是处于真空状况，没有丝毫实质的内容。

宋代剑侠小说开始对男女情爱有了一些描述。《江淮异人录·张训妻》写张训妻子用托梦术为丈夫鸣不平，当张训厌恶妻子，暗生杀机时，其妻心知肚明，并不反抗，甘愿就死，并在临死前让张训杀死自己的侍女，避免她日后为己复仇。小说中的张训妻身怀神术，料事如神，敬重丈夫，对丈夫疼爱有加，与唐代刚毅果敢、睚眦必报、出手狠辣的女剑侠相比，宽容厚道很多，她处处为丈夫着想，却仍被残忍杀害。小说在描写她温顺多情的同时，也揭露了封建社会夫为妻纲的残酷现实。

---

① 《剑侠图传全集》，河北人民出版社 1987 年版，第 23 页。

《夷坚志·花月新闻》和《夷坚志补·解洵娶妇》两篇均涉及婚外情。《花月新闻》写一绝色女子主动嫁给姜廉夫，姜有妻子，女子曰："吾久弃人间事，不可以我故，间汝夫妻之情。"自愿为妾，且为人贤惠孝顺，颇得姜家老少喜欢。一日，称有大难，出门不见。不久，一位道士上门，称姜家有大祸，姜廉夫请问相避之法，道士在一间干净的房屋里摆放一张床，让姜廉夫睡在床上，紧闭房门。过了一会儿，寒气逼人，刀剑相击之声不绝于耳，忽见一物坠落床下。道士开门进来说："没事了。"姜寻看坠落物，是一具骷髅，道士用药化为水。道士对姜廉夫解释说："我和这位女子都是剑仙。女子有一位旧相好，因为吃醋，想杀你们两个。我和你们有缘，所以出手相救。"道士走后，女子即来，欢好如初。姜妻死后，女子"抚育其子如己出"①。《解洵娶妇》写解洵在人生困顿之际，得到一位妇人的援助，度过艰难的日子，并回到家乡。在哥哥的帮助下，解洵逐渐发达，另寻新欢，忘乎所以。妇人责问解洵："你忘了从前的事吗？如果没有我，你早就饿死了。现在得志了，便忘恩负义，难道心中没有愧吗？"解洵喝多了，对妇人又打又骂。"妇翻然起，灯烛陡暗，冷风袭人有声。四妾怖而仆。少焉，灯复明，洵已横尸地上，丧其首。妇人并囊橐皆不见。"② 这两篇小说在中国武侠小说史上最早描写"情变"内容，其中剑侠由爱生恨、由恨成仇的情感变化，作者第一次给予较为细致的描绘。

元明两代剑侠小说很少言及情事，至清代则发生了较大的变化。以剑结缘是清代剑侠小说常见的"侠情"描写模式。剑分雌雄，男女剑侠各配一把，关键时刻男女相会，雌雄双剑吻合无间，两人遂成连理。又或男女剑侠挺剑相斗，比武场上，英雄美女，一见倾心，于是化干戈为玉帛，结为佳偶。以剑结缘的言情模式主要发生在男女剑侠之间，而剑侠与平常人的爱情则更注重人的品性。如《此中人语·广寒宫扫花女》中的女侠原是仙女下凡，男服装扮游戏人间，衣衫褴褛，无人相顾，而郑生却送钱送物，关怀体贴，从而使女侠顿生眷恋之情，不但在危急关头出手解围，而且主动示爱。正如小说中女侠所言："余雄服游戏尘寰，物色奇士，殊无知我者。君乃与我金，赠我衣。侠之所在，即情之所钟也。"

---

① 《剑侠图传全集》，河北人民出版社 1987 年版，第 72 页。

② 《剑侠图传全集》，河北人民出版社 1987 年版，第 77 页。

以剑结缘是清代剑侠小说中男女剑侠相识相恋、喜成鸾俦的“侠情”模式，而互相扶持、患难与共则是这种“侠情”模式更深沉的表述。《虞初广志·李凉州》篇叙李凉州夫妇以剑缔结良缘，情深意笃，后李闻故友有难，前往救援，战死阵中。其妻兴师讨伐，为夫报仇之后，自杀殉情。《淞隐漫录·女侠》写潘叔明和程楞仙结婚后，两人倍深眷恋，恩爱有加，共研剑术。程楞仙的师兄法显贪图女色，公然相犯，两人密谋合计，与法显相约斗剑于相国寺：

届日生往，法显问：“女菩萨何不来?”生曰：“闺阁女子，岂容轻见方外!”语未毕，剑已突出。生急出剑相抵，两剑腾跃空中，夭矫若龙。法显口吐双丸，直奔生面，忽一剑自生鼻出，径入僧口，僧倒地称腹痛，遂罢斗。末后之剑，盖女身所化也。僧知为女所算，急诣秦中求师忏悔，半道而卒。①

夫妻同心协力，终于将无良师兄除去，捍卫了爱情。

清代剑侠小说第一次为读者营造了丰富多彩的剑侠的情爱世界，它给原本过于虚幻、神秘的仙侠世界增添了生机和诗意，尤其是女剑侠的情爱追求和情感流露，更是如同一道看不见的电弧，在读者心中产生强烈的震颤。女侠表现出的温文尔雅，仪态万方，豪爽不失妩媚，主动伴以矜持，爱意缠绵而又英姿飒爽，真可谓：红衣剑胆芳魂在，柔情侠骨动人心。

民国年间剑侠小说创作达到高潮，作品数量众多，质量更是远胜前代，但是，气势恢宏的剑侠世界里明显缺乏浪漫感人的侠情描写，奇幻有余，情韵不足。以还珠楼主《蜀山剑侠传》为例，作者神游八极，笔触万方，从大自然的奇境美景，到仙侠世界的争奇斗妍，从对传统文化的领悟、阐扬，到对人生哲学的深刻表述，玄思妙想，笔力酣畅，波谲云诡，博大精深，处处显露出一种难以企及的大家风范，唯独在情爱描写中没有精彩之笔。究其原因，是因为还珠楼主崇尚有情无欲的精神恋爱，主张“灵”与“肉”的分离。徐国桢在《还珠楼主论》中这样评述：

---

① 王韬：《淞隐漫录》，人民文学出版社2006年版，第172页。

他的笔下，把男女之“爱”与男女之“欲”，看作两个极端，可以绝对分立，不相混杂。而且天堂、地狱两条路的分岐点，就从这个关头出发。这种灵肉异趋论，和他全部小说中的哲理，仍是一致的。他的小说，其主要的意义，本来是认定“灵魂”为至高无上，甚而至于把灵魂写成一样可以辨认其形迹的东西，肉体死亡，灵魂可以存在，若非“形神俱灭”，不算死绝。双方斗法时，“元神”脱离体腔而起，或者体腔已为敌人所毁，元神遁走，重新觅到一个好“庐舍”而复活，在还珠楼主笔下，都是极平常的事。由此而推想到他的“恋爱观”上去，自然是站在灵肉一致论的对面，以灵肉冲突，作为男女情爱描写的哲理根据了。①

由于强调灵肉冲突，小说中特别推崇精神恋爱，赞美所谓没有世俗欲念的“合籍双修”。秉持这种创作理念，作者在小说中将一切男欢女爱，要么写成奸夫淫妇，要么视为一段“孽缘”。如司徒平和紫玲、寒萼姊妹三人，前缘注定，成为夫妻，又有三仙、二老做主，姻缘应该不成问题。可是紫玲却对司徒平说：“我们共居紫玲谷，虽是前缘注定，但谷中不少静室，我们三人虽然朝夕聚首，情如夫妻骨肉，却不同室同衾，免去燕婉之私，以期将来同参正果。”又劝寒萼：“这段孽缘摆脱不易，避他（司徒平）还来不及，如何反去就他？”寒萼不吃这一套，照样与司徒平谈笑亲热。寒萼的天真烂漫，情出自然，紫玲的虚伪、矫情，“使得司徒平心目中看她姊妹，一个春温，一个秋肃，情不自禁便偏向了一头”。小说通过司徒平与紫玲、寒萼姊妹的情感变化，写出了“情”对人心的影响，作者的创作意图与实际效果产生了明显的偏差。

此类“侠情”场面本可进一步描述，借此深入挖掘人物的性格，展现“情”与“理”的冲突，探讨生命的本真以及人类的生存状态等。但由于作者创作思维中顽固的“精神恋爱”情结和灵肉分离观作祟，此类“孽缘”成为剑侠修炼的一道“情障”，修道人不但被“孽缘”所累，而且“孽缘”是前生注定，当事者是无法躲避的。司徒平与寒萼就为此付出了代价，耽误了道成飞升。天狐与秦渔、熊血儿与施龙姑都因为“孽缘”酿

① 徐国桢：《还珠楼主论》，上海正气书局1949年版。

成了苦果。在还珠楼主笔下，男女之间的爱情描写不但成为修道者摆脱人欲、拷问精神的“试金石”，而且笼罩着浓重的宿命论的阴影。

到了当代，剑侠小说中的“侠情”描写发生了翻天覆地的变化。当代剑侠小说的作者极力歌颂纯真美好的爱情，其创作更是无“情”不成书。由于创作者基本上依据当代人的爱情观念营构情节、塑造人物，因此，作品中正面人物形象的爱情总是高尚、纯洁的，小说主人公往往为了爱情可以牺牲一切，或是为了爱情愿意忍受一切屈辱，他们是真正的至情种子。例如当代比较出色的剑侠小说《诛仙》对男女情爱的描述，真可谓细腻入微，淋漓尽致。小说第四十章写魔教攻入青云山，道玄掌教启动诛仙剑阵应敌，当道玄真人欲将本门弟子张小凡一起诛杀时，一位弱女子将他推到一边，以血肉之躯为心爱的人挡下了这毁天灭地的一剑：

那一道惊天巨剑，当头击下，未到地面，咯咯巨响已然发出，张小凡附近一丈方圆地面尽数迸裂，狂风呼啸，将他笼罩其中，已是必死局面。

……

忽地，天地间突然安静下来，甚至连诛仙剑阵的惊天动地之势也瞬间屏息……

那在岁月中曾经熟悉的温柔而白皙的手，出现在张小凡身边，有幽幽的、清脆的铃铛声音，将他推到一边。

仿佛沉眠了千年万年的声音，在此刻悄然响起，为了心爱的爱人，轻声而颂：

九幽阴灵，诸天神魔；

以我血躯，奉为牺牲。

……

她站在狂烈风中，微微泛红的眼睛望着张小凡，白皙的脸上却仿佛有淡淡笑容。

那风吹起了她水绿衣裳，猎猎而舞，像人世间最凄美的景色。

……

那个风中的女子，张开双臂，向着满天剑雨，向着夺尽天地之威的巨剑。

……

三生七世，永堕阎罗；

只为情故，虽死不悔。

……

剧烈的狂风突然转了方向，变成了围绕在碧瑶身边的巨大旋涡，那个婉约而美丽的女子被狂风推上半空，迎着那七彩流转的巨剑。

她是那一刻，天地间唯一的光彩！①

作者以饱含深情的笔墨，用诗情画意般的语言，谱写了人世间最华丽的爱情诗篇。碧瑶在心爱的人面临生死存亡之际，用“痴情咒”挽救了情人的生命。痴情咒又称厉血毒咒，无比惨烈，它“将人一身所有精华血肉以咒力生生激发，再摄取本身三魂七魄熔炼，如此不顾一切，所以才有逆天之力。但用这毒咒之人，必定魂飞魄散，永不超生”。碧瑶为了救张小凡，没有一丝一毫的犹豫，心甘情愿入地狱，舍生忘死护檀郎，用生命和情思架起了天地间最夺目的爱情彩虹。

当代剑侠小说不但写出了情人之间的患难与共，在危急关头自觉地为心爱的人献身，也写出了在日常生活中儿女之间的耳鬓厮磨，表现出有情人共同求仙问道，不弃不离，承情修缘，心心相印。如《仙剑问情》（大结局）第四卷第五章，张醒言带兵搜寻恶龙孟章，龙女灵漪儿赶来相送：

龙女便温柔了眸波，低垂了眼眉，更伸出纤纤素手，轻轻替醒言整理起那微微散乱的衣袂。

“灵漪……”

海路烟波中忽然感受到这般细心的温柔，醒言也不禁暖热了心肠。颜面微烫之际，一时再也感受不到海风的寒凉。晨风过处，衣袂飘摇，离得近了，那东方微茫的晨光正在女孩儿身后隐约淡明，将少女的雪裳羽袂衬托得有些透明，便让醒言看清那女孩儿娇躯特有的妩媚柔婉。而那一低头、一垂手间流露的温柔关切，更让醒言头一回发现，原来这尊贵刚强的少女也有这样温婉娇弱的一面，顿时便让他喉头哽咽，仿佛有天大的幸福感传来，弥天极地，如大潮般将他瞬间淹没……

---

① 萧鼎：《诛仙》（1—6 册），朝华出版社 2006 年版，第 267 ~ 268 页。

“别，别……”

溺在这样感动的潮流中无法自拔，一时醒言还没感觉出有什么异样。直等少女又张皇低叫了几声，他才终于从这个小小举动引发的感动热潮中清醒过来，看清眼前的形势。原来往日大方的女孩儿，现在竟神色慌张，霞飞扑面，似乎还正努力向后闪躲挣脱。

“怎么了?”

一时不及反应，醒言兀自懵懂，却听得眼前人儿委屈道：

“呜！这么多人前……”

直等灵漪说得这一句，醒言才终于真正清醒过来。低头一看，却发现那双刚帮自己整理衣襟的温香玉手，不知何时已被自己紧紧握在掌中！

“哈！”

终于明白灵漪儿为何羞缩，醒言却并不放手，大笑一声，又用自己的手掌温暖那双柔若无骨、有些微凉的手儿一阵，才将它们放开。①

这段龙女送情郎的描写，在清新优美的文字中流露出浓浓的情韵，羞涩伴随着体贴，温馨散发出关爱，情思恍惚，令人销魂。

剑侠从唐代的“无情”到当代的“至情”，一字之差，既反映出剑侠形象的发展演变，也揭示了不同时代的创作者创作理念的差异。

唐代剑侠的无情，龚鹏程认为是受了佛道两教的影响，所谓“恩爱害道，譬如毒药”，这是不错的。② 情欲与修道的矛盾在剑侠小说情节表述中由来已久。唐代剑侠小说文本中尚不明显，自明代以后，“杜绝情欲方能成道”几乎成为小说家的共识。小说中的剑侠自觉地抵御情感的诱惑，离家别妻，深山学道，而得道剑仙在招收徒弟时也会提出斩断情爱的要求，并以此作为考验修道者是否心诚的手段。明人胡汝嘉《韦十一娘传》中，韦十一娘拜赵道姑学艺，师诫：不得饮酒、淫欲。半夜，“有男子逾垣而入，貌绝美”，以武力逼其犯淫戒，韦十一娘说：“死即死耳，吾志不可夺也。”男子收剑而笑道：“可以知子之心矣。”原来男子是道姑变化，来考察韦十一娘是否心诚志坚。情欲与修道的水火不容，还在于中国人对元阳

---

① 管平潮：《仙剑问情》，花山文艺出版社2009年版，第43页。

② 龚鹏程：《大侠》，（台湾）风云时代出版股份有限公司2007年版，第114页。

的迷信。守住元阳，保护真阴，勤修炼养，就能得道飞升，而泄了元阳，只能历经劫难，转世重修。所以，在剑侠小说中童男童女在修道时总是事半功倍。既然情爱是修道的障碍，剑侠的生存状态就只能是无情。

随着时代的进步、科技的发展，这道阻碍修真的“情障”在当代创作者的笔下已变得微不足道。当代小说中的剑侠不再望“情”却步，而是勇闯“情区”，为了爱情，即使是牺牲生命也在所不惜。当代剑侠小说不但写爱情，而且还涉及爱与性、爱与婚姻、爱与个性、爱与修道、爱与生死、爱与恩怨、爱与伦理等各个方面，爱情已成为当代小说家塑造人物、变幻情节、揭示主题乃至招揽读者的一根魔杖。依据这种理念创作的剑侠小说当然会有一个丰富多彩而又错综复杂的爱情世界，小说中的剑侠形象也就自然成为充满了爱的传奇、爱的悲欢的至情种子。

第四章

情节模式与时空叙事

在剑侠小说的文本叙述中，有一些情节单元被历代小说家反复运用，乐此不疲，从而成为剑侠小说文本中相对稳定的故事情节。这类故事情节在剑侠小说的发展过程中，逐渐形成一种作家在创作中自觉遵循的传统规范，于是就产生了剑侠小说文本的基本叙事语法。这些叙事语法（或曰情节模式）与其他文学类型有着明显的区别，它既彰显了剑侠小说这一文学样式的文化内容，同时也体现出这一文学样式独特的叙述方式。

剑侠小说的基本情节模式大多是由唐代小说家开创的，也有个别的情节模式是唐人因袭其他文类而加以改造的。唐人创造的剑侠形象与汉代司马迁记述的历史上的游侠有着极大的不同，他们既不藏亡匿死，也不疏财结交，更不会“修行砥名，声施于天下”①，而是隐居潜行，偶露峥嵘，一旦干预社会后，随即飘然远逝，犹如神龙见首不见尾。司马迁的记述是“实录”，唐人的描述当属虚构，而真正对后世剑侠小说产生影响的不是司马迁记录的历史，而是唐人虚构的“剑侠天地”。唐人编织的剑侠故事天马行空，于荒诞怪异中散发出独特的“文采与意象”，让读者津津乐道，而绮丽多姿的小说情节更凝聚成固定的情节模式，成为后世小说家模拟的范本。

基本情节模式虽形成较稳定的叙事规范，但叙事规范也不是一成不变的。在剑侠小说的发展进程中，基本叙事规范会随着时代的变迁，作家的学识、修养以及关注点的不同而发生相应的变化，本章的任务之一就是描述剑侠小说基本叙事规范的演变趋势。但是，笔者要提醒读者注意，变化固然不可避免，但决定这些基本叙事规范的“质”的“恒定因素”还是大致稳定的。② 正因为其“恒定因素”有相应的稳定性，剑侠小说这一文学样式的基本特征才得以确定和维持，作家的模拟创作才有所依据，研究者的探索才有脉络可循。

---

① 司马迁：《史记·游侠列传》，《二十五史》（1），上海古籍出版社、上海书店1986年版，第347页。

② 弗·普罗普（V. Propp）在对童话故事形态进行研究时，提出“恒定因素”与“可变因素”，认为前者维持了童话故事的基本形态，是恒定不变的，后者则可以出现相应的变化。参阅［俄］弗·普罗普：《神奇故事的转化》，［法］茨维坦·托多罗夫编选，蔡鸿滨译：《俄苏形式主义文论选》，中国社会科学出版社1989年版。

第一节 几种基本情节模式及其演变

剑侠小说的基本情节模式主要流传于文言小说，历代文言小说家承袭旧制，略加变易，反复使用。当然，此类情节模式也会渗透到白话小说中，用一种新的眼光重新改造、复制，将原本精练含蓄的内容加以渲染铺排，使其更加精细生动，意趣盎然。剑侠小说的基本情节模式主要有以下几种：

一、炫耀“剑术”

剑侠炫耀“剑术”这一情节模式首见于唐代剑侠小说中，具体篇目有段成式《酉阳杂俎》中的《兰陵老人》、《京西店老人》两篇小说。《兰陵老人》写京兆尹黎干出巡，行人皆让道，“独有老人植杖不避”。黎干怒打老人，“如击鞔革”，老人“掉臂而去”。黎干察觉有异，派人探知住处，登门谢罪。老人摆酒招待黎干，席间演示“剑术”：

{郑陵老人}紫衣朱鬓，盛长剑七口，舞于中庭，跳跃挥霍，批光电激，或横若掣帛，旋若火焱。有短剑三尺余，时时及黎之衽。黎叩头股栗。食顷，掷剑于地，如北斗状。①

黎干归家后，有如大病一场，照镜子之后，才知道胡须短了一寸多。第二日再去拜访，已人去室空。

《京西店老人》则记叙了韦行规少年时的一段经历。韦行规少年时游京西，途中在一个小店里歇脚。此时，天色已晚，小店里有位老人告诫说：此地多盗贼，夜晚不要行走。韦行规回答说：我会射箭，不怕盗贼。说完便启程。

---

① 李昉：《太平广记》(4)，中华书局1986年版，第1465页。

天黑，有人起草中尾之。韦叱不应，连发矢中之，复不退。矢尽。韦惧奔焉。有顷，风雷总至。韦下马，负一大树，见空中有电光相逐，如鞠杖势，渐逼树杪。觉物纷纷坠其前。韦视之，乃木札也。须臾，积札埋至膝。韦惊惧，投弓矢，仰空中乞命。拜数十，电光渐高而灭，风雷亦息。韦顾大树，树干尽矣。①

韦行规此时方知店中老人是一位剑侠，回到店里向老人跪拜谢罪，并要拜老人为师学习“剑术”，老人没有答应。

“炫耀剑术”的基本情节模式为三段式：有人逞威（或自负）—剑侠施展剑术（对狂妄者施以薄惩）—对方惊恐谢罪。《兰陵老人》中的黎干依仗权势，耀武扬威；《京西店老人》中的韦行规自恃善射，目空一切；然而，在神奇的“剑术”面前都得甘拜下风。剑侠施展剑术的目的是用武力威慑对方，使其认清形势，不要不自量力，这是“炫耀剑术”情节模式真正注目的中心。

这种情节模式在明清文言小说中经常见到。清人乐钧《耳食录·王黄胡子》写王黄胡子自诩剑仙，目中无人。一次，在酒席间自吹自擂，见末座一客衣衫褴褛，木讷无言，便出言讥笑。末座客请求比剑，王黄胡子愤然道：如何比法？客曰：用剑刺飞鸟。王不敢比，诡称天色已晚，何来飞鸟。客请登高舞剑，一决雌雄。王又推辞。客“于是搴袖离席，挟王以出，如提婴孺，履墙缘拱，如步康衢，径跨檐牙，升于屋脊，坐王于鸱吻之上而抚之曰：‘此地平旷，聊可栖息。君请匡坐，仆便来迎。’言已复下，神气洒然。堂下观者，无不色飞口哆，啧啧称神。客便索酒连罄数觥，颓然就舍。主人命支梯树架，哄扰终宵，王始得下。天明视客，已豹隐矣”②。剑侠略施本领，轻狂的王黄胡子便受到了惩罚。

情节模式在流传的过程中也会产生变异。明人李昌祺《剪灯余话·青城舞剑录》中真无本、文固虚两位剑侠，因世道险恶，命途迍邅，遂隐居

---

① 李昉：《太平广记》(4)，中华书局1986年版，第1464页。

② 此篇收入《续剑侠传》，更名《末座客》。《剑侠图传全集》，河北人民出版社1987年版，第129页。

青城山中习剑，间或下山行侠。一日，在途中遇见处于困境中的旧友卫君美，两人邀卫入山一游。卫君美在山中看到美女如云，珍宝无数，又在后山一山洞里看见数百骷髅，真、文二人告知，这些都是世间的恶人。两人送卫君美下山，分手时，侍女碧线取出四个鸡蛋大小的白丸，刹那间化作雌雄双剑。两人挥剑起舞，大展剑术：

须臾，天地晦冥，风云惨淡，惟于尘埃中见电光翕歘，交绕互缠。君美股战，行不成步，回望其居，皆陡壁穹崖，殊无有路。君美乃气不得出，目不得合，常若刃在其颈，心胆俱落。舞罢，失二人所在。①

从本篇描写来看，卫君美既不邪恶，也不轻狂，而且是真、文两人的知交，所以，虽然有“君美股战，行不成步”、“心胆俱落”等描写，但真、文施展剑术绝不是向卫君美示威。联系小说中两人的抱负及郁郁不得志的命运，其施展剑术实为抒发心中之悲愤，是对世道不平的嘲讽与抗议，其中更有英雄末路的苍凉。

“炫耀剑术”情节模式的变异在白话小说中也时常出现，但只是作为整体故事中的一个细节或插曲而已，三段式已不复存在，如《七剑十三侠》第十三回“警奸王剑仙呈绝技”，描写宁王与谋士设计欲加害徐鹤等英雄，此时，剑侠一尘子突然现身：

话犹未了，忽然间一人轻装软扎，背上插一把宝剑，跪在宁王面前，口称“千岁”。宁王大吃一惊，仔细看时，却是一个和尚，口称：“千岁在上，衲子特来拜求王爷。那徐鸣皋是个仁义之人，他为义气救出罗德，虽劫狱有罪，应该捉拿，只是妻子何罪？财产何干？衲子惯打天下不平之事，恳求千岁赦他妻子之罪，免抄他的家产店业！至于捉拿他的正身，王法所该，衲子怎敢强顶！”说罢，把口一张，霍地吐出一粒银丸，如弹子模样的悬在空中，晶莹夺目。转瞬之间，烁的一声变成一道电光，飞绕满室，犹如电掣风行，映得眼花缭乱，好似近在耳目之际，觉得面上冷气凛

① 李昌祺：《剪灯余话》，《传世藏书·子库·小说》（第3册），海南国际新闻出版中心1996年版，第19页。

然，使人寒噤。吓得遍室之人，个个心惊胆碎，魂飞魄散。①

一尘子用剑术吓退宁王，使其放弃抄没徐鹤的家私以及抓捕其家属的阴谋。但是，剑侠向奸王下跪，口称“王法所该”，表明晚清的剑侠小说皇权思想浓厚，侠气衰落，奴性十足。有些段落中，“炫耀剑术”传达的主题也有所变化，如《七剑十三侠》中众剑侠在西山为皇帝演示剑术，已将表述的旨意从向权贵示警变为奉承皇帝而进行的表演了。

二、寄柬示警

“寄柬示警”的情节模式起源于唐代剑侠小说《甘泽谣·红线》，成熟于清人王士祯《池北偶谈·剑侠》。《红线》描写潞州节度使薛嵩的侍女红线，为了帮助薛嵩解除魏博节度使田承嗣的威胁，挫败田氏企图吞并潞州的阴谋，深夜潜入田承嗣的住处盗取其枕边的金盒。薛嵩随后派使者快马加鞭将金盒送回魏博，使田承嗣“惊悼绝倒”，不敢轻举妄动。红线盗盒消弭了一场战争，保全了两地城池，救了万人性命。王士祯《剑侠》一篇显然受其影响，但细节、旨意都有变化，笔法也不相同。

《剑侠》叙述某中丞巡抚派遣属下某官吏护送金银进京，途中被劫。中丞大怒，严令追还，否则要该官吏赔偿。官吏遍寻，茫无头绪。此时一位算命的瞎子声称稍知踪迹。在路上走了三日，瞎子将追查此案的官吏带到一个大市镇。在一大宅内，官吏见到一位伟男子。谈了几句后，伟男子便让官吏住下来。当晚，月明如昼，官吏推开后门，只见墙上挂满了人的耳朵，官吏大惊。第二天，伟男子给了官吏一封信，打发他回去复命。官吏不敢多言，回见中丞，历述经过，将信呈上。中丞看信后大惊，绝口不提失金之事。原来信中提醒中丞某月某日中丞夫人头发被剪短三寸，并斥责其过于贪纵。中丞从此收敛了许多。

两篇小说一为盗盒，一为寄柬，但叙事题旨都指向警示。在叙事策略上，《红线》以“盗盒”为主要情节，通过红线自述的方式描绘盗盒经历，细述出入田承嗣寝所的细节，以及归途中的快乐心境，从正面渲染铺排了

① 唐芸洲：《七剑十三侠》（附《仙侠五花剑》），岳麓书社 1991 年版，第 38 页。

红线的神奇本领。《剑侠》则以“追金”为主要情节，通过寄柬的方式虚写“截发”之事，以凡人的视角讲述故事，用权贵看信后的反应来加以衬托，使整个故事蒙上了一层高深莫测的神秘色彩。两者的用意虽然都是向对方提出警告，但红线是为主分忧，侠义行为中不免有些媚骨；剑侠（伟男子）则是挑战权势，自掌正义的举止更显出铮铮傲骨。

以《剑侠》为标志，“寄柬示警”的基本情节模式为：失金—追金—寄柬—收敛。与王士祯同时代的作家蒲松龄所著《聊斋志异·王者》一篇，与《剑侠》情节相同，但蒲氏擅长描绘，故在细节的渲染铺排上更见神采。其后，吴雷发《香天谈薮·浙中宦者》、朱翊清《埋忧集·空空儿》、吴陈琰《旷园杂志·琵琶瞽女》、王韬《遁窟谰言·相士》、丁治棠《仕隐斋涉笔·剑仙国》、黄轩祖《游梁琐记·龙门鲤》以及陈世箴《敏求轩述记》中所辑宋和著《隐侠传》等均叙述此类故事。清代何守奇在《王者》篇末评道：“此事累见他书，不无少异，要是剑客之流。”[①] 可见，此类故事在当时是广为流传的。

“寄柬示警”的情节模式在流传的过程中也有所变异。《浙中宦者》篇中的剑侠是一位骑驴的老翁，他与护送财物的权贵的公子、勇士同行，谈笑甚欢。到了晚上便出手劫了财物。权贵派人四处追捕，老翁再次出面教训公子，并在夜里截断权贵父子的枕头示警，令权贵父子“竦然自戢”。小说中的剑侠不再是隐隐约约的神秘形象，而是两次现身，从容不迫，谈笑风生，一派挥洒自如的大侠气度，《剑侠》篇中的神秘气氛一扫而空。《隐侠传》所写剑侠不是劫财，而是杀官吏。小说开篇写道：“侠行天下，多贼达官与有权力之人，若无势而非所名称者，则不手屑也。”此篇中的剑侠杀了赃官后，官府严令缉拿，捕快遭受牵连。剑侠现身投案，为捕快开脱，并向州官示警，随后不见踪迹。这篇小说将基本情节模式演变为：杀官—追捕—现身示警—消失。《龙门鲤》则更为有趣，剑侠受到县令陷害，投诉无门，只得逃遁。官府四处追捕，剑侠被逼无奈，出手为己申冤。他夜入官府，出示受陷害的证据，陈诉自己的冤情，并且扬威示警，终令巡抚惊悟，撤销了追捕令，又罢免了县令。这篇小说的情节模式又有变化：遭诬陷—追捕—现身示警—平反。《琵琶瞽女》情节与此篇相类似。

---

① 蒲松龄：《聊斋志异》（会校会注会评本），上海古籍出版社1978年版，第1491页。

小说中的侠女为“金陵卜者，好女子也，双目瞽，挟琵琶漫游遍宇内”。有一朝贵，“墨而淫纵”，派人四处寻找瞽女。瞽女此时表现出剑侠本色：

忽夜半所居四壁皆琵琶声，或前或后，或闻或不闻，举家惊悸，不知所从来。日出，忽大声砰然起空中，一琵琶落枕上，分裂为二，内得书一札，字迹端劲。大略言：“国家依毗公等，外御边疆，内循郡邑，任重身微，神爽或堕，报塞无由。夫心不清者志虑短，欲太盛者年寿促。”又曰：“天下驿骚，民命如倒悬，公等安享作奸，贪得靡极。妾虽女子，能断公首。”朝贵得书惶悚。①

与《龙门鲤》相同，此篇剑侠出手也不是为别人打抱不平，而是拯救自己。其情节模式为：艳名惹祸—追捕—寄柬示警—收敛。

“寄柬示警”的基本情节模式在流传过程中虽有变化，但追捕、示警、收敛等恒定因素没有改变，变化的只是追捕的事由、人物的身份、示警的方式等可变因素。由于作者叙事角度的差异，作品呈现出的审美情趣也有不同，《剑侠》与《王者》篇中弥漫的那种神秘氛围在其后的作品中便很难见到了。

三、隐居复仇

“隐居复仇”的情节模式在唐代就已形成，小说的情节大致为：女侠身怀大仇，委身某一困顿的士子，隐居在里巷中，料理士子的生活起居，并为他生下一个儿子。一天夜里，女子突然失踪，回来时逾墙而入，捷如飞鸟，手携革囊，内有血淋淋的人头。女子向丈夫说明实情，声称大仇已报，就此分别。临行前，去给孩子喂奶，随后飞檐而出，不见踪迹。丈夫回首查看，见婴儿已身首分离了。女侠隐居复仇是唐代文言小说的热门题材，李肇《唐国史补·长安妾》、皇甫氏《原化记·崔慎思妾》、薛用弱《集异记·贾人妻》以及崔蠡的《义激》等都叙述此类故事。至清代，描述此类情节的小说仍络绎不绝，如蒲松龄《聊斋志异·侠女》、曾衍东

① 《剑侠图传全集》，河北人民出版社 1987 年版，第 101 页。

《小豆棚·齐无咎》、汤用中《翼駉稗编·隐娘尚在》、乐钧《耳食录·水先生》等篇皆袭用此情节描写剑侠隐居复仇之事。

"隐居复仇"的情节模式如下：婚配—隐居（生子）—报仇—杀子—消失。小说中的剑侠一般是女子，她们与异性的结合基本上没有爱情可言，只是以婚姻作为自己身份的掩护，其目的就是为了有效地杀掉仇人，而新派武侠作家所特意表现的"性"与"情"，在唐代小说家看来却是无关紧要的。女侠们在男女关系上"特立独行"的表现，以今天读者的眼光来看似乎有点"不近人情"，除了在婚姻问题上过于草率之外，临行"杀子"的举动更是残忍得让人无法接受。女剑侠的行为特征曾引起一些研究者的兴趣，崔奉源结合唐代社会环境、贞节观念等方面进行探讨，认为女剑侠的异性观过于随意，不守礼节，"她们嫁人的方式太随便，尤其丢弃丈夫也犹如反掌一般容易"[①]。龚鹏程在《大侠》一书中认为，这是受到了唐代广为流行的佛道思想的影响，所谓"恩爱害道，譬如毒药"，所以唐代的女剑侠根本不看重爱情[②]。陈平原则从唐代小说体式的建立与叙事策略来论述，认为"故意渲染女侠在男女关系上的'不近人情'，更容易突出其'神秘感'，与其奇异的本领和隐晦的身份相吻合"[③]。上述观点都有合理之处，然而，在笔者看来，这种情形应与唐代的侠义观念密切相关。在唐人眼里，侠分为两类，一类是豪侠，一类是剑侠。豪侠疏财仗义，藏亡匿贼，饮酒嫖妓，使气斗勇；剑侠韬光敛迹，行踪诡秘，或混迹于市井，或隐遁于山林，感恩杀仇，剑术非凡，自掌正义，独往独来。在这种侠义观念的指导下，唐人笔下的剑侠行为举止自然异于常人了。

剑侠隐居复仇的故事发展到清代有了一些变化，《聊斋志异·侠女》是清代这类小说最具代表性的一篇。《侠女》中侠女与老母亲度日艰难。邻里顾生是一个读书人，与老母相依为命，时常照顾侠女母女。顾生家贫，娶不上妻子，顾母深为顾家祧续忧虑。侠女为报恩与顾生私相约会，并为顾家产下一子。侠女的母亲去世后，侠女每夜潜出。一日夜半，侠女手提革囊而入，声称大仇已报，特来道别。说完，"一闪如电，瞥尔间遂

---

① 崔奉源：《中国古典短篇侠义小说研究》，（台湾）联经出版事业公司 1986 年版，第 174 页。

② 龚鹏程：《大侠》，（台湾）风云时代出版股份有限公司 2007 年版。

③ 陈平原：《千古文人侠客梦》，人民文学出版社 1992 年版，第 57 页。

不复见”。小说中侠女并没有婚嫁，她之所以自荐枕席，是为顾家“延一线之续”，并非为了隐藏身份。蒲松龄将报恩与复仇同时描写，既扩展了小说的情节内容，也突出了侠女的性格特征。这篇小说的情节模式大致为：隐居—私会—生子（报恩）—杀仇—消失。与唐代“隐居复仇”的小说相比，隐居、杀仇、消失等关键性情节没有改变，删除了婚配、杀子等情节，增加了私会、生子等报恩内容，侠女的“不近人情”之处大为减弱，再加上蒲氏对侠女“为人不言亦不笑，艳如桃李，而冷如霜雪”性格上的渲染，主角便从唐代女剑侠的神秘、模糊一变而为侠女的可爱可敬了。

“隐居复仇”的情节模式也影响到白话小说的创作。文康《儿女英雄传》中侠女十三妹的身世、经历等内容都明显采用了“隐居复仇”这一情节模式，只是作者慧心独运，巧妙构思，善于叙事，遂使这一情节内容波澜起伏，悬念迭起，扣人心弦，产生了更加独特的叙事效果。

四、试道坚心

裴铏《传奇·韦自东》描写了“义烈之士”韦自东两件事，一件是韦自东独自前往深山古庙铲除害人的夜叉，另一件是受一位道士的委托，为其仗剑守护丹炉，以防妖魔入洞破坏。道士嘱咐：“请君仗剑，当洞门而立，见有怪物，但以剑击之。”

俄顷，果有巨虺长数丈，金目雪牙，毒气氤郁，将欲入洞。自东以剑击之，似中其首，俄顷若轻雾而化去。食顷，有一女子，颜色绝丽，执芰荷之花，缓步而至。自东又以剑拂之，若云气而灭。食顷，将欲曙，有道士，乘云驾鹤，导从甚严，劳自东曰：“妖魔已尽，吾弟子丹将成矣。吾当来为证也。”盘旋候明而入，语自东曰：“喜汝道士丹成，今有诗一首，汝可继和。诗曰：三秋稽颡叩真灵，龙虎交时金液成。绛雪既凝身可度，蓬壶顶上彩云生。”自东详诗意曰：“此道士之师。”遂释剑而礼之。俄而突入，药鼎爆烈，更无遗在。道士恸哭，自东悔惧自疚而已。[1]

① 李昉：《太平广记》(8)，中华书局1961年版，第2822页。

后一件事的描写，正是剑侠小说“试道坚心”的情节模式：寻找烈士—守护丹炉—经受考验—功败垂成。

唐代描述此类故事的小说还有李复言《续玄怪录·杜子春》、薛渔思《河东记·萧洞玄》、康骈《剧谈录·说方士》以及段成式《酉阳杂俎》续集卷四所记载顾玄绩事。《韦自东》中的韦自东是“义烈之士”，“一生济人之急”，道士炼神仙龙虎丹，因虑妖魔毁坏，“思得刚烈之士，仗剑卫之”，韦自东正是人选。《杜子春》中道士对杜子春的人格进行了漫长的修炼过程，数次将他推至人生的极致，磨砺其“纵适之情”，终使其脱胎换骨，立志向善。此时，道士才委以护丹重任。《萧洞玄》篇中道士萧洞玄为炼神丹，周游天下，希望寻得一位“同心者，相为表里”，共修仙业。经过十几年的寻找，选定终无为。守护丹炉、经受考验是这一情节模式的重心。《韦自东》对此已有较多的描写，《杜子春》、《萧洞玄》两篇更加铺排渲染。杜子春、终无为在幻境中均经历地狱的各种摧残，惨遭轮回，不为所动，当“爱子”被杀时，终于未能看破“爱”关，出声呼喊，功败垂成。与《韦自东》相比，《杜子春》和《萧洞玄》更突出“心魔”之害，更强调护丹过程中的“去欲修心”。

段成式《酉阳杂俎》续集卷四所记顾玄绩请人看守药炉之事，与上述作品题材相同，但记叙简略，粗陈梗概，没有多少细节描写，显然承续六朝笔记小说的写法，不同于传奇。段氏又在篇中转述《大唐西域记》中烈士池的故事，以说明这类小说的题材渊源。《大唐西域记》卷七记载：某隐士得一仙方，筑坛诵咒一夜，黎明即可登仙。但诵咒时，需一烈士执刀守护，且不能出声。隐士遍寻此人。后遇一人，被主人逐出，悲号于路。隐士援手护救之。此人感恩，愿执刀护坛。

殆将晓矣，忽发声叫。是时空中火下，烟陷云蒸，隐士疾引此人入池避难。已而问曰：“诫子无声，何以惊叫？”烈士曰：“受命后，至夜分，昏然若梦，变异更起，见昔事主躬自慰谢。感荷厚恩，忍不报语；彼人震怒，遂见杀害。受中阴身，顾尸叹惜，犹愿历世不言，以报厚德。遂见托生南印度大婆罗门家，乃至受胎出胎，备经苦厄，荷恩荷德，尝不出声。洎乎受业，冠、婚、丧亲、生子，每念前恩，忍而不语，宗亲戚属咸见怪异。年过六十有五，我妻谓曰：‘汝可言矣！若不语者，当杀汝子！’我时惟念，已隔生世，自顾衰老，唯此稚子，因止其妻，令无杀害，遂发此声耳。”隐士曰：“我之过也！此魔娆耳。”烈士感恩，悲事不成，愤恚而死。免火灾难，故曰“救命”。感恩而死，又谓“烈士池”。①

从《大唐西域记》记述的故事来看，重在表述“心魔”对修炼的危害，而“爱”念尤其害道，因此，修道人欲成仙必须“断爱”。《杜子春》和《萧洞玄》两篇小说的情节完全出自此书，细节都极为相似，只是铺陈渲染，增添波澜而已。《韦自东》稍加变化，将“心魔”改成外魔入侵，失败不是因为不能“断爱”，而是没有识破妖魔的诡计。

“试道坚心”的情节模式在明清剑侠小说的文本中有了一些改变，最明显的变化是“试道”的目的不同，不再是为别人守护丹炉，保护别人炼成仙丹，而是为了考察修道人的道心是否坚定，是否已经具备成为剑仙的品格。清代李百川《绿野仙踪》第九十三回“守仙炉六友烧丹药　入幻境四子走旁门”，写剑仙冷于冰在福建九功山文笔峰上为六位弟子设立了六座丹炉，命其看守，以考察他们道心坚定的程度。结果连城璧等四人道心不够坚定，被幻境所迷，所守护的丹炉被毁坏，遭到师尊重责，推迟了数百年方能得道成仙。

除了“试道”的目的有所变化外，在一些小说表述中“试道”的方法也有不同。如清代李澄《梦花杂志·珠儿》写富户吴生欲师从剑侠珠儿学习剑术，珠儿致函告知修炼之法，吴生喜悦非常，构静室，备法器，依法练习，将近四十九日，怪风陡起，静室爆炸，烈焰冲天，吴生侥幸不死，但染成狂疾。其父为之“招黄冠，设醮忏”，不但没有治愈儿子，自己也得了狂疾。父子二人几乎将家中资产耗费殆尽，父亲病逝，吴生康复。经过此番周折，吴生看透世情，将家中余资散发给乡亲，自己则隐入深山。此时，剑侠珠儿出现，对吴生说：从今以后，你可以修炼剑术了。这篇小说旨在说明要想修成剑术，就要斩断世情，散尽家财，摒除一切世俗杂念。吴生要学剑术，珠儿对他进行了严酷的考验。考验的目的虽是要坚定

① 玄奘、辩机著，季羡林等校：《大唐西域记校注》，中华书局 2000 年版，第 577 页。

吴生的道心，但不是幻境中“心魔”的挑战，而是现实生活中的苦难经历：身染狂疾、家财散尽、亲人离世等人生重创。

“试道坚心”的情节模式在近代剑侠小说中仍经常出现。《蜀山剑侠传》第二百二十回峨眉派众弟子在下山进行外功修炼前，需经过一番考验，合格者方能获许下山。考验的功课是或经过左元洞“十三限”，或通过右元洞“火宅”。这两洞设施是峨眉祖师遗留，又经历代仙师如法布置，“洞中千年瞬息，变幻无穷”，通行时虽具千年道力和飞剑法宝，仍有风险。“最好把心灵守定，不起杂念，虽在飞行，仍照日常入定。偶遇功力精进，魔头来袭时光景，任何磨折艰难不去睬它，至多受点幻境中的苦痛，只要道力坚定，便能熬过去了。”[①] 峨眉师长用此法考验诸弟子道心是否坚定，考验的重心仍在“心魔”。对于“试道坚心”的考验过程，还珠楼主匠心独运，幻想神异，以瑰奇的笔法将其描绘得波澜起伏，显出绝妙意境：

正在希奇，忽听四外怪声大作，时如虫鸣，时如鸟语，时如儿啼，时如鬼啸，时如最切近的人在呼唤自己的名字。其声时远时近，万籁杂呈，低昂不一，入耳异常清脆。不知怎的，以司徒平夫妻三人都是修道多年，久经险难的，听了这怪声，兀自觉得心旌摇摇，入耳惊悸，几乎脱口应声……一会工夫，怪声忽止，明月当空，毫无形迹。正揣不透是何用意，忽然东北角上顿发巨响，惊天震地，恍如万马千军杀至。一会又如雷鸣风吼，山崩海啸，和第二次巽地风雷来时一样。虽然只是虚声，并无实迹，声势也甚惊人，惊心动魄。眼看万沸千惊袭到面前，忽又停止，那东南角上却起了一阵靡靡之音。起初还是清吹细打，乐韵悠扬。一会百乐竞奏，繁声汇呈，秾眼妖柔，荡人心志。这里淫声热闹，那西南角上同时却起了一片匝地的哀声，先是一阵如丧考妣的悲哭过去，接着万众怒号起来。恍如孤军危城，田横绝岛，眼看大敌当前，强仇压境，矢尽粮空，又不甘降贼事仇，抱着必死之心，在那里痛地呼天，音声悲愤。响有一会，众声由昂转低，变成一片悲怨之声。时如离人思妇，所思不见，穷途天涯，触景

---

① 还珠楼主：《蜀山剑侠传》（7），山西人民出版社、北岳文艺出版社 1998 年版，第 3275 页。

生悲；时如暴君在上，苛吏严刑，怨苦莫诉，宛转哀鸣，皮尽肉枯，呻吟求死。这几种声音虽然激昂悲壮，而疾痛惨怛，各有不同，但俱是一般的凄楚哀号。尤其那万众小民疾苦之声，听了酸心腐脾，令人断肠。

三人初听风雷杀伐、委靡淫乱之声，因是学道多年，心性明定，还能付之无闻。及至一听后来怨苦呼号之声，与繁音淫乐遥遥相应，不由满腔义侠，轸念黎庶，心旌摇摇，不能自制。幸而深知此乃幻境，真事未必如此之甚。这同情之泪一洒，便要神为魔摄，功败垂成。只是那声音听了，兀自令人肌栗心跳，甚是难过。正在强自挨忍，群响顿息。过一会儿，又和初来时一样，大千世界无量数的万千声息，大自天地风雨雷电之变，小至虫鸣秋雨、鸟噪春晴，一切可惊可喜、可悲可乐、可憎可怒之声，全都杂然并奏。①

上述段落引自《蜀山剑侠传》第一百三十四回，叙司徒平夫妻三人护卫宝相夫人免遭天劫而力抗天魔侵扰的场景。这段考验的经历充满了佛教义理，逼真地描绘出修道人的克星“六贼之魔”的厉害：“来不知其所来，去不知其所去，象由心生，境随念灭，现诸恐怖，瞬息万变，稍一着相，便生祸灾，备具万恶，而难寻迹。”

第二节　超越自然的生命永恒

在世界万事万物中，生命是最神秘、最重要的客观存在。从本质上看，生命涵盖了“形”与“神”两个方面。探讨“形”与“神”的关系就是剑侠小说生命观的首要问题。“形”指的是生命的形体样态，包括躯体的外在形状和铸成躯体的诸多器官、血液、筋脉等；“神”指的是躯体内部的指挥系统。“形”是物质性的客观存在，而“神”则是精神活动。“形”与“神”相互依存、相互作用。《荀子·天论》云：“形具而神生，

---

① 还珠楼主：《蜀山剑侠传》（3），山西人民出版社、北岳文艺出版社 1998 年版，第 1526～1527 页。

好恶喜怒哀乐臧焉。”[①] 这种相互依存、相互作用使躯体具有意识，生命得以维持。

按照大自然的规律，个体生命有一个从诞生趋向消亡的过程，这是不以人的意志为转移的，而小说中剑侠修炼剑术的目的是超越生死，迈向永恒。《绿野仙踪》中冷于冰在经历了仕途失败和师友病亡之后，对现世人生产生了幻灭感，“觉得人生世上，驱名逐利，毫无趣味”。第五回中他对众人说：“我如今四大皆空，看眼前的夫妻儿女，无非是水月镜花，就是金珠田产，也都是电光泡影。总活到百岁，也脱不过死之一字。苦海汪洋，回头是岸。”[②] 于是弃家访道，立志成仙，最终在火龙真人的指导下成就仙业。《瑶华传》中朱瑶华前生是一雄狐，因误入旁门左道，被飞剑斩杀。转世投胎后，她追随剑仙无碍子苦修剑道，终于修成能够久视长生的剑仙。《夜雨秋灯录·郁线云》中郁线云幼遭奇厄，落入深山，被长公主收为侍女，采撷仙药，又研习道典，尤爱学习“剑术”。长公主赐一双剑丸，游戏人间，功成飞升。《淞隐漫录·徐笠云》写徐笠云深山射猎迷路，得遇剑仙，习成剑术，后登仙籍。《亦复如是·何配耀》中道人用剑术除去何配耀附身恶魔，并“索纸七张，每张上各画一圈，其大者可径尺，依次叠小，至如一粒粟。曰：‘先以大圈粘壁上，终日兀对，令心不出圈外，七日内心气可足。若功力不懈，七圈皆用，效当自知。’何如法行之，至四十九日，心地忽然明澈，飘然而去，不知所终”[③]。修炼“剑术”可以超凡入圣，得道成仙，有限的生命个体通过勤学苦修，坚持不懈，可以超越自然，长生久视，这是剑侠小说对生命形态的一种诠释，反映了明清剑侠小说超越自然的生命观。

在明清剑侠小说中，剑侠的成仙得道大都是形神一致的，即以肉体凡胎修成神仙。但也有形神分离的。《七剑十三侠》里草上飞焦大鹏在赵王庄阵亡，剑侠傀儡生在他阵亡之时，将他的灵魂度回山去炼魂七日，炼成仙道。之所以如此，书中写道：“但因余七妖术厉害，凡胎肉骨，都不能进去破他，须要脱了凡胎，方能前进。”焦大鹏脱了凡胎后，跟随玄贞子

---

① 王先谦：《荀子集解》，《诸子集成》（2），中华书局 1954 年版，第 206 页。
② 李百川：《绿野仙踪》，齐鲁书社 1995 年版，第 25 页。
③ 宋永岳：《亦复如是》卷七，重庆出版社 2005 年版，第 206 页。

炼成剑术，“他本是无影无形的，因傀儡生把他魂灵炼过，要现形便与凡人无二”，因此不怕天罗地网、迷魂妖法，立下奇功。焦大鹏的成道过程是“形”“神”分离，兵解成仙。对此，小说有一番解释：

你道怎的为兵解成仙？仙家有一派流传，要度脱凡人成仙，必要此人死于刀兵，可脱凡胎，这就名为兵解。并非是旁门左道，不过是个外功。与玄贞子内功一道，略有分别。内功是凡胎肉骨，亦可飞升；外功必须脱了凡胎，方能成功。二者虽有内外之分，并无高低之别。[①]

小说将弃尸成道与肉身成道都视为玄门正宗，没有高低差别，只是修道方法不同而已。在小说中，“兵解”又称“尸解”，有诸多描写，如《遁窟谰言·飞剑将军》中剑侠吴思演死于刀兵，“吴之亲丁来收其尸，纳之棺中，载至苏州乡间唤人舁于冢上，举之觉甚轻，启而视之，已无所有，惟留常日所用一剑而已”[②]。《淞隐漫录·廖剑仙》中剑侠廖蘅仙“将没时，晨起见白猿至，叹曰：‘我其死乎？’即服衣冠，危坐堂中，近瞩之，则已体冰气绝。及殓，有双剑出自鼻中，直入霄汉而杳。人以为尸解云”[③]。《淞隐漫录·许玉林匕首》中剑侠许玉林与妻子双双死于匕首，亲友为其办丧事，“及举榇入土，轻若无物，异而启视之，并空棺也。人咸以为生与女皆剑侠者流，游戏人间，借尸解仙去”[④]。《淞隐漫录·徐笠云》一篇对尸解的描述更为形象、具体。小说中一幼妇与僧通奸，并与之合谋杀死丈夫，事发后，按律当斩。“弃市之日，妇与僧神色扬扬自若，首虽陨地，身犹僵立不仆，腔中绝无滴血；群见有小人二自腔出，仿佛僧与妇状，冉冉上升。生亦目睹，忿然曰：‘岂有修成剑术而为此坏法乱纪之事乎！’掷剑向空，二小人随剑俱堕，身首异处，倏忽入地而没，旋即尸仆血流。”[⑤] 幼妇与僧炼魔入道，企图借兵解飞升，却被徐笠云以剑术阻止。篇中幼妇与僧的“神”被描绘成小人般的形体，脱离肉身，冉冉升空，这

---

① 唐芸洲：《七剑十三侠》（附《仙侠五花剑》），岳麓书社 1991 年版，第 183 页。
② 《剑侠图传全集》，河北人民出版社 1987 年版，第 175 页。
③ 王韬：《淞隐漫录》，人民文学出版社 2006 年版，第 12、83、538 页。
④ 王韬：《淞隐漫录》，人民文学出版社 2006 年版，第 12、83、538 页。
⑤ 王韬：《淞隐漫录》，人民文学出版社 2006 年版，第 12、83、538 页。

类无形的“神”凝聚成为有形的婴儿的描写，对后世剑侠小说影响极大。

剑侠小说对生命形态的描述有着浓郁的宗教文化色彩。生命中“形”与“神”的关系问题，一直是各种宗教高度关注并反复阐述的问题。道教认为，生命以“道”为始基，因道化气，以“气”为生。《长生胎元神用经》云：“炁结为形，形是受炁之本宗，炁是形之根元。”“神以炁为母，母即以神为子，子因呼吸之炁而成形，故为母也。形炁既立，而后有神，神聚为子也。”①“炁”同“气”，在道教经典中常常出现。生命中的“形”与“神”都是因“气”而生，成为生命存在的不可或缺的两种要素。对于两者的相辅相成，《西升经·神生章》这样阐述：“盖神去于形谓之死，而形非道不生，形资神以生故也。有生必先无离形，而形全者神全，神资形以成故也。形神之相须，犹有无之相为利用而不可偏废。惟形神俱妙，与道合真。”② 所以道教主张形神俱炼，性命双修，超越生死，肉身成仙。

佛教也关注生命中的“形”与“神”。佛教认为，世间的一切事物，包括各种物质现象、精神活动，都是因缘和合而生，都在迁流转变之中，所有的一切都是变化无常，没有常住不变、永恒静止的事物。佛教称之为“诸行无常”。既然世间的一切都是变化无常的，那么就不存在能独立自生、永恒不变的精神主宰，这就是“诸法无我”。佛教所谓“一切有为法，如梦幻泡影，如露亦如电，应作如是观”③。但佛教在否定“我”（精神主宰，或曰灵魂）的存在的同时，又肯定众生“业力”的存在。“业力”是人们一生思维和行动的总和，是众生生死流转的动力。人的生命消亡了，但其“业力”不会消亡，而且还会引起相应的果报，决定着轮回转生者的命运。这就是佛教宣扬的因果报应、六道轮回。“业力”既然不会随着生命的结束而消失，并有一定的支配意志，从本质上说与灵魂就没有差别。

佛教传入中国以后，形神的关系一度成为关注的焦点。慧远在《沙门不敬王者论·形尽神不灭》中，对“形”与“神”作了这样的论述：“化以情感，神以化传；情为化之母，神为情之根；情有会物之道，神有冥移

---

① 《道藏》（第 34 册），文物出版社、上海书店、天津古籍出版社 1988 年影印本，第 309 页。

② 《道藏》（第 11 册），文物出版社、上海书店、天津古籍出版社 1988 年影印本，第 506 页。

③ 鸠摩罗什译，王月清评注：《金刚经》，江苏古籍出版社 2001 年版，第 75 页。

之功。”“化”指有形的生命，“情”指生命的欲望。有形的生命由于欲望的感召而产生，精神因为有形的生命而传递；欲望是产生有形生命的母亲，而精神是欲望的根基。欲望有攀援外物的途径，精神有潜移默化的功能。于是，有神才有情，有情才有化。神在情、化之前、之外，所以形尽神不灭。①

道教与佛教对形神关系的不同看法，南北朝时期著名的道士陶弘景在《答朝士访仙佛两法体相书》中这样论述：

凡质象所结，不过形神。形神合时，则是人是物；形神若离，则是灵是鬼。其非离非合，佛法所摄；亦离亦合，仙道所依……假令为仙者，以药石炼其形，以精灵莹其神，以和气濯其质，以善德解其缠。众法共通，无碍无滞，欲合则乘云驾龙，欲离则尸解化质。不离不合，则或存或亡。于是各随所业，修道进学，渐阶无穷，教功令满，亦毕竟寂灭矣。②

依据上文，对于形神，佛教是“非离非合”：人在轮回之中，精神与肉体必定结合，故曰“非离”；但佛教追求的解脱之道，是要超越轮回，摆脱肉体对精神的束缚，故曰“非合”。道教不同，它追求的是个体的长生不死，企图维持形体的永存，必须形神兼备，举形升虚，所谓“欲合则乘云驾龙”。但是修炼到一定程度，修道者就可以超越凡人的生存方式，精神可以自由地离开肉体，飞升上界，所谓“欲离则尸解化质”。“亦离亦合”的状态，是指修道者可以对“形”“神”自我控制，自由分离，自由重合，从而达到冲破生存困境、超越生命极限的理想境地。

剑侠小说的生命观虽有佛教的元素，如《瑶华传》中雄狐轮回转世，但其主要内容还是反映出道教的生命哲学。尤其在《徐笠云》一篇中，幼妇与僧离形尸解后，真神化作小人冉冉飞升，十分形象地描绘出道教生命演化理想。老子《道德经》云：“常德不离，复归于婴儿。”受老子思想的启发，道教采用逆向复归的理论指导修炼实践。道教第三十九代天师张嗣

---

① 此段形神关系阐述，参阅方立天：《佛教哲学》，中国人民大学出版社 1986 年版。

② 陶弘景：《华阳陶隐居集》，《道藏》（第 23 册），文物出版社、上海书店、天津古籍出版社 1988 年影印本，第 646 页。

成解释说："吾身妙于婴儿，天地妙于无极，道体妙于大朴。"① 道教将人生修炼目标比作婴儿，并与天地、道体相提并论。对这种逆向复归的终极目标，道教典籍提出了修炼程序："万物含三，三归二，二归一。知此道者，怡神守形，养形炼精，积精化气，炼气合神，炼神返虚，金丹乃成，只在先天地之一物耳。"② "万物含三"指万物都包含精、气、神。道教认为，人来到世上，先天禀赋的精气神会逐步分离，慢慢死亡，所以必须将三者炼为一体，永不分离。"三归二"指炼精化气，"二归一"是炼气化神，直至炼神返虚。③ 进入这个层面，精气神凝结而成的元婴之体就可以出现了。剑侠小说对生命演化进程的形象描述是荒诞的，但其致力于冲破生命有限的努力，则具有人类对生命超越的终极关怀的普遍意义。

第三节　仙凡混居的活动空间

剑侠小说营造的世界，可以说是一个较为复杂的平面世界。说它是平面世界，是因为剑侠的修炼、替天行道以及仙魔斗法等都是在同一个层面展开；说它较为复杂，是因为在这同一层面里，还存在着相对的仙凡之别，如层次的高低、距离的远近等。

在这个层面里，仙和凡是混容杂处在一起的。剑仙往往以平凡困苦的姿态，甚至是邋遢的面容出现于尘世。《狯园·青丘子》中剑侠青丘子，隐于武当山修道，其弟子王生上山寻师，"至则室庐如故，扃户无人"，一日，"忽于荆南道上见先生溷迹丐者之中"。《池北偶谈·女侠》中女剑侠隐身于偏僻的尼庵中，经常骑着黑驴行走于道上。《旷园杂志·琵琶瞽女》中女剑侠装扮成盲女，"挟琵琶漫游遍宇内"。《耳食录·王黄胡子》中某

---

① 张嗣成：《道德真经章句训诵》，《道藏》（第12册），文物出版社、上海书店、天津古籍出版社1988年影印本，第631页。

② 陈致虚：《上阳子金丹大要》，《道藏》（第24册），文物出版社、上海书店、天津古籍出版社1988年影印本，第16页。

③ 关于道教形神关系的论述，笔者参阅了《汤用彤选集》（吉林人民出版社2005年版）和詹石窗《道教文化十五讲》（北京大学出版社2003年版）。

剑侠栖身于豪族公宅，与众人吃饭时常坐末位，神态癃惫，衣冠了鸟。《耳食录·何生》中女剑侠“雄服游戏人间”，衣冠褴褛，“以贫自晦，遂不为人识”。《聊斋志异·侠女》中侠女与其母亲在市井中租住一陋室，母女俩靠针线活艰难度日。《李汧公穷邸遇侠客》中的剑侠隐身市井，行踪诡秘，衣着随便，“也不做甚生理，每日出去吃得烂醉方归”。半年后，李勉在长安街上再相遇时，剑侠“身衣黄衫，坐下白马，两个胡奴跟随，望着节导（官员出行的仪仗队）中乱撞”。且住处在庆元坊一座大宅院里，“厅堂屋舍，高耸云汉，奴仆趋从，不下数百”，宴席“丰富胜于王侯”。①剑侠游戏尘世的目的是考察人心，赏善伐恶，度化有缘，积累功德。正因为如此，他们必须与凡人打成一片，置身于凡人的世界，如此，方能识透人心，分别善恶，了解世情，辨别真伪，真正做到替天行道。

剑侠虽然与凡人混杂在同一世界，但他们总是巧妙伪装，不以真面目示人，一旦身份暴露，他们就会飘然远去，脱离凡人的视线，不知所终。剑侠隐身修道之处虽然与普通人处于同一层面，但有高低、险峻与平易之别，不是向道心切、毅力坚定的有缘人，是无法找到剑侠的修身住所的。《狯园·青丘子》中的王生，“好寻名山，博采方术，有高蹈遐举之想”，所以只身踏入深山，寻觅仙迹。他“践丹危，履翠险，或下或高，且数十里。隐映若有洞门在断崖绝涧中，水流花开，风气似春”，终于寻到神仙处所。经其祖王重阳的指点，他又坐船入楚，抵达江陵，寻至武当山下，“负囊独上，缘磴跻攀”，几经周折，方能得拜剑侠青丘子为师。②《程元玉店肆代偿钱　十一娘云冈纵谭侠》中程元玉跟随剑侠韦十一娘师徒前往其修道处云冈山顶，“过了两个岗子，前见一山陡绝，四周并无联属，高峰插手云外……（三人）攀萝附木，一路走上。到了陡绝处，韦与青霞共来扶掖，数步一歇。程元玉气喘当不得，他两个就如平地一般。程元玉抬头看高处，恰似在云雾里，及到得高处，云雾又在下面了。约莫有十数里，方得石磴。磴有百来级，级尽方是平地”。韦十一娘师徒炼剑的山崖，十分陡峭，“下临绝壑，窅不可测。试一俯瞷，神魂飞荡，毛发森竖，满身

① 冯梦龙编，钟仁校注：《醒世恒言》卷三〇，陕西人民出版社 1992 年版，第 682、689 页。

② 《剑侠图传全集》，河北人民出版社 1987 年版，第 83～84 页。

生起寒栗子来”。[1]《夜雨秋灯录·郁线云》中女剑仙长公主选择在林木幽深的都梁山上修行，《剪灯余话·青城舞剑录》中真无本、文固虚两位剑侠在远离尘世的青城山中炼剑。《淞滨琐话·粉城公主》篇中，女剑侠粉城公主住地桃花奴，须漂洋过海，再翻越十余座山岭方能到达。《池北偶谈·剑侠》篇中，瞽叟为寻找失窃线索的官吏带路前往剑侠住所，“初行一日，有人烟村落。次日，入深山，行不知几百里，无复村堡。至三日，逾亭午”[2]，方始抵达。而《仕隐斋涉笔·剑仙国》一篇中，剑仙国所在地更是遥远，已从荒山野岭移至海外天涯，其偏远难行更非一般人力所及，必须借助神术法力才能达到：

是夜，（老步刽）命子薰沐，饱加餐饭，加之装束：头扎青丝巾，身披红短褐，腰束鞶带，脚蹑蛮靴，短衫窄袖，兜裹紧严；于额上画太乙符，胸臂腰膂，俱粘符纸，又于马腹、马首、马尾画三符，缠结其上。装毕，戒之曰：“马行则行，止则止。中有候馆，暂下一餐，餐罢即行。至其地，出书投之，任导者所为，勿多言，作哑人可也。若妄下鞭，则不能返，海山万里，不能收尔骨矣。慎之慎之！”遂上马加鞭，四蹄风起，掣电蹑云，鸟雀之飞，无比快利。近三更，已出玉门关，行草地逾中华界矣。所过高山大泽，如履坦途。比晓，则一片黄沙，茫茫无际，人烟杳绝，不知所经何地。午刻，至一处，遍地青莎，高于人齐，如翠茵碧毯，蒙茸极望。沙中微开一径，行径中百十里，马蹄顿止。见草中结庐蓬，绿窗素几，幽雅明快，即候馆也。住数人，若邮吏然。侦刽子下骑，具米羹茶果，与之饱餐。餐毕上马，行不计里，出莎径已黄昏矣。续睹大海前横，浮天无岸，马便嘶风踏浪，澒洞行波涛中，足不沾濡。历一夜之久，天明，抵一岛。乱峰插汉，古树拿云，蓊蔚嵯峨，画手不到。登岸历山路，曲折通幽，香云拂面，翠露沾衣。所见珍禽异兽，异卉奇葩，莫可名状。行半晌，得平地，豁然开朗，金沙四布，玉水交流，道路桥梁，皆瑙玉镶成。行人渐夥，或男或女，俱古服劲装，蹑风而行。马至此，步渐缓，“得得”前进。俄见瑶林琼树中，隐露

---

① 凌濛初：《拍案惊奇》（上），上海古籍出版社1982年版，第70、73页。
② 王士祯：《池北偶谈》卷二三“谈异”，中华书局1982年版，第565页。

金城一座，红墙白雉，云霞绚彩；珠塔玉楼，高揭天表，别成世外奇观。①

《蜀山剑侠传》中峨眉派开府之际，妙一真人等一干前辈仙师率领两辈同门弟子，各驾云光，雁行排列，在峨眉山凝碧崖上空等候神僧神尼，“俯视峨眉，就在脚底，满山云雾迷茫，远近峰峦浮沉在云雾之中，如海中岛屿一般，仅仅露出一点角尖。再看云层以下，各庙宇人家已上灯光，宛如疏星罗列，梵呗之声，隐隐交作。不时传来几声疏钟，数声清磬，越显得山谷幽静，佛地庄严，令人意远。知道此时半山以下正下大雨，天色隐晦，所以月还未出，便上灯光”②。剑侠居于峨眉顶峰，凡人住在山下，仙凡只有半山之隔。剑侠修行为何一定要选择高山峻岭、绝壁危崖呢？这是因为高山危崖人迹罕至，远离尘世喧嚣，没有人世间的争名夺利，声色犬马，使人心纯净，贴近自然，利于修道。《抱朴子·明本》称：中世以来，求仙访道者皆飘然绝迹幽隐，“山林之中，非有道也，而为道者必入山林，诚欲远彼腥膻，而即此清净也”③。

剑侠入深山修炼，除了脱尘离俗、亲近自然之外，在深层意义上，还与中国上古社会普遍流传的入山寻仙、上山升天的思维认识有关。“仙”，古字作“仚”，《说文解字》谓：“人在山上皃。”“皃”是“貌”的古字，段注：“引申为高举皃。”“仙”字又作“僊”，《说文解字》释为“长生僊去”；段注引《庄子》曰：“千岁厌世，去而上僊”，又谓：“《释名》曰，老而不死曰仙。仙，迁也，迁入山也。故其制字人旁作山也。”④依据这一解释，“仙”的本义有两层意思，一是指长寿的人，一是指高举飞升；而第二层意思则与“山”紧密相连，先入山隐修，拉近人与天的距离，通过修行，然后轻举飞升，成为神仙。因此，古来名山僧道多。山，对修道人有着十分重要的意义，东汉王充《论衡·道虚篇》这样描述昆仑山：

① 丁治棠：《仕隐斋涉笔》卷三，四川人民出版社 1985 年版，第 63 ~ 64 页。

② 还珠楼主：《蜀山剑侠传》（7），山西人民出版社、北岳文艺出版社 1998 年版，第 3210 页。

③ 葛洪：《抱朴子》，《诸子集成》（8），中华书局 1954 年版，第 42 页。

④ 许慎撰，段玉裁注：《说文解字段注》，成都古籍书店 1981 年影印本，第 406 ~ 407 页。

如天之门在西北，升天之人，宜从昆仑上。淮南之国，在地东南，如审升天，宜举家先从昆仑，乃得其阶。①

王充所论，意在驳斥当时社会上流传的淮南王举家升天之说，谓淮南王既没有身生羽翼，也没有从昆仑山飞升，因此传说虚妄。由此可见，在当时人们的观念里，昆仑山对升天成仙有着十分重要的作用。在古人的思维模式中，高耸入云的山峰十分神秘，它险峻、挺拔，云雾缭绕，与天是最为接近的，两者可以相通，登山（尤其是昆仑山）而上便可踏入天界，甚至可成神仙。

剑侠的修行处所不管如何偏僻、遥远，也不管是如何的陡峭险峻，普通人或遭逢意外，乱走误撞（如《粉城公主》中的任生），或一心向道，坚定寻找（如《青丘子》中的王生），或经人指点，相随前往（如《剑侠》中寻找失金的官吏），或主人相邀，扶助随行（如《韦十一娘》中的程元玉、《青城舞剑录》中的卫君美），他们总能步入剑侠的生活领地。这是因为剑侠的生存领域与凡人的生活空间处在同一个层面，两者虽然有地势高低、难易之不同，环境喧闹与寂静的差别，却处在同一片天地间。

剑侠小说没有天庭和地狱的描写，所有的故事都在凡人的世界里展开。《何生》篇中，写剑侠了奴姊妹本是天界紫兰宫的捧剑使者，因舞剑误伤守宫之鹤，“故谪堕人间，使主游侠之事”。谪堕期满，两女重返天庭，与何生从此“殆无相见之期矣”。这篇小说虽提及天庭，但并没展开描写。小说中，剑侠是在天界中犯有过错的神仙降谪人间，一旦期满便返回天庭，不再干预尘事，与凡人也不能再有往来。天界和人世完全是两个不同的世界。《此中人语·广寒宫扫花女》一篇也言及天界，篇中女剑侠自称是广寒宫扫花女，“因与姊妹们有隙，故潜自下凡，托侠客以自晦”②。此篇对天界也没有进一步描写，一切故事仍发生在人世间。

明代邓志谟《铁树记》和清初吕熊《女仙外史》都写到天庭，且有玉帝及各路神仙的描述。《铁树记》系作者依据旧本改编而成，有着浓郁的

① 王充：《论衡》，《诸子集成》（7），中华书局1954年版，第69页。

② 此处文字转引自陆林编：《清代笔记小说类编·武侠卷》，黄山书社1998年版，第387页。

传道积德的宗教色彩，是宣教宗旨与民间故事结合的产物，此书中也有大量的“剑术”描写和诛恶除暴的侠义内容。《女仙外史》则以史事和民间传说敷衍成篇，并将整个情节置于仙魔斗法的框架内，集历史、神魔、英雄、剑侠等诸多形态为一体，是一部内容杂糅、诸体皆备的“多向型小说”。这两部小说在长篇白话剑侠小说的发展史上属初创期作品，由于类型特征还不明显，内容涉及天庭也就可以理解了。晚清海上剑痴《仙侠五花剑》也写到天界，但只是一个虚设，天界是太虚山虬龙洞、飞云山等剑侠修真之所，上界神仙也都是剑侠，并没有天宫、玉帝之类的描写。

至于地狱的描述，在剑侠小说中更是难觅踪迹了。小说中人死之后，或形神俱灭，或鬼魂被有法力的修道人拘禁、操控，不会归入冥府。即便投胎轮回，也有剑侠引导前往，不需经过阎罗地府。《蜀山剑侠传》第一百九十四回，黄婉秋感情受挫，恼羞成怒，心理变态，不择手段地报复萧逸、欧阳霜，临终前仍嘱女儿报仇：“我此时死活未放心上，只盼挨两年的命，看你两个成立，乘机把仇一报。以我心志，休说生遭惨死，便是死后堕入十八层地狱，也甘心了。”[①] 第一百九十五回又写其同谋魏氏在梦中说胡话，“先说雷二娘、崔文和相继到来，说在冥府告了萧元；她也是主谋，并且事由她向婉秋讨好藏鞋而起，绝难容她漏网，要拉她前去对质”[②]。两处提到地狱、冥府对质，但并没有具体情节内容的描述。

剑侠小说中天庭和地狱的缺失，表明剑侠的活动天地是一个单层面的空间。在这个空间里，仙凡之间虽有距离和高低的阻隔，但彼此有较多的交往与沟通，剑侠甚至易容变貌混迹于凡人社会。这种单层面空间的营构，使得剑侠的活动范围被局限在尘世中，其命运和活动内容都与芸芸众生紧密关联，因此格外关注人世间的动乱和灾难，自觉地承担起替天行道、诛恶降魔的责任。这种单层面空间的设置，使得剑侠小说与神魔小说之间有了相对清晰的分野。

---

① 还珠楼主：《蜀山剑侠传》(6)，山西人民出版社、北岳文艺出版社 1998 年版，第 2580 页。

② 还珠楼主：《蜀山剑侠传》(6)，山西人民出版社、北岳文艺出版社 1998 年版，第 2603 页。

第五章

唐代剑侠小说

唐代小说与唐诗并称一代之奇，在中国文学史上具有举足轻重的地位。唐代小说的题材大致可分为三类，爱情、武侠与仙幻。而在武侠小说类中，按其创作风格和题材指向又可分为两种类型，即写实型与奇幻型。两类小说虽然都以侠义为宗，但写实型武侠小说虚实相间，夸饰有度，尤注重于情节中描述侠者的勇武豪迈、卓然不群，故又可称豪侠小说；奇幻型武侠小说则偏向玄虚荒诞的剑术描绘，幻设为文，怪异纷呈，亦可称为剑侠小说。①

根据作品的内容、叙事手法与风格特征的差异，唐代描写侠义题材的小说应划分为豪侠小说与剑侠小说两种类型。关于这一点，目前学术界还缺乏深入、细致的研讨，一般文学史和小说史只是笼统地称为豪侠小说或侠义小说。② 很明显，这种状况不利于我们深刻地阐释、全面地理解唐代这一重要的文学现象。本章内容从侠义观念入手，结合宗教文化的影响与叙事手法的特征，全面分析和解读唐代剑侠小说创作。

第一节　唐前的侠义观念与侠风流变

侠究竟产生于何时，漫不可考，但至少春秋、战国时期已大量涌现，活动频繁，引起社会的强烈反响。对此，张亮采在《中国风俗史》中曾评述道：

---

① 目前，学术界对唐代侠义题材的小说称谓较多，或曰豪侠小说，或曰侠义小说，或曰游侠小说，或曰剑侠小说。研究者在使用这些名称时，大多没有认真梳理其类型、流变，统而称之，难免给一般读者造成混乱。为推进学术研究，笔者不揣冒昧，辨析厘正，予以细化，欲使其称谓更加准确、合理，祈各位方家不吝赐教。又，“剑侠小说”这一名称的来源及使用情况，参见罗立群：《明清长篇剑侠小说的演变及文化特征》，《文学遗产》2010 年第 3 期。

② 如袁行霈主编《中国文学史》称为豪侠小说；齐裕焜《中国古代小说演变史》列为豪侠题材；杜贵晨《中国古代短篇小说史》分为侠义类，并认为“这类作品还可细分为豪侠和义士两种情况”；李剑国、陈洪主编《中国小说通史》将豪侠题材归入“英雄主题”，认为“这些豪侠中有剑客、刺客、豪士、盗侠等，其共同特点是豪和义。《太平广记》专立豪侠门收录唐人这类故事，‘豪侠’一语用得十分精当，很有概括力”。

战国时代，强力轻死之风尤甚，古任侠刺客如豫让、要离、墨子、孟胜、徐弱、聂政、蔺相如、信陵君、朱亥、毛遂、鲁仲连、王蠋、虞卿、平原君、唐且、缩高、荆轲、高渐离、田光、樊於期辈，皆先人后己，勇悍坚卓。其轻死重义之风操，若能尽轨于正，因可使社会上更无不平之事也。①

从张亮采的论述来看，先秦时期自是任侠风行，所举上至王公卿相，下至布衣食客，可见任侠已成为当时的一种普遍的社会风尚。轻死重义是这一时期侠者的品性。不论是唐且的不辱使命，还是荆轲的勇刺秦王；也不管是程婴、公孙杵臼的舍身救孤，还是墨子、鲁仲连的排患释难；或是战国四公子的疏财养士，广交宾客，抑或是田光等人的以死酬知己；他们都表现出爱名誉、守信诺、急公义、赴国难的侠义精神。

先秦时期，人们对“侠”的看法已有不同。韩非子站在法家的立场，痛斥侠的背公死党、以武犯禁的行径。墨子则提出“任侠”观，《墨子·经上》：“任，士损己而益所为也。”注曰“谓任侠”。《墨子·经说上》：“任，为身之所恶以成人之所急。”赞誉侠的舍己助人。两者的着眼点明显不同。

两汉承先秦之侠风，田横、朱家、郭解、剧孟、原涉、萬章等人竞相任侠。这一阶段侠者的行为已从先前带有感恩色彩的轻死重义转向赈人穷困，解人危难，然而修行砥名，折节自励，一如既往。司马迁在《史记·游侠列传》中对游侠品行予以热情赞美：

今游侠，其行虽不轨于正义，然其言必信，其行必果，已诺必诚，不爱其躯，赴士之厄困。既已存亡死生矣，而不矜其能，羞伐其德，盖亦有足多者焉……而布衣之徒，设取予然诺，千里诵义，为死不顾世，此亦有所长，非苟而已也。故士穷窘而得委命，此岂非人之所谓贤豪间者邪？……汉兴有朱家、田仲、王公、剧孟、郭解之徒，虽时扞当时之文罔，然其私义廉洁退让，有足称者。名不虚立，士不虚附。至如朋党宗

① 张亮采：《中国风俗史》，台湾商务印书馆1984年版，第42页。

强，比周设财役贫，豪暴侵凌孤弱，恣欲自快，游侠亦丑之。余悲世俗不察其意，而猥以朱家、郭解等令与暴豪之徒同类而共笑之也。①

在上述所引的这段话中，司马迁表达了三层意思：一是对游侠信守承诺、解困扶危、淡泊名利的品性给予赞颂；二是指出游侠言行中有犯禁违法的一面，如自掌正义、聚徒显名、背公死党、藏亡匿奸等行迹，会引起统治者的疑虑、不安；三是对游侠与“暴豪之徒”加以区别，认为两者不可同日而语。司马迁对朱家、郭解之后的众多为侠者，还区分不同的流品，有“逡逡有退让君子之风”者，也有“盗跖居民间者”，品行高下，判然分明。司马迁的观点虽然对后世产生巨大影响，但其区分游侠与暴豪之徒的不同性质，判别其品行高下的认识方法没有引起世人的足够重视，以致论者往往混为一谈。

东汉荀悦在《汉纪》中这样解释游侠：“立气势，作威福，结私交，以立强于世者，谓之游侠。”② 很明显，荀悦所说的“游侠”与司马迁赞誉的“游侠”差异很大。荀悦如此定义游侠，有着一定的原因。其实，侠在两汉时期已经开始分化，既有赈穷济困、修行砥名的游侠，如朱家、郭解；也有雄霸一方、欺凌孤弱的豪侠，如灌夫“好任侠，已然诺”，但其交往“无非豪杰大猾”，“宗族宾客为权利，横于颍川”，颍川百姓对此十分痛恨，以至编出了诅咒灌氏家族的童谣。③ 荀悦所指的就是这种横行乡里、背公死党的豪侠。司马迁定义的游侠与荀悦实指的豪侠之间，虽有区别，但也不能截然分开，游侠也有聚众扬名、藏亡匿奸的不法行为，豪侠也有重约守信、仗义疏财之举，只是主导倾向有所不同。

汉末至魏晋六朝，侠风日下，游侠式微，豪侠日盛。此时战乱频仍，社会动乱，民不聊生，强者为王，豪侠于此间表现出乱世英雄的本色。董卓“以健侠知名”；袁绍“好游侠”，“坐作声价，好养死士”；曹操“任侠放荡，不治行业”；刘备“好结交豪侠”。此外，徐庶、鲁肃、典韦、许褚、甘宁、凌统、关羽、张飞等人，皆以侠气闻名天下。这一阶段的豪侠

---

① 《二十五史》(1)，上海古籍出版社、上海书店1986年版，第347页。

② 荀悦：《汉纪》卷一〇“孝武一”，《两汉纪》(上册)，中华书局2002年版，第158页。

③ 《二十五史》(1)，上海古籍出版社、上海书店1986年版，第315页。

有着强烈的功利性，往往聚众起事，称雄一方，且与政治、军事集团关系密切，凭借勇力封侯夺将，获取名利，与先秦两汉的游侠不可同日而语。

魏晋时期亦有遵循古道的侠士，《魏略·勇侠传》记盗贼劫掠乡邻，掳走鲍出的母亲，鲍出攘臂结衽，独自追赶，连杀数名盗匪，救出母亲和乡邻。之后，他又拒绝州郡辟召，隐居深山，颇有古代游侠的神韵。

此外，魏晋六朝还弥漫着另一股侠风，那就是侠少们逞气斗豪，夸饰奢侈，挥霍炫耀，沉湎酒色。左思《吴都赋》这样描述当时江南侠少的奢华行径：

任侠之靡，轻訬之客，缔交翩翩，傧从奕奕。出蹑珠履，动以千百。里宴巷饮，飞觞举白；翘关扛鼎，拚射壶博。鄱阳暴谑，中酒而作。

庾信《侠客行》也描写侠少的游宴、侈靡：

侠客重连镖，金鞍被桂条。细尘障路起，惊花乱眼飘。
酒醺人半醉，汗湿马金骄。归鞍畏日晚，争路上河桥。

这种浮夸奢华、醉酒当歌、豪赌争胜、炫富恣肆的尚侠方式，成为魏晋六朝时期一种特殊的文化景观，对唐代的侠风及人们的侠义观念产生了极大的影响。

第二节　唐代侠义观的内涵与外延

唐代侠风是魏晋六朝侠风的继续和发展。不同的是，唐代社会相对平稳，经济发展，政治开明，文化环境开放，思想气度恢宏，影响所及，侠便呈现出五花八门的色彩，人们对侠的认识也有所变化。

唐代侠风之一是充满着建功立业的宏图和理想。李渊父子好交游，重义士，尤其是李世民推诚接纳豪杰侠士，希图为己所用，创立基业，开拓疆域，威震四方。此项举措诱发了许多侠士的政治热情，如李世勣、尉迟敬德、刘文静、柴绍、郭元振等，其侠性中都有着建功立业的热切向往，正所谓“平生多志气，箭底觅封侯”。

此风波及士林，一些文人士大夫借任侠表达自己要求实现报效国家的宏愿，其中最为人熟知的就是放荡不羁的大诗人李白。李白少年即好击剑任侠，心雄万夫，他写了大量的咏侠诗，借侠客意象表达出狂傲不羁、豪迈飘逸的性格，以及自负、自信、豁达、昂扬的精神风貌。《白马篇》将其理想化的人生境界表现得淋漓尽致：

> 龙马花雪毛，金鞍五陵豪。秋霜切玉剑，落日明珠袍。
> 斗鸡事万乘，轩盖一何高。弓摧南山虎，手接太行猱。
> 酒后竞风采，三杯弄宝刀。杀人如剪草，剧孟同游遨。
> 发愤去函谷，从军向临洮。叱咤经百战，匈奴尽奔逃。
> 归来使酒气，未肯拜萧曹。羞入原宪室，荒径隐蓬蒿。

这首诗叙述了主人公游侠、从军、立功、退隐的全过程，集中表达了作者积极入世、匡扶天下的人生理想和不受约束、随意潇洒的人生态度，尽情抒发了作者的满腔豪情、一生抱负，代表了当时的一种社会思潮。

侠盗官混杂，身份相互转换，这也是唐代的一种侠风流向。《隋唐嘉话》记载开国元勋李世勣说的一段话：“我年十二三为无赖贼，逢人则杀；十四五为难当贼，有所不快者无不杀之；十七八为好贼，上阵乃杀人；年二十便为天下大将，用兵以救人死。”① 李世勣的话虽然有些夸张，但唐初开国将领中有一些人曾经做过山大王却是事实。

唐代文学创作对此现状也有反映，如段成式《酉阳杂俎》前集卷九专列有“盗侠”类。而卷一二“语资”中有《周皓》一篇，写周皓少年任侠，结交亡命，寻花问柳，将仗势欺人的高将军之子“踣于拳下”。随后，周皓流荡江湖，躲避官府的缉拿。义士周简老收留了他，周皓结婚、成家，几经变迁，竟做了太仆卿。皇甫氏《原化记·义侠》篇，描写畿尉私放贼囚，受到上司责罚。后所放囚犯做了县令，偶然相遇，囚犯却恩将仇报，雇用刺客行刺。刺客了解了事实真相后，义愤填膺，杀死了忘恩负义

---

① 刘餗：《隋唐嘉话》，《唐宋史料笔记丛刊》，中华书局 1979 年版，第 10 页。

之徒。两篇小说都反映了唐代社会中盗、侠、官混杂、交游并相互转换的侠风。

再者，唐代又继承了汉魏以来斗鸡走马的奢华放荡的风气，许多社会上层的膏粱子弟以围猎酗酒、争奇斗胜、狎妓逞气、浮艳绮靡的生活方式称侠。《开元天宝遗事》曾记录这些侠少们的活动：“长安有平康坊，妓女所居之地。京都侠少萃集于此。”另则写道：“长安侠少，每至春时结朋联党，各置矮马，饰以锦鞯金络，并辔于花树下往来，使仆从执酒皿而随之，遇好囿则驻马而饮。”[①] 如此酗酒宴饮，狎妓冶游，放荡不羁，骄奢淫逸，世人又称之为“轻侠”[②]。

唐代诗歌对这种放纵奢豪的“任侠”风气也有描述，如王维的《少年行》：

新丰美酒斗十千，咸阳游侠多少年。
相逢意气为君饮，系马高楼垂柳边。

又如李嶷的《少年行》：

玉剑膝边横，金杯马上倾。
朝游茂陵道，暮宿凤凰城。
豪吏多猜忌，无劳问姓名。

诗中的游侠少年，或豪饮交友，或仗剑独行，行为举止中力图表达一种豪气、个性，并以此为豪迈、任侠的方式，其实质却是放纵享乐、率情任性。其行为在本质上虽与法律、秩序相抵牾，但与传统的游侠精神相去甚远。

中晚唐以后，政治渐趋腐败，社会动荡不安，藩镇割据，任力尚武，

① 王仁裕：《开元天宝遗事》，《唐五代笔记小说大观》，上海古籍出版社 2000 年版，第 1724 ~ 1725 页。

② “轻侠”一词，史书有记载，如《新唐书·唐俭传》云：“（唐宪）不治细行，好驰猎，藏亡命，所交皆博徒轻侠。”从记载来看，“轻侠”虽有轻财重交、轻视生命之意，但也有轻佻浮薄之举。

不拘礼法，暗杀成风。藩镇豢养刺客，剪除异己，刺客横行都市，行刺之风炽盛。据《资治通鉴》记载：

初，高骈好神仙，有方士吕用之坐妖党亡命归骈……用之又引其党张守一、诸葛殷共蛊惑骈……骈与郑畋有隙，用之谓骈曰："宰相有遣刺客来刺公者，今夕至矣。"骈大惧，问计安出。用之曰："张先生尝学斯术，可以御之。"骈请于守一，守一许诺。乃使骈衣妇人之服，潜于他室；而守一代居骈寝榻中，夜掷铜器于阶，令铿然有声，又密以囊盛彘血，洒于庭宇，如格斗之状。及旦，笑谓骈曰："几落奴手！"骈泣谢曰："先生于骈，乃更生之惠也！"厚酬以金宝。[①]

高骈世代为将，位高权重，恃强割据，不可一世，但对刺客畏之如虎，足见当时刺客是如何的公行不法了。[②]

刺客又称侠刺，或曰剑客，大多是身怀武功的亡命之徒，他们背公死党，崇尚恩报，信奉暴力，轻贱生命，所谓"壮士徇知己，轻生一剑知"，其生命形态和行为特征与游侠颇有几分相似；但其行踪诡秘，独往独来，又与修行砥名、声施天下的游侠大有区别，与逞气斗豪、飞鹰走狗的豪侠也不相同。李白在《侠客行》中有这样的诗句：

十步杀一人，千里不留行。
事了拂衣去，深藏身与名。

这首诗虽是歌咏战国的侠士，但这几句诗所表现出来的行事风格和处世态度，活脱脱是一位剑术高超、行踪诡秘的剑侠。再看慕幽的《剑客》：

去住知何处，空将一剑行。

---

① 司马光：《资治通鉴》(9)，中华书局 1956 年版，第 8265 页。此文又见五代郭延诲的《广陵妖乱志》。

② 关于剑侠与刺客的渊源，以及唐代刺客横行的社会状况，参看本书第一章。或参阅罗立群：《古代小说中剑侠形象的历史与文化探源》，载《文学遗产》2009 年第 3 期。

杀人虽取次，为事爱公平。
戟立嗔髭鬓，星流忿眼睛。
晓来湘市说，拂曙别辽城。

诗中的剑侠抚剑独游，行踪不定，虽然情绪激烈，嗜血杀戮，却追求公平，并非滥杀。事了之后，远走他乡，不求闻达，不图功名。

从文学作品来看，在唐人的观念里，剑侠不同于上述的各类豪侠，或希图建功立业，或行为轻狂放纵，或下结盗贼，上交官府。剑侠是侠的一种特殊形态，它是中晚唐时期特殊的社会环境的产物，与当时的社会氛围、文化思潮以及民间的期待心理、文学类型的发展都有着密切的关联，可以说是“应运而生”①。陈平原在《千古文人侠客梦》中对“侠”的观念的产生有一番表述：侠的观念“不是一个历史上客观存在的、可用三言两语描述的实体，而是一种历史记载与文学想象的融合，社会规定与心理需求的融合，以及当代视界与文类特征的融合”②。这段话颇符合唐人的“剑侠”观念产生的实际情况。剑侠的形象自中晚唐产生以后，在佛教、道教光环的映照下，在世人好奇尚异心理的期待、引导和传播下，在小说家虚拟夸饰的描绘中，奇丽飘逸，来去无踪，愈传愈神，终至蔚为奇观。

就“豪侠”与“剑侠”两个称谓而言，“豪侠”的称谓出现较早，在汉代已有文献记载。《汉书·游侠传》云：“长安炽盛，街间各有豪侠……河平中王尊为京兆尹，捕击豪侠。”③ 东汉以后，此称谓屡见于史书，如《三国志·袁绍传》称袁绍“四世居三公位，由是势倾天下……当是时，豪侠多附绍，皆思为之报”④；《三国志·蜀书·先主传》说刘备“好交结

① 唐代剑侠与豪侠的区别，龚鹏程《大侠》（台湾风云时代出版股份有限公司2007年版）一书已有论述，并从文化史的角度论及剑侠的行为特征、神秘性格以及兴起的原因，其中有不少真知灼见。但作者认为唐代确有剑侠人物，试图用幻术、戏法来解释小说中剑侠的剑术神通，未免过于强调写实性了。另，关于剑侠形象的产生及其历史与文化渊源，可参阅罗立群：《古代小说中剑侠形象的历史与文化探源》，载《文学遗产》2009年第3期。

② 陈平原：《千古文人侠客梦》，人民文学出版社1992年版，第2页。

③ 《二十五史》（1），上海古籍出版社、上海书店1986年版，第707页。

④ 《二十五史》（2），上海古籍出版社、上海书店1986年版，第1090页。

豪侠，年少争附之”[1]；《隋书·元谐传》写元谐“家代贵盛，性豪侠，有气调”[2]；《隋书·虞庆则传》云，虞庆则“代为北边豪杰……幼雄毅，性倜傥，身长八尺，有胆气，善鲜卑语，身披重铠，带两鞬，左右驰射，本州豪侠皆敬惮之”[3]；《旧唐书·刘武周传》说刘武周“骁勇善射，交通豪侠”[4]；《旧五代史·唐书·符存审传》称符存审“少豪侠，多智算，言兵家事”[5] 等。

“豪”，《说文解字》释云：“鬣如笔管者。”段注：“本是豕名，因其鬣如笔管，遂以名其鬣。凡言豪俊毫毛，又皆引申之意也。”按此解释，“豪”本指野猪，后径指野猪项脊间的长毛。后又引申为才能出众的人，如《淮南子·泰族训》：“智过百人者，谓之豪。”《鹖冠子·博选》：“德千人者谓之豪。”指人的品性则为气魄宏大，狂放不羁，行为越出常规，如《汉书·游侠传》称战国四公子为“四豪”，因其“藉王公之势竞为游侠，鸡鸣狗盗无不宾礼”，以致“背公死党之议成，守职奉上之义废”，而能“取重诸侯，显名天下”。[6] 又指逞欲放纵，过度奢侈，《梁书·贺琛传》上疏陈政事：“今之燕喜，相竞夸豪，积果如山岳，列肴同绮绣。”[7] 又指任蛮使气，恃强横暴，如上引《史记·游侠列传》云：“至如朋党宗强，比周设财役贫，豪暴侵凌孤弱，恣欲自快，游侠亦丑之。”正因为“豪”有上述多义，史书在叙述中既有贤豪、英豪、豪杰、豪士，又有豪暴、豪横、豪猾、豪强，而“豪侠”一词在古人叙事中则往往有两面性，既有重守信诺、仗义疏财、扶危济困的正面品格，又有恣欲放纵，强横使力、欺凌孤弱的负面行为。

唐人对豪侠的两面性也是有所认识的。李德裕在《豪侠论》中试图对其负面行为进行纠正，他指出：“夫侠者，盖非常之人也，虽以然诺许人，必以节气为本。义非侠不立，侠非义不成，难兼之矣。”他以“气”和

---

① 《二十五史》(2)，上海古籍出版社、上海书店 1986 年版，第 1172 页。
② 《二十五史》(5)，上海古籍出版社、上海书店 1986 年版，第 3388 页。
③ 《二十五史》(5)，上海古籍出版社、上海书店 1986 年版，第 3388 页。
④ 《二十五史》(5)，上海古籍出版社、上海书店 1986 年版，第 3746 页。
⑤ 《二十五史》(6)，上海古籍出版社、上海书店 1986 年版，第 4934 页。
⑥ 《二十五史》(1)，上海古籍出版社、上海书店 1986 年版，第 707 页。
⑦ 《二十五史》(3)，上海古籍出版社、上海书店 1986 年版，第 2079 页。

“义”为豪侠的标准，认为豪侠应像汉代的爰盎和汲黯那样，“气盖当世，义动明主”，“义”“气”相兼。他认为，没有“义”而只有匹夫之勇的人，其行为必然利邪害正，所谓“士之任气而不知义，皆可为之盗矣”①。但是，李德裕的观点并没有引起时人的关注，从史学家所记述的豪侠的行为以及小说家对豪侠形象的塑造来看，其两面性依然十分明显。但若对唐代小说创作有关侠的题材进行细分的话，可以发现，剑侠小说与豪侠小说已经有了较为明确的分野。

宋初，李昉等人编纂《太平广记》，列“豪侠”类，收入唐五代小说24篇，绝大部分是剑侠小说，其中也有少量作品的内容表现争强斗胜，或崇尚使气背公。由此可见，宋初关于“豪侠”的观念仍承袭唐代，比较庞杂，既没有强调“以节气为本”，区分侠与盗的不同，也没有辨别豪侠与剑侠的差异，彰显各自的特征。

“剑侠”称谓最早出现于唐代道书，唐宋时期却并不流行。明代王世贞编辑的文言小说《剑侠传》风靡一时，在文人中产生较大影响。作者选编范围是以《太平广记》“豪侠类”为基础，从入选篇目来看，仍以唐代小说为主，但作者对“侠”的认识与唐宋时代已有较大的差异。我们不妨将《太平广记》“豪侠类”篇目与《剑侠传》篇目列一张表，两相对照，进行分析：

《太平广记》篇目	出处	是否收入《剑侠传》
李亭	《西京杂记》	未收
虬髯客	《虬髯客传》	收入，改名为《扶余国王》
彭闼高瓒	《朝野佥载》	未收
嘉兴绳技	《原化记》	收入
车中女子	《原化记》	收入
昆仑奴	《传奇》	收入
侯彝	《独异志》	未收
僧侠	《酉阳杂俎》	收入

①《全唐文》卷七〇九，中华书局1983年影印本，第7276～7277页。

（续上表）

《太平广记》篇目	出处	是否收入《剑侠传》
崔慎思妾	《原化记》	未收
聂隐娘	《传奇》	收入
红线	《甘泽谣》	收入
胡证	《摭言》	未收
冯燕	《冯燕传》	未收
京西店老人	《酉阳杂俎》	收入
兰陵老人	《酉阳杂俎》	收入
卢生	《酉阳杂俎》	收入
义侠	《原化记》	收入
田膨郎	《剧谈录》	收入
宣慈寺门子	《摭言》	收入
李龟寿	《三水小牍》	收入
潘将军	《剧谈录》	收入
贾人妻	《集异记》	收入
荆十三娘	《北梦琐言》	收入
许寂	《北梦琐言》	收入
丁秀才	《北梦琐言》	收入

对这一表格进行认真分析，我们大致可以得出如下结论：首先，《剑侠传》的作者对“侠”开始进行分类和细化，将“剑侠”单独列出，不再与“豪侠”混为一谈。如《李亭》、《彭闼高瓒》、《侯彝》、《胡证》等小说，或描写争强斗豪，或叙述藏亡匿奸，或突出勇力与侠气，而《冯燕》一篇，叙写主人公冯燕少年意气任侠，淫佚放荡，与军校之妻私通，后来又挥刀杀死了寡情薄义的张妻，并挺身而出，昭雪了张婴的冤屈，敢作敢当，光明磊落。除《李亭》一篇属于汉代作品外，《彭闼高瓒》等四篇小说，表现的正是唐代豪侠的本色。作者认为上述小说情节不属于剑侠内容，所以未收入《剑侠传》。《崔慎思妾》是典型的剑侠小说，不知作者为何未收，或许因为此篇小说与《贾人妻》内容基本相同，故而不收。其次，作者划分“剑侠”是以“剑术”为标准，突出其诡异、神奇的特征。

可见，与唐宋时代相比，明人关于“剑侠”的概念是比较明确的。

从以上论述可以看出，唐代对侠的定义较为复杂，外延也比较宽泛，或表达报国赴边、建功立业的壮志，或赞颂扶危济困、信守承诺的义举，或表现藏匿亡命、背公死党的疏狂，或张扬争胜斗豪、饮酒驰猎的放荡，或憧憬变幻莫测、来去无踪的剑术。前四者通称为豪侠，后者名之曰剑侠。

第三节　篇目、内容与重要作家

唐代剑侠小说云蒸霞蔚，名作迭涌，阵容壮观，成就显赫。笔者对唐代笔记、传奇翻阅查寻，仔细搜检，辑得剑侠小说23篇，篇目如下：

李肇《唐国史补》：长安妾、李汧公。

皇甫枚《三水小牍》：李龟寿。

牛僧孺《玄怪录》：郭元振。

薛用弱《集异记》：朱覲、贾人妻。

段成式《酉阳杂俎》：京西店老人、兰陵老人、卢生。

袁郊《甘泽谣》：红线。

裴铏《传奇》：昆仑奴、聂隐娘、韦自东。

康骈《剧谈录》：潘将军、田膨郎。

皇甫氏《原化记》：义侠、崔慎思妾、车中女子、嘉兴绳技。

孙光宪《北梦琐言》：荆十三娘、丁秀才、许寂。

杜光庭《虬髯客传》

从上述篇目来看，唐代剑侠小说数量较多，差不多占了唐代武侠小说整体数量的1/2，且有影响的作品几乎全部囊括其中。①

描写刺客报恩复仇是唐代剑侠小说的一个重要内容，即以上述23篇小说为例，涉及刺客题材的作品就有10篇。这10篇小说可划分为三组：《长安妾》、《贾人妻》和《崔慎思妾》为一组，均写女剑侠复仇。三篇小说情节相仿，可能是作者根据民间传闻创作，《长安妾》故事简短，仅陈梗概，人物形象没有充分表现，而《贾人妻》与《崔慎思妾》不但情节增益曲折，作者于叙事之外，更刻意皴染，制造心理悬念，如夫妇相别一段：

一夜，提人首而至，告其夫曰："我有父冤，故至于此，今报矣!"请归，泣涕而诀，出门如风。俄顷却至，断所生二子喉而去。

（《长安妾》）

忽一日夜归，意态彷徨，谓立曰："妾有冤仇，痛缠肌骨，为日深矣。伺便复仇，今乃得志，便须离京。公其努力，此居处五百缗，自置契书在屏风中，室内资储一以相奉。婴儿不能将去，亦公之子也。公其念之!"言讫，收泪而别。立不可留止，视其所携囊，乃人首耳。立甚惊愕。其人笑曰："无多疑虑，事不相萦。"遂携囊逾垣而去，身如飞鸟。立开门出送，则已不及矣。方徘徊于庭，遽闻却至，立迎门接俟。曰："更乳婴儿，以毕离恨。"就抚子，俄而复去，挥手而已。立回灯褰帐，小儿身首已离矣。

（《贾人妻》）

时夜，崔寝。及闭户垂帷，而已半夜，忽失其妇，崔惊之。意其有

① 上述篇目有几点需说明：第一，唐代有两部《集异记》，一为薛用弱所撰，一为陆勋所撰。第二，《虬髯客传》，《太平广记》卷一九三收入，题名《虬髯客》；《宋史·艺文志》著录为《虬须客传》；明人编《剑侠传》收录，题为《扶余国王》。第三，《虬髯客传》的作者有三种说法：一是张说，元末陶宗仪编《说郛》卷三四《豪异秘纂》收录此篇，署名张说。二是裴铏，朱胜非《绀珠集》节录裴铏《传奇》"红拂妓"，有可能是《虬髯客传》删改而成；三是杜光庭，宋人洪迈《容斋随笔》卷一二《王珪李靖》条称杜光庭著有《虬髯客传》，杜光庭《神仙感遇传》中亦有《虬须客》篇，但文字简朴，与今传本《虬髯客传》颇有不同。

奸，颇发忿怒。遂起，堂前彷徨而行。时月胧明，忽见其妇自屋而下，以白练缠身，其右手持匕首，左手携一人头。言其父昔枉为郡守所杀，入城求报，已数年矣，未得。今即克矣，不可久留，请从此辞。遂更结束其身，以灰囊盛人首携之，谓崔曰："某幸得为君妾二年，而已有一子。宅及二婢皆自致，并以奉赠，养育孩子。"言讫而别，遂踰墙越舍而去。慎思惊叹未已。少顷却至，曰："适去，忘哺孩子少乳。"遂入室。良久而出曰："喂儿已毕，便永去矣。"慎思久之，怪不闻婴儿啼，视之，已为其所杀矣。

（《崔慎思妾》）①

《长安妾》直陈其事，朴质浅切，《贾人妻》与《崔慎思妾》则刻意渲染离别情境，虽同为渲染，却又有差异。《贾人妻》以人物自述追忆往事，推动情节，王立的"彷徨"、"徘徊"、"出送"、"接俟"、"回灯褰帐"等举止只是陪衬，意在强调女侠的奇异怪诞。《崔慎思妾》则通过崔生的心理描写调动情节，崔生从怀疑、愤怒到惊惧、奇怪，极其自然、真实，而女侠行踪诡秘，举止怪异，来去如风，果绝忍性的形象更于其中得到了充分的展示。此类故事在后人的演述中又有丰富和发展，成为女侠复仇的一种叙事模式，《聊斋志异》中的《侠女》，《儿女英雄传》中的十三妹，清人笔记小说中的吕四娘，《武侠丛谈》中的南阳女侠等形象及杀仇情节，都是此类故事与人物的延续和发展。

《李龟寿》、《李汧公》、《义侠》、《聂隐娘》与《红线》是一组描写刺客报恩的故事。《李汧公》与《义侠》写刺客诛杀负心贼之事，小说题材有明显的承袭关系。两相比较，《李汧公》注重人物对话，叙述简明；《义侠》则采用对照写法来烘托人物关系的发展，昔日的囚犯今为县令，当年的畿尉却四处飘零，寄食他人，人物命运的转换本可让曾经的受惠者感恩图报，却反而给施恩者带来杀身之祸，于是义侠的深明大义之举就更加令人产生敬意。此篇题材后被明人冯梦龙改编成话本小说《李汧公穷邸遇侠客》，情节更加丰富、生动。《李龟寿》等三篇小说皆以藩镇割据为背景，

① 本章中小说原文，皆引自《剑侠图传全集》（河北人民出版社 1987 年版），部分引自《太平广记》（中华书局 1961 年版），以下不再注明。

描写刺客为主子排忧解难的故事。李龟寿受藩镇指使欲刺杀“唯公心以宰天下”的晋国公王铎，却感念晋国公是有德之人，临阵反戈，“愿以余生事公”。《聂隐娘》与《红线》两篇作品均揭露了唐代藩镇之间的尖锐矛盾。《聂隐娘》首次具体地描述了剑术的修炼与剑侠的行为举止，开启了剑侠小说的诸多故事叙述模式。《红线》中女侠红线夜盗金盒，警示凶顽，“两地保其城池，万人全其性命，使乱臣知惧，烈士安谋”，其形象颇具魅力。床头示警、不染血腥的惩戒方式，更为后世剑侠小说所不断模仿。两篇小说皆广为流传，影响极大，是不可多得的剑侠小说佳作。

《酉阳杂俎》卷二云：“世间刺客隐形者不少，道者的隐形术，能不试二十年。可隐形，名曰脱离。后二十年，名籍于地仙也。又言刺客之死，尸亦不见。”卷九云：“或言刺客，飞天夜叉术也。”可见，在唐人的观念中，刺客具有神术，会飞行，可隐形，并能尸解飞升，与具有剑术神通的剑侠形象是一致的。又，唐代小说中有时将刺客与剑侠合称为“侠刺”，如《上清传》写德宗皇帝怒斥丞相窦参：“卿交通节将，蓄养侠刺。”结合中晚唐藩镇割据、多蓄刺客、互相争夺、暗杀成风的历史实情，唐代剑侠小说多言刺客便十分正常了。

对抗官府、玩弄权贵是唐代剑侠小说的另一项重要内容，其作品有《兰陵老人》、《昆仑奴》、《潘将军》、《田膨郎》、《嘉兴绳技》、《车中女子》、《荆十三娘》等。《潘将军》中三鬟女子盗走潘将军家中至宝玉念珠，藏在慈恩寺塔顶上，《车中女子》率领下属偷取皇宫财物，《田膨郎》更取走皇帝的希代之宝白玉忱。他们擅闯宫苑，私入官邸，任性往来，随意取物，目无法纪，游戏人生。《田膨郎》甚至借皇帝之口发出感慨：“此乃任侠者之流，盖非常之窃盗。”《嘉兴绳技》写一囚犯借百戏中表演绳技的机会，“随绳手寻，身足离地，抛绳虚空，其势如鸟，旁飞远扬，脱身狴犴”。《兰陵老人》叙权贵当众折辱一位老人，因发觉其不寻常，惧怕报复，登门道歉。老人设酒款待，始与言谈，言约理辨，后施剑术，使权贵叩头股栗，气色如土。《昆仑奴》与《荆十三娘》均叙剑侠助人之事，不同的是，昆仑奴入一品府中盗取红绡妓是为主分忧，而荆十三娘为李郎取回爱妓纯粹是出于正义之感。不过，荆十三娘迁怒于妓人贪图富贵的父母，并将他们杀死，手段未免过于残酷。统观这类剑侠，或慷慨助人，或率意为盗，或为主分忧，或戏弄官吏，行为看似有别，究其实质，皆因秉持随心所欲、率性而为、藐视王法、游戏人生的生活态度。这种人生态度与唐代重气任侠的社会思潮以及治乱相替的社会现实正相吻合。

《虬髯客传》是一部内容较为复杂的小说。小说描写隋末权臣杨素的侍妾红拂女慧眼识英雄，毅然与英风卓识却身为布衣的李靖私奔，二人在赴太原途中结识了豪侠虬髯客。虬髯客有心逐鹿中原，后见李世民有“真天子”之气度，遂赴海外开创基业。此篇小说的旨意颇有争议，肯定者认为它表达了“人民对太平幸福生活的渴望，所以等待一位真命天子的出现。似乎这是封建社会被压迫农民要求解决社会矛盾的典型想法”[①]。否定者认为“小说充满了封建宿命论观点，大力宣传了李唐王朝的神圣不可触犯”[②]。我们认为，从篇末“人臣之谬思乱者，乃螳臂之拒走轮耳。我皇家垂福万叶，岂虚然哉”来看，作品有维护封建正统的思想；从走起路来有“龙虎之状”的虬髯客到底在海外做了皇帝来看，又含有唯心的宿命论元素。但联系到藩镇割据、战乱频仍、社会动荡不安的唐代后期社会，这种思想的产生又与人们厌恶战争、要求和平统一有关。

此外，唐代剑侠小说尚有显扬剑术与斩除妖魔等内容，下一节中将详细阐述。

唐代剑侠小说的重要作家有段成式、裴铏、袁郊、杜光庭、康骈、孙光宪等，分别简略介绍如下：

段成式，字柯古，祖籍临淄邹平（山东邹平县），后迁居荆州（湖北江陵县）。生年不详，卒于咸通四年（863）。他是宰相段文昌之子，以父荫入官。会昌三年（843），为秘书省校书郎，累迁尚书郎，出为吉州刺史。大中七年（853）归京，任太常少卿，后出为江州刺史。大中末（859），因事免官，退居襄阳。其家藏书甚多，博闻强记。所作《酉阳杂俎》是一部小说集，正续集共30卷，分类记载各种异事方物。“盗侠”类9篇，皆记剑侠飞盗之事，各篇小说长短不一。其内容或显示出剑术的高妙绝伦，或反映社会混乱不安，或揭露统治者滥杀无辜，其中《僧侠》、《京西店老人》、《兰陵老人》等篇写得诡奇玄妙，虎虎生威。《酉阳杂俎》

---

① 参见刘开荣：《唐代小说研究》，香港商务印书馆1964年版，第208页。

② 中国社会科学院文学研究所：《中国文学史》，人民文学出版社1979年版，第515页。

"盗侠类"对剑侠小说集的产生有一定推动作用。

裴铏，生卒年不详。咸通（860—873）中为静海军节度使高骈掌书记，加侍御史内供奉。后升任成都节度副使，加御史大夫。他著有小说集《传奇》三卷，盛述神仙怪谲之事，情节曲折奇幻。在此之前，唐人小说尚未广泛采用"传奇"之名，裴铏始以"传奇"为书名，后世遂称唐宋文言短篇小说为"传奇"。《聂隐娘》、《昆仑奴》都是《传奇》中的名篇。

袁郊，字子乾，一作之仪，蔡州朗山人（今河南确山县），生卒年不详。宰相袁滋之子。咸通中任祠部郎中，昭宗时为翰林学士，官终虢州刺史。咸通九年（868），撰成传奇小说集《甘泽谣》，该书多记仙佛侠义事，《红线》即其中名篇。

杜光庭，字宾圣，一作圣宾，生于大中四年（850 年），卒于后唐长兴四年（933 年），处州缙云（今浙江省缙云县）人。一说长安（陕西西安市）人。喜读书，工辞章翰墨。懿宗时，应举不第，入天台山为道士。僖宗时，召为麟德殿文章应制，赐紫衣。后避乱入蜀，事王建父子。前蜀永平三年（913）授左谏议大夫，封蔡国公，赐号广成先生。后升任户部侍郎，进号传真天师。晚年隐居青城山，自号东瀛子。杜光庭能诗善文，著作甚多，今存《广成集》十七卷、《道教灵验记》十五卷、《神仙感遇传》五卷、《墉城集仙录》六卷、《洞天福地岳渎名山记》一卷、《录异记》八卷、《玉函经》一卷。其中《虬髯客传》是唐代剑侠小说中极为精彩的一篇。

康骈，一作康軿，字驾言，池州（今安徽贵池）人。乾符五年（878）登进士第，六年登博学宏词科。官至崇文馆校书郎。广明乱后，退居故乡。著有传奇小说《剧谈录》，其中《潘将军》、《田膨郎》均为剑侠小说。

孙光宪，字孟文，号葆光子。生于唐光化三年（900），卒于宋开宝元年（968），陵州贵平（今四川仁寿东北）人。初为陵州判官，后避地江陵，事南平，累官至荆南节度副使、检校秘书少监、御史中丞。入宋后，官黄州刺史。擅写词，属花间词派。著作颇多，其中《北梦琐言》为文言小说集，内有剑侠小说多篇。

第四节 佛道文化的影响

宋晁公武云："自汉以后，九流浸微，隋唐之间，又尚辞章，不复闻义理之实。虽以儒自名者，亦不知何等为儒术矣，况其次者哉。百家雍底正涂之弊虽息，而神仙服食之说盛，释氏因果之教兴，杂然与儒者抗衡，而意常先之。"[①] 晁氏的这段话，鲜明地道出了佛道二教在唐代文化中的地位与影响。

唐代政治清明，思想开放，佛教、道教都有一定的发展。唐代皇族自认为是老子的后裔，因此努力提高道教的地位，借以提高自己的门第，强化李唐王朝的统治。从唐高祖李渊开始，历代君王均推行崇道政策，为老子册封尊号，尊封为"太上玄元皇帝"，尊《老子》为上经，规定为科举考试的内容，兴建道观，优崇道士。据史书及《道藏》文献记载，许多道士都与李唐皇族关系密切，如楼观道士岐晖、茅山宗领袖王远知，以及万天师、刘道合、潘师正、叶法善等，或受册封，或予赏赐，绸缪恩遇，礼敬有加。唐朝历代皇帝的崇道政策有力地促进了道教的发展，扩大了道教在社会上的影响。

相比之下，佛教的受重视程度不及道教。但佛教自隋至唐初在社会上皆有很大影响，唐朝开创者虽推行道先佛后的政策，但对佛教并没有强力限制。据《佛祖历代通载》记载，贞观十五年（641），唐太宗幸临弘福寺，自称皇帝菩萨戒弟子，施绢二百匹。贞观十九年（645），玄奘从古印度求法归来，朝廷为他组织译场，支持译经。武则天掌权以后，宠幸佛教，佛教势力渐渐强大。开元年间，善无畏、金刚智等传入密教，得到帝王信任，又促使密宗形成。唐武宗灭佛以后，佛教发展受到较大影响，但佛教禅宗仍盛行不衰。隋唐以来佛教急速发展，使它和道教产生了高下优劣之争，两教互相发难，多次在朝廷内殿举行辩论。这种争论在一定程度上促进了双方的相互了解，为两教的融合提供了契机。

---

① 转引自胡应麟：《少室山房笔丛》，上海书店 2001 年版，第 445 页。

佛教、道教的发展对唐代文学艺术产生了较大的影响，其浓郁、虚幻的宗教意象强烈地冲击着文坛，尤其成为孕育剑侠小说的思想土壤，许多剑侠小说的作家或是佛教信徒、玄门名士，或精通佛经道典。《酉阳杂俎》的作者段成式潜心佛学，深明佛理；《虬髯客传》的作者杜光庭是青城山道士，学识渊博，著述颇丰，收入《道藏》的著作就有二十多种；皇甫枚兼修佛道，故《三水小牍》“多记仙灵怪异”，又不乏冤报故事；裴铏作《传奇》，爱情、侠义为骨，求仙成道为皮，方士神仙之说混杂在小说内容中。其他作家如皇甫氏、康骈、袁郊、牛僧孺等皆性喜志怪，炫奇耀异，所写著作的故事情节中充满了浓郁的宗教想象。

佛道文化对剑侠小说的影响首先表现在剑术描写上。唐代剑侠小说对剑术的高深莫测时有描述，请看下面两段：

{兰陵老人}紫衣朱鬓，盛长剑七口，舞于中庭，跳跃挥霍，批光电激，或横若掣帛，旋若焱火。有短剑三尺余，时时及黎之衽。黎叩头股栗。食顷，掷剑于地，如北斗状。

（《兰陵老人》）

有顷，风雷总至。韦（行规）下马，负一大树，见空中有电火相逐，如鞠杖势，渐逼树杪，觉物纷纷坠其前。韦视之，乃木札也。须臾，积札埋至膝。韦惊惧，投弓矢，仰空中乞命。拜数十，电火渐高而灭，风雷亦息。韦顾大树，树干尽矣。

（《京西店老人》）

以上两段均出自段成式《酉阳杂俎》。第一段中兰陵老人可以双手挥舞七口长剑，时时不离目标前后，若要杀人，易如反掌。第二段中京西店老人的“剑术”可以运剑驱动风雷电火，转瞬之际便将一棵大树削成片片木屑。而《聂隐娘》中空空儿的剑术更为神奇，“空空儿之神术，人莫能窥其用，鬼莫得蹑其踪，能从空虚入冥，善无形而灭影”。无形无影，踪迹难寻，飞行变化，鬼神莫测。这种神奇的剑术创造得益于佛道文化的传播。

佛教对唐小说中“剑术”描写产生的影响，清代学者沈曾植在《海日楼札丛》卷五《成就剑法》中详细地叙述了佛家修行“剑术”之法，“剑术”的威力，修炼者的心诚以及对唐代剑侠小说的影响。台静农先生在《佛教故实与中国小说》一文中对此作了进一步的讨论。他补充了几段佛经材料，说明密宗的剑法成就与其神秘的修行颇有关联，其中咒语（即口诵真言）的作用尤为重要。而一旦剑法成就便具备无上神通，如飞行、隐身、变化之类，谲诡奇丽，神思远迈，玄妙无方。密宗的剑法修炼意在具大神通，得无上自在，其过程与目的皆充满宗教情怀，但这种奇思异想让唐代小说家深受启发，对唐代剑侠小说中“剑术”的形成产生了一定的影响。除此之外，神通变化的细节描述亦得自佛经，如《增壹阿含经》卷二八记目连降龙，“化为细身，入龙身内，从眼入耳出，耳入鼻出，钻噬其身”。《中阿含经》“降魔经”云：“魔王化为细形，入大目犍连腹中。”在小说《聂隐娘》中，聂隐娘为躲避空空儿的追杀，“化为蠛蠓，潜入仆射肠中听伺”，危机化解后，又从仆射“口中跃出”，情节构思明显是从佛经中获取灵感。

道教观念与法术对唐代剑侠小说中“剑术”的修炼及法力描述颇有影响。道教追求延年益寿，羽化登仙。要达到这一目的就必须进行修炼，修炼者一般避开尘世，遁迹深山。晋代葛洪《抱朴子·明本》云：“山林之中非有道也，而为道者必入山林，诚欲远彼腥膻，而即此清静也……尤忌利口之愚人，凡俗之闻见。”[①]《聂隐娘》中的聂隐娘从小便被师父携入深山石穴中，在“寂无居人，猿猱极多，松萝益邃”的峭壁上修炼剑术。聂隐娘初入山，服食了师父送给她的一粒丹药，易筋换骨，功力突飞猛进，身轻如风，飞行变化，无所不能。后来，聂隐娘在蜀栈道遇到故主之子，送丹药一粒助其避祸，嘱咐：“来年火急抛官归洛，方脱此祸。吾药力只保一年患耳。”其人不信，一年后死去。这种服食丹药加速修行或避害延年的描写，正是早期道教外丹修炼方法与信仰在文学中的具体反映。

魏晋时期的道教理论家葛洪在《抱朴子·对俗》篇中写道：“夫陶冶造化，莫灵于人。故达其浅者，则能役用万物，得其深者，则能长生久视……若道术不可学得，则变易形貌，吞刀吐火，坐在立亡，兴云起雾，召致虫蛇，合聚鱼鳖，三十六石，立化为水，消玉为饴，溃金为浆，入渊

① 葛洪：《抱朴子·明本》，《诸子集成》（第8册），中华书局1954年版，第42页。

不沾，蹴刃不伤，幻化之事，九百有余。按而行之，无不皆效。”① 唐代小说家从道教修炼方术中受到启发，借助想象描绘出与剑术相关的各种神奇莫测的法力，如聂隐娘剪纸为黑白二驴，作为自己和夫君的坐骑；红线“胸前挂龙纹匕首，额上书太乙神名”，未及一夜，往返七百多里；昆仑奴摩勒出入戒备森严的一品勋臣的庭院如入无人之境，背负崔生与红绡妓瞬间飞出重重高墙，无人知晓。事发后，在重兵围困下，“摩勒遂持匕首，飞出高垣，瞥若翅翎，疾同鹰隼，攒矢如雨，莫能中之，顷刻之间，不知所向”；虬髯客知望气与识相之术，行踪诡异，“数步遂不复见”；《嘉兴绳技》中的狱囚，《车中女子》中的女侠，《义侠》中的侠客，《田膨郎》中的小仆，《潘将军》中的三鬟女子，《贾人妻》、《崔慎思妾》中的女侠皆会飞行之术；《卢生》中的卢生会隐身术等。

降魔斗法是佛经中的一项重要内容，《阿含经》、《贤愚因缘经》、《根本说一切有部毗奈耶药事》、《佛说菩萨本行经》四部经文中皆有精彩描述，并由此形成佛经中的一类故事母题，它反映出佛教在发展过程中与外道异学的激烈争论。同样，在道教的文献中也存在着大量的神仙伏魔除妖的内容，这些斗魔除害的故事向民众传播着道教“救世济民”的修行理念，述说着道教“贵生”、“善养”的宗教特征。唐代剑侠小说中也有侠士斗魔除怪、解救生民的题材。《郭元振》篇叙郭元振迷路，误入乌将军祠，听了受害民女的一番哭述，激起义愤，砍伤猪精，救出女子，又善言启发愚昧的乡人，大家一起击毙了妖精。《朱觐》写“陈、蔡游侠之士”朱觐射杀巨蛇，救助少女，为民除害。《韦自东》描写“义烈之士”韦自东，壮勇异常，“一生济人之急”。一次游太白山，听段将军说山顶庙宇中有夜叉害人，遂仗剑登山入寺去除妖。夜半，果有夜叉入来，韦自东凭借智慧与勇力杀死两个夜叉，轰动远近四方。这类小说明显受到佛道文化的影响，主人公虽不具备剑术神通，但斩妖除魔的情节成为后世剑侠小说重要的叙事母题，是剑侠入世修行、外积功德的伦理表达方式。

“试道坚心”是剑侠小说常见的文学母题，即主人公在修炼剑术的过程中往往要经受各种考验，以确认他是否有资格成为剑侠。《韦自东》由前后两个故事组成，前半部写韦自东诛杀夜叉，后半部叙他为道士护丹。

---

① 葛洪：《抱朴子·对俗》，《诸子集成》（第8册），中华书局1954年版，第8页。

道士有神仙配合的龙虎丹一炉，灵药将成之际，有妖魔侵扰，需刚烈之士仗剑护之。韦自东慨然应承，仗剑立于洞门外。妖魔变幻为巨蛇、美女均被韦自东识破，后又化为老道，乘云驾鹤，自天而下，声称“妖魔已尽，吾弟子丹将成矣”，韦不察，释剑施礼，妖魔乘虚而入，致使功亏一篑。与《韦自东》情节相似的小说还有《续玄怪录·杜子春》、《河东记·萧洞玄》和《剧谈录·说方士》三篇小说，《杜子春》的幻境描写更增波澜，杜子春在老道士的引导下，克服了“喜、怒、哀、惧、恶、欲”六种情欲，但爱子被杀时“不觉失声”，未能断尽“爱”念，终致前功尽弃。杜子春的人物性格有一个发展变化的过程，从挥霍落拓到治产行善，人物的性格有所转变。《萧洞玄》写壮士终无为为道士萧洞玄护丹，经历了群仙、美女、猛兽、亲人、夜叉、地狱等诸项考验，最终未能摆脱失去爱子的悲痛，“不觉失声惊骇”，归于失败。《说方士》写张孺华为仙家隐尧护丹，“其或风雨晦冥，往往有神物来萃，殊形诡状，深可害人。孺华端洁自安，竟不微动，如此者涉于周岁”①，终于炼成可令人死后复生的七返灵砂丹。这四篇小说的主人公都是能“忍断不言”的壮士，韦自东、杜子春、终无为仍不能完全克制人的七情六欲，反衬出修仙之路的艰难。而张孺华最终经受住考验，护丹成功，又表现出世人对潜心修炼的成仙理想的道德肯定。四篇小说均写妖魔侵袭，除《韦自东》外，《杜子春》等三篇小说尚不能算是剑侠小说，但是，几篇小说的主旨都是突出“心魔”的危害，注重“心性”的修炼，十分契合“内修无欲”的剑侠炼剑的修行观念。“试道坚心”的情节模式是小说家借助道教炼丹求仙的理论来演绎剑侠的炼剑求仙，修道与炼剑合二为一，强调内炼为本，仙侠一途由此打通。“试道坚心”的情节模式虽直接得益于道教文化，其故事原型却出自佛教典籍《大唐西域记》，此书卷七“烈士池及传说”写一烈士为隐士持刀护坛，其间幻相纷至，变异迭起，终因不能断爱，为魔所乘，功败垂成。《韦自东》等作品将“烈士池”故事中的持刀护坛改为仗剑护丹，使其成为道教炼药求仙的考验情节，而到了明清剑侠小说中又演变为剑术修

---

① 康骈：《剧谈录》卷下，古典文学出版社 1958 年版，第 53 页。

炼过程中的考验母题。①

佛道文化对唐代剑侠小说的影响是巨大的，它不但在整体上拓展了小说家的视野，激发了作家的想象，并且使小说的审美风格发生了变化，波澜迭起，奇境横生，文采典赡，滋味隽永。佛道文化的观念和故事已化为作品的血肉，与作品融为一体，不可分割。

第五节 艺术表现与文学意象

从艺术发展史的角度来看，唐代小说家嗜奇好异，注重想象与虚构，从而创造了丰富多彩的幻想世界，塑造了光彩夺目的人物形象，编织了或哀艳清丽，或雄奇绚烂的浪漫故事，剑侠小说即是其中一朵璀璨的奇葩。

唐代剑侠小说的艺术成就首先表现在塑造了众多的剑侠形象，尤其是塑造了一批女剑侠的形象。她们中有的是商人，有的是奴仆，有的是侠盗。她们有武艺、有人格、有抱负、有刚肠，不拘囿于闺房之中，勇于干预社会。她们脂粉气少，儿女情短，英雄气盛，性情冷酷，缺乏缠绵悱恻和清怨哀婉的阴柔美，而是我行我素，奔放、豪爽、热烈，发乎自然本性，显出英雄本色。红线是一普通女奴，她身居闺阁，"善弹阮，通经史"，表面看来只是尘世一平凡女子。然而在潞州将被吞并、战争即将爆发的关键时刻，她脱颖而出，大显身手，临行时成竹在胸的断言、一转眼倏忽不见的本领、游刃有余的神术、一夜间平定事态的功绩，使她在读者心中变成了神秘的巾帼英雄。"河北河南，人使交至"的局面实现后，她不图报答，遁迹而去。"铁甲三千人，那敌一青衣"，清代乐钧的《红线诗》表达了人们对这位女剑侠的怀念与赞颂。与红线不同，聂隐娘是大将之女，自小就入深山学剑术，生性不安于闺阁，经常"夜即失踪，及明而返"，不守妇道，不重门阀，自择丈夫，行动神奇乖异。她在与精精儿、

---

① 徐斯年《侠的踪迹》（人民文学出版社 1995 年版）一书曾将《韦自东》、《杜子春》与《大唐西域记》"烈士池"相比较，认为这是唐代释、道、胡、汉文化交汇的一个典型案例，值得在中国武侠小说史上写上一笔，但未谈及《萧洞玄》与《说方士》两篇小说。

空空儿的战斗中，斗智斗勇，终于获胜。车中女子是一位女侠盗，她一出场便先声夺人，气势非凡。她身为女子，却领导着一群技艺出众的男侠盗已属神奇，更令人吃惊的是，她竟蔑视皇权，盗取皇宫宝物，并为搭救无辜者，只身入虎穴，确是一位重义气、有胆略、敢反抗的奇侠。贾人妻和崔慎思妾都是隐侠，她们身负大仇，隐居潜伺，忍辱负重，勤俭持家，表面平静，内心却燃烧着复仇之火。她们说爱就爱，说走就走，处事如快刀斩乱麻，“断爱”又毫不心慈手软，行为怪异得让人难以理解，其实这正反映了唐人对侠的理解。

唐代小说中的剑侠诡异神秘，或隐身于人海之中，或敛迹于江湖之上，独往独来，神龙见首不见尾，平时与常人无异，只有到了关键时刻，才挺身而出，表现出非凡的本领，挽狂澜于既倒，拯世人于厄途。《红线》中的红线、《昆仑奴》中的摩勒、《田膨郎》中的小仆，他们都是奴仆身份，平时不显山不露水，危急关头却身形矫健，往来自如，超凡的神通让世人刮目相看。长安妾、贾人妻、崔慎思妾、荆十三娘、三鬟女子、车中女子、京西店老人、兰陵老人、丁秀才等剑侠，或为人妻妾，持家度日，或隐于市井，劳碌平凡，但都身怀绝技，必要时脱颖而出，略显本领便令世人惊叹不已。这种藏奇异于平凡的叙事策略，几乎运用于唐代各篇剑侠小说中，只有《聂隐娘》与《虬髯客传》采用了不同的叙事方法，主人公聂隐娘和虬髯客从开篇至结尾都表现出与众不同的超凡气质。聂隐娘自小随老尼入深山学剑术，艺成归来，居家中“遇夜即失踪，及明而返”，行踪怪异，父母不敢过问。“风尘三侠”中的虬髯客，一出场便浑身透着诡异神奇，不可测度。

> 忽有一人，中形，赤髯而虬，乘蹇驴而来。
> 客抽腰匕首，切肉共食。食竟，余肉乱切，送驴前食之，甚速。
> 于是开革囊，取一人头并心肝，却收头囊中，以匕首切心肝共食之。
> 言讫，乘驴而去，其行若飞，回顾已失。

几组动作，奇特而怪异，乘蹇驴而又“其行若飞”，蹇驴吃羊肉，且“甚速”，自己则吃“负心人”心肝，行为举止皆特立独行，若乘明月而来，又踏清风而去，虽隐约可见，又缥缈无踪，整体形象有若凡人世界中的“天外来客”。

唐人小说中剑侠的神秘、怪异，在于其结局的不可探察。剑侠一旦显露身手，干预社会，其身份自然暴露，当他们完成使命后，或“遂亡所在”，或“寻之不可”，或“凌空而去”，或“不知所之”，迅速脱离常人的视野，隐遁离世，仙踪难寻。即便再介绍，也是寥寥数语，笔意缥缈难测。如聂隐娘离去几十年后，刘昌裔之子在蜀栈道遇见她，“貌若当时”，并预测刘之祸福，赠仙丹助其脱祸，不收任何财物，“自此无复有人见隐娘”。《昆仑奴》中的摩勒则是在飞出重兵包围的庭院、“不知所向”的十余年之后，“崔家有人见摩勒卖药于洛阳市，容发如旧耳”。虬髯客离去多年后，贞观中，闻报东南方“有海船千艘，甲兵数十万，入扶余国，杀其主自立”，于是李靖知虬髯客成功实现抱负了。红线盗盒后，便宣称“遁迹尘中，栖心物外，澄清一气，生死长存”。这种隐姓埋名、销声匿迹的结局描述，自是小说家出于艺术上的考虑，为了强调剑侠的神秘与非凡，企图引起读者的好奇心与阅读兴趣。然而深入一层考察，这类飘然远逝、隐迹无踪的结局模式，又可视为文人隐逸文化心理的表露。

隐逸既是一种文化现象，也是一种生存方式，更是中国文人的一种人生理想境界。在这种人生模式与人生境界中，道家乃至道教的思维方式起着决定性的作用。在这种文化心理的催生下，明清及民国小说家笔下的剑侠开始在深山密林中寻求飞升剑仙的修炼历程，而当代新派武侠小说家的笔下则涌现出大侠们负剑漫游的孤独而寂寞的身影，他们在孤独的漫游中寻找人生的真谛，在无人问津的古墓荒山参悟武功的最高境界。

除了设计藏身于平凡之中的情节、寻之不得的结局之外，唐人小说中剑侠形象的神秘诡异更得益于作家巧妙的叙事角度。为了制造剑侠形象的神秘感，作家大都避开全知全能的叙事视角，而采用限制叙事的技巧，且从“凡人”的视角来讲述故事。不采用全知全能叙事，也不从剑侠的视角入手，而选择平常人的视角，那么，在凡人的眼中，剑侠当然是往来神速、惊鸿一瞥了。这种叙事角度的选择，使读者与书中的凡人一起惊叹剑侠的神异，共同完成渲染的期待，达到作者预期的阅读效果。《红线》中红线自告奋勇去解决忧难时，薛嵩感叹：“我不知汝是异人，诚暗昧也。”《兰陵老人》中黎干对老人说：“丈人埋形杂迹，非证慧眼不能知也。”《京西店老人》中韦行规领略了剑术的威力之后，返回店中见到箍桶的老人，“意其异人也，拜而且谢”。《昆仑奴》中崔生始斥责摩勒：“汝辈何知，而问我襟怀间事！”等到摩勒大展神威之后，崔家大惊愕，而一品勋臣也悔惧年余。常人的眼光自然无法探测剑侠的深浅，常人的思维也无法理解剑侠的言行举止，于是，除了惊愕，便是茫然，再就是惶恐谢罪了。用平凡人的视角来叙述不平凡的剑侠，拉开了剑侠与“世人”的距离，剑侠的形象在读者的想象与补充下变得更加神异而不可思议。①

在唐代剑侠小说中，作者建构了一个剑侠与凡人混居杂处的世界，在这个世界里，既有虚拟的成分，也有现实的成分。剑侠生存在凡人的社会中，有着平凡人的情感和生活，却又具备超出平凡人的异禀天赋，能实现常人无法达到的理想。在平凡的叙述中寄寓着超凡的意象，在超凡的形象中刻画出平凡人的性情，剑侠生活在现实的时空里，又能突破现实时空的束缚。昆仑奴摩勒在现实社会的身份是崔家的奴仆，当他踏破现实的时空，背负崔生与红绡妓瞬间飞出一品豪宅的重重高墙时，他是令人景仰的剑侠。在重兵围困之际，“摩勒遂持匕首，飞出高垣，瞥若翅翎，疾同鹰隼，攒矢如雨，莫能中之，顷刻之间，不知所向”。他将现实的时空撕开一道口子，奋身踏入虚无缥缈的另一时空。虬髯客在现实社会无法实现自己的远大抱负，便将资产豪宅及奴仆全部送予李靖夫妇，“与其妻戎服乘马，一奴从后，数步遂不复见”，毅然摆脱现实时空的制约，另谋他途去了。如果说聂隐娘入深山修炼剑术尚属于现实时空的边缘的话，那么，结语的一句“自此无复有人见隐娘”，则表明她已脱离现实时空而去，至于去了何处，生活在现实时空中的人们是无法知晓的。而“空空儿之神术，人莫能窥其用，鬼莫能蹑其踪，能从空虚入冥，善无形而灭影”，表明此剑侠的神力可以任意“穿透”现实时空与非现实时空之间的封闭障碍。唐代剑侠小说这种力图挣脱樊篱、追求无限自由的艺术精神，是敢涉虚妄、幻设为文的有意识的创作观念，具有灵动飞逸的意境和内涵，表现出独特的品格与神韵，对后世剑侠小说中的时空描写的开放性、流动性、自由无

---

① 关于唐代剑侠小说的叙事角度，陈平原在《千古文人侠客梦》（人民文学出版社 1992 年版）一书中也有论述，见该书第二章。

碍、想象无极的创作方式实有开创之功。①

前文说过，唐代剑侠小说大都采用平凡人的视角进行叙述，以增强剑侠形象的神秘感。但是，唐代小说家并不完全排除“超凡”视角的观察和运用，有时这种视角的切入叙述会收到意想不到的效果。《聂隐娘》的女主人公以自述的口吻叙述自己深山炼剑的经历和剑侠空空儿的神术，由于是剑侠自述以往的经历，本来神奇莫测的剑术神通变得有章可循，在“真实可信”的叙述中，我们看到聂隐娘的剑术是如何循序渐进，达至出神入化的境界的。而聂隐娘对空空儿神术的叙述，则是一位剑侠对另一位剑侠的评述，在剑术高手赞叹般的描述下，空空儿剑术的高深、人品的高傲就给人以强烈的印象，挥之不去，成为超世拔俗的艺术典型。《红线》中红线盗盒的奇异过程也是由主人公自己追述：

某子夜前三刻即达魏城，凡历数门，遂及寝所。闻外宅男止于房廊，睡声雷动。见中军士卒步于庭下，传叫风生。乃发其左扉，抵其寝帐。田亲家翁正于帐内，鼓趺酣眠，头枕文犀，髻包黄縠，枕前露一七星剑，剑前仰开一金合，内书生身甲子与北斗神名，复以名香美珠压镇其上。然则扬威玉帐，坦其心豁于生前；熟寝兰堂，不觉命悬于手下。宁劳擒纵，只益伤嗟。时则蜡炬烟微，炉香烬煨，侍人四布，兵仗森罗。或头触屏风，鼾而殚者，或手持巾拂，寝而伸者。某乃拔其簪珥，褰其裳衣，如病如酲，皆不能寤，遂持金合以归。出魏城西门，将行三百里，见铜台高揭，漳水东流，晨钟动野，斜月在林。忿往喜还，顿忘于行役；感知酬德，聊副于咨谋。夜漏三时，往返七百里，入危邦一道，经过五六城。冀减主忧，敢言劳苦！

红线在自叙中对盗盒的细节详加描述，外宅男与中军士卒的举动，田承嗣的睡相、侍人的睡姿、金盒的摆放与盒中之物等，再配以紧张气氛的渲染，有效地烘托出红线的惊人神技，对侍人的调侃举动，更衬托出红线

① 徐斯年在《侠的踪迹》（人民文学出版社 1995 年版）中认为，唐代剑侠小说的这种时空转换处理，表现出如同闻一多先生论唐诗所形容的那种“本体”与“现实”的“冲融”感，富有浓厚的诗意。

在森严的环境里气定神闲、胸有成竹。而归途景色的叙述更有着居高临下的俯瞰意境，犹如“超人”天外飞来，充满着自豪，饱含着情韵。盗盒是小说的中心情节，作者用主人公自述的方式加以描述，将神秘莫测的剑侠行为直观展露，并在叙述中使盗盒的全过程凝聚着自豪、兴奋与藐视的情绪，意态横生，神韵十足。

唐代剑侠小说是唐代武侠小说的主流，深受佛道文化的影响，其艺术成就十分突出。它不但是后世武侠小说题材的渊薮，在创作风格、艺术表现、文学意象以及作品神韵等方面，均泽及后世，表现出强大的艺术生命力。

第六章

宋元明短篇剑侠小说

第一节　文言剑侠小说的发展

一、宋代文言剑侠小说

陈桥兵变之后，殿前都点检赵匡胤当上了皇帝，建立了宋王朝。此后二十年间，宋先后平定了后蜀、南唐和北汉等割据政权，结束了分裂局面，实现了大一统。鉴于中唐以来藩镇强盛、尾大不掉的历史教训，宋太祖采取了崇文抑武的基本国策，加强了君权。另一方面，这种政策又削弱了军队的战斗力，给宋王朝带来了无穷的边患危机，先是辽、夏，后是金、蒙，民族矛盾空前激烈。因此，宋代文学有着深沉的忧患意识、强烈的爱国精神和浓郁的思乡情绪，缺乏唐代文学的那种潇洒浪漫的情怀和天马行空的气势。

宋王朝重视文治教化，理学一直是意识形态的主流思想，这对宋代文人士大夫的思想是一个很大的束缚；更深一层来说，这种思想束缚不仅来自外部宣传，也来自文人士大夫的内心自觉。他们在创立和接受理学的过程中，将自然界与社会伦理相结合，将“天理”与人心相对应，使儒家的伦理规范成为一个天然合理的体系，成为个人内心自觉的修养准则。因此，宋代的文人重理智而轻感情，自觉地抑制个性的自由发展，却又有着强烈的使命感。反映在文学中，即重视文学的政治教化功能，强调“文以载道”，文风含蓄深沉、平实自然，缺乏唐代文人那种风流豪迈、天真直率、幻想无极、浮华怪诞的特征。

在这种社会环境与文化思潮的影响下，宋代的文言剑侠小说创作在数量和质量上均比不上唐代。从内容上看，宋代的文言剑侠小说以表现惩贪除恶和炫耀剑术居多。《补侍儿小名录》中的《崔素娥》（《剑侠传》改名为《韦洵美》），《北窗记异》中的《虬须叟》，《青琐高议》中的《任愿》，《江淮异人录》中的《洪州书生》，《夷坚志》中的《郭伦观灯》等均写剑侠拯溺扶危、惩除恶人，其中《虬须叟》一篇颇为精彩。小说描写唐僖宗时，吕用之依权仗势，擅政害人，见商人刘损之妻裴氏美色，便陷刘入狱，霸占了裴氏。刘损用黄金免罪出狱，痛失妻子，愤而作诗，吟咏不辍。剑侠虬须叟得知此事后，以神术入吕府，“化形于斗拱上”，怒斥吕之罪行，使吕用之又惊又怕，将黄金与裴氏还给刘损。试看小说描写刘损在船上初见虬须剑侠的情景：

一日晚凭水窗，见河街上一虬须老叟，行步迅速，骨貌昂藏，眸光射人，彩色晶莹，如曳冰雪。①

寥寥数语，一个与众不同的剑侠形象便跃然纸上。在剑术描写上，《江淮异人录》中的《李胜》、《潘扆》，《春渚纪闻》中的《乖崖剑术》等篇皆踵事增华，意在炫奇。《乖崖剑术》中张乖崖“飞出一短剑，约平人肩，断枣为二”。《潘扆》“自怀中出二锡丸，置掌中。俄有气二条，如白虹微出指端，须臾旋转，绕匡国颈，其势奔掣，其声铮纵”。《郭伦观灯》“耳中铿然有声，一剑跃出坠地，蹑之腾空而去”。《李胜》写道士对剑侠李胜不礼貌，一日，道士正睡觉，一童子前来叩门，“道士起，见所卧枕前插一匕首，劲势犹动，自是改心礼胜”。通过一件小事，寥寥数语即将神奇的剑术生动地刻画出来。此类描绘剑气寒光，惊魂动魄，堪称唐代小说中剑术描写之余绪。

从整体上看，宋代文言剑侠小说在小说情节与具体细节的描绘上均有模仿唐代小说的印迹。如《虬须叟》和《韦洵美》都讲述侠客如何凭借剑术成全了他人的爱情，警示或惩罚了恶人。两篇小说的内容明显地类似于唐人小说《昆仑奴》、《柳氏传》、《荆十三娘》，其中《虬须叟》一篇还较有特色，但无论在情节铺展、人物塑造、气氛渲染，还是语言文采上，都比不上《昆仑奴》、《柳氏传》，只和略事勾勒的《荆十三娘》相仿。尤其是在《韦洵美》中描写剑侠救出女子后，以皮囊贮之，交给她心爱的男子，则更加和《荆十三娘》如出一辙了。《鹤林玉露》中的《张魏公》（《剑侠传》改名为《秀州刺客》）写剑客行刺，为义所感，坦然示警，绝

---

① 《剑侠图传全集》，河北人民出版社 1987 年版，第 51 页。本章所引剑侠小说段落，凡出自此书者，均不另标注出处。

尘而去。这篇小说的布局谋篇完全出自唐人小说《李龟寿》。我们再比较唐宋文言剑侠小说中的具体细节描写，先看《夷坚志》中《花月新闻》写剑侠斗法：

道士令于净室设榻。明日复来，使姜径就榻坚卧，戒家人须正午乃启门。久之，寒气逼人，刀剑击戛之声不绝，忽若一物坠榻下。……乃一髑髅，如五斗大。出箧中刀圭药渗之，悉化为水。

再看唐小说《聂隐娘》中聂隐娘与精精儿斗剑：

是夜明烛，半宵之后，果有二幡子，一红一白，飘飘然如相击于床隅。良久，见一人自空而踣，身首异处……以药化为水，毛发不存矣。

两相比较，《花月新闻》的斗法，明显脱胎于《聂隐娘》之斗剑，而后者比前者更加精彩细腻。以人物塑造而论，先看《青琐高议》中《任愿》一篇对青巾者的描写：

（任愿与青巾者）共入酒肆。酒十余举，青巾者曰："吾乃刺客也。有至冤，衔之数年，今始少伸。"乃于胯间取乌革囊，中出死人首，以刀截为半，以半授愿。愿惊恐，莫知所措。青巾者食其肉无孑遗，让愿，愿辞不食，青巾者笑，探手取愿盘中者，又食之。取脑骨，以短刀削之，如劈朽木，弃之于地。

再看唐人小说《虬髯客传》中的虬髯客：

（李靖）取酒一斗。既巡，客曰："吾有少下酒物，李郎能同之乎?"曰："不敢。"于是开革囊，取一人头并心肝，却收头囊中，以匕首切心肝共食之，曰："此人天下负心者，衔之十年，今始获之，吾憾释矣。"

两位侠客的豪情、举止，疾恶如仇的品性，多么相似！这种宋人作品刻意模仿唐代小说的情形说明，在创作的才气、激情与浪漫想象方面，宋人均赶不上唐人。唐人在创作时“餍于诗赋，旁求新途，藻思横流，小说斯灿”。相较而言，宋人则简淡平实，贫乏冗弱，老成持重，板滞拘谨。①这种衰落正与宋代的社会环境、文化思潮相吻合。

宋代文言剑侠小说创作虽偏爱模仿，缺乏创新，但由于各种因素的刺激，也有区别于唐人小说之处。首先，在思想内容上，宋代文言剑侠小说表现出一种唐代小说中没有的思乡之情、亡国之恨。《夷坚志》中的《侠妇人》描写董国度在宋朝为官，中原失陷后，弃官流浪，落入北方。时隔多年，他已娶妻、置产，但心中仍时时涌起故国之思，“居常戚戚，意绪无聊”，“每一想念，心乱欲死”。后来，终于在妻子与侠客的帮助下，回到了家乡。《夷坚志·解洵娶妇》写建炎、靖康之际，解洵家破人亡，独陷北境，几经辗转，方得回归，兄弟相见后，“相持悲恸”，字里行间也表露出思乡情愁。

其次，宋代文言剑侠小说突出了剑侠打抱不平、除暴安良的特征。《洪州书生》中书生见恶少年欺凌“状甚贫缕”的卖鞋小童，义愤填膺，夜断其首；《郭伦观灯》中青衣角巾道人见一群恶徒围攻凌辱妇女，怒声痛斥，并“挥臂纵击，如抟婴儿”，使其“颠仆哀叫，相率而遁”；《任愿》中任愿遭豪门殴打，“有青巾者忽不平”，痛打殴人者，为任愿解围。这类路见不平，拔刀相助的剑侠叙事，在唐代剑侠小说中很少涉及，而宋以后的剑侠小说中却极为常见。

再次，在剑侠本领的描写上，宋代小说重在写道教法术，如咒语、画符、阴风、隐形之类。《李胜》中侠客用道术行三百余里，片刻而至；《洪州书生》“书生长揖便去，重门锁闭，竟不知所之”，显系道教的隐形遁术；《江淮异人录·张训妻》中张训妻能托身入梦，有求必应；《解洵娶妇》中解洵妇能用法术使“灯烛陡暗，冷风袭人有声”，众妾皆仆，取人性命于黑暗中，杀人过程弥漫着浓浓的恐怖气氛；《润州处士》可在兵乱之际，用咒语、灵符将一难女隐形送出险地；《江处士》则更能用诸类道术制服害人的鬼魅。唐代剑侠小说虽也有描写道术的内容，但重点是剑术——剑侠的飞行、飞剑的神奇，与宋代剑侠小说的侧重点是不同的。

---

① 鲁迅：《〈唐宋传奇集〉序例》，《鲁迅全集》（10），人民文学出版社 1981 年版，第 149 页。

最后，宋代剑侠小说开始出现“侠情”题材。唐代剑侠小说中剑侠基本没有男女情感生活，或凭借神术成全别人的爱情，如昆仑奴；或言及婚姻，却无爱情可言，如聂隐娘；或借婚姻为掩护，事成之后弃之如敝屣，勇于“断爱”，毫不留情，如贾人妻、崔慎思妾。宋代小说于此却有所突破。《张训妻》写将校张训的妻子用道术为丈夫鸣不平，屡试屡验，当丈夫对她起杀心时，她仍为张训着想，甘愿赴死，为丈夫免除后患，体现出对丈夫的爱与关怀。《侠妇人》与《解洵娶妇》两篇写妻子帮助流落敌境的丈夫返回家乡，《侠妇人》中侠妇人与丈夫董国度患难与共，恩爱不移，终于相继返回家园，白头偕老。而在《解洵娶妇》里，解洵回到家乡之后，依持其兄解潜，志酬意满，忘恩负义，移情别恋，殴打辱骂患难妻子，以致妻子伤心绝望，因爱生恨，亲手杀了负心的解洵。《夷坚志·花月新闻》写多情的女剑仙爱慕姜廉夫，主动投怀送抱，嫁入姜家，引起曾与之相好的男剑仙的嫉妒，前来刺杀二人，而另一位剑仙赶来护卫，一番斗剑之后，行刺者反被杀死，女剑仙与姜廉夫继续恩爱，“同室如初”。《解洵娶妇》与《花月新闻》这两篇小说在武侠小说史上最早涉及“情变”题材。《解洵娶妇》写侠妇在忘恩负义的丈夫的辱骂、殴打之下，终于忍无可忍而遽然发难，将妇人的由爱生妒、由妒生恨、由隐忍到泄愤的心理变化，步步深入地细腻写出，描绘极为出色。《花月新闻》更言及三角恋爱，情侣之间因为失爱，嫉恨成仇，追杀情敌，在“侠情”题材上可谓突破传统，有所创新。

宋代文言剑侠小说创作的重要作家是吴淑和洪迈。

吴淑（947—1002），字正仪，丹阳（今江苏省镇江市）人。他是由五代末入宋的，曾举南唐进士，官至校书郎直内史。入宋后，受宋太宗赏识，仕至职方员外郎。生平事迹载于《宋史·文苑传》。他是当时著名的学者，曾先后参加过《太平御览》、《太平广记》、《文苑英华》、《太宗实录》等书的编撰，并著有《事类赋》、《秘阁闲谈》、《说文五义》等书。《江淮异人录》是吴淑撰写的一部带有志怪色彩的小说集，共有25篇小说，大多写侠客、术士和异人的言行，或行侠仗义，或异术救人，或超脱生死，或随意变化，怪诞诡异，描摹生动。其中《洪州书生》、《李胜》和《张训妻》三篇被收入明人《剑侠传》。鲁迅在《中国小说史略》中写道：“吴淑……所著《江淮异人录》三卷……凡二十五人，皆传当时侠客术士及道流，行事大率诡怪。唐代段成式作《酉阳杂俎》，已有《盗侠》一篇，叙怪民奇异事，然仅九人，至荟萃诸诡幻人物，著为专书者，实始于吴淑。明人钞《广记》伪作《剑侠传》又扬其波，而乘空飞剑之说日炽，至今尚不衰。”① 鲁迅认为《江淮异人录》是文言剑侠小说专书的滥觞，对编撰文言剑侠小说选本产生过一定的推动作用。

洪迈（1123—1202），字景卢，号容斋，别号野处，饶州鄱阳（今江西省上饶市鄱阳县）人。绍兴十五年（1145）进士，授两浙转运司干办公事，迁至秘书省校书郎、吏部员外郎。高宗时出使金，不惧淫威，差点被质留。洪迈幼而强记，博览群书，淹通史籍，著有《钦宗实录》、《四朝国史》、《容斋随笔》等书，又博采古今异事撰成志怪小说集《夷坚志》四百二十卷。原书在流传过程中已散佚，今存二百零六卷，约两千七百余篇。《夷坚志》书名取自《列子·汤问》“夷坚闻而志之”语意，《四库全书总目提要》云：“是书所记，皆神怪之说，故以《列子》夷坚事为名。”② 此书对后世影响较大，元明两代出现了几部以“夷坚”为名的续书，不少小说、戏曲都从中提取素材。此书中含有多篇武侠小说，其中《侠妇人》、《花月新闻》、《解洵娶妇》、《郭伦观灯》四篇被收入明人所编《剑侠传》一书。

在宋代著述中，对后世剑侠小说创作产生了广泛而深远的影响的还有《太平广记》“豪侠”类。《太平广记》是宋初编辑的大型类书，专门收集自汉代至宋初的野史小说。这部书规模庞大，成书五百卷，目录十卷，引各类古籍四百七十五种（大多散佚），按题材分为九十二大类，又分一百五十余细目。其中一百九十三卷到一百九十六卷为“豪侠”类作品，共收二十五篇小说，每篇皆注明出处。按今天的标准，除《李亭》、《彭闼高瓒》等少数几篇外，其余皆为武侠小说，且绝大多数是剑侠小说，其中有十九篇编入明人辑录的《剑侠传》。鲁迅谓“明人钞《广记》伪作《剑侠传》”，即以此为据。由此可见，《太平广记》“豪侠”类对后世编辑剑侠小说选本产生了重大影响。

---

① 鲁迅：《鲁迅全集》（9），人民文学出版社 1981 年版，第 100 页。
② 纪昀总纂：《四库全书总目提要》，河北人民出版社 2000 年版，第 3646 页。

二、元代文言剑侠小说

公元13世纪中叶，成吉思汗统率蒙古铁骑，横扫欧亚两洲，建立了幅员辽阔的元王朝。元朝初期，蒙古贵族大量圈地，侵害桑稼，严重地破坏了农业经济的发展。忽必烈掌权以后，开始注意接受汉族文化，重用许衡、姚枢等儒生，利用汉法统治天下。另一方面，忽必烈又严禁蒙古贵族扰民圈地，鼓励农民开垦荒地，并兴修水利，蠲免赋税。这些政策对社会稳定、农业发展都产生了积极的影响。

元代农业恢复、社会安定的同时，工商业也有所发展。国土的统一，带来了交通的便利，加速了各地之间的交流，形成了规模空前的市场，涌现出具有相当规模的大中城市。这些城市商贾云集，市廛繁华，比如当时的大都，既是政治文化中心，又是商业中心，人烟凑集，奢华兴旺，一时之最。黄仲文在《大都赋》中这样形容大都："论其市廛，则通衢交错，列巷纷纭。大可以容百蹄，小可以方百轮。街东之望街西，仿而见，佛而闻。城南之走城北，去而晨，归而昏。华区锦市，聚万国之珍异；歌棚舞榭，选九州之秾芬。招提拟乎宸居，廛市主乎宦门。酤户何泰哉，扁斗大之金字；富民何奢哉，服龙盘之绣纹。奴隶杂处而无辨，王侯并驱而不分。庖千首以终朝，酿万石而一旬。"虽不免语涉夸张，但也道出了当时大都的繁盛景象。

随着大中城市的涌现，市民阶层不断地扩大，市民的文化需求也在不断增加。而另一方面，元代的科举考试废立无常，断绝了文人的仕进出路，文人的社会地位下降，沦入社会的底层，有所谓的"九儒十丐"之说。在这种情况下，大多数知识分子不再追求入朝做官，而是流连市井，深入民间，许多人为了生计，涌向勾栏瓦肆，创作为市民阶层喜闻乐见的戏曲、话本，以展示自己的才情，发泄胸中的郁闷。由于和市民阶层联系紧密，他们比较关注市民阶层的审美情趣和价值取向，而对市民难于理解的、主要在士大夫中间传阅的文言小说则较少投入精力，因此，元代的文言小说创作基本处于停滞阶段。就剑侠题材来看，元人的创作无论在数量上还是质量上，不仅远逊于唐人，就是和宋人相比也大为减色，只有少数几篇小说略微可观。

伊世珍的文言小说集《嫏嬛记》，《千顷堂书目》小说类著录为三卷，今《津逮秘书》第九集、《学津讨原》第十五集皆收入三卷，《说郛》卷三二收入一卷。《嫏嬛记》引宋元人说部近百种，每条皆注明出处，为后人保留了一些古代佚书的内容，但所引之书真伪参半，文献价值未免打了折扣。此书所记载的剑侠小说，故事内容大多怪异，荒诞离奇。如《赵主父刺秦王》，这篇小说注明引自《玄观手抄》，叙写战国时期，赵国国君主父夜观天象，有神女下凡，传授其玄女隐身术，并赐九炼变骨之丹。主父学成之后，入秦刺秦昭王，"直至昭王所居，六英之宫，而人不觉。夜静，昭王方与仪姬戏帷中，主父因以匕首刺昭王，中之而不伤。昭王惊疑有诸侯刺客，遣官追捕，而主父犹在旁也。主父知秦之世数未绝，故归"。此后，主父遇赵国内乱，尸解游仙而去。主父实有其人，即战国时赵国国君赵武灵王，他曾胡服骑射，训练国民，使赵国军队的战斗力大为增强。据《史记·赵世家》记载，赵武灵王还令其子治国，自己诈为使者入秦，探听秦国虚实。他在立太子的问题上，先立长子，后又废长立幼，不久，又"欲两王之"，终于引起内乱，被困在沙丘宫三个多月，最后饿死于宫中。这篇小说与史实有明显出入，主父的形象带有浓厚的仙家气息，尤其是入秦行刺一节，更具有神异的剑侠风采。《薛嵩遇刺》一篇也是如此。此篇小说注明出自《魏生禁杀录》，叙晚唐节度使薛嵩"性慈戒杀，即微细如虱，亦不害之"。一天半夜，刺客前来行刺，此刺客"有古剑利甚，着处必破，见血立死"。当刺客行刺时，众虱覆盖于被上，"其人剑一下即见血，以为殊死矣，归报其主"。主人很高兴，天亮后派人打探消息，薛嵩毫发无伤。原来，那些血痕都是死虱的，是虱子为报答薛嵩的恩惠，救了他一命。这篇小说的内容十分荒诞怪异，在宣扬戒杀果报的思想的同时，又具有浪漫而独特的艺术风格。

龙辅《女红余志》，文言小说集，此书或题常阳撰。据《女红余志》书前"小引"叙述，知常阳为龙辅的丈夫，龙辅是兰陵太守龙元度的后人，见多识广，有才情，善诗文，本书为龙辅所撰。《千顷堂书目》小说类著录，二卷，今存《诗词杂俎》、《古今说部》以及《汲古阁合订唐宋元诗》诸丛书均为二卷，《绿窗女史》、《说郛续》为一卷。此书记载与妇女生活有关的异闻故事，其中《香丸妇人》、《侠妪》和《佳次妇》三篇均为比较出色的剑侠小说。《佳次妇》篇幅较短，写陆夫人信佛，梦见神人对她说："我送给你佳次妇。"醒后不明白是何意。一天夜里，家中遇盗，月光下，见一女子力毙盗贼，身手矫捷，行走如飞。她临去时说道："我就是佳次妇。"此后，陆夫人家中再也没有遭遇盗贼。这篇小说虽短小，却颇具神异离奇的色彩，佳次妇的形象也是神龙见首不见尾，读后令人频起遐思。

《侠妪》一篇，也很神奇。叙元雍妻修容小时候，乡里来了强盗，一位老妪对她母亲说："你家素有阴德，虽有强盗，不必害怕，我来救你们。"她从袖中取出黑绫，撕裂成一条一条系在修容母女的臂上，将她们引入一个道院中，又作法将她们藏入神像的耳朵里。神像并不大，但修容母女住进去就像住在一间房子里一样，毫不拥挤。过了一段时间，盗乱平息，老妪又施法将修容母女二人送回家中。盗贼的首领也被老妪用慧剑杀死。修容问："为什么不早点除掉强盗?"老妪回答："虽系盗乱，亦天数。然吾小术耳，何敢违天。今天命吾斩，则斩耳。"修容想拜老妪为师，老妪认为她没有仙骨，只好作罢。这篇小说在描写神奇故事的同时，神道设教，强调"天命"，老妪虽然具有神术，斩杀盗贼易如反掌，但却不敢违抗天意，擅自杀戮，从而突出了神道的权威性。这种"天命不可违"的叙述表达，成为明清剑侠小说中常见的叙事规范。刘荫柏在《中国武侠小说史》（古代部分）一书中认为："这种思想并非释、玄二门之论，实是我国儒家的思想，即'天人感应'、'君权神授'之变种。"① 此外，这篇小说还开拓了剑侠题材择徒授艺，重视先天条件的叙事命题。此类叙事在《聂隐娘》中已露端倪，老尼一见聂隐娘便要收她为徒，无非是因为聂具备修行剑侠的条件，身具"慧根"而已，而此篇则因为修容不具备修行条件，所以老妪不能收她为徒。

此类叙事命题可上溯至汉晋时期。大约成书于汉末至东晋年间的《汉武帝内传》，写汉武帝向西王母祈仙求寿，西王母经过一番告诫之后，传其仙术。书中强调仙术择人而传，不得滥用。"传非其人，谓之泄天道；得人不传，是谓蔽天宝；非限妄传，是谓轻天老；受而不敬，是谓慢天藻。泄蔽轻慢四者，取死之刀斧，延祸之车乘也。"② 在明清以后的剑侠小

---

① 刘荫柏：《中国武侠小说史》（古代部分），花山文艺出版社 1992 年版，第 155 页。
② 《汉武帝内传》（与《穆天子传》合刊），中华书局 1985 年版，第 16 页。

说中，择徒授艺除强调“仙骨”、“慧根”之外，更注重人品、道德。

《香丸妇人》是这三篇小说中描写得最为出色的一篇。唐贞观年间，一位书生在观音庙里见到一美貌妇人，为之心动。旁有恶少年对美妇人不敬，说了许多淫词邪语。书生回家后与妻子谈及此事，原来这女子竟与书生妻家有亲，性格高洁古怪。书生为女子鸣不平，要替她出气。忽见美妇人的侍儿前来道谢，并请书生前去饮酒洽谈。饮酒至半，侍儿背一个皮囊来，内有几个人头，都是“侮害”过书生的人。侍儿对书生说：“这是主母赠给你的礼物。”书生很吃惊，恐怕连累自己，意欲避去。侍儿取出一包药，用手指弹在头断处，只见人头缩小成李子一般，侍儿一一吃进口中，吐出核来。侍儿请书生为主母杀掉恶少年，书生谢绝。侍儿拿出一香丸说：“不需你动手杀人，只需点燃此香，人随香烟而去即可。”书生照此办理，不但为美妇人报了仇，且通过“畏关”考验，修炼成仙了。小说写得荒诞迷离，诡异别致，尤其是书生除恶一节，更是别具一格，意趣盎然：

生如指焚香，随烟而往，初不觉有墙壁碍，行处皆有光，亦不类暗夜。每至一处，烟袅袅绕恶少年颈三绕，而头自落。或独宿一室，或妻子共床寝，或初就枕，侍者执巾若麈尾、如意围绕未敢退，悉不觉不知。生悉以头纳革囊中，若梦中殊无畏意。于是烟复袅袅而旋，生复随之而返。到家，未三鼓也。烟甫收，火已寒矣。探之，其香变成金色，圆若弹，倏然飞去，铿有声。

剑而丸，丸而香，焚香剑出鞘，人随香烟飘，荒诞神异的故事中，除恶过程悠闲淡定，人物情状描摹逼真。《女红余志》的这三篇小说均有浓厚的宗教色彩，与唐宋剑侠小说相比，更具有道教“仙”气。其中《香丸夫人》和《侠妪》两篇，还被凌濛初在《初刻拍案惊奇》一书中的《程元玉店肆代偿钱　十一娘云冈纵谭侠》的引子里加以复述，由此可见其影响。

元代是剑侠小说创作的低谷，作品不多，佳作尤少。但元代的剑侠小说创作毕竟不是一片空白，少量作品仍写得十分神奇而富于情趣，且作品中表露出来的浓厚的道教仙家气息，也扩展了剑侠小说的创作视野，对后世剑侠小说的延续和发展起到了一定的作用。

三、明代文言剑侠小说

明代建国之初，天下大乱之后，人心思治，政策也较开明，社会相当安定。然而朱元璋坐稳了帝位以后，政策即有变更，严刑峻法，专制独裁。永乐年间，又重用宦官，增设“东厂”，与原有的锦衣卫并称“厂卫”，实行恐怖的特务统治。明代中后期，宦官专政，权奸擅权，朝政极度腐败，经济趋于崩溃，内忧外患，怨声载道。

明嘉靖年间以后，明初重农抑商的政策有所松动，商业和手工业得到了一定的发展，海外贸易增加，商品交换频繁。商业经济的繁荣促进了城市的兴旺，杭州、苏州、广州、武汉等都市，商贾辐辏，十分繁华。随着工商业的发展和城市的繁荣，市民阶层迅速壮大，形成了新的价值观念和文化品位，使明代的文学创作、审美情趣产生转变，迎合民间趣味，趋向世俗化、商业化。

明代统治者对文人士子的思想控制一向严密。在思想文化上，大力提倡程朱理学，科举考试限用《四书》朱注，又命文人编纂《五经四书大全》及《理性大全》，由礼部刊行天下。明代中期以后，由于王学的兴起，思想界开始活跃，在社会上兴起了一股张扬个性、肯定人欲的文化思潮。

在上述社会、经济和文化思想的影响下，明代文学呈现出新的气象，小说、戏曲成为文学的主流。而在小说方面，白话小说占据了统治地位，拟话本短篇小说大量涌现，并进而出现了鸿篇巨制的通俗长篇白话小说。相对而言，文言小说的发展不及白话小说，但比起唐宋元，在种类与内容上还是有所发展。其中文言剑侠小说比之宋元，似有超越，较之唐代，仍显不足。比较出色的作家作品有胡汝嘉的《韦十一娘传》，李昌祺的《青城舞剑录》，钱希言的《青丘子》、《顶缸和尚》、《飞剑斩湖蛟》，以及李绍文的《洙泾镇赵谷》等。

胡汝嘉，字懋礼，号秋宇，南京人。嘉靖三十二年（1553）进士及第，做过翰林编修，因言事忤上，出为藩参。明人顾起元在《客座赘语》中对他的生平著述有所介绍，说他“文雅风流，不操常律，所著小说书数种，多奇艳，间亦有闺阁之靡，人所不忍言。如《兰芽》等传者，今皆秘不传。所著女侠《韦十一娘传》，记程德瑜云云，托以诟当事者也"[1]。我们从顾起元的介绍中，知道胡汝嘉写有《韦十一娘传》，但这篇小说在中国早已失传，长期以来，学者们只闻其名，未见其书。1994年，此书由韩国传入中国，王汝梅、薛洪勣二位先生首先著文予以介绍，并在文章后附《韦十一娘传》。[2] 小说叙徽州商人程元玉行走于川陕间，一日，至一饭店吃饭。见一妇人骑驴而至，貌美而又威严。饭毕，夫人说没有带钱，店中人都羞辱她，程代为付饭钱，帮她解围。程在旅途中被盗贼欺骗，盗走全部货物，孤身一人困在荒山野岭之中。此时，一女子自称奉韦十一娘之命前来救他，并邀他至山中小庵住一宿。韦十一娘者，即骑驴妇人也。当晚，韦十一娘及其弟子款待程元玉。程问其缘由，韦十一娘自称是剑侠，并叙述了剑侠的历史和剑术之道，且明言："世之为守令而虐，使小民贪其贿，又戕其命者；世之为监司而张大威权，悦奉己而害正直者；将帅殖货不勤戎务，而因偾国事者；宰相树私党，去异己，而使贤不肖倒置者。此皆吾术所必诛者也。"天亮以后，韦送程下山至大道而别。程行数里，群盗举货物、仆马在路边相候。程收回货物、仆马，欲赠群盗金银，群盗因畏惧韦十一娘，均不敢接受。又十余年，程在蜀栈道中遇见韦十一娘弟子青霞，她声称有公事。后数日，蜀中某官暴卒，此人"好诡激饰名，阴挤人而夺之位"，程估计是剑侠所为。这篇小说的意义在于，首次对剑侠予以定义和总结，大致描述了中国剑侠故事的演变轨迹；其次，明确指出剑侠应干预社会，铲除不平，并列举了数种剑侠必须诛杀之辈，将剑侠的行为提高至一个崭新的境界。因此，《韦十一娘传》在中国剑侠小说发展史上有着承先启后的独特意义。还有两点需要指出，一是韦在学剑之前，曾嫁同里郑氏子，此人"喜游侠不事产业，数谏之，辄至反目"，认为游侠与剑侠有区别，褒剑侠而诋游侠；二是力戒外淫而肯定婚姻，韦十一娘的女弟子可以嫁人，对情欲并非一味排斥。这篇小说文字古朴，叙事简洁，往往通过对比状物写人，十分传神。如女弟子练剑一节：

---

① 顾起元：《客座赘语》（与《庚巳编》合刊），中华书局1987年版，第257页。

② 王汝梅、薛洪勣：《初论在韩国新发现的剑侠小说〈韦十一娘传〉——附〈韦十一娘传〉全文》，《吉林大学社会科学学报》1994年第3期。

韦即出二丸子向空掷之，数丈而坠，女即跃登枝梢，以手承之，不差毫发，接而拂之，皆霜刃也。其枝樛曲倒悬，下临绝壑，窅不可测。程观之，神夺体栗，毛发森竖，而韦谈笑自若。二女运剑为彼此击刺之状，初犹可辨，久之，则但如白练飞绕而已。食顷乃下，气不嘘，色不变。程叹曰："真神人也。"

以程生的观感写剑术的神奇，相较之下，突出了剑术的惊心动魄。而群盗奉还货物、拒收赠金的细节，更从侧面彰显出韦十一娘的神奇、果决和严厉。天启七年（1627），凌濛初将文言改编成白话，收入《初刻拍案惊奇》，改名为《程元玉店肆代偿钱　十一娘云冈纵谭侠》，基本保持了小说的原貌。古越东帆在传奇小说集《客中消遣录》中，又将凌氏的白话译为文言出版，由此可见这篇小说的魅力。

李昌祺的文言小说集《剪灯余话》中的《青城舞剑录》是一篇较为出色的剑侠小说。李昌祺，名祯，庐陵（今江西吉安）人。明永乐元年（1403）进士，选庶吉士，授礼部郎中，后出为广西补政使，曾参与编修《永乐大典》。《剪灯余话》系仿效瞿佑《剪灯新话》而作，"所载皆幽冥人物灵异之事"，是明代一部较为重要的文言小说集。其中《青城舞剑录》写得很有气魄。元代末年，真无本、文固虚两位道士依托在威顺王门下，二人"通剑术，晓兵，深于智略"，却未得到威顺王的重视。二位奇士鉴于元末的纷乱局面，向威顺王出谋划策，不被接纳，反遭斥责，二人遂题诗于黄鹤楼，明志遁隐。天下局势果如真、文二人所言，豪杰抗争，战乱纷起，威顺王父子皆遇难。明初，卫君美往西充探视兄长，归途被困，竟遇昔日好友真、文二君。二人带卫君美入青城山，在豪华楼阁中摆酒款待他。席间，二人纵论天下大事，自比宋初的道士陈抟。宴罢，又带他四处参观，但见"锦绮充盈，金玉山积，各有美人掌之"，后至一山岩中，"有骷髅百枚"，真、文二人告知："此世间不义之人，余得而诛之。"临别下山时，二人对卫君美赠物颇丰厚，又大展剑术，倏然而逝。这篇小说愤世嫉俗，以隐为高，盛赞"英雄回首即神仙"，豪迈的话语中浓缩着英雄失路的感叹，隐逸潇洒中回响着苍凉悲壮的旋律。小说构思新颖，情节奇特，行文佳丽，寓意深刻。明隆庆年间刻本《剑侠传》，将此篇收入附录中，改名为《青城剑术》。

钱希言，字简栖，常熟（今属江苏）人。博览好学，孤高耿介，恃才傲物，不愿干谒权贵，终至穷困而死。所撰著作多种，《狯园》是一部文言小说集，共十六卷，分为仙幻、释异、影响、报缘、冥迹、灵祇、淫祀、奇鬼、妖孽、瑰闻等类，皆记神仙怪异之事。其中《青丘子》、《顶缸和尚》、《李福达》三篇是剑侠小说，被清人郑观应收入《续剑侠传》中。《青丘子》内容较长，叙述细腻，很有特色。小说叙明嘉靖年间，有丹溪生王生好道，常跋涉名山大川，希图成就高蹈遐举之志。一次，误入深山，遇见了他的七世先祖王重阳。经王重阳指点，他赶往武当山拜剑仙青丘子为师。青丘子领着众徒弟守护炉鼎，铸剑六把。剑炼成后，给王生一把，并为其开脑后臂间藏之。王生往青城山修炼，一年后回武当山寻师，青丘子不知去向。王生下山，归途，忽见其师混迹乞丐之中，乃相随而去，不知所至。这篇小说深受道教文化的影响，对剑侠“炼”剑一事尤重细节描述。青丘子隐于武当山上炼剑，属下有青童玉女守炉看火，有专备炼剑的净室：

> 室中有药鼎，高数尺，周遭封固，紫焰光腾，照耀林壑，第教生以守炉看光，添缩薪炭，不得擅离妄视而已。每昼则有玉女持稠膏一筒，投鼎中，搅和之，鼎中声类霹雳。夜半则有青童复持稠膏，依前沃入，其声澌涛如旧。此室之中，玉女二人，青童二人，更番直应，日以为常。生偶问及鼎中何物，皆笑而不对。先生已具知之，愠怒诟责，便欲驱逐出门，众相跪请，乃止，后遂不敢发问。久之，丹鼎成矣。出其金液，计可六百余斤，分而为二，又折至七八斤而止。移至大磐石上，捣之，昼作夜息，渐渐而薄，因成铁片。择甲午、丙午诸日，铸成六剑，悬于绝壁之下，以飞瀑溅激其上，日月之光华烛之。历经旬朔，剑质始柔。

小说中详述的丹鼎炼剑之术，可看成是道教冶炼金石制作丹药过程的形象叙述，由此可见道教典籍与民间传说中有关剑的记载对剑侠小说的形成和发展是有巨大影响的。这篇小说袭承道教经典中区分仙侠等级之描写，首次在文学作品中划分神仙、剑仙之别，认为剑仙资质不及神仙，王重阳明确对王生说：“汝骨骼未就，因缘尚隔一层，今生只可学剑仙之术，游戏人间。”为后世剑侠小说区分剑仙、剑侠等级开了先例。小说中提及王重阳祖师，是迄今为止发现的最早关于王重阳与全真教的文学叙述，开后世武侠小说此类题材描写的先河。①

明代文言剑侠小说创作数量不多，特点十分明显，在剑侠小说的发展史上的影响不容忽略。其一，明代文言剑侠小说中，剑侠有着强烈的社会责任感，勇于干预社会，强调“剑术”为公，剑侠成为公平正义的代言人。二是深受道教文化的影响，言谈举止，迹同仙幻，尤其对剑侠修炼“剑术”的正面描写更可看作是道教徒虔诚修行的形象表述。

明代编辑剑侠小说集兴盛一时，《剑侠传》、《增订剑侠传》、《二侠传》、《女侠传》等辑本纷纷而出，其中最有影响的辑本是《剑侠传》。《剑侠传》，不知何人所辑，最早见于吴琯《古今逸史》本中，共四卷，托名唐段成式撰，显系伪托。《剑侠传》何时编辑成书，漫不可考，大约是明初的辑本。从所选篇目及分卷来看，此书是在《太平广记》“豪侠”类的基础上扩编而成。

《剑侠传》一书有四卷本和一卷本两种②，现存于《古今逸史》、《秘书二十一种》、《丛书集成初编》、重编《说郛》、《五朝小说》、《唐人说荟》、《龙威秘书》、《唐代丛书》、《说库》、《艺苑捃华》诸丛书中，隆庆三年己巳（1569）春三月履谦子又刊刻《剑侠传》新本，在四卷本的基础上附录一卷。

四卷本见《古今逸史》中，题明新安吴琯校，不著作者和各篇出处，是诸丛书中唯一的明代刊本，所收共33篇。卷次和目录如下：

卷一：老人化猿、扶余国王、嘉兴绳技、车中女子、僧侠、京西店老人、兰陵老人；

卷二：卢生、聂隐娘、荆十三娘、红线、田膨郎；

卷三：昆仑奴、许寂、丁秀才、潘将军、宣慈寺门子、李龟寿、贾人妻、虬须叟、韦洵美、李胜、乖崖剑术；

卷四：秀州刺客、张训妻、潘扆、洪州书生、义侠、任愿、花月新

---

① 刘荫柏最早提出这一观点，参见《中国武侠小说史》（古代部分）第五章第四节，花山文艺出版社1992年版。

② 《四库全书总目提要》谓二卷本，所据《古今逸史》。检今存《古今逸史》本为四卷，诸丛书均未见二卷本，《四库》所题有误。

闻、侠妇人、解洵娶妇、郭伦观灯。

《秘书二十一种》是康熙七年（1668）由星源汪士汉根据《古今逸史》刊版重编印本，《丛书集成初编》是民国廿四年（1935）至廿六年（1937）上海商务印书馆以《古今逸史》本为底本的排印本，其所收《剑侠传》全同于《古今逸史》四卷本。

一卷本最早见于丛书重编《说郛》。重编本《说郛》一百二十卷，姚安陶珽于顺治三年（1646）编次，目录前标明“天台陶宗仪纂，姚安陶珽编辑”，此书收《剑侠传》一卷，共11篇，分别为《老人化猿》、《车中女子》、《僧侠》、《京西店老人》、《兰陵老人》、《卢生》、《聂隐娘》、《荆十三娘》、《红线》、《田膨郎》、《昆仑奴》，仅著“唐”，不著作者，亦不注明出处。《五朝小说·唐人百家小说》是据《说郛》、《说郛续》刊版重编印本，录有《剑侠传》一卷，全同重编《说郛》，唯书册封面著作者为“段成式”。《唐人说荟》、《龙威秘书》、《唐代丛书》、《艺苑捃华》、《说库》皆乾隆年以后辑本，都录有《剑侠传》一卷，共12篇，与重编《说郛》本比较，少了《红线》一篇，多出《贾人妻》、《虬须叟》两篇，皆署名“唐段成式”。

隆庆三年（1569）刻本《剑侠传》是较早的一个辑本，它是在四卷本的基础上附录了一卷，多出四篇：《张守一》、《张祐》、《白廷让》、《青城剑术》。《张守一》写吕用之荐假剑客张守一惑高骈事，见唐人郑廷诲《广陵妖乱记》（一说此书为罗隐撰），编者对原文略加修改。《张祐》出自唐冯翊《桂苑丛谈》，原名为《崔张自称侠》。《白廷让》即宋人张齐贤《洛阳缙绅旧闻记》中的《白万州遇剑客》。《青城剑术》一篇为明初李昌祺《剪灯余话》卷二中的《青城舞剑录》，编者亦略加改写。卷首写有韬庵居士《〈剑侠传〉引》，卷末有刻印者履谦子作的《刻〈剑侠传〉跋》。

吴琯在《古今逸史·自序》中有一段话：

剑侠实刺客之余烈，若此之科，不容曲述。至于据事，则事颇区详；酌言，则言殊瑰铄矣。抑涑水氏之类，史也。事言无系，则正史宁削而不书；政教有关，则异书旁采而不废。逸史之目，端有此耳。

吴琯认为剑侠源于刺客，史书因为其人其事过于神奇荒诞，不予记载，但剑侠行事利于民心，所以野史予以采录。韬庵居士《〈剑侠传〉引》亦云：

凡剑侠，经训所不载，其大要出庄周氏、《越绝》、《吴越春秋》，或以为寓言之雄耳。至于太史公之论庆卿也，曰："惜哉，其不讲于刺剑之术也！"则意以为真有之。不然，以项王之武，喑呜叱咤，千人皆废，而乃曰无成哉！夫习剑者，先王之僇民也。然而城社遗伏之奸，天下所不能请之于司败，而一夫乃得志焉。如专、聂者流，仅其粗耳，斯亦乌可尽废其说。然欲快天下之志，司败不能请，而请之一夫，君子亦可以观世矣。①

韬庵居士指出剑侠确实存在，虽然经典不予记载，但剑侠事迹在一些诸子野史中记载得较详细，并且引用《史记》中的《项羽本纪》和《刺客列传》中有关"剑术"的描写予以说明。同时，韬庵居士还指出了剑侠产生的社会原因以及剑侠与刺客之间的必然联系。可见，我国古人并不仅仅将剑侠故事作为谈资，而是认为确有其事，并对社会和民心有一定的积极作用。这种认识代表了当时社会的一种普遍倾向。

《剑侠传》所辑全是唐宋时期的剑侠小说精品，选篇颇精，不失为文言剑侠小说的优秀选本，也是研究唐宋时期剑侠小说的重要资料。此书曾引起不少学者的兴趣。鲁迅在《中国小说史略》中指出所谓唐段成式撰本《剑侠传》系明人伪作。余嘉锡先生在《四库提要辨证》中则考订是书为明人王世贞编撰。赵景深先生在《中国小说丛考》中对《剑侠传》各篇加以具体考证，给其中23篇注明出处。今人刘荫柏先生在其研究论文中断言《剑侠传》绝非王世贞所作，且存在着四卷本、二卷本两套系统②。

《增订剑侠传》，又题作《续剑侠传》，五卷，明周诗雅编辑。周诗雅，字延吹，武进（今属江苏）人。万历四十七年（1619）进士，撰有《静文堂稿》、《楚汉余谈》、《南北史钞》等著作。据现存明刊本《增订剑侠传》

① 这篇《〈剑侠传〉引》又见于王世贞《弇州山人四部稿》卷七一，更名为《〈剑侠传〉小序》，余嘉锡据此考订《剑侠传》的作者是王世贞。

② 参见刘荫柏：《隆庆刻本〈剑侠传〉叙录》，载《文学遗产》1985年第2期。

自序，作者于万历庚戌年（1610）曾刻有《剑侠传》一书，也是五卷本，当与今存的《剑侠传》四卷本、一卷本皆不同，惜未见，可能已佚失。《增订剑侠传》是五卷本《剑侠传》的补编。共收作品120篇，自春秋战国迄于明，以年代先后为序。各篇不注明出处，妄改篇名，文字亦有改动。此书取材标准过于宽泛，所选作品大多不是剑侠小说，使人读后有漫漶庞杂之感。卷首有作者在明万历四十年（1612）仲春写的一篇《〈续剑侠传〉叙》，其文云：

> 剑侠之说，隐形冲举，飞刀而取人头者，此幻化之论也。而儒者止言其理，则有义激纳肝，志坚击齿，拜南徐之墓草，心许斯在；想吴门之匹练，英气未降。以至白面小郎，报母命于椎下；红颜弱女，申大义于都中。此宁止双丸修怨，一剑怀私者哉?①

认为剑侠的剑术神通只是“幻化之论”，不足为凭，令人感奋的是侠义精神，并试图将侠义行为与儒家伦理相互贯通，以此警醒世人，纯净社会。本着这种观念，作者在编辑故事时，虽选编了不少武侠内容，但侧重于烈士义女、猛将节妇，造成体例泛滥。这表明在对“剑侠”的认识上，周诗雅与《剑侠传》（四卷本）的编辑者是有分歧的，代表着另一种社会倾向。

《二侠传》，二十卷，明徐广编。徐广，生平事迹不详。《二侠传》今存明万历四十一年（1613）刻本。书前有作者自序，谓此书是作者“检箧中所藏者十一，合搜罗所得者十九，汇为二十卷。卷内各因时代相次，自周至元。男始甾丘䜣，终以郑思肖；女始宣姜后，终以吴氏女，共一百七十八人”。然从作品来看，男侠十二卷，共七十人，女侠八卷（卷一三至卷二〇），目录为一百零六人，附录一篇“侠妪”，正文中卷十四缺“代夫人”一篇，实际内文所收女侠只有一百零六人，全书所录男侠女侠共一百七十六人。至于此书的书名，序中说：“标曰二侠传，盖取男之礫然于忠孝，女之铮然于节义。”作者所以编辑此书，自序中也已道明：

① 明万历四十年（1612）刻本卷首叙。

余读史至司马迁游侠传，未尝不掩卷叹曰：“公道波无，安能得彼热肠易此冷眼哉。”……豫让不忘仇，侠以成其忠；聂政知有母，侠以成其孝；陵母坚子志，侠以成其节；红线分主忧，侠以成其义。如伍员、弘演、陶母、绿珠等，悉一时慷慨成千秋卓越。吾人方欲肩荷纲常，手辟事业，可无此一段浩然气耶！①

可见，作者编辑此书，既有感于世道不公，又是对古代游侠精神的呼唤，同时，又将侠义精神与儒家伦理纲常相提并论，欲借侠义整肃纲常，熏陶人心，彰显儒家伦理。正因为此，《二侠传》的编选体例驳杂不纯，入选者既有历史人物，也有小说人物，既有行侠仗义之事，也有忠孝节行之举，并不是纯粹的文言剑侠小说选本。

《女侠传》，一卷，明邹之麟编。邹之麟，生平事迹待考。《绿窗女史》、《说郛》续集、《五朝小说》、《五朝小说大观》等丛书均收录。此书将女侠分为豪侠、义侠、节侠、任侠、游侠、剑侠六大类，目次如下：

豪侠：漂母、张耳妻、齐姜、僖负羁妻、濑女、文君、梁夫人；
义侠：如姬、聂荣、鲁保母、魏乳母、庞娥亲；
节侠：虞姬、绿珠、段东美；
任侠：昭君、木兰、莒妇、缇萦；
游侠：陶母、泽姬、络秀、独孤氏；
剑侠：红线、聂隐娘、贾人妻、三鬟女子、车中女子。

从篇目来看，此书选材较宽，只有剑侠类五篇是唐人剑侠小说，《剑侠传》也收录，其余各篇均不是剑侠小说。此书每一分类前均有一篇评述，其中“剑侠类”写道：

鲁勾践之称荆轲曰：“惜哉，其不讲于剑之术也！”夫白日杀人都市，人不知觉，付以刀圭立化。呼吸千里，度城郭门堂屋壁无碍，是遵何术与？天下无道则见，有道则隐。大抵伺诸鬼神之淆乱，以窃借其灵，近于

① 明万历四十一年（1613）刻本卷首自序。

怪矣。红线、聂隐，根托再来，法传幽穴，飘忽窅眇，殆仙而鬼神其术耶！然能行之侯王将相，不能加无道之始皇。贼杀魑魅不轨，未闻毒诸端人正士，盖取道小而行直方者也。世有负心小丑，不足辱朝廷之斧钺，而天下甘心焉。倘非以轻剑击之，恶能胜其任而愉快乎？[①]

从评述短文来看，作者对剑侠神出鬼没的本领是既相信又佩服的，认为这是仙道神术。但他强调，剑侠的行为属于“小道”，虽不能对付无道残暴的君王，却可以除去世间的“负心小丑”，足以为人们一抒胸中的郁闷。《女侠传》是女性侠义故事的第一本专辑，此前《二侠传》虽将众多女侠故事编列成卷，却并没有辑录女侠故事成为专书，汇集女侠故事而出专辑，这是邹之麟的首创。

第二节　白话剑侠小说的演变

中国的白话小说起源于古代的说唱艺术。以说唱的形式讲述故事，在我国有着悠久的历史。在成都出土的文物中，发现有东汉时期的“说书俑”，观其形态，手舞足蹈，正是古代说书艺人讲到故事的紧要关头的生动写照，说明说唱技艺在汉代已经开始走向职业化。魏晋时期，“诵俳优小说”流行于社会，曹植能“诵俳优小说数千言”，这种“俳优小说”当是一种诉之于听众的口头表演的艺术形式，其内容应以故事、笑话为主。到了隋唐时期，“说话”已经成为一种专门的表演艺术，隋代笑话集《启颜录》载，杨素手下散官侯白，以“能剧谈”而得到杨的器重，杨素的儿子杨玄感曾对侯白说：“侯秀才，可以（与）玄感说一个好话。”唐代郭湜《高力士外传》也提及“说话”：“每日上皇与高公亲看扫除庭院，芟薙草木，或讲经、论议、转变、说话，虽不近文律，终冀悦圣情。”可见唐代宫廷中已有“说话”流行。而唐代民间“说话”，有讲三国故事的，有讲

---

① 《说郛续》卷二三，《续修四库全书·一一九一·子部·杂家类》，上海古籍出版社影印本。

士子与妓女爱情故事的，其名目散见于文献之中。元稹《酬翰林白学士代书一百韵》："翰墨题名尽，光阴听话移。"元自注云："尝于新昌宅说《一枝花》话，自寅至巳，犹未毕词也。""《一枝花》话"，就是当时流行于民间的李娃的故事，可见这时"说话"已成为一种专门的说唱表演艺术。《一枝花》的话本虽已佚失，但从现存的唐代话本《庐山远公话》、《韩擒虎话本》、《叶静能诗》等篇中，仍可看出唐代的说话技艺已经相当成熟了。

此外，唐代还盛行一种说唱形态——俗讲。俗讲源于佛教的讲经活动，其形式特点是采用韵散相间的表述方式，铺叙情节，阐释教义，张皇佛法，广邀布施。俗讲的题材，由单纯的演说经文和佛经故事逐渐演变为讲唱民间传说、历史故事和市人生活的内容，如《秋胡变文》、《伍子胥变文》等。这种俗讲形式对白话小说的发展起到了一定的推动作用。

宋王朝结束了晚唐五代时期的战乱，国家重新获得了统一，生产力也得到进一步的发展。随着农业的恢复和发展，手工业、商业也逐步发展和提高，城市经济出现了空前的繁荣。据孟元老《东京梦华录》、周密《武林旧事》等书记载，北宋的都城汴京（今河南开封）、南宋的都城临安（今浙江杭州）以及建康、成都等城市，商贾辐辏，人口众多，百业兴盛，歌舞繁华。城市经济的繁荣，形成了庞大的市民阶层，为满足市民娱乐的瓦舍勾栏纷纷设立，说话艺人增多，民间说话呈现出职业化、商业化的特点。按耐得翁《都城纪胜》、孟元老《东京梦华录》等书的说法，"说话"分为四家，以故事题材作为划分标准，各有门庭，自成路数。随着说话艺术的日益兴盛发达，书场中出现了专门编写故事文本的组织"书会"。书会的成员大多是富有才华和文学功底的落魄文人，他们对粗浅简陋的说话底本和民间传说故事进行加工，创造了可供阅读的白话小说——话本。宋元小说话本还处于白话短篇小说的初级阶段，到了明代中叶，一些有志于白话小说创作的文人在润色、加工传统旧篇的同时，开始有意识地模仿宋元小说话本的样式进行独立创作。这类模拟而独创的白话短篇小说被称为

“拟话本”[①]。拟话本虽然保留了话本小说的体制，但它已完成了由听觉向视觉的转换，艺术描写趋向细腻，小说语言文雅规范。拟话本的出现，使中国古代白话短篇小说进入了完全成熟的新阶段。

在话本小说中，剑侠题材的作品极少。从文献记载来看，宋代已有作品流行。《醉翁谈录》一书对宋代“说话”伎艺及资料有较详细的记载，书首《舌耕叙引》下的《小说引子》和《小说开辟》两篇记录得尤为详备，并依据内容将话本分为灵怪、烟粉、传奇、公案、朴刀、杆棒、妖术、神仙等类别。[②] 在“妖术”类中，列有《西山聂隐娘》、《红线盗盒》、《皮箧袋》等名目。这几篇话本虽已佚失，但从书名来看，《西山聂隐娘》的本事当出自裴铏《传奇》，叙述剑侠聂隐娘之事。[③]《红线盗盒》应出自袁郊《甘泽谣》，讲述剑侠红线夜入魏博节度使田承嗣府内盗取金盒之事。《皮箧袋》的本事，或以为出自宋王铚《补侍儿小名录》所引《灯下闲谈》，叙剑侠为韦洵美盗回被显宦强行霸占的宠妾素娥一事[④]；或以为出自凌濛初《初刻拍案惊奇》卷四《程元玉店肆代偿钱　十一娘云冈纵谭侠》中入话所叙香丸女子一事[⑤]。但“香丸女子”是元代女作家龙辅《女红余志》中的一篇剑侠小说，宋话本《皮箧袋》与此篇当无关联。

明人创作的白话短篇小说数量极多，但剑侠题材的作品极其有限，主要留存于冯梦龙的“三言”和凌濛初的“二拍”中。冯梦龙（1574—1646），字犹龙，别署龙子犹，号墨憨斋主人，长洲（今苏州）人。冯梦

① “拟话本”之名由鲁迅提出。鲁迅《中国小说史略》一书第十三篇篇目为“宋元之拟话本”，而此篇所谈作品系《青琐高议》、《大唐三藏法师取经诗话》、《大宋宣和遗事》等宋元小说；第二十一篇“明之拟宋市人小说及后来选本”论及“三言”、“二拍”、《西湖二集》等作品，称之为“拟宋市人小说”。学界所谓“拟话本”通常指后一类作品。

② 《醉翁谈录》著录的故事名目，孙楷第、谭正璧等学者认为是话本名目，而胡士莹在《话本小说概论》中认为，其中只有一部分是话本名目，大部分是口头“话”的纪录，“它的内容，全是有关‘说话’的叙述，而不是‘话本’的纪录，与书目的性质不同”。

③ 此篇的本事，孙楷第《中国通俗小说书目》、胡士莹《话本小说概论》皆认为出自唐袁郊《甘泽谣》，谭正璧《话本与古剧》则认为出自裴铏《传奇》，且将此篇析为《西山》、《聂隐娘》两篇，认为《西山》下疑有脱字。

④ 参见胡士莹：《话本小说概论》，中华书局1980年版，第259页。

⑤ 参见谭正璧：《话本与古剧》，上海古籍出版社1985年版，第40页。

龙出身书香门第，少有才名，诗文俱佳，却怀才不遇，蹭蹬场屋。他广爱交游，流连山水，尤喜爱民歌、小说与戏曲。57 岁时才补了一名贡生，61 岁时，以岁贡选授福建寿宁知县。在任期间，“政简刑清，崇尚文学，遇民以恩，待士以礼”。清兵南下时，他“悲愤莫喻”，在浙中进行抗清宣传，江浙不守，忧愤而卒，终年 73 岁。冯梦龙一生著述甚富，“三言”（《喻世明言》、《警世通言》、《醒世恒言》）是其代表作品。凌濛初（1580—1644），字玄房，号初成，别署即空观主人，乌程（今浙江湖州）人。12 岁入学，18 岁补廪膳生，此后科场一直不顺。55 岁授上海县丞，63 岁擢徐州通判，分署房村。李自成部进逼徐州，忧愤呕血而死。“二拍”（《初刻拍案惊奇》、《二刻拍案惊奇》）是他的代表作品。剑侠小说在“三言”、“二拍”中的具体篇目为《杨谦之客舫遇侠僧》（《喻世明言》卷一九）、《李汧公穷邸遇侠客》（《醒世恒言》卷三〇）、《吕洞宾飞剑斩黄龙》（《醒世恒言》卷二一）、《旌阳宫铁树镇妖》（《警世通言》卷四〇）、《程元玉店肆代偿钱　十一娘云冈纵谭侠》（《初刻拍案惊奇》卷四）。下面分篇予以介绍。

《杨谦之客舫遇侠僧》叙南宋时期，浙江永嘉人杨谦之倜傥有大节，博学雄文，授贵州安庄县令。而安庄县“地接岭表，南通巴蜀，蛮獠错杂，人好蛊毒战斗，不知礼仪文字，事鬼信神，俗尚妖法”，杨十分惶恐。赴任途中，他结识了一位伏牛山的僧人，此僧乃剑侠之流，深通法术。两人相谈甚欢，和尚便介绍自己的侄女李氏前来为杨谦之保驾。李氏也是剑客，知晓天文，深谙法术，一路上定风波，退兵厄，他们终于平安到达安庄县境。杨到任后，当地土族前来寻衅，深夜又化作怪物入县衙行刺，却被李氏用金针和符咒破解，使当地土人叹服。三年之后，杨谦之任满返回故里，途中又遇侠僧，原来李氏本有夫婿，需要归还原主。谦之与李氏真情难断，哭了一夜，天明分手，做官所得财物也分作十份，杨得六份，李氏得三份，和尚得一份。小说中“侠僧”的形象较为奇特，只因杨谦之对他尊崇有加，肯把心里的难处说给他听，“这和尚见杨益开心见诚，为人平易本分”，便倾心相助，出钱出力，救人救彻，其侠心热肠只不过是对杨的礼遇的回报。作者也是在告诫世人，接人待物要遵循礼数，正如结尾诗所云：“随地相逢休傲慢，世间何处没奇人？”“侠僧”一出场给人的感觉就是性格粗鲁，行为蛮横，与人同船赶路，却要别人煮茶做饭给他吃，稍不遂心，“口里千小人万小人骂众人”，别人回敬他，他便用法术困住众人，一副恃强霸道的嘴脸。杨谦之任满回归途中，他又“主张把宦资作十份”，自己也取一份，救人图报，“侠光”顿敛。女剑侠李氏精通法术，“生得妖娆美貌，又兼秉性温柔，百能百俐”，杨谦之平安无事，全仗此女之功。但是她本有丈夫，三年中却与杨“彼此相爱，就如结发一般”，分手时依依不舍，如同生离死别。在剑侠小说的发展史上，“侠情”题材明代以前极少涉及，剑侠对“情”不甚看重，即使有也持草率态度，如《聂隐娘》、《贾人妻》、《崔慎思妾》等篇。宋代有所变化，《解洵娶妇》、《花月新闻》等均写到“情变”内容，但如此篇中的“借妻”之说，极为罕见，观念大胆，惊世骇俗，且不合社会伦理。最后李氏也分得三份资产，图财受报，更无“侠”字可言。这篇小说整体格调不高，侠僧、侠女形象的塑造可能受到明中叶以后社会思潮的影响，主情反理，张扬个性，好货好色，代表了特定时期市民阶层的物质和精神追求，而传统游侠的色彩黯淡了许多。

《李汧公穷邸遇侠客》，本事出自皇甫氏《原化记·义侠》，《太平广记》卷一九五引，明四卷本《剑侠传》亦载，均题作《义侠》。但《义侠》所叙畿尉无名无姓，此篇则指明是李汧公，因此谭正璧、胡士莹等学者皆以为本篇故事又取自《国史补》卷中《故囚报李勉》条，杂凑而成。此故事古文献中颇多记载，《类说》卷二六《国史补》题作《刺客》；《唐语林》卷四“自新”类中亦载；《北梦琐言》卷九亦引此文，李勉误作李公沂。而小说所写被劫富户王元宝，实有其人，为唐代有名富室，钱易《南部新书》有记载。由此可见，冯梦龙在改编旧文时，注意引入历史掌故，以增加小说内容的真实性。

小说叙唐天宝年间，士人房德家贫如洗，妻子不贤，了无生计，被一群强盗胁迫入伙，在第一次行劫中即被抓获。畿尉李勉在审问此案时，念其初犯，又是被胁迫，且可惜他一表人才，便偷偷将其放走。李勉因此而被罢官。李勉弃官之后，带着家佣寻访故知。一日，路经柏乡县，县令正是昔日放生的狱囚房德。房德热情款待恩人，同时，又怕做强盗一事泄漏。其妻贝氏心疼钱财，唆使房德杀死李勉，房德竟然恩将仇报，企图害死李勉。仆人路信偷听到此事的来龙去脉，遂与李勉主仆逃逸。房德捏造事实，诬陷李勉，哭请剑侠为他报仇，剑侠不明所以，慨然应承。李勉一行逃离后，在一家村店住宿，众人说起房德忘恩负义之事，十分气愤。正说之间，床下突然蹿出一个大汉，声称："咱乃义士，平生专打抱不平，要杀天下负心之人。"说毕，疾飞而去。少时，义士飞回，已杀了房德夫妇，割去首级，并用药化为清水。后李勉官复原职，迁为监察御史，在长安街上遇到义士。义士请李勉到家中小叙，李勉欣然相从。见义士家中富丽堂皇，二人谈论甚欢，至晚而散。次日，李勉复往，只存一座空宅了。

这篇小说虽是改编加工旧作而成，但情节变化奇巧，伏笔呼应自然，而人物形象的塑造尤为突出。作者先从房德入手，叙述他"生得方面大耳，伟干丰躯"，家贫落魄，"全亏浑家贝氏纺织度日"，因此经常被妻子欺负，"渐渐有几分惧内"。一日，房德被妻子辱骂，憋气出门，途中遇雨，奔入寺庙躲避。在寺中，偶然见墙上画了一只无头禽鸟，一时手痒，借笔墨将鸟头补上，由此惹出祸端，被强盗胁逼入伙。这段描述极具生活气息，既交代了房德被逼做强盗的社会及生活环境，又讲述了其夫妻关系的尴尬，逼真地摹写出房德在威逼、利诱下的心理变化，从不情愿，到"沉吟未答"，再到"移动其念"，最后"死心塌地"，出谋划策，一步步走入罪恶的深渊，而家庭中夫妻关系的描写则为他日后忘恩负义埋下了伏笔。小说开篇交代了房德品质的变化，在后面的情节中又写他有心投靠安禄山，冒充房玄龄之后，虚荣心极强。如此卑劣的人品，在老婆"说出许多利害"的唆使下，自然会狠下心肠，恩将仇报，杀人灭口了。至于在剑侠面前捏造说辞，诬陷恩人，"假意啼哭"，备陈冤情，更见出此人的厚颜无耻、人面兽心。书中剑侠的形象塑造得神秘怪异、豪爽正直。先由县吏陈颜讲述此人怪异神奇之处：

> 小人间壁，一月前有一异人，搬来居住，不言姓名，也不做甚生理，每日出去吃得烂醉方归……忽一日，有一豪士青布锦袍，跃马而来，从者数人，竟到此人之家，留饮三日方去……有一个人悄对小人说："那人是个剑侠，能飞剑取人头，又能飞行，顷刻百里。且是极有义气，曾与长安市上代人报仇，白昼杀人，潜迹于此。"①

---

① 冯梦龙编，钟仁校注：《醒世恒言》卷三〇，陕西人民出版社 1992 年版，第 682 页。

从陈颜的讲述中，我们已大略窥探出此剑侠来历蹊跷，行踪诡秘，与众不同。随后房德携金拜访，编造冤情，恳求哭诉。此人不惧官威，不为利动，听诉冤屈，方勃然大怒，声称："咱一生路见不平，拔刀相助，哪个希图你的厚报？这礼物咱也不受。"飘然出门，其去如风。写出其人的豪侠本色，非凡本领。当他得知事情真相后，义愤填膺，誓杀忘恩负义之贼，"即出庭中，耸身上屋，疾如飞鸟，顷刻不见"。李勉主仆惊异非常，守至五更时分：

忽见一道金光，从庭中飞入，众人一齐惊起，看时正是那义士。放下革囊，说道："负心贼已被咱刳腹屠肠，今携其首在此。"……道罢，向怀中取一包药儿，用小指甲挑了少许，弹于首级断处，举手一拱，早已腾上屋檐，挽之不及，须臾不知所往……看那人头时，渐渐缩小，须臾化为一搭清水。①

剑侠神奇的本领，正直无私、疾恶如仇的性格，隐于市井的怪诞举止，神龙见首不见尾的诡秘行踪，都被作者渲染得淋漓尽致。

《吕洞宾飞剑斩黄龙》，此篇本事，胡士莹云"出《指月录》"②，谭正璧说："卷二一《吕洞宾飞剑斩黄龙》，本事略同明抄本《吕纯阳点化度黄龙》杂剧（有《孤本元明杂剧》本），但前者叙纯阳为黄龙所降服，后者恰与之相反，佚名有《万仙录》传奇（见《曲海总目提要》），黄龙事同本篇。"③ 小说叙吕洞宾跟随钟离在终南山学道，一日，欲下山度脱众生，临行，钟离先生赐予降魔太阿神光宝剑，"此剑能飞取人头，言说住址姓名，念咒罢，此剑化为青龙，飞去斩首，口中衔头而来。有此灵显。有咒一道，飞去者如此如此。再有收回咒一道，如此如此"。师徒约法三章：第一，不要寻衅和尚；第二，不可失落宝剑；第三，下山期限三年。吕洞宾化形入世，三年将满，不曾度得一人。一天，行至江西黄州黄龙山下，听说黄龙山黄龙寺黄龙禅师在此说法，广开方便之门，普度众生，听经闻

---

① 冯梦龙编，钟仁校注：《醒世恒言》卷三〇，陕西人民出版社 1992 年版，第 688 页。

② 参见胡士莹：《话本小说概论》，中华书局 1980 年版，第 564 页。

③ 参见谭正璧：《话本与古剧》，上海古籍出版社 1985 年版，第 139 页。

法者，每日数以千计。吕洞宾闻言激起好胜之心，前往黄龙寺与黄龙禅师斗法。斗法不胜，夜至三更，用飞剑去斩黄龙僧，又被黄龙以法禁住飞剑。吕洞宾无计可施，只得回终南山请师父解决。钟离先生训斥了吕洞宾之后，修书一封，命吕前往取剑。吕洞宾经此一事，大彻大悟，从此定性，修真养道，终成神仙。邓志谟白话小说《吕纯阳飞剑记》第五回“吕纯阳宿白牡丹　纯阳飞剑斩黄龙”也演述此故事，但内容颇有出入，可能出于不同的民间传说系统。

严格来说，这篇小说不能算是正宗的剑侠小说，应列入道教小说。但书中有关飞剑取人头的表述对剑侠小说中神奇的“剑术”描写不无影响。且钟离仙师与黄龙禅师之间的书信往来，一云：“丹在剑尖头，剑在丹心里。若人晓此因，必脱轮回死。”一答：“丹只是剑，剑只是丹。得剑知丹，得丹知剑。”两人问答有若参禅，但“剑丹合一”的表述，则是道教修炼术与剑侠“剑术”修炼合二为一的“道侠一体”观在文学中的具体演绎，表现出道教思想对剑侠小说发展的重要影响。

《旌阳宫铁树镇妖》，胡士莹《话本小说概论》指出：“本篇头回出《神仙传》卷一《老子》。正文即明人邓志谟的《新镌晋代许旌阳得道擒蛟铁树记》二卷十五回，一名《许仙铁树记》，其故事见于唐段成式《酉阳杂俎》卷二《玉格》，事极简略。按《太平广记》卷一四有《许真君》、《吴真君》，即本篇的许逊、吴猛。卷一五有《兰公》，卷六二有《湛母》，亦见本篇。知本篇乃串合许多故事渲染衍化而成。”① 所论甚是。这篇小说叙述晋代许逊、吴猛及其弟子得道斩蛟、为民除害之事。道德天尊太上老君李耳寿诞之日，各路神仙前来贺喜。太白金星言道：“四百年后将有蛟妖横行人间，如无人降伏，千百里之地，必化成中洋之海。”老君曰：“四百年后，西山当出异人，姓许名逊，为群仙领袖，殄灭妖邪。今需一仙下凡，传授道法于世。”于是，孝悌王下凡，传道于兰期，兰期传道于湛母，湛母传道于许逊。许逊得到仙家妙诀，又得玉帝所赐斩妖神剑，遂将道法神术传于吴猛等人。此时孽龙危害百姓，洪水泛滥，民不聊生。许逊与其弟子遂替天行道，斩杀蛟龙余孽，经过长期征战，许逊、吴猛等人终于荡尽妖氛，功行圆满，上升天界，位列仙班。

---

①　参见胡士莹：《话本小说概论》，中华书局1980年版，第558页。

小说的主要故事情节有着浓郁的民间文学色彩和浓烈的宗教气息，从严格的意义上来说，它不是纯正的剑侠小说。但是这篇小说的故事情节又是由许逊学道、斩蛟的神奇经历构成的，这种修真养炼、积累功德的过程与剑侠小说中剑侠游历江湖、修炼剑术、铲除魔怪的过程十分相似。故事中的孽龙是邪恶势力的代表，它“能千变万化，于是呼风作雨，握雾撩云。喜则化人形而淫人间之女子，怒则变精怪而兴陆地之波涛。或坏人屋舍，或食人精血，或覆人舟船，取人金珠，为人间大患”。许逊师徒施展神威，诛杀蛟党，既是修真成仙的必要磨炼，也可使黎民免遭迫害，宗教行为中闪烁着侠义的光芒，正是剑侠小说中“道侠一体”观的具体阐述。小说中许逊等人斩蛟除怪的兵器是玉帝赐予的两口斩妖神剑，其弟子曾亨对这神剑有一番夸耀：

少年曰：“仆家居长安，累世崇善。远闻许公深有道术，诛邪斩妖，必仗神剑，愿闻此神剑，有何功用?”曾亨曰：“吾师神剑，功用甚大，指天天开，指地地裂，指星辰则失度，指江河则逆流。万邪不敢挡其锋，千妖莫能撄其锐。出匣时，霜寒雪凛，耀光处，鬼哭神愁，乃天赐之至宝也。”①

除神剑之外，许逊的御剑之术是道教的所谓腾飞之术、正一斩邪之法以及符箓、金丹之类道术。这种对剑的神话以及御剑之术的描写，深受中华民族崇剑文化心理和道教文化思想的影响，对剑侠小说中“剑术”的形成和发展有着十分重要的作用。

《程元玉店肆代偿钱　十一娘云冈纵谭侠》是一篇十分精彩的剑侠小说。这篇小说的本事，作者在小说结尾言道：“此是吾朝成化年间事，秣陵胡太史汝嘉有《韦十一娘传》。”可见此篇白话小说是改编自明人胡汝嘉的文言小说《韦十一娘传》。《韦十一娘传》在中国久已失传，存于朝鲜翻印本《删补文苑楂橘》。孙楷第《日本东京所见小说书目》录《删补文苑楂橘》二卷，认为此书“系高丽抄本。……此《文苑楂橘》或为朝鲜人翻

---

① 冯梦龙编，严敦易校注：《警世通言》卷四〇，人民文学出版社1956年版，第623页。

明本，或是当时朝鲜人选宗邦之文……其刊书年代，至早应在万历以后耳”①。1994年，《韦十一娘传》从韩国传入中国，王汝梅、薛洪勣在《吉林大学社会科学学报》撰文予以介绍，并在论文后附《韦十一娘传》全文。

这篇白话小说讲述的是“一个有侠术的女子，救着一个落难之人，说出许多剑侠的议论”的故事。明朝成化年间，徽州商人程元玉行走于川、陕之间做生意。一次，他在饭店里为一位素不相识的女子付了饭钱，当他遇到盗匪抢劫时，这位女子救了他，并帮她夺回被劫的财物、仆人和马匹。女子邀请他到庵中住宿一夜，并让徒弟们做饭款待。程元玉从女子的讲谈中得知，女子叫韦十一娘，是一位剑侠，因见程修雅、庄重，很讲义气，所以救他。程元玉问起剑侠之事，韦十一娘为他一一讲解剑侠的历史、剑术的神奇、剑侠与刺客的关系、剑术的使用戒律等，并让弟子们为程元玉表演剑术，使程元玉大为叹服。临行，又送程一包药丸，嘱道：“每岁服一丸，可保一年无病。”十余年后，程元玉又在蜀栈道中遇见韦十一娘的女弟子青霞，青霞行色匆匆，自称前往蜀中有公事。数日之后，蜀中某位恶名昭著的官吏暴卒，程元玉知道是剑侠所为，只是不敢说破。凌濛初几乎是一句不落地将胡汝嘉的文言小说《韦十一娘传》翻译成白话，足见凌氏对这篇小说的喜爱。

当然凌氏创作也有自己的独到之处。首先，作者增加了“入话”，叙述了唐宋小说中九个本领非凡的剑侠女子，以示剑侠之事自古以来就有，并非作者杜撰。小说开篇赞道：

红线下世，毒哉仙仙。隐娘出没，跨黑白卫。香丸袅袅，游刃香烟。崔妾白练，夜半忽失。侠妪条裂，宅众神耳。贾妻断婴，离恨以豁。解洵娶妇，川陆毕具。三鬟携珠，塔户严扃。车中飞度，尺余一孔。②

随后，作者具体讲述了这些女剑侠的事迹，并断言：“从来世间有这一家道术，不论男女，都有习他的。虽非真仙的派，却是专一除恶扶善；

① 孙楷第：《日本东京所见小说书目》，人民文学出版社1958年版，第122页。
② 凌濛初：《拍案惊奇》卷四，上海古籍出版社1982年版，第63页。

功行透了的，也就借此成仙。”这一篇“入话”，反映了作者的创作思想，也揭示了使中国剑侠小说得以兴盛的社会思潮，正是这种带有浓郁的宗教色彩的民间侠文化心理，形成了培育剑侠小说成长的丰厚的社会土壤。其次，在谈到剑术锄奸的具体对象时，凌氏特意增加了“世间有做试官，私通关节，贿赂徇私，黑白混淆，使不才侥幸，才士屈抑”的这一特定对象，并在结尾将某蜀官的“暴卒”改写成因他“那年进场做房考，又暗通关节，卖了举人，屈了真才”，与韦十一娘所说的剑侠必杀对象正相吻合。显然，凌氏的增饰与改写令剑侠诛杀对象的针对性有所偏移，其中更渗透了明末知识分子对自身命运的关注，对科场与官场黑暗的深切体会。[①] 结合凌氏多年科场蹭蹬失志的悲惨境况来加以考察，这种改动描写无疑表现出作者对自身怀才不遇的现实根源的清醒认识和无比激愤。

这篇白话小说据胡汝嘉《韦十一娘传》创作而成，凌氏略加增饰与改动，基本上保持了胡氏作品的原貌，小说表现出的对国家命运的深切关注、讲述的剑侠的历史以及提出的“剑术为公”的原则和剑侠必须遵循的戒律等内容都来源于胡氏原作。但在作品实际流传过程中，由于白话通俗易懂，凌氏之作传播范围更广，更加深入人心，在剑侠小说发展史上影响更大。

---

① 关于这一点，赵钦泉在《关于〈韦十一娘传〉的不同意见》（载《十堰大学学报》1995 年第 4 期）一文中已经提出。

第七章

明清长篇剑侠小说

一直以来，一种比较流行的看法是，长篇剑侠小说产生于清代晚期，是侠义小说神魔化的结果，内容荒诞无稽，体现了清末侠义小说开始走向没落的趋势。或曰此非武侠小说的正宗，是其末流。由于论者没有对其进行认真深入的梳理和探讨，结论未免过于简单、片面。有的文章虽对个别作品的思想与艺术展开讨论，但由于缺乏对文化源流的发掘和类型小说传承的梳理，其研究自然无法深入和全面。其实，只要我们认真地审视一下长篇剑侠小说的类型特征、发展历程及文化渊源，就可以发现，长篇剑侠小说的发展自有其脉络可循，它有着不同的发展阶段，独特的文体特征和明显的文化印迹。本章的内容就是对明清长篇剑侠小说进行一次文化源流和发展演变的全方位考察。

第一节　三个发展阶段

前文已说过，剑侠小说的类型特征是剑术加侠义，二者缺一便不能算作剑侠小说。以此为标准审视中国长篇通俗小说的话，明代万历年间邓志谟的《吕祖飞剑记》和《许仙铁树记》应该引起我们的注意。《吕祖飞剑记》描写上界神仙吕洞宾持剑斩蛟杀虎、除灭狐精，云游四方，度化有缘人成仙的故事。其中飞剑斩黄龙一段，冯梦龙《醒世恒言》中也有描述，但故事内容有差异，可能出于不同系统的民间传说。《许仙铁树记》则讲述许逊、吴猛及其弟子求道斩蛟、为民除害之事。冯梦龙《警世通言》卷四〇《旌阳宫铁树镇妖》一篇，几乎全文收录，仅文字略有删节。两部书有着明显的宗教色彩，弘扬道教劝化众生的宗旨十分明确，但两书均有大量的“剑术”描写。如《吕祖飞剑记》第四回“洞宾得遁天剑法”写庐山火龙真人赐吕洞宾雌雄双剑：

火龙真人道：“此剑用昆仑山所产之铜，女娲炼石之炭，老君却魔之扇，祝融烧天之火锻炼而成，秉阴阳之纯粹，凛雪霜之寒芒，一断烦恼，二断色欲，三断贪嗔。此非是凡间之剑，听我道来：

洪炉锻炼神冰铁，磨琢青锋光皎洁；
天罡躬自动铃锤，荧惑亲身添炭屑；
凛凛神将按天条，隐隐星辰依下列；
名重干将与莫邪，利过纯豪并巨阙；
天曹将吏魂魄惊，地府精邪心胆怯；
下海掀翻龙住窝，上山砍碎虎狼穴；
断除烦恼及贪嗔，色欲从来俱断绝。”①

吕洞宾持此神剑游戏人间，斩妖除害，掷剑化美人，抛剑舞飞龙，突出表现了剑术的神奇玄妙。《许仙铁树记》中许逊与其弟子斩蛟除恶的手段也是剑术。第九回玉帝差女童赠许逊神剑，并命谌母传许逊飞剑斩妖之法；第十三回更通过许逊弟子与少年的对话，宣讲此剑的神奇功用：

少年曰：“……闻许公深有道术，诛邪斩妖必仗神剑，愿闻此剑有何功用?”鲁亨曰：“吾师神剑功用甚大，指天天开，指地地裂，指星辰则失度，指江河则逆流。万邪不敢挡其锋，千妖莫能撄其锐。出匣时霜寒雪凛，耀光处鬼哭神愁，乃天赐之至宝也。”②

除了剑术的描写，两书中的主人公斩妖除怪，度化世人，其目的虽是求道成仙，累积功德，有着浓烈的宗教情怀，但这种济世为民的修道手段也有着十分强烈的侠义作派。这两部书可以看作是中国长篇剑侠小说的初创作品，对清代长篇剑侠小说的产生和发展产生了一定影响。

完成于康熙四十三年（1704）的长篇说部《女仙外史》是一部内容庞杂的剑侠小说。它以明代的削藩和反削藩的政治斗争为背景，以月殿仙子嫦娥转世的唐赛儿和天狼星投胎的燕王的“先天”仇怨为主要叙述情节，“褒忠殛叛”，主张仁政，并极力弘扬侠义精神。主人公唐赛儿是一位形象生动丰满的女剑仙，蒲台县散财赈灾，济南府惩治贪官，宾善门救女降妖，青州城灵雨抗旱，更兼擎举义旗，反抗暴政，诛杀倭寇，行侠天下。

① 邓志谟：《吕祖飞剑记》，明萃庆堂刊本，据日本内阁文库本影印，第 43 页。
② 邓志谟：《许仙铁树记》，明万历癸卯萃庆堂刻本影印本，第 138 页。

书中屡言剑术，并请公孙大娘、聂隐娘两位前辈剑侠来助阵。第八回九天玄女传唐赛儿天书、剑法及各类神通：

（玄女娘娘）遂将宝剑掣在手中道："此剑飞驰百里取人首级，剑侠所用不足为奇。"就把剑来如屈竹枝一般，哔哔剥剥，纷碎若瓜子，都吞在口内，咽下丹田。瞑目坐有半日，只见玄女娘娘微微张口一呼，一道青气约丈有七八尺，盘旋空中如虬龙攫拏之状。飞舞一回，将气一吸，翕然归于掌上，是一青色弹子，付与赛儿道："此剑也，你再吞入丹田炼它九日，就能出没变化。"又传以炼剑之法。①

《女仙外史》在长篇剑侠小说发展中有两点值得关注：一是提出剑仙与剑侠有区别，二是将炼剑与道教内丹术合为一体。这对剑侠小说的影响是十分重要的。

与《女仙外史》相比，问世于乾隆年间的《绿野仙踪》道教气息要浓厚得多，而侠义色彩也强烈得多。小说以冷于冰求道修真、度人济世为情节主线，却又写出他的一腔热血，周行天下，广积阴德。第十四回他对连城璧说："韩铁头等，自少壮以至老大，劫人财，伤人命，破人家，心同叛逆，目无王法。我遇此辈，正该替天行道，为国家除害，个个斩绝才是。"第三十回又说："杀贼安民，正是替天行道。"于是赈灾黎，荡妖氛，平巨寇，诛权奸，救无辜于桎梏，助贫病于困途，道侠并举，愤世嫉俗。此书在剑术修炼上，尤为突出道家内丹思想，相较《女仙外史》，叙述更为周详。如第十回火龙真人向冷于冰传道，即言："金丹一道，仙家实有之。无如世俗烧炼之士，不务本源，每假黄白术，坑己害人。天下安有内丹未成，而能成外丹飞升者?"第七十二回冷于冰对二狐女讲述性命修炼之法，问答中提到的"七返九还"、"龙虎之道"、"婴儿姹女"、"五气朝元、三化聚顶"等均为道家内丹理论。此书十分注重修仙者的道德修行，对情欲尤为排斥，这些都对以后的剑侠小说产生相当的影响。

如果说《女仙外史》和《绿野仙踪》对剑侠的描写还属于不自觉状态的话，那么嘉庆年间丁秉仁创作的《瑶华传》则是有意识地为剑侠人物立

---

① 吕熊：《女仙外史》，百花文艺出版社 1985 年版，第 84 页。

传。《瑶华传》叙一雄狐入了旁门左道，被剑侠诛杀，却又得剑侠指点，转世投胎，苦修剑术，终成剑仙。小说对剑术的渊源和流传有明确的记载，第三十八回无碍子言道："我道起自黄石公得授白猿遗法，自为揣摩，传有剑术，似乎超出于三教之外，其实游扬于三教之中。就三教之中，尤切近儒教，盖无异端惑人。至剑术亦如文人之笔，非此莫达我心曲。非如释家之六根五戒，道家之采战吞丹也。"将剑术之道特意标出，宣称与儒释道三教并立，且为使剑侠之道发扬光大，无碍子、瑶华师徒又为剑侠道制定科仪规范，声称"我道科仪，必是归于雅正，立意以任豪任侠为主，抑诈伪，尊硕德，报怨不谕前亡后化，酬恩何待遗子及孙。如请神设献，陈情达意，以通明晦，自不可缺"。这是继话本小说《程元玉店肆代偿钱十一娘云冈纵谭侠》之后最明确的有关剑侠之道的描述。《瑶华传》对侠道推崇备至，有意标新立异，但从具体描述来看，无非是侠义观与儒释道的结合，在修行方式上，与道教文化尤为切近。除此之外，《瑶华传》还表现了修炼剑术之艰难。朱瑶华在修习剑术的过程中，历经艰辛，尝遍痛苦，抵御各种诱惑，打通魔障阻隔。每到关键时刻，无碍子都暗中保护，计出万全，瑶华方能洗心革面，逢凶化吉。小说的情节在此过程中曲折多变，摇曳多姿，而人物的性格也于修炼过程中凸现出来。《瑶华传》的出现标志着长篇剑侠小说这一类型已经成熟。

清末是剑侠小说的辉煌时期，《七剑十三侠》、《仙侠五花剑》等长篇巨著的问世[①]，给剑侠小说带来了新的发展空间，尤其是《七剑十三侠》更是对民国年间的剑侠小说产生了深远的影响。首先，此书对剑术的描述更为具体、丰富，请看两例：

霓裳道："这龙虎丹，只能炼剑成丸，吞吐自如，久之功高道进，也可长生不死。自古神仙有七十二修真之法，皆要千艰万苦，岂靠此一粒丹丸，便可得道成仙？谈何容易。我苦修四十余年，尚是个凡夫俗子，象我大哥的功行，庶几乎与地行仙相似。"

（《七剑十三侠》第三十四回）

---

① 晚清《仙侠五花剑》有两种，一是1900年惜花吟主所撰，为《七剑十三侠》的续书；一是1901年海上剑痴所著，写宋高宗时黄衫客、聂隐娘等剑侠下凡授徒、伸张正义之事。

这一夜正是二月十七日，月到天中后已后半夜了。岭上光明如白日，万籁无声。看那玄贞子坐在亭中，如老僧入定，鼻息皆无，乃法家长生吐纳之法。大凡剑术到了至精至妙的地步，便与真仙无二了。焦大鹏在月光中练习剑法之术，口吐白光，飞入月中，又从月中吸入口内。

（《七剑十三侠》第六十四回）

将剑术修炼与道教吐纳养生之术相融合，剑术炼至一定阶段就可从剑侠修成剑仙，且剑仙也有等级区别。第三十八回言及兵解成仙，六十回谈剑术与道术的玄妙，六十二回讲述剑术修炼的内外功，六十九回描述剑术的正与邪等，称得上是古代剑术描写的集大成，对平江不肖生、还珠楼主等人的创作也产生了相当的影响。

其次，《七剑十三侠》注重江湖豪侠与江湖市井生活的描写。小说除叙述七子十三生天马行空、所向披靡之外，更塑造了徐鸣皋、一枝梅等人间豪侠。两类侠客相互映照，剑侠的儒雅风度、深奥莫测与豪侠的粗放性格、仗义疏财疏密有致，张弛互补，遂使小说场面宏阔，曲折异常。小说对江湖世界的描写尤为精彩。第二十二回写老江湖苏定芳对狄洪道讲述江湖上的勾当，称“凡在江湖上做买卖的，总称八个字，叫做巾、皮、驴、瓜、风、火、时、妖”，又具体讲解这些行当所做的生意和他们的骗人把戏，并结合青风镇黑店和名为“皮行”实为“妖帐”的用活人器官治病的皇甫良的故事，向读者具体描述江湖上的险恶。这些惊心动魄的故事与小说背景、江湖生活紧密相连，惊险、生动中又带有神秘、蛮荒的色彩，奇谲诡异中透出真实可信。

总体看来，明清剑侠小说的发展可分为三个阶段。明万历年间至清初是第一阶段，代表作品有《吕祖飞剑记》、《许仙铁树记》和《女仙外史》。这一阶段的作品宗教气息浓厚，剑侠形象与历史上的传说人物融为一体，侠义行为和宗教信仰互为生发，而“剑术”的描写更偏重于剑本身的非凡奇异，剑侠剿灭的对象主要是妖精怪物，或是应劫而生的魔头，而不是凡人世界的邪恶势力。清代中期为第二阶段，作品有《绿野仙踪》和《瑶华传》。这一阶段的作品宗教气息仍十分浓厚，但侠义观念十分强烈，书中人物自觉地替天行道，侠义行为已与宗教信仰产生距离，而诛杀对象除了妖魔鬼怪，更有世间的恶人。作者在小说中自觉地塑造剑侠形象，有意识地表现剑术修炼的艰难历程，人物形象比第一阶段要亲切生动得多。晚清为剑侠小说创作的第三阶段，《七剑十三侠》、《仙侠五花剑》是这一阶段的重要作品。与以前相比，此时的剑侠小说剑术描绘更充实、丰富，故事内容更注重表现人间百态、市井生活，尤其对江湖世界施以浓墨重彩的描绘。剑侠形象也成为群像，品性不一，道术有别，各有特色。这一阶段的作品是对明清长篇剑侠小说的总结，也为民国年间剑侠小说的辉煌打下了基础。

第二节　道教文化影响

长篇剑侠小说在明清得以发展、勃兴，有着多方面的原因，若从文化渊源上考察，道教的影响是十分巨大的。

道教自东汉时期形成以来派别林立，从修炼方法上大体可区分为两大派：符箓派和金丹派。到明清之际，大致分成正一派（以符箓修炼为主）和全真派（以内丹修炼为主）。明代统治者自朱元璋始，历代皇帝皆大力扶持道教，对正一派尤为礼加，扩建道观，编修道经，对重要的道教首领加赐封号，甚至授予高官厚禄。朱元璋还亲撰《御制周癫仙人传》，称其“举止异常人，能火烧无损，入水不濡，与人谈未来事，多验”①；明成祖也曾撰《御制太岳太和山道宫之碑》，称颂真武大帝庇佑大明江山的功绩；明世宗崇道更是登峰造极，耗费民财，迷信道术，并且给自己和父母加封道号，俨然一“道教皇帝”。入清以来，统治者虽对道教有了一定的抑制，但仍然多方加以利用，而沉寂一时的全真教派此时得以复兴。全真道士王常月被顺治奉为“国师”，曾三次“奉旨主讲白云观，赐紫衣凡三次，登坛说戒，度弟子千余人，道风大振”②；雍正还敕封全真道南宗祖师张伯端为“大慈圆通禅仙紫阳真人”，在其家乡建立道观加以崇祀；乾隆曾数次

① 沈节甫：《纪录汇编》卷六，上海涵芬楼影印明万历木刻本。
② 胡道静等主编：《藏外道书》（第20册），巴蜀书社1994年版，第592页。

临幸白云观，并御书楹联，以示弘扬；白云观第二十代观主高仁峒颇得慈禧崇信，以致交结权贵，势倾京师。有清一代，全真派道士著作颇丰，在内丹学的阐释上秉承前人，且更加具体、通俗，其修炼思想在民间更是广为流传。明清两代道教在社会上的发展、兴盛和影响波及人们思想和生活的各个方面，在文学中更是直接导致了长篇剑侠小说的产生和发展。①

道教对长篇剑侠小说的影响首先表现在“剑术”描写中。“剑术”修炼在小说中不仅仅是要掌握神奇的超自然的能力，更是剑侠修道成仙的途径。《瑶华传》中的雄狐因感叹生命不永，立志修行，却入了旁门左道，被剑仙斩首。雄狐阴魂不散，叩请皈依，剑仙指点迷津，雄狐投胎转世，洗心革面，苦修剑术，终成正果。小说中雄狐皈依剑侠道潜心苦修剑术的动机，就是为了位列仙班，剑术修炼只是成仙的手段。《七剑十三侠》中海鸥子向徐鸣皋讲述剑术之道：

那剑术一道，非是容易，先把名利二字置诸度外，抛弃妻子家财，隐居深山岩谷，养性炼气，采取五金之精，炼成龙虎灵丹，铸合成剑，此剑方才有用，此非一二年不可……炼成了宝剑，然后再学搓剑成丸之法，将那三尺龙泉，搓得成丸，如一粒弹子相仿，然后再学吞丸之法，不独口内可以出入，就是耳鼻七窍皆可随心所欲，方才剑术成功。此非武艺，实是修仙之一道……所以修仙之道，或炼黄白之丹，点铁成金，将来济世；或炼剑丸之术，锄恶扶良，救人危急，皆是要行善事，先立神仙根基。②

海鸥子所说的剑术，虽有隐居、炼剑、吞丸等步骤，但他明言此种修炼就是修仙之道，按此修行，矢志不渝，就可脱离凡胎，晋升剑仙。

如果认真考察剑侠修炼剑术的具体方法的话，我们会发现，它是用特殊的艺术语言来体现道教的金丹养生理念。“金丹”一词在道教典籍中出现的频率较高，所谓“金丹”本是一种由矿物石炼制而成的药物，后来把锻炼人体精气神的功夫也叫做金丹。于是，在道教金丹学说中，包含着两

---

① 明清道教的流布情况，参见卿希泰、唐大潮《道教史》第六章和第七章，江苏人民出版社 2006 年版。

② 唐芸洲：《七剑十三侠》（附《仙侠五花剑》），岳麓书社 1991 年版，第 3 ~4 页。

个层次：一是外炼功夫，其结果称为“外丹”；一是内炼功夫，其结果称为“内丹”。自唐末开始，内丹修炼日益受到社会的重视，出现了许多著名的道教宗师，形成了众多流派。[①] 小说中的剑术修炼描写正是内丹为主、辅以外丹的道教炼养方技的形象描述。剑侠在传授剑术之前，总是先给徒弟服食灵丹，使其换易筋骨；再培养元气，筑其根基；然后采五金之精，铸炼成剑。如海上剑痴《仙侠五花剑》公孙大娘的五花剑，是“在丹房采日精、月魄、电火、霜花并雷霆正气而成，其质非钢非铁，乃是落花之液酿成。每花只取乍落的第一瓣，故得先天第一肃杀之气，和以铅汞，计凡千炼始成。剑质可以吹毛使断，濡血无痕，削铁如泥，砸石成粉”[②]。外丹炼成，再用内丹之术将剑纳入体内，炼为己有，吞吐运用，以至人剑合一，随心所欲。

剑侠小说中虽以剑术为主，但也涉及其他法术的运用。《女仙外史》中玄女娘娘除教授唐赛儿剑术之外，又教授她上笈天书中的法术，天书“第一卷，是追风逐月，换斗移星，遣招雷霆神将之法。第二卷，是倒海移山，驱林鞭石，役使地祇之法。第三卷，荡魔诛怪，伏虎降龙。第四卷，蹈江海，穿金石，赴鼎镬，迎锋刃。第五卷，缩天地于壶中，收山河于针杪。第六卷，掌上山川，空中楼阁。第七卷，变化世间一切有情有形之物”[③]。如果说剑术修炼是道教金丹养生精神的体现的话，那么诸多法术的描绘则是道教符箓派炼养方技的神奇展示。符箓派以符箓和咒语作为传教布道的主要形式，“符”是指用朱笔或墨笔所画的一种点线合用、字图相间、且以曲笔画为主的神秘图形，道教认为它具有驱使鬼神、治病禳灾、预测未来等神奇功能；“箓”是道教秘文，《太上赤文洞神三箓》引陶弘景曰：“箓者，本曰赤文洞神式。”赤文即朱笔书写，“洞”与“通”相通，“洞神”即为通神，所以“箓”是指人神沟通的符号表征；咒语在道教中是指具有特殊音频效应的口诀，它能对鬼神和大自然产生感应或禁令，也是道门中祈福消灾、招驱鬼神的常见手段。因此，符箓和咒语是道

---

① 参阅詹石窗：《道教文化十五讲》，北京大学出版社 2003 年版，第 253～256 页。

② 唐芸洲：《仙侠五花剑》（与《宋太祖三下南唐》合刊），华夏出版社 1995 年版，第 182 页。

③ 吕熊：《女仙外史》，百花文艺出版社 1985 年版，第 81 页。

教徒修炼的一种“道法秘术”，是人神沟通的特殊媒介。[①]《女仙外史》中天书记录的种种神术就是这类道教法术的演绎。

有趣的是，在《七剑十三侠》中，作者借一尘子之口将剑术与其他法术进行了一番比较：

鸣皋问：“玄贞大师伯的道术，比着傀儡生如何?”一尘子道：“这各有所长。若讲剑术精明，玄机参悟，抡算阴阳，预知吉凶，乃玄贞独臻其妙；至于呼风唤雨，撒豆成兵，都让傀儡生第一。”[②]

玄贞子剑术精明，傀儡生法术高强，两人各有所长。《绿野仙踪》里火龙真人收冷于冰为徒，讲授的全是金丹一道，但赐予的木剑、雷火珠却又是金丹与符箓结合修炼而成的。火龙真人曾言道，木剑“长不过八九寸，若迎风一晃，可长三尺四五。此剑乃符咒喷噀，能大能小，非干将莫邪之类所能比拟其神化也”；雷火珠“系用雷屑研碎，加以符箓法水，调和为丸。吾日日吸太阳真火，于正午时，又用吾本身三昧真火，并离地枣木，贮于丹炉之下焚烧，合此三火，锻炼一十二年，应小周天之数，方能完成”[③]。这样看来，剑侠小说虽推崇剑术，但也不排斥其他道教法术，只是将剑术作为主要描写内容。

此外，道教对明清长篇剑侠小说的影响还表现在诸如天界神仙下凡历劫济世，剑侠择徒度脱成仙，剑侠施展法力消灾治病，炼剑术者在成仙前所经历的“魔道试心”的考验情节叙事等。可以说，道教对明清长篇剑侠小说的影响是多方面的，我们从小说的主题内涵、人物形象、故事情节中能够清楚地识别其中蕴涵的道教理念、炼养方技、道教神仙和传说故事等文化元素。

---

① 关于符箓咒语之法，参见詹石窗：《道教文化十五讲》，北京大学出版社2003年版，第263~283页。

② 唐芸洲：《七剑十三侠》（附《仙侠五花剑》），岳麓书社1991年版，第179页。

③ 李百川：《绿野仙踪》，齐鲁书社1995年版，第55页。

第三节　显著特征与重要作品

明清长篇剑侠小说在内容与艺术手法上都有着鲜明的特色，其中一个重要特征就是道侠一体。道教神仙是道教信仰——“道”的形象外化，道有生养万物、救世济民的特质，道教神仙除了潜心修道、长生不死之外，还肩负消灾除怪、救护众生的职责。侠之处世，以“义”为本，仗义疏财，乐于助人，诚守信诺，打抱不平。两者可谓同质异构，殊途同归。《绿野仙踪》描写冷于冰看透世情，一心修道，祈求长生。其师火龙真人告诫道：“凡有益于民生社稷者，可量力行为，以立功德。”第二十四回冷于冰援救陷入困境的朱文炜，帮助流浪寻亲的朱文炜之妻，作者赞道：“为君全大义，聊且助相缺；夫妇两成全，肝肠千古热。”《瑶华传》第二十八回地方官讹诈良善，嘱盗攀赃，将年老多病的陆老爹打入监牢，瑶华夜闯官府，插刀示警，救出无辜。作者写诗赞曰：“但闻不平鸣，奋志拔刀助；诚哉使者行，非欲邀声誉；遣奴递严词，飞身入公署；插刀置床沿，能使贪官惧。”第二回剑仙无碍子向雄狐宣讲“剑侠道”：“君道所行之事，不离仁义礼智信，是遵儒教也。积功行于此中，置皮囊于度外，是遵释教也。路见不平，拔刀相助，挥金如土，解难拯危，是遵道教也。”依据无碍子的解释，“剑侠道”实则与儒释道三教内涵基本吻合，而将“路见不平，拔刀相助，挥金如土，解难拯危”的侠义行为说成是“遵道教也”，明显体现出作者道侠一体的创作思想。在明清长篇剑侠小说中，剑侠将行侠与修道视为一体，为了积功德、成大道，奋力降妖除魔，解救生灵，其宗教行为闪烁着侠义的光芒。

剑侠修炼“剑术”，是道侠一体的集中体现。“剑术”的修炼主要以道教炼养方技为根基。《女仙外史》九天玄女教授唐月君剑术，将剑吸入丹田，以体内真气熬炼九日，炼剑成丸，吐气成剑，极有神通。青牛老祖又送唐月君三粒丹药，嘱其炼骨、炼肌、炼神，增益其剑术神通。《绿野仙踪》火龙真人传冷于冰剑术，先用易骨丹为其“移精换髓”，再教授“安胎采药，立炉下火”的内丹之法，使其内外兼修。《仙侠五花剑》红线传授白素云剑术，也是先服食换骨丹，使其“浑身三百六十骨节全都换过”，然后再行吐纳之法，炼飞行之术。在剑侠小说中，修炼“剑术”就是修道养性，是剑侠修炼成仙的途径。

道侠一体的特征还表现在剑侠功成隐逸，不受封赏。《吕祖飞剑记》中吕洞宾斩虎杀蛟，为民除害，百姓闻讯纷纷前来膜拜瞻仰时，他却隐身而去，不知行踪。《绿野仙踪》冷于冰帮助林岱、朱文炜剿灭叛军之后，不与众人道别，自驾遁光回泰山去了。《七剑十三侠》中的七子十三生帮助王守仁、徐鸣皋平叛除奸后，皇帝欲加封赏，玄贞子等声称：“臣等野鹤闲云，无意功名久矣。”说着，便御风而去，不见踪迹。剑侠漠视功名，不图富贵，“事了拂衣去，深藏身与名”的仙家作派，颇有游侠“不矜其能，羞伐其德”的风范。

就长篇剑侠小说的发展趋势而言，明至清初的剑侠小说中的道侠一体重在除魔消灾，即拯救自然灾难；从清中期开始，剑侠小说中的道侠一体逐步转向除暴安良，即重在拯救社会灾难；晚清长篇剑侠小说中剑侠的职责更是平叛除盗，保国安民。这种趋势说明，明清长篇剑侠小说在其发展过程中，道侠一体的叙事模式在悄悄发生变化，宗教的色彩趋于淡化，侠义色彩逐渐浓郁，剑侠形象表现出越来越多的世俗化、道德感和入世关怀。

明清长篇剑侠小说的另一个特征是题材内容的混合杂糅，包罗万象，表现出诸体混杂的综合性。《女仙外史》既写月宫嫦娥下凡应劫，玄女传授天书剑法以及天师与魔王斗法等神话传说，又写唐赛儿驱邪治病，施法救灾等侠义行为，且演义明靖难之役的历史事件，中又杂以歌咏辞赋题诗对吟，类似才子佳人的笔法。《绿野仙踪》既写冷于冰潜心修道，择徒度人，又写他古道热肠，扶危济困，又叙述朝野内外的忠奸斗争，如同历史演义，还描写纨绔子弟温如玉的风流情史，又似世情小说。《瑶华传》叙述雄狐被诛，投胎转世，苦修剑术，又写她历经红尘，遍游大江南北，剪除凶邪，并描述她领兵平叛剿匪，保国护民，同时又写她和一干才女的诗社佳话以及她在游历苏州时的世俗民情，可谓五花八门，无奇不有。即便是根据民间传说创作而成、宗教气息十分浓厚的《许仙铁树记》，其中也混杂许逊做旌阳县令时智断民间疑难案件的公案故事。

中国古代长篇小说的类型大体分为历史、英雄、神魔、世情、公案、侠义等几种形态，但联系到某一部具体的作品，往往内容杂糅，诸体皆备，品题分类，难以界定。前人对这一文学现象早有认识，侠人在《小说丛话》中曾指出："西洋小说分类甚精，中国则不然，仅可约举为英雄、儿女、鬼神三大派，然一书中仍相混杂。"① 管达如亦认为："英雄、儿女、鬼神，为中国小说三大元素。凡作小说者，其思想大抵不能外乎此。且一篇之中，三者错见，不能判别其性质者；又有其宗旨虽注重于一端，而亦不能偏废其他之二种者。"② 古代长篇小说这种创作杂色、界限模糊的现象，近年来也引起学界的关注，一些有眼光的学者撰文论述古代长篇小说的这种特征，或称为"跨类型现象"，或称为"多向型小说"。③

从中国古代长篇小说的类型演变来考察，创作杂色、题材多元的作品并非个别现象，而是带有普遍性，这在清代的长篇小说中表现尤为突出。作为古代小说类型之一的剑侠小说自产生以来，在题材内容上一直与其他类型小说相互交叉兼容，处于不断发展演变之中。剑侠小说虽然在题材甚至风格上与其他小说流派之间渗透融合，兼有其他多种类型小说的光泽，但绝不混同于任何一种类型，而是清晰地表现出自己独特的色彩。这种独特的个性色彩有两点：一是小说中的剑术描写，诸如剑术修炼、剑术的威力等；二是剑侠济世降魔、平叛除恶的描写。这两点成为剑侠小说的情节主干和类型特色，使其在题材内容方面虽表现出"综合体"，但其独特的个性色彩却始终鲜明。

"综合体"虽是长篇剑侠小说的特征，就剑侠小说而言，也有一个发展演变的过程。明代的《吕祖飞剑记》、《许仙铁树记》主要根据民间传说创作而成，小说中有浓烈的宗教气息和民间信仰，只掺入少量的公案、世情故事，题材内容基本比较单一。清初至中期的《女仙外史》、《绿野仙踪》和《瑶华传》则诸体毕备，题材多元，呈现出"七彩斑斓"的杂色

① 转引自黄霖、韩同文选注：《中国历代小说论著选》（下），江西人民出版社1985年版，第63页。

② 转引自黄霖、韩同文选注：《中国历代小说论著选》（下），江西人民出版社1985年版，第337页。

③ 参见刘书成：《论中国古典长篇小说的跨类型现象》，载《社科纵横》1993年第1期；章因之：《绿野仙踪：清代多向型小说的特色及其产生背景》，载《中国古代小说研究》（第二辑），人民文学出版社2006年版。

世界。至晚清，《七剑十三侠》、《仙侠五花剑》内容又渐趋单一，虽仍有历史、英雄、公案、世情等描写，但这些内容与江湖豪侠故事紧密相连，成为剑侠干预社会、济世除恶的主干情节中的连接环扣，杂色的成分相对减弱，个性色彩愈加鲜明。

斩妖除怪的宗教传奇：《许仙铁树记》

《许仙铁树记》二卷十五回，刊刻于明万历三十一年（1603），萃庆堂刻本上下卷，卷首均题为《新锲晋代许旌阳得道擒蛟铁树记》，著者邓志谟。邓志谟，字景南，一字鼎所，号竹溪散人，又号竹溪风月主人，亦号百拙生，斋名养拙斋，江西安仁县人。邓志谟有很好的文学修养，著述颇多。清道光的《安仁县志》称其“好学沉思，不求闻达”，“其人弱不胜衣，而胸藏万卷，众称‘两脚书橱’”。

《许仙铁树记》讲述的是许逊、吴猛及其弟子得道斩蛟之事。关于许逊、吴猛等人得道擒蛟之事，唐宋笔记已有记载，而民间流传也较广泛。据明人董谷《碧里杂存》卷下“斩蛟”条记载，早在明正德年间，世间已有一部名曰《许真君斩蛟记》流行。如此看来，这部《许仙铁树记》当是依据旧本改编而成的。邓志谟在本书卷末说，这部小说是自己“考寻遗迹，搜检残篇，汇成此书”。可惜，董谷书中所谈到的旧本《许真君斩蛟记》今已失传，无法探知它与邓著《许仙铁树记》之间的异同。天启四年（1624），冯梦龙编印《警世通言》，其中卷四〇《旌阳宫铁树镇妖》一篇，即全文收录邓著，仅文字略有删改而已。

本书虽以许真君、吴猛求道擒蛟为情节主线及全书宗旨，具有浓郁的宗教色彩，但许逊等人斩蛟除怪的行为，既是道教的积累阴功，修行磨炼，又能为民除害，造福人间。小说中的孽龙得火龙传授，神通无比，“能千变万化，于是呼风作雨，握雾撩云。喜则变化人形而淫人间之女子，怒则变化精怪而兴陆地之波涛。或坏人屋舍，或食人精血，或覆人舟船，取人金珠，为人间大患。诞有六子，数十年间生息繁盛，约有千余。兼之族类蛟党甚多，欲把江西数郡滚成一个大中海”。面对如此邪恶的精怪，许逊等人奋起神威，护卫丹室，诛恶除暴，宗教行为中无疑闪烁着侠义的光芒。

小说中有大量的“剑术”描写。如第二回兰公用指甲变作宝剑诛除水怪；第九回又写玉帝差女童赠许真君斩妖神剑，并使湛母传许真君飞步斩邪之法；第十二回更通过其弟子鲁亨之口，讲述斩妖神剑的神奇功用。请看第二回兰公神剑诛妖的描写：

（兰公）遂剪下一个中指甲来，约有三寸长，呵了一口仙气，念动真言，化作个三尺宝剑。有歌为证：

非钢非铁体质坚，化成宝剑光凛然。
不须锻炼洪炉烟，棱棱杀气欺龙泉。
光芒颜色如霜雪，见者咨嗟叹奇绝。
琉璃宝匣吐莲花，错镂金环生明月。
此剑神仙流真精，干将莫邪难比伦。
闪闪烁烁青蛇子，重重片片绿龟鳞。
腾出寒光逼星斗，响声一似苍龙吼。
今朝挥向烈焰中，不识蛟螭敢当否！

兰公将所化宝剑望空掷起。那剑活喇喇就似个翻身鹞子，光闪闪就似个赶月流星，响铮铮就似个铁马敲风，急腾腾就似个锦鳞跃浪。一飞飞入火焰之中，左一冲，右一击，左一挑，右一剔，左一砍，右一劈，那些孽怪如何挡低得住！①

兰公念动真言，以气御剑，宝剑犹如有生命的物体，具备速度、声音和光芒，飞入敌阵，左右冲突，搏杀自如。作者将宝剑神化，一方面是出于宗教情绪，在道教轨仪中，宝剑是道士施法的重要的宗教法器，具有诛邪降妖的功能；另一方面，也是崇剑文化心理在文学中的反映。这类“剑术”文学描写的继承和发展，对剑侠小说的创作有着十分重要的影响。

此书还将修仙分为五等三法，所谓“法有三成者，小成、中成、大成。仙有五等者，鬼仙、人仙、地仙、神仙、天仙”，明确区分修道方式的等级与优劣，成为后世剑侠小说中修道之法划分正与邪的先河。此书第五回借吴猛之口提出：“修仙之要，炼丹为急。”并唱出二十二首《洞仙

---

① 邓志谟：《许仙铁树记》，明万历癸卯萃庆堂刻本影印本，第20~21页。

歌》，对炼丹修道予以详细解说，明显是对内丹道法的肯定，于此，也可看出道教内丹修真之法对后世剑侠小说的深刻影响。此书虽以道教为根底，但对儒佛二家也不排斥，如第一回开篇则道："粤自混沌初开，民物始生，中间有三个大圣人，为三教之祖。"对儒释道三教均有赞语，显示了作者三教并存的思想，只是对道教尤为推崇而已。第十二回，许逊追杀孽龙，南海龙王三太子助孽龙，战许逊，观世音菩萨收了三太子的法宝，许逊方能得胜。孽龙想与许逊讲和，请求观世音帮忙，观世音便从中斡旋，代为讲和；三太子犯法，被逼自刎，观世音救其一命。观世音的言行举止体现了佛家的慈悲，而许逊的除恶务尽更彰显了侠义精神，在许逊、吴孟等人身上，道侠是一体的。作者对两者无疑都是赞扬的。

民间传说的集锦画卷：《吕祖飞剑记》

《吕祖飞剑记》，二卷十三回，明翠庆堂刊本。正文卷端题为"锲唐代吕纯阳得道飞剑记"，上下卷末题"吕纯阳飞剑记"，目录题"飞剑记"。卷首有一篇《吕祖飞剑记引》，每回有图两幅，图嵌入正文中。正文卷首题"安邑竹溪散人邓氏编，闽书林萃庆堂余氏梓"。

书叙上界神仙汉钟离有一徒弟，名唤慧童。一日，慧童偶动凡心，降在河中府永宁县吕家投胎，父母为其取名吕岩，字洞宾，号纯阳子。汉钟离下凡点化他，使他悟彻仙缘，潜心修道，修成正果。吕洞宾发下誓愿，誓欲度尽众生，方上升天界成仙。汉钟离见吕纯阳发此大愿，便不再阻拦，任其遨游天下，度脱有缘人。庐山火龙真人闻得吕纯阳有此心愿，乃赠雌雄仙剑，声称此剑一断烦恼，二断色欲，三断贪嗔。吕洞宾持此剑斩蛟杀虎，除灭狐精。后至金陵宿白牡丹，盗取真阴助己修炼，被长干寺黄龙禅师识破，遂教授白牡丹采阳之法，反盗取了吕洞宾的丹田之宝。吕洞宾大怒，飞起雌雄二剑欲斩黄龙僧，又被黄龙禅师以法力留下宝剑。吕洞宾无奈，只得向黄龙禅师求情，黄龙留下雄剑，将雌剑归还，又指点吕洞宾到高邮闭门修炼，用吐纳功夫养护丹田至宝。吕在高邮修真九年，功力复初，遂身背雌剑周游天下，度化有缘之人。遨游数年，海内历遍，终于成功地将何惠娘度脱人间。吕洞宾、何惠娘（成仙后叫何仙姑）齐入仙界。

此书对“剑术”有一定的描写，如第四回“洞宾得遁天剑法”，对火龙真人雌雄二剑的神奇之处有详细的描写。此回又写吕洞宾依持二剑斩蛟杀虎，救助百姓。第五回写吕洞宾飞剑取黄龙禅师，第七回吕洞宾用剑诛杀狐精，第十一回吕洞宾掷剑化美人，第十三回吕洞宾飞剑化龙舞于仙界等，均描绘出“剑术”的神奇莫测。

书中对修道方法的描写，采内外丹兼修，而以内丹修炼为主，但强调正道，反对邪术，尤其反对采阴补阳之类的修炼方法，第五回、第六回便是对这种邪术修炼之法予以嘲讽和批判。小说写吕洞宾在成仙的过程中，汉钟离曾经七试其道心，而吕洞宾行走于尘世度人，也曾屡次变化试人心术，这些都带有明显的民间传说的痕迹。它既表现出中国民间社会对道教的笃信，同时也反映出成仙修道之艰难。这种“试道坚心”的情节模式成为后世剑侠小说中剑侠磨炼的必备途径。吕洞宾度人斩妖是道教的积累功德，他对宗教精神的弘扬又充融着浓郁的民间文化色彩，其夹杂的世俗观念又与民间传承的侠文化有一定的相通之处。在修行手段与修炼途径上，修道与修炼剑术有很多相似之处。这种仙侠同途的描写，既是道教文化对剑侠小说创作产生的影响，也是民间侠文化对道教精神的渗透。它表明道教在中国社会的传播中，在相当程度上已与传统侠文化互为融合。

小说中的吕洞宾性格较为丰满，比如他已修行成仙，却去调戏白牡丹，结果反被盗走元阳，从神仙沦落为凡人；事情败露后，不仅不检讨自己的言行，反而争胜斗狠，祭起飞剑欲斩黄龙禅师，全无半点仙风道骨。但这种随意而又带有娱乐性的笔法却使人物形象具有凡人的气息，生动有趣，正迎合广大市民读者求趣求异的文化心理。小说通过吕洞宾游戏人间的经历描绘出人间百态，揭露人心险恶，重利好色，急功近利，缺乏向善修道之心，尤其对表面道貌岸然，实则心术不正的修道者予以讥讽，具有一定警示作用。

这部小说总体上情节简单，似乎只是一些民间传说故事的辑录，缺乏艺术上的认真加工。从唐至明，世间关于吕洞宾仙迹的传说极多，此书应是根据各类民间传说故事汇集、演化而成的。

仙幻与历史编织的侠魔世界:《女仙外史》

《女仙外史》一百回，约七十万言，成书于康熙四十三年（1704），作者吕熊，字文兆，号逸田叟，江苏昆山县人。其生卒年，迄无确考，根据作者自序自跋、友人为其书所作的序跋，以及清代先后修辑的昆山、新阳两县的合志等资料记载，可以大致推定他生于明末，卒于清康熙朝末或雍正朝初，享年八十多岁。吕熊生而俊爽，戟髯铁面，耽于诗文书法，博学有才，性情孤冷，举止怪僻。曾为直隶巡抚于成龙的幕僚，一切条议皆出其手，因遭同事所忌，遂拂袖而去。后于成龙奉命治河，他又被延入幕府。于成龙逝世后，他又被江西按察使刘廷玑请入府中。其一生“久客督抚大吏幕”，奔波于江苏、浙江、江西、广东等地，晚年“以旧著《外史》触当局忌，乃归吴门”，不久去世。其著作颇丰，除《女仙外史》，还有《诗经六义解》、《明史断》、《续广舆记》、《前后诗集》、《本草析治》等。

《女仙外史》是以明初统治集团内部削藩与反削藩的政治斗争为背景，以燕王靖难、建文帝逊国、唐赛儿起兵抗暴为线索演绎而成的一部鸿篇巨制。小说描写月宫仙子嫦娥转世为山东蒲台民女唐赛儿，故号月君。她自幼得仙姑护卫，不拘礼法，喜打抱不平。及长，得九天玄女传授天书，修习剑术及各种法术，又服食太清道祖所授三丸金丹，肌骨坚硬，能大能小，千变万化。燕王朱棣系天狼星投胎，残暴狠戾，发动“靖难之役”，篡夺了皇位。两人在上界曾结下仇怨，嫦娥下凡正为斩除劫数。唐赛儿于是聚众起事，拥立建文帝，举兵讨贼抗暴，南北四方云集响应，又得到剑仙等神灵相助，斩敌攻城，摧枯拉朽，经过二十多年的争斗，终于在榆木川将朱棣斩杀，唐赛儿等人功成升天。

作者取材于《明史》、《明史纪事本末》等历史著作，又广采民间传闻，并“杂以神仙幻化之情，海市蜃楼之景”（《女仙外史》第十四回回评）创作小说，于是小说的故事情节没有依循历史的本来面目，时空、事件均被打乱而重新整合。如“靖难之役”发生于建文元年（1399），结束于建文四年（1402），前后不过四年，小说却将这一过程拉长至二十多年。又如唐赛儿举义发生在永乐十八年（1420），数月之间即告失败，小说却将它提前到建文四年，延续至永乐二十二年（1424），并将其划归“起兵勤王”、“讨叛诛逆”之列，把两个不同时间、不同性质的历史事件拉在一起，更敷衍出嫦娥下凡、天狼星投胎，借人间刀兵斩除“劫数”的情节主干。正如作者在《自跋》中所说：“然其事，则燕王靖难、建文逊国之事；其人，则皆杀身夷族、成仁取义之人。是皆实有其事，实有其人，非空言也。曷云游戏哉？第以赏罚大权，畀诸赛儿一女子，奉建文之位号。忠贞者，予以褒谥；奸叛者，加以讨殛。是空言也，漫言之耳！”[①] 在小说的具体情节中，“起兵勤王”的唐赛儿替天行道，伐暴诛恶，赈饥救灾，护卫黎民，各路神灵下凡相助，前辈剑仙听其调遣，在封建正统与宿命论的外衣下倡扬仁政，反对暴政。作者又借小说讥讽现实，发泄愤懑。如第十四回《二金仙九州游戏　诸神女万里逢迎》，嵩岳神属月君统辖，故小心尽礼迎送；衡岳神声号所及，于是设宴款待；而西岳神统无干涉，故听其来去，不出迎接。作者借月君之口叹道：“鬼神亦不免势利！”第五十七回天师弟子涵虚道士与魔王斗法，魔道胜玄门，书中言道：“现今是魔王世界！”二孤山神女处罚涵虚道士时，大孤神“只把他的徒弟留个在这里抵罪”，小孤神笑道：“姊姊处分得极当。目今贪官犯了赃罪，都卸在衙役身上，自己却安然无事——正与律例相符。”在妒妇津，月君与鲍仙诛灭妒妇魂魄，将妒妇庙宇化为赤土，声称：“男子而妒，则天下有才者皆罹其毒；女子而妒，则天下有色者皆遭其陷。我今先灭妒妇，以儆彼妒才之男子。”诸如此类描写，虚实相应，奇正相间，于荒诞离奇中传达愤世嫉俗之意，借历史题材来抒发现实兴亡之感。正如王士祯于十四回后所批：“神鬼精灵，出没笔端，妙在亦寓劝惩之旨，足以正人心而维世道。不可作仙真游戏，草草看过。”

作者在“剑术”描写上颇费心思。《明史纪事本末》仅有赛儿得天书宝剑一语，小说却演绎出南海大士赐予天书、宝剑，九天玄女下凡教授天书、剑术，太清道祖馈赠三丸仙丹等大段情节。在作者的妙笔点染下，天书分上中下三籍，各藏玄机变化，仙丹则有炼骨、炼肌和炼神诸般妙用，而“剑术”描写最为具象化：

（玄女娘娘）遂将宝剑掣在手中道：“此剑飞驰百里取人首级，剑侠所

---

① 吕熊：《女仙外史》，百花文艺出版社1985年版，第159页。

用不足为奇。”就把剑来如屈竹枝一般，哔哔剥剥，纷碎若瓜子，都吞在口内，咽下丹田。瞑目坐有半日，只见玄女娘娘微微张口一呼，一道青气约丈有七八尺，盘旋空中如虬龙攫拏之状。飞舞一回，将气一吸，翕然归于掌上，是一青色弹子，付与赛儿道：“此剑也，你再吞入丹田炼它九日，就能出没变化。”又传以炼剑之法。……因将自己青白二丸掷于空中，光芒闪烁，约有百丈，就如一条青龙、一条白龙斗于云中，嘎击之时，铮铮有声。霎时飞下，仍然二丸也。

（《女仙外史》第八回）

平空飞下白丝一缕，正正的将金背虾蟆与台上的木板直穿个透。太李夫人亟看时，一声响，木板分开一线，那白丝卷着虾蟆飞过去了，真如紫电一掣，回眸不及。却就是月君剑丸，其神通越大了。那青白二炁，收束起来，无异丝缕之细；舒卷时，白炁就似银汉，青炁就似碧霞，盘旋激射，何止百丈！

（《女仙外史》第九十七回）

“剑术”修炼搬演道教内丹炼养技法，临阵斗法构撰以气御剑之术，精微玄奥，犹如目睹，飞腾跌宕，鬼话成真。第八十二回月君谈“剑术”：“飞剑法术，只有得剑仙。其剑能屈能伸，能刚能柔，能短能长，可以通灵变化。若在剑侠，只讲得击刺，算在武艺之列。如今尹伐夏的剑术，大抵用符咒遣着鬼神去的，若是正神，岂有助人行杀？若是邪神，擅行杀戮，必致上干天怒，这算是邪术。”区分剑仙、剑侠等级，又将剑术划分正与邪，对后世剑侠小说的发展有着十分重要的影响。

本书对于情欲基本上采取排斥的态度，认为情欲有损修炼。第五回鲍仙姑对唐赛儿说：“凡女子一受男人之精，天灵盖上就有黑黑一点，所以谓之点污。女子有此一点，虽修炼到十分，不过尸解，不能肉身升天。”又说：“女子之经，也与男子之精一般，若一泄漏，便亏元体。学神仙者也要使之不行，所谓斩断赤龙。……仙家亦有夫妇，不过炁交，非凡人之比，就如天地交泰一般。”并教授唐赛儿修炼之法，使之元阴不漏，月事不行。后来唐赛儿与林公子完宿债，便用此法确保无垢之身。书中凡浪子淫娃及行奸卖俏者都没有好的收场，学道之人更不能贪欢恋爱。将修炼与情欲相对立，也极大地影响了后世剑侠小说的创作。

在人物塑造方面，小说也有独到之处，虚实交织，且以传奇色彩为主。如建文诸臣，历史上实有，作者以写实为主，弘扬其忠烈气概；对神仙魔鬼则发挥想象，突出怪诞神奇。绵津山人在小说第二十四回批道："观作者用笔，写文士以神，写武士以气，而亦具有体格，且各表其身份，森森乎如列在目前，竟非纸上生活。"本书塑造得较为出色的人物形象是鲍姑与曼陀尼两位仙师。两人是唐赛儿的护法师父，鲍姑是大罗金仙临凡，曼陀尼本属魔教之人，却投在南海大士门下。这一僧一道，法术高强，不拘礼法，任性而为，调笑无常，然于大是大非面前又从不含糊，凡有二人出场，气氛总是十分活跃，斗口逞强，兰心蕙质，俗中见雅，满纸生辉，为小说平添色彩。

侠道一体的修真神话：《绿野仙踪》

《绿野仙踪》，今存百回抄本和八十回刻本两种版本系统。两个系统的版本故事内容大体相同，一般认为刻本是抄本的删节本。作者李百川，生卒年及生平事迹均不详。据抄本中作者自序所述，他在癸酉即乾隆十八年（1753）时"人过三十"，依次上推，大约生于雍正初年。从自序所述可知，他家境贫寒，做生意赔了本，拟将家中旧物"远货扬州"，又因误信炼丹之说致使旧物罄尽。他投靠在盐城做官的叔父，继而为病所困，就医扬州，以后风尘南北，颠沛流离，"日于朱门做马牛，劳劳数年"。李百川广闻博览，颇有才气，最喜谈鬼猎奇，曾欲写《百鬼记》一书，因"叠遭变故，遂无暇及此"。《绿野仙踪》草创于乾隆十八年（1753），此后数年陆续接写，直至乾隆二十七年（1762）才告完成，前后历时约十年之久。

此书叙明代嘉靖年间，直隶广平府成安县书生冷于冰，因得罪了权奸严嵩，葬送了仕途。随后恩师王献述中风身亡，知己潘知县猝然而死。于是，冷于冰感觉人生如梦，万念俱灰，辞别家人，走上了求道访仙的艰难路程。云游五六年后，冷于冰终于在杭州天竺寺遇到火龙真人。经过考验之后，火龙真人收冷于冰为徒，教授仙法。在随后的岁月里，冷于冰凭借剑术道法降妖捉鬼，扶危济困，替天行道，拯救苍生，一面继续修行，一面点化度人，最后得道飞升，位列仙班。其徒弟连城璧、金不换、袁不邪等人均功德圆满，得道成仙。

道侠一体是《绿野仙踪》的重要特征。小说的情节主线是冷于冰学道修仙、积累功德的历程，具有浓郁的宗教气息。冷于冰在经历了仕途失败和师友病亡之后，对现世人生产生了幻灭感，“觉得人生世上，驱名逐利，毫无趣味”，触起弃家访道之心。第五回他对众人说：“我如今四大皆空，看眼前的夫妻儿女，无非是水月镜花，就是金珠田产，也都是电光泡影。总活到百岁，也脱不过死之一字。苦海汪洋，回头是岸。”此时，他求学是佛道不分的，当他被黄山多宝寺和尚设假局欺骗以后，才一心访求道教神仙。第十回火龙真人传授他的修仙之法，当属道教内丹修炼之术，而从书中所讲述的“内外兼修”、“全是心上功夫”等内容来看，应受全真派影响较大。冷于冰修道虽以内丹为主，但也不排斥外丹。火龙真人见他“向道虽诚，苦无仙骨”，便让他吞食死蛤蟆（实为易骨丹），为其“移精换髓”，增加三十年出纳功夫，然后再教他内丹“安胎采药，立炉下火之法”。送给他的葫芦、木剑和雷火珠等仙家至宝，或“乃符咒喷噀，能大能小”，或“系用雷屑研碎，加以符箓法水，调和为丸”。可见，冷于冰的修炼之道是主以内丹、辅以外丹的道教炼养方技，以及符箓、咒语等道教法术。这对剑侠小说的发展影响极大，剑侠小说中剑侠修炼“剑术”几乎完全照搬这种修道之法，因此，剑侠炼剑的过程也是修道成仙的过程，仙侠行走在同一征途上。

道侠一体还表现在修炼者需广积阴功——济世的一面。修道者要飞升上界，位列仙班，必须广行善事，积累功德。火龙真人曾告诫冷于冰：“凡有益于民生社稷者，可量力行为，以立功德。”于是，他四处奔波，赈灾黎，荡妖氛，平巨寇，诛权奸，扶危济困，度脱有缘之人。其行为与侠客的行侠仗义、除暴安良并无本质的不同。道教的济世情怀与侠者的替天行道都表现出一种强烈的同情心和拯救意识，一方面拯救自然灾难——除病消灾，另一方面拯救社会灾难——除暴安良，在冷于冰身上，道教意识和侠者情怀是合为一体的。这一点，对后世剑侠小说创作的影响也是巨大的。

《绿野仙踪》有着大量的世俗生活描写，如严嵩父子贪赃枉法，荼毒百姓；周琏贪图风月，玩世不恭；金不换先后娶妻，惹来祸患；朱文魁计陷胞弟，反害自己；温如玉恶习难改，倾家荡产等。此书对世态人情的精致描摹，犹如一幅幅世俗生活的画面，生动具体，形象逼真。在这一幅幅人情风俗画面里，涌现出一大批个性鲜明、形象突出的人物，如行侠仗义的连城璧，憨厚重谊的金不换，本性善良、花柳情深的温如玉，帮闲无术的苗秃子，酸腐斯文的齐贡生等，都描绘得十分精彩，值得人们认真阅读。

为剑侠树碑立传的奇书：《瑶华传》

《瑶华传》四十二回，约三十二万字，丁秉仁著。丁秉仁，字香城，清乾隆、嘉庆年间人，祖籍苏州，生平事迹不详。该书完成于嘉庆八年（1803），书前有插图二十一幅，每回书后有阆仙氏的评语，对该回书的思想与艺术进行评论，其中有的评语较为中肯，有助于读者对小说的理解。

此书叙明朝年间，江北亳州南山中，有一雄狐意欲修真学道，却又不能屈身降志，耐性受劳，于是便行旁门左道，企图采取一百个女童的元阴补其阳气，资其修炼，以达到幻化解脱，修成正果。此狐已经糟蹋了八十九个女童，却惊动了一位剑仙无碍子，被飞剑斩了首级。雄狐阴魂不散，飘至剑仙处叩请皈依，意欲洗心革面，请教修炼之术。剑仙怜其心诚，指点迷津，使其投胎至汴梁福王家中，脱胎为一女婴，取名为朱瑶华。剑仙随即亲临其家，教授瑶华文武技艺。朱瑶华历经尘世，备受折磨，拯命雪耻，身偿孽债。她在遍游大江南北，不断积德行善、铲除凶恶、造福民间的过程中，渐至功德圆满。剑仙无碍子又嘱托同门道友周颠为瑶华预备仙果，使其食后躯身坚牢，再用三昧真火洗伐其淫根，使其心地空明，然后方传授仙家各种妙术，终使瑶华从一个狐鬼修炼成上界剑仙。

《瑶华传》以雄狐转世投胎，苦修剑道，终成剑仙为情节主干，对“剑术”修炼有着十分详尽的描述。第二回作者借无碍子与雄狐之魂的对话，对“剑术”之道予以阐述：

狐魂曰：“无他，我虽异类，修炼则同，不过功夫在深浅之别耳。至于邪正两字，何尝不为辨别，但近朱近墨，各有所自来。我类亦有深功高行者，但所习之正，无非仙佛两家。至于异端，则鬼怪两途。……然不闻有飞剑随身，可以百里之外取戮首级者。此意一萌，神魂强为凝聚，欲叩吾师原委。我已形离魂荡，其有他想哉！”无碍子曰：“……汝欲知原委，吾当为汝剖析之。我道并无怪异，实皆统于儒释道三教之中。”狐魂曰：“此言似乎欺罔，吾闻自有天地以来，只知三教，未闻有总统三教者。”无碍子曰：“三教自是三教，统者，乃统而遵之，非反统三教也，故曰统三教之中。”狐魂曰：“何为三教之中？”无碍子曰：“君道所行之事，不离仁义礼智信，是遵儒教也。积功行于此中，置皮囊于度外，是遵释教也。路见不平，拔刀相助，挥金如土，解难拯危，是遵道教也。岂非徜徉于三教之中乎？”①

这段对话旨在说明，“剑术”之道是正道，出于儒释道三教，其所行之事皆合于三教之精神。不过，作者将“路见不平，拔刀相助，挥金如土，解难拯危”的侠义行为解释为“是遵道教也”，应该是表明了当时社会对剑侠修炼与道教修炼的一种看法，即认为两者途径相同，追求目标一致。道教修炼成仙需要积累功德，除恶扬善，多行善事，才能修成正果；而剑侠要修成上界剑仙，也需广行功德，济困扶危，“凡所到之处，有不公不平，王法所不及之事，即代为雪忿报复”，且不留名遗迹，至功德圆满，便能轻身云上，神飞舍外，位列仙班。这种情形说明，道教文化对剑侠小说的影响极大，道教在自身的传播与发展过程中也受到民间侠文化风气的熏染。

书中对“剑术”的渊源和流传有明确的描述。第三十八回无碍子说：“我道起自黄石公得授白猿遗法，自为揣摩，传有剑术，似乎超出于三教之外，其实游扬于三教之中。……至剑术亦如文人之笔，非此莫达我心曲，非如释家之六根五戒，道家之采战吞丹也。”无碍子、瑶华师徒为使剑侠道发扬光大，特地为剑侠道制定科仪规矩，明确提出：“我道科仪，必是归于雅正，立意以任豪任侠为主，抑诈伪尊硕德，报怨不逾前亡后化，酬恩何待遗子及孙。如请神设献，陈情达意，以通明晦，自不可缺。其赞颂必须出自新制，断不可沿袭唾余格式，以诗余中牌名相合者填之。……至超拔幽冥，要如你前在四川所遇之仙师，即我同门之好友也，立刻处分，即得其所，才为实济。”在第三十九回、四十回中又具体搬演

① 丁秉仁：《瑶华传》，三秦出版社1990年版，第14页。

这套仪式，将剑侠道敷衍得犹如宗教，意在弘扬，却演绎得不伦不类。阆仙氏对此评曰："至创制遗道科仪，实属新奇之至。剑术之传，知者皆在隐约之间，不知香城又从何得其大略，而为之彰演。"

小说还描绘了学剑之道的艰难。第二回无碍子曾感叹道："吾道虽极醇正，然习者甚少。古来相传，只有黄石公一事。此外，虽有神仙两途，无藉于此，若人怪鬼则无门可入。吾之所以遍游天下者，无非欲传吾道于人间耳。岂料无一人一怪一鬼而求之者，岂吾道之不足传于世耶!"整部小说以朱瑶华修炼剑术为情节主线，在修炼过程中，朱瑶华从小学艺，文武双修，历经轮回、富贵、战场、颠沛流离等诸多磨炼，稍有小成，师父又传其打坐功夫，命其遍历各地，积累功德，身偿孽债，最后食用仙果，洗除淫根，方能成就大业。期间，无碍子为了防止朱瑶华功败垂成，特地在她身上植入了三支戒针，第一支针戒娇贵，第二支针戒沉湎，第三支针戒浮躁，一遇犯戒，戒针便跳动示警。每到紧要关头，无碍子总是暗中保护，助其成功。即便如此，朱瑶华仍有心灰意懒、怕苦畏缩之时，学剑之艰辛难成，于此可见一斑。朱瑶华在修炼过程中，数遇魔障阻隔，以至事与愿违，但总能计出万全，逢凶化吉。小说情节也曲折多变，摇曳多姿，而主人公任豪任侠、不屈不挠的性格也在小说情节的发展过程中逐步凸现出来。

小说以明末社会为背景，揭示了明朝官吏的荒淫腐败。福王身为帝胄，实同下愚，奢侈无度，耽于酒色，皇帝却将国政大事委托于他。驸马周佐君不学无术，一味淫逸；周皇亲府中、福王王庄里更是淫风大炽，唯知吃喝玩乐。与此同时，社会上灾难频仍，百姓乏食，流寇四起，动荡不安。剑侠就是在这样的社会环境中横空出世，自掌正义，替天行道，代民申雪的。正如书中所言："故明多失政，惹出剑仙来。"如此看来，作者创作此书也有感慨世事、聊泄愤懑之意。

古代剑侠小说的集大成之作：《七剑十三侠》

《七剑十三侠》，三集一百八十回，有清光绪三十四年（1908）上海书局石印本。孙楷第《中国通俗小说书目》著录："一名《七子十三生》。存石印本。清末某氏撰。石印本题'姑苏桃花馆主人唐芸洲编次'，不知是原题否?”

此书叙明正德年间，江南侠士徐鸣皋仗义疏财，扶危济困，人称“小孟尝”。他师从海鸥子学艺，能飞檐走壁，千人莫敌。他结交了好友一枝梅、徐庆、罗季芳、焦大鹏等人，爱打抱不平，拯溺救弱，惩治凶残，扶助良善。在行走江湖的过程中，徐鸣皋等人大闹玄都观擂台，打倒了擂主严虎；又大破金山寺，斩杀了胡作非为的非非僧。此二人都是宁王朱宸濠的心腹，宁王下令捉拿徐鸣皋等人。剑仙玄贞子、傀儡生等七子十三生总在危急关头援手相助，徐鸣皋等人因此能够化险为夷。宁王密谋反叛，王守仁奉命率军征剿，徐鸣皋等侠士也随军出征。宁王叛军得徐鸿儒、余半仙、非幻道人持妖法相助，征剿大军受阻。七子十三生等剑仙鼎力相助，齐心协力，大破妖术，斩除徐鸿儒等妖道。王守仁大军攻入南昌，抄检宁王府。朱宸濠退保樵舍，摆方舟阵抵御官军。明武宗御驾亲征，朱宸濠兵败被擒，凌迟处死。大功告成后，七子十三生谢绝封赏，云游四方去了。武宗皇帝将从宁王府中查抄的货物分发各地，赈济平民百姓。他在游西山时，遇见七子十三生。武宗欲观剑术，众剑仙各逞妙技，告辞而去。武宗封赏众英雄，宴赐群臣，共庆太平。

朱宸濠谋反一事，史书上确有记载。正德十四年（1519）六月，封国在南昌的宁王朱宸濠叛乱，攻克九江、南康。七月，又挥军顺江而下，攻打安庆。时任汀赣巡抚的王守仁召集军队，趁南昌空虚，一举攻克。朱宸濠听说南昌被破，大为恐慌，回兵救援。王守仁以逸待劳，击败叛军，朱宸濠及其世子、谋臣均被俘。从起事到被俘，前后仅四十三天。朱宸濠起兵谋反时，武宗在佞臣江彬的怂恿下，以亲征为名，借机游览南方。朱宸濠叛乱被平定后，他又封锁消息，继续亲征。一路上，打猎捕鱼，强征民女，闹得民心惶惶，直至第二年八月，才班师回朝。其昏庸腐朽与《七剑十三侠》中描写的有道明君完全不是一回事。另外，徐鸿儒起事在天启二年（1622），比朱宸濠叛乱晚了百余年，两者风马牛不相及。这样看来，《七剑十三侠》虽以征讨朱宸濠反叛为背景，但在实际描写中突破史实，驰骋想象，彰显侠义，倡扬“剑术”。正如书前“小引”所说：“所谓剑仙大侠，似乎都在世乱之时才出现人间，其实这也是必然之理！因为盛治之时，文教昌明，民心耻格，事实上也不须有剑侠的白刃；到了纲常废弛，道义沦亡时，奸邪当道，强梁横行；居上位的只管淫侈骄恣，在下位的也只管阿谀囊括，土豪劣绅棍徒恶霸辈便益发肆行无忌！良善的人们只能遭摧残，被冤抑，受压迫，忍哀怨，于是一般剑侠便要来代天伸诛了。”我们从这段话可以推知作者写此书的目的是赞扬剑侠抑强扶弱之举，抨击社会黑暗，昭伸大义，以厉风俗。

此书对剑侠及剑术修炼表明了看法，第一回海鸥子说：“剑术一道，非是容易，先把名利二字置诸度外，抛弃妻子家财，隐居深山岩谷，养性练气，采取五金之精，炼成龙虎灵丹，铸合成剑，方才有用。”第六十四回飞云子曰：“万恶淫为首。谈道术者，第一要戒淫。”又以焦大鹏修炼剑术为例，说明“凡炼成剑术的人，人间富贵功名贪嗔痴爱，皆要看得绝淡，方好去炼。若有一念未消，剑法仍不能成功”。第七十回玄贞子曰：“古来剑仙侠客，那一个不从忠孝节义四字做起？”作者又议论道：“看官，你道剑侠一流岂容易做得么？必有圣贤学问，豪杰的心肠，方能成就。”可见，要炼成神奇的剑术，做世人景仰的剑侠，一定要遵循儒家礼义，以道家的心态处世待物，而且须具有传统的侠义美德。这种认识是在明代小说的基础上发展而来的，它又影响了民国时期的“奇幻型”剑侠小说，如《蜀山剑侠传》中反复强调：“世上没有不忠不孝的神仙。”

此书对剑术的描述较为丰富、全面，如第三十四回霓裳仙子讲述龙虎丹炼剑之妙，第三十八回叙傀儡生道术玄通，说他“别承一派，能知前因后果，法术奇妙，只须兵解，方能成道。一切作为，与人迥异，谈论亦多异端，不知者以为旁门左道，而不知仙家自有一脉传流”。第六十二回叙述剑术有内外功之分，“内功是凡胎肉骨，亦可飞升，外功必须脱了凡胎，方能成功。二者虽有内外之分，并无高低之别”。第六十九回与第一百四十四回通过七子十三生与余半仙及徐鸿儒等人的斗法，表现出同为剑术，却有正邪之分别。作者驰骋想象，小说中的剑术显得神奇诡异：

(一尘子）口一张，只见一道白光，从口中吐出，登时一口剑盘旋飞舞，向徐鸿儒头上砍来。徐鸿儒一见，知道是七子十三生中的人物，正欲取剑来架，却好童子将剑呈上。徐鸿儒急急取过，向空中一抛，喝声道：“疾！”只见两口剑就在空中丁丁当当斗将起来，好似两条怒龙在半空中角力。一个是练就空中之气，费许多丹药而成；一个是全凭化外之邪，竟仗此锋芒抵敌。两口剑斗了半个时辰，彼此不分胜负。忽见河海生又从军队里面出来，走至阵前，也不打话，又从鼻孔中飞出一道白光，直奔徐鸿儒头上而来。徐鸿儒正欲飞剑去迎，那边非幻道人已将宝剑掷在空中，敌住河海生这口剑，彼此又斗起来。四个人四口剑，盘旋飞舞，或上或下，或高或低，斗个不歇。

（《七剑十三侠》第一百四十四回）①

作者纵奇思，发妙想，将这类剑术描绘得形象生动，绚丽多姿，光怪陆离，曼妙无方，成为整部小说中最传神和最具意境的情节，并对后世剑侠小说创作产生了重大影响。

除了剑侠、剑术的内容之外，小说中还有大量的关于世间侠士的内容描写。这些世间的侠士凭借武艺和一腔热血行走江湖，替天行道，打抱不平，居无定所，作者的笔端因此也触及社会的各个角落，尤其对江湖社会有着较为形象生动的描述。如第八回徐鸣皋、徐庆、罗季芳逛姑苏城：

那姑苏是个省城，商贾辐辏，人烟稠密，真个挥汗如雨，呵气成云；笙箫管弦之声，沿街相接。三人进了阊门，只见各店铺密排鳞比，街上行人，挨肩擦背。……那些赶做买卖的，三教九流，人山人海，拥挤不开。三人来到一个道院，抬头一看，只见“福贞观”三字。鸣皋道：“这是有名的神仙庙，我们何不进去瞻仰瞻仰？”遂一同步入里面。只见那江湖上的巾、皮、驴、瓜，行行都有。无非是那小黑的拆字，八黑子算命，鞭汉的卖膏药，叹册的说评话，那哄当驴子在那里弄缸弄甏，那四平捻子在那医治毛病，那鞭瓜子在那打拳头，那两头子在那画符咒。②

此段叙述把江湖场面的气氛真实地描绘出来。又如第二十二回借老江湖苏定芳之口讲述江湖上的勾当，称“凡在江湖上做买卖的，总称八个字，叫做巾、皮、驴、瓜、风、火、时、妖”，又具体讲解这些行当所做的生意和他们的骗人把戏，并结合青风镇黑店和名为“皮行”实为“妖帐”的用活人器官治病的皇甫良的故事，向读者具体描述江湖上的险恶。

---

① 唐芸洲：《七剑十三侠》（附《仙侠五花剑》），岳麓书社 1991 年版，第 420 页。
② 唐芸洲：《七剑十三侠》（附《仙侠五花剑》），岳麓书社 1991 年版，第 23 页。

侠士的英雄壮举紧扣江湖市井生活，于行踪诡异处描摹世俗人情，在蛮荒险恶中挥洒豪侠本色。

小说在具体的描写中，因袭模仿前人之处甚多，如一枝梅行侠之后，留下记号，徐鸣皋等人大破专事拐骗妇女的金山寺等情节是承明代话本小说而来；徐庆等人在清风镇误入李家杀人卖肉的黑店、王妈妈勾引苏月娥与沈三通奸、张太监水面遇盗等情节明显受了《水浒传》的启发；众英雄设奇谋火烧宁王水军的描写，显然是套用了《三国演义》的有关章节。尤其是第十七回至第三十回大破金山寺，叙述徐鸣皋一帮侠士在云阳生、红衣娘等剑侠的帮助下，三上金山寺，毁灭淫窟，救出众女子，杀死非非僧。此类寺庙藏奸、为非作歹的情节，历来有本。话本小说《汪大尹火烧宝莲寺》（《醒世恒言》第三十九卷）、《儿女英雄传》中“十三妹大破能仁寺”均有描写，《七剑十三侠》在前人的基础上有所创新，民国年间《江湖奇侠传》中著名的“火烧红莲寺”的故事就深受其影响。

《七剑十三侠》语言通俗、流畅，颇有评书韵味，情节紧凑，线索分明，剑侠玄贞子、傀儡生及草莽豪杰徐鸣皋、一枝梅、罗季芳等人物形象也比较生动有趣，但小说在叙事中夹杂过多的议论，作者往往中断叙述，自己出来说教一番，干扰了小说的情节进程，破坏了小说结构的严密性。此书在中国小说史上只能属于二三流作品，但在剑侠小说的发展进程中却有着承前启后的作用。它既是对古代剑侠小说的总结，也直接影响了民国年间的剑侠小说的创作和繁荣。

古代剑侠小说的余响：《仙侠五花剑》

《仙侠五花剑》，又名《飞仙剑侠大观》，共六卷三十回，海上剑痴著。[①] 现存有清光绪辛丑年（1901）《笑林报》馆铅印本，题“海上剑痴撰”，书前有狎鸥子序。海上剑痴，本名孙玉声，又号海上漱石生，上海人，曾做过报馆编辑，生平事迹不详，除《仙侠五花剑》之外，尚有《海上繁华梦》、《嵩山拳叟》等书问世。

---

① 晚清《仙侠五花剑》有两种，另一种为惜花吟主所撰，共四十回，是《七剑十三侠》的续集。

小说写宋高宗时，秦桧专权，结党营私，倚势害人，社会极不安宁。虬髯公、黄衫客、昆仑摩勒、精精儿、空空儿、古押衙、公孙大娘、荆十三娘、聂隐娘、红线等十位剑仙聚会相商，欲下凡授徒，行侠仗义。公孙大娘炼就五花仙剑——芙蓉青剑、葵花黄剑、榴花赤剑、藓花黑剑和桃花白剑，分别赐予虬髯公、黄衫客、聂隐娘、红线与空空儿五位，五人携带仙剑飞落红尘。虬髯公等四位剑仙分别收了爱徒，传其剑术，惩强扶弱，行侠人间，唯有空空儿择徒不严，误传匪类燕子飞。燕子飞倚持剑术，祸害社会。众剑仙合力除害，无奈燕子飞所用的宝剑是芙蓉青剑，为五花剑中的第一剑，因此难以擒拿。众剑仙只好请公孙大娘临凡。公孙大娘用霜锷丸收了燕子飞手中的芙蓉青剑，众剑仙用飞剑将燕子飞斩杀。最后，众剑仙携门徒云游四海去了。

是书开篇言道："海上剑痴慕古来剑侠一流人，俱秉天地正气，能为人雪不平之事，霜锋怒吼，雪雨横飞，最是世间第一快人，第一快事，只是真传甚少。世人偶然学得几路拳，舞得几路刀，便俨然自命为侠客起来，不是遗祸身家，便是行同盗贼，却把个侠字坏了，说来甚可慨然。这真正剑侠的一等人，世间虽少，却也不能说他竟是没有。"狎鸥子序中也写道："嗟乎！红羊劫急，白马盟新；强暴跳梁，桀黠构扇；弱肉争食，公道何在！言者颊鸣，闻者眦裂。痛中原之板荡，借箸谁筹；制南越之猖狂，请缨无路。人情汹汹，天意梦梦。兰成无取乐之方，屈子有《离骚》之作；则欲消磨岁月，开拓心胸，代梁父之吟，下东坡之酒，舍是篇其奚属哉！"从小说第一回这段话并结合狎鸥子的序来看，作者对社会现状深切忧虑，痛心疾首，却又无以释怀，于是借剑侠之事一吐胸中块垒，以期伸张正义，恢复公道。

此书描写"剑术"修炼主要依据道教外丹养炼方技。第三回红线在传授白素云剑术之前，先给她服食换骨丹。白素云吃药之后，浑身三百六十骨节全都换过，此后，身轻于叶，纵跳自如。又如公孙大娘的五花神剑，是她"在丹房采日精、月魄、电火、霜花并雷霆正气而成，其质非钢非铁，乃是落花之液酿成。每花只取乍落的第一瓣，故得先天第一肃杀之气，和以铅汞，计凡千炼始成。剑质可以吹毛使断，濡血无痕，削铁如泥，砸石成粉"。第二十九回公孙大娘又炼成霜锷丸，花了三百六十一天时间，"这剑丸乃取百花上所受之霜，积而为液，和以铅汞，锻炼而成"。

百花经霜而凋，以霜锷丸破五花剑，实有天然相克之理。书中叙述的神剑与剑术均需经过外丹冶炼方能成就，相比之下，对内丹的炼气法门则较少提及。

此书描写“剑术”修炼还有两点值得注意。一是修炼剑术不排斥情欲。小说第十六回写众剑仙极力促成文云龙与薛飞霞二人的婚事，其理由之一便是“飞霞乃是初次出手，教导甚为费力。若果从速完姻，与文贤侄既成眷属，也可使贤侄于学习时指示一切，将来进境较速，实是一举两得”。这与明清其他剑侠小说所宣扬的“剑术”修炼与男女情欲相互排斥的观念大不相同。二是修炼剑术须先练拳脚功夫。第三回红线传授白素云剑术，曾言道：“剑学一法，全在以胆识为君，勇力为佐，拳脚为阶。”并告诫学拳脚的要领是，第一要心灵手敏，第二要脚步从容，第三要进退有度。随后便传授了一套拳法让白素云练习。其他人学剑术，除非本就是拳术行家，否则都要从拳脚功夫学起。燕子飞之所以修炼剑术突飞猛进，就是因为他本来精通拳术，功底扎实。以拳术作为“剑术”的基本功，这在以前的剑侠小说中也不曾描写过。

小说对剑侠的品质尤为强调。第一回公孙大娘对虬髯公等叮嘱道：“诸位道长下山，倘然得遇有缘，千万须看此人的心术若何，然后传他绝技，不要误授了外君子内小人的人儿，那时仗着本领高强，又倚宝剑厉害，妄作妄为起来，不但有玷师门，只怕为祸不小。”第三回红线对徒弟白素云说道：“凡学剑术之人，第一要心术端正，不许无事生非。第二要毅力坚固，不得有初鲜终。第三要涵养深沉，不可逞能嗜杀。有此三者，方许大道能成。”空空儿因误传了燕子飞，遭到其他剑仙的责备，众剑仙数次合力围剿燕子飞，直至诛杀恶贼、夺回神剑方才罢手。小说的主要情节即是围绕众剑仙择徒授剑展开，随着剑仙对其徒弟的人品考察，雷一鸣、白素云等人的身世、性格及经历都一一显露，而社会的黑暗现状也在其中得到充分的揭露。这种择徒授剑、重视人品的情节模式也为后世剑侠小说作者所继承。

第八章

清代文言剑侠小说

清代是文言小说创作的高峰时期，而武侠题材的文言小说创作更是超越了历史上的任何一个阶段，达到了空前的繁荣。一般来说，中国武侠小说大致可以划分为两大类：一类是写实型的武侠小说，内容以现实社会为描写对象，注重表现武林侠客的英武豪迈，惩恶扬善，在武功描述上突出武侠人物的"力"与"勇"、"轻"与"快"；另一类是奇幻型的武侠小说，以人类社会为背景，在弘扬侠义精神、彰显善恶对立的同时，更注重宗教内涵的表述与奇幻世界的构想，而在武功描述上，"剑术"的修炼与威力是其重要的描写内容，这一类型的小说又称为剑侠小说。清代是剑侠小说的鼎盛时期，文言剑侠小说更是数量众多，奇姿异彩，远超前代，形成一种十分独特的文化现象。不过，虽然作品众多，但因混杂在清人各类笔记小说中，梳理拣择颇费工夫，故尚未得到充分的关注和研究。本章的内容就是对这一题材的作品进行一次系统的整理，展开较为全面、深入的研究。

第一节　社会背景与重要作家

明崇祯十七年（1644），李自成攻入北京，朱明王朝土崩瓦解。此时，盘踞在辽东地区的清朝统治集团却乘乱入关，赶走了李自成，建立了中国历史上的最后一个封建王朝。

异族入主中原给中华大地带来了巨大的震动。热血志士寻求反清复明的机会，锐思有识的学者开始对社会历史进行反思，而标榜节操的读书人，或隐居不仕，消极抵抗；或奋笔疾书，泄愤寄兴。这种情况持续了几十年，至"三藩之乱"平定之后，激烈的民族反抗情绪才慢慢淡化下去。"康乾盛世"期间，经济较为繁荣，社会安定，国势增强。但由于清王朝实行民族歧视政策，加上官场腐败与司法黑暗，致使民族矛盾、阶级矛盾日益加深。道光庚子年（1840）之后，列强入侵，内忧外患，百姓处于水深火热中，社会动荡不安。在这"天崩地解"、民不聊生的时代，宗教信仰普遍流行[1]，人们幻想着有超人来拯世救民，而剑侠“天下无道则见，有道则隐”[2]。《七剑十三侠》书前“小引”云：“所谓剑仙大侠，似乎都是在世乱之时才出现人间，其实这也是必然之理！因为盛治之时，文教昌明，民心耻格，事实上也不须有剑侠的白刃；到了纲常废弛，道义沦亡时，奸邪当道，强梁横行；居上位的只管淫侈骄恣，在下位的也只管阿谀囊括，土豪劣绅棍徒恶霸辈便益发肆行无忌！良善的人们只能遭摧残，被冤抑，受压迫，忍哀怨，于是一般剑侠便要来代天伸诛了。”[3] 清人郑观应在《续剑侠传序》中更疾呼：“剑侠一流，于今为宜，于用为切。”[4] 由此可见，清代剑侠小说大量问世，其中又极多惩贪除盗降魔的内容，实在是事出有因。

清代文言小说创作队伍庞大，而剑侠异闻更是清人眼里的热门题材。据本书搜集的文献资料来看，在清代，从事过文言剑侠小说创作的文人有近百位，既有大名鼎鼎的文坛领袖，也有威震一方的王公贵族，还有享誉文坛的鸿儒硕士，更有名不见经传的下层文人。他们之中有著名的小说家、散文家、诗人，还有著名的学者，其中在文学史上较有影响的作家有蒲松龄、王士禛、张潮、袁枚、沈起凤、纪晓岚、乐钧、周亮工、长白浩歌子、毛祥麟、朱翊清、汤用中、俞樾、宣鼎、郑观应、邹韬、王韬、徐珂等。近百位文言小说作家竞相投身于同一题材的创作，这种现象称得上是文学史上一道耀人眼目的风景线。下面将择要介绍作品较多的作家以及作品不多但影响较大的作家。

蒲松龄（1640—1715），字留仙，一字剑臣，别号柳泉居士，亦称聊斋先生。淄川县（今山东淄博）人。出生于读书世家，勤于攻读，文思敏捷，19 岁初应童子试，便博得县、府、道三个第一，誉满乡里。此后却屡困考场，挣扎一生，直至年逾古稀才援例成为贡生。蒲氏大半生是在缙绅人家坐馆，生活的主要内容就是读书、教书、写书。这种身世和经历决定

---

① 清代佛教、道教及民间宗教都很盛行，而道教对剑侠小说创作影响最大。有关清代道教传播情况参看本书第七章第二节。

② 邹之麟：《女侠传》卷首，《说郛续》卷二三，《续修四库全书·一一九一·子部·杂家类》，上海古籍出版社影印本。

③ 唐芸洲：《七剑十三侠》，北京燕山出版社 2004 年版。

④ 《剑侠图传全集》，河北人民出版社 1987 年版，第 184 页。

了他的人生态度、写作风格。在他的代表作品《聊斋志异》里，既表露出科举失意的心态，又尽情地嘲讽考官的有眼无珠、昏庸无能；同时对官贪吏虐、司法不公以及社会上的种种丑陋现象予以批判、讥刺。而在风格上则以规范的古文糅入民间的口语、俚语，小说语言洗练简洁，浅易而又富有韵味，雅俗相间，亦庄亦谐。《聊斋志异》中《侠女》、《聂小倩》等篇是较为优秀的剑侠小说。

王士祯（1634—1711），字子真，一字贻上，号阮亭，别号渔洋山人。山东新城（今山东省桓台县）人。他出身世家大族，幼小便有诗名，顺治十二年（1655）进士，累官至刑部尚书。康熙四十三年（1704）因与废太子诗歌唱和遭革职，此后，闲居家中从事著述。王士祯是著名的诗人、学者，论诗以神韵为宗，在清初诗坛极具影响力。王士祯著述颇丰，《池北偶谈》是一部文言小说集，其中《剑侠》和《女侠》两篇作品十分引人注目。

袁枚（1716—1797），字子才，号简斋，自号随园老人。钱塘（今浙江省杭州市）人。乾隆间进士，曾做过江宁县令等职。乾隆十三年（1748）辞官，定居江宁小仓山随园。他是清代著名的诗人，标举性灵说，强调写诗要写真性情，在清代诗坛影响极大。所作文言小说集《子不语》，原书二十四卷，续十卷，“乃广采游心骇耳之事，妄听妄言，记而存之”。其中《猢狲酒》、《姚端恪公遇剑仙》、《姚剑仙》三篇属剑侠小说。

乐钧（1766—1814），原名宫谱，字元淑，号莲裳。江西临川人。嘉庆六年（1801）举人，此后屡应会试不第。家境贫困，奉母侨居江淮间，尝寓两淮盐运史曾澳馆中，一生怀才不遇，郁郁而终。乐钧不仅能诗，亦工词，诸体之文，靡不绮丽。所撰文言小说集《耳食录》，共两编计二十卷，其中剑侠题材的作品近十篇。乐钧极富才情，却穷愁潦倒，于是借小说泄愤，往往发奇思异想，人物、情节十分精彩。

郑观应（1842—1922），又名官应，字正翔，号陶斋，又号罗浮待鹤山人。广东香山（今中山）人。少弃科举，从传教士学英文，经商，在英商宝顺洋行、太古洋行任买办。光绪年间，在上海任招商局总办，后又任汉阳铁厂总办，粤汉铁路总办。他曾与容闳等组织自立会，辛亥革命后，寓居上海，反对袁世凯称帝和张勋复辟。著有《盛世危言》、《旧世揭要》等书。《续剑侠传》是郑观应编辑的一本文言剑侠小说选本，所收全是明清文言剑侠小说，分四卷，共三十九篇，篇末注明出处。郑观应《续剑侠传》的编选原则上承《剑侠传》，以身怀剑术神通的剑侠为主，注重小说的艺术性，所选作品大都具有可读性，是研究明清两代文言剑侠小说的重要资料。此书光绪年间与四卷本《剑侠传》合刊行世，1986 年河北人民出版社将两书合刊排印出版，并配以七十二幅剑侠图，改题为《剑侠图传全集》。《续剑侠传》在剑侠小说发展史上有一定影响。

徐珂（1869—1928），原名昌，字仲可，浙江杭县（今余杭）人。光绪十五年（1889）举人，南社社员，曾任商务印书馆编辑，《辞源》编辑人之一。喜读书，好编书，善诗文，尤工词。平生著作颇多。《清稗类钞》是其仿清初潘永因《宋稗类钞》体例编辑的一套大型类书。此书汇辑清代的野史笔记和朝野逸闻轶事以及社会政治、经济、学术、文化等事迹，分门别类，按性质、年代先后，以事类相从，汇编成书。全书凡九十二类，一万三千多条，三百万语言，资料丰富，对研究清代文史有重要的参考价值。其中“义侠类”四百二十三条，“技勇类”二百一十二条，此两类中包含着大量的武侠人物及故事，是研究清代文言剑侠小说的重要资料。此书的缺陷是编著者在汇编时没有注明资料出处，给后人的引用和研究带来了一定的麻烦。此书有民国六年（1917）商务印书馆排印本，分四十八册，冠以诸宗元序、徐珂自序及编辑凡例，1984 年中华书局据以重印，分十三册。

王韬（1828—1897），早年名利宾，后更名韬，字仲弢，一字紫诠，自号天南遁叟，弢园老民。江苏长洲（今苏州市）人。18 岁时考中秀才，此后屡试不第，科场极不得意。太平天国举事时，王韬持反对态度，后又与太平天国苏州当局联系，因此被清政府通缉。王韬于是逃往香港，并周游欧洲各国。1849 年，王韬受雇于英国人在上海创办的墨海书馆，1857 年参加编辑上海第一家中文刊物《六合丛谈》月刊，1873 年与香山人黄胜在香港集资创办了中华印务总局，这是中国第一家民办出版社。1874 年在香港创办近代中国第一份以政论著称的报纸《循环日报》，自任主笔，每日刊登一篇时事评论，鼓吹变法图强，是中国近代很有影响的改良主义宣传者。

王韬学识渊博，著作颇丰，除诗词之外，著有三部文言短篇小说集《淞隐漫录》、《淞滨琐话》、《遁窟谰言》。王韬的文言小说创作，深受

《聊斋志异》的影响，他在《淞滨琐话·自序》中曾说："使蒲君留仙见之，必欣然把臂入林曰：'子突过我矣，《聊斋》之后有替人哉！'"鲁迅在《中国小说史略》中也明确指出了《遁窟谰言》等书与《聊斋志异》之间的继承关系。

王韬的三部文言短篇小说集中，涉及武侠题材的有几十篇，大都构思奇幻，描绘生动，尤其是对剑侠剑术的描写更是神采具备，光怪陆离，成为清代文言剑侠小说的集大成之作，对后世幻想剑仙小说产生了重要影响。

第二节　篇目与内容

清代文言剑侠小说虽然数量众多，却散见于清人各种笔记之中，搜寻起来极费工夫。笔者翻阅了大量的清人笔记小说，辑得文言剑侠小说百余篇，这当然不是清代文言剑侠小说的全部，但我们从中亦可大致了解其发展变化、风格特征了。现将搜集的作品著录如下：

蒲松龄《聊斋志异》：侠女、聂小倩（燕赤霞）、采薇翁、佟客、王者。①

王士祯《池北偶谈》：剑侠（伟男子）、女侠（高髻女尼）、剑术。

吴陈琰《旷园杂志》：琵琶瞽女。

徐岳《见闻录》：借寓妇。

袁枚《子不语》：姚剑仙、姚端恪公遇剑仙、猢狲酒。

和邦额《夜谭随录》：刘锻工。

徐承烈《听雨轩笔记》：某生奇术。

乐钧《耳食录》：何生（了奴姊妹）、葛衣人、逆旅少年、游客铁丸、水先生、韩布衣、王黄胡子（末座客）。

昭梿《啸亭杂录》：书剑侠事、索加奴。

---

① 凡括弧中的篇名均为郑观应《续剑侠传》辑录并加以改名者。

长白浩歌子《萤窗异草》：辽东客、程黑二、姜千里、童之杰。
曾衍东《小豆棚》：浣衣妇、齐无咎、平顶僧。
金捧阊《客窗笔记》：女剑侠传。
纪昀《阅微草堂笔记》：记盗二则。
方元鹍《凉棚夜话》：剑术。
管世灏《影谈》：奇勇。
黄承增《广虞初新志》：义侠传。
宋永岳《亦复如是》：何配耀（道人）、蒋子正。
吴雷发《香天谈薮》：浙中宦者。
戴延年《秋灯丛话》：王姓客、箍桶翁。
李澄《梦花杂志》：珠儿、黄瘦生。
娄东羽衣客《镜花水月》：周栎园姬。
温汝适《咫闻录》：缺耳游击。
朱翊清《埋忧集》：空空儿、全荃。
陈世箴《敏求轩述记》：隐侠传。
汤用中《翼駉稗编》：柳生、袁客、隐娘尚在（卫女）。
高继衍《蝶阶外史》：槛中人。
齐学裘《见闻随笔》：车夫奇遇（余客）。
毛祥麟《墨余录》：南海生、某公子（河海客）、蒲包仙。
许奉恩《里乘》：剑侠、郑甲、蛇妖。
陆长春《香饮楼宾谈》：宜兴幕客。
郑观应《续剑侠传》：奚成章、朱振玉。
宣鼎《夜雨秋灯录》：郁线云、耍字迷、奚大瘤。
邹韬《浇愁集》：侠女登仙（张青奴）。
程麟《此中人语》：冯雄、广寒宫扫花女。
王韬《遁窟谰言》：老僧、相士、侠女子、柳南、飞剑将军。
王韬《淞隐漫录》：许玉林匕首、何蕙仙、廖剑仙、徐双芙、女侠、李四娘、盗女、剑仙聂碧云、姚云纤、月里嫦娥、骆蓉初、倩云、徐笠云。
王韬《淞滨琐话》：徐麟士、刘淑芬、剑气珠光传、粉城公主。
俞樾《右台仙馆笔记》：僧碧禅、某观察偶枉法。

丁治棠《仕隐斋涉笔》：先正异闻、剑仙国。

黄轩祖《游梁琐记》：龙门鲤、剑术。

无名氏《静厂奇异志》：楚生、杨某。

姜泣群《虞初广志》：柳珊、李凉州。

徐珂《清稗类钞》：王仲瞿欲刺和珅、和尚杀杀人者、刀侠还饷、夫妇皆剑侠、盗僧还黄某银、陈佝偻疏财尚义、秋红使铁丸、金飞以剑斫豆、绛绡女较剑、红娥舞双剑、书院肄业生用剑、德州尼用剑、匕首杀人百步外、剑伤后山林木。

《清朝野史大观》：世宗晏驾之异闻、雍正外传、白兰花。

上述作品内容广泛，上至达官显贵，下至平民百姓，文士商旅，镖师盗匪，乃至世外僧道，海外飞仙，其艺术的笔触伸向社会的方方面面。在塑造剑侠形象的同时，揭露官场的黑暗腐败，忧虑社会的动荡不安，歌颂英雄的侠义壮举，呼唤人间的公平正义。在这些作品中，描写内容最多的有两大类，一是惩贪除暴，一是夸饰剑术。前者是对人类社会的记述，后者则是对理想世界的向往。而剑术，这一奇幻想象的法力本身，又是剑侠小说中连接现实与虚幻的一座桥梁，因为它是剑侠干预社会、寻求公平的重要手段。因此，在这两大类的作品中，内容往往会有重合，前者总是关联后者，而后者则可以单独成篇。这是因为在前一类作品中，不论是惩罚贪官，还是剪除盗匪，又或是驱除入世害人的妖魔鬼怪，剑侠总是需要凭借神奇的剑术才能功德圆满；而对于后一类作品而言，既可以是向世人炫艺，也可以是剑侠之间的功力比试，还可以表述修道习剑的艰辛，不一定涉及现实社会的黑暗面。

惩贪除盗的作品极多，仅从上述著录的篇目来看，就达到五六十篇。这一类作品依其内容可分为几组，其一惩治贪官，戏弄权奸；其二剪除盗匪，救助良善；其三诛杀妖魔，正心济世。描写惩治贪官的作品大都记叙简约，情节单一，语言精练，气氛诡异。这一组的作品有王士祯的《剑侠》，蒲松龄的《王者》，吴陈琰的《琵琶瞽女》，袁枚的《姚端恪公遇剑仙》，吴雷发的《浙中宦者》，朱翊清的《空空儿》、《全荃》，高继衍的《槛中人》，毛祥麟的《某公子》，宋和的《隐侠传》，王韬的《相士》，黄轩祖的《龙门鲤》，丁治棠的《剑仙国》等。王士祯和蒲松龄首开清代剑侠惩贪之风。《剑侠》一篇写剑侠劫取某显宦的不义之财，显宦大怒，严令下属搜捕，并扣押其妻子为质，责令赔偿。剑侠传信函申斥其贪婪，并截其夫人头发以示警，使其色变心惊，不敢追究。此篇小说的布局颇为讲究，剑侠的神奇手段并不直接描写，而是通过贪官“启缄，忽色变而入。移时，传令吏归舍，释妻子，豁其赔偿”的种种表情、反应来表现的。剑侠劫财于古庙中，“扃鐍甚固，晨起已失金所在，而门钥宛然”[1]，深山荒野忽现一热闹市镇，剑侠居室犹如王宫大宅。凡此描述都显出剑侠的行踪诡秘，神术超凡，也为小说增添了神秘氛围。《王者》情节与此篇相同，但蒲松龄乐于渲染细节，描摹场景，故事自然也更加细腻、生动。此类题材大约出自坊间传言，何守奇在《王者》篇末评道：“此事累见他书，不无少异，要是剑客之流。”[2] 此后，相同题材的小说时有问世，且不断翻新，而翻新最奇者，莫若丁治棠的《剑仙国》。小说叙某提督在府中丢失圣旨，遍寻不得，心急如焚。皋兰县一役卒察看现场之后，断定是剑侠所为，且必须到剑仙国才能探知究竟。而剑仙国“去中华数万里，在东海岛中，与三神山近，以金银为城阙。中有剑王，管领五大洲剑仙侠客。设有职司，凭功过为升降，能以剑术护国卫民”。其中役卒之子赴剑仙国一段写得尤为精彩：

是夜，命子薰沐，饱加餐饭，加之装束：头扎青丝巾，身披红短褐，腰束鞶带，脚蹑蛮靴，短衫窄袖，兜裹紧严；于额上画太乙符，胸臂腰膂，俱粘符纸，又于马腹、马首、马尾画三符，缠结其上。装毕，戒之曰：“马行则行，止则止。中有候馆，暂下一餐，餐罢即行。至其地，出书投之，任导者所为，勿多言，作哑人可也。若妄下鞭，则不能返，海山万里，不能收尔骨矣。慎之慎之！”遂上马加鞭，四蹄风起，掣电蹑云，鸟雀之飞，无比快利。近三更，已出玉门关，行草地逾中华界矣。所过高山大泽，如履坦途。比晓，则一片黄沙，茫茫无际，人烟杳绝，不知所经

---

① 王士祯撰、靳斯仁点校：《池北偶谈》，中华书局1982年版，第565页。

② 蒲松龄：《聊斋志异》（会校会注会评本），上海古籍出版社1978年版，第1491页。

何地。午刻，至一处，遍地青莎，高于人齐，如翠茵碧毯，蒙茸极望。沙中微开一径，行径中百十里，马蹄顿止。见草中结庐蓬，绿窗素几，幽雅明快，即候馆也。住数人，若邮吏然。侦刽子下骑，具米羹茶果，与之饱餐。餐毕上马，行不计里，出莎径已黄昏矣。续睹大海前横，浮天无岸，马便嘶风踏浪，澒洞行波涛中，足不沾濡。历一夜之久，天明，抵一岛。乱峰插汉，古树拿云，蓊蔚嵯峨，画手不到。登岸历山路，曲折通幽，香云拂面，翠露沾衣。所见珍禽异兽，异卉奇葩，莫可名状。行半晌，得平地，豁然开朗，金沙四布，玉水交流，道路桥梁，皆瑙玉镶成。行人渐夥，或男或女，俱古服劲装，蹑风而行。马至此，步渐缓，"得得"前进。俄见瑶林琼树中，隐露金城一座，红墙白雉，云霞绚彩；珠塔玉楼，高揭天表，别成世外奇观。

马抵城门外，有甲士四人，虬须虎额，状若天神，代为捉控，呼之下，接其书，导引入城。所经街衢，如装锦绣，金碧射人眼。内无市廛，惟珠楼碧馆，栉比绵连。馆内琴音铿尔，楼上绮窗，时有美人露面出窥，严肃明净，无一点尘嚣市气。至一署，金龙玉狮，盘踞门首。导者曰："此剑王宫也。"赫如皇居，碧瓦飞空，金榜回日，五光十色，常有瑞烟笼罩。门数进，至一大殿，檐缀珠帘，莫测深广。引刽子跪丹墀下，导者持书进。约两时许，帘钩掣动，有大声胪传曰："好将去，勿再来!"导者奉一黄袱出，挂刽子项，命之起，复引出城。跨马促行，仍由原道，渡海踏莎，回至候馆，加一餐。至三日之夜，交子刻，抵家矣。①

剑侠居住之处已从荒山野岭移至海外天涯，其偏远难行更非一般人力所及，必须借助神术法力才能达到。相比《剑侠》、《王者》等篇而言，《剑仙国》中剑侠住所则更加金碧辉煌，而且剑侠世界等级森严，剑王统领各处剑侠，权势极大，高深莫测，俨然是人类社会的皇权象征；剑侠"凭功过为升降"，须令行禁止，不听号令者将会受到惩罚。此篇在奇特的想象中，将剑侠个体纳入尊卑有序的统一管理框架，剑王的威严是突出了，但剑侠个体的本质却丧失了。

剪除盗匪是清代剑侠小说的重要内容。清代阶级矛盾、民族矛盾十分

---

① 丁治棠:《仕隐斋涉笔》卷三，四川人民出版社 1985 年版，第 63 ~ 65 页。

尖锐，反抗与镇压异常酷烈，康熙平定三藩之后，社会渐趋稳定，经济有所恢复，农业、手工业和商业都有所发展，但另一方面仍有相当多的百姓生活在贫困线上。清中期以后，腐败日甚，由盛而衰，人民不堪其苦，铤而走险，聚啸山林，以打劫造反为生。剪除盗匪的题材正是对动荡不宁、民不聊生的社会现状的真实写照。此类作品包括王士祯《女侠》，长白浩歌子《辽东客》、《姜千里》，曾衍东《平顶僧》，徐雄飞《义侠传》，温汝适《缺耳游击》，罗星潭《奚成章》，昭梿《书剑侠事》，俞樾《僧碧禅》，王韬《倩云》、《盗女》、《刘淑芬》，汤用中《袁客》，李澄《黄瘦生》，纪昀《记盗二则》，管世灏《奇勇》，宣鼎《郁线云》、《耍字谜》，丁治棠《先正异闻》，无名氏《杨某》等。这类小说较多描写商旅途中，盗匪劫掠，剑侠护镖，盗贼受创。曾衍东《平顶僧》叙某公子载多金入长安，巨盗十余人尾随，仓皇之间遇一住店客，客以剑术尽歼盗匪，仅伤一人，使其逃窜。十年后，公子在京师红寺遇一僧，头上“平顶如劈瓠，不生毛发，惟斑疤类大莲蓬”，问其故，乃知是剑下余生者。其中客歼盗匪一段颇为神奇：

客亦闭户独坐，舔窗外视，月照院庭，净洗如水，光芒可鉴毫发。闻壁垣间如鸟隼飞落，乃一人逾垣入院。客窗罅以气吹之，其人首落地上。逾时又一人至，客又吹之。凡十余吹，而尸已枕藉庭阶。客忖曰：“殛盗何必尽灭其口，使即不留遗类，谁知吾刃之有余？何如存一不必胜诛之人，令其试吾锋之若顿。”又一人入，四顾；客但以气微嘘其顶，似切瓜一片。其人抱头跳出，自是寂然。[①]

除了商旅途中的侠盗对决之外，清代文言剑侠小说还描写了侠与盗之关系，剑侠有时也打劫官府，但与盗不相同。昭梿《书剑侠事》写剑侠李某入赘粤西永宁州陈家，劫走官饷，无人知晓。剑侠叶氏子因怜悯胥吏，主动为其寻找。当他探知李某所为之后，愤然责备道：“吾侪以义为重，岂可盗官家物？使遗祸于他人以遭天谴也？”[②] 李某受教，翻然悔悟，归还

① 曾衍东：《小豆棚》卷一四，齐鲁书社2004年版，第246页。
② 昭梿：《啸亭杂录》，中华书局1980年版，第252页。

官银。与此篇不同，王韬《粉城公主》叙粉城公主父亲遭权奸陷害，一门被戮，遂集义士于海外，“遇贪官污吏，必行劫而诛杀之，迹虽绿林，然尚怀忠义之心”①。她不但严惩了贪官父子，并问心无愧地收取贪囊三十万。此外，剑侠进入盗窟，和盗匪称兄道弟，甚至和盗首之女结为夫妻，也是清代文言剑侠小说常写的内容，如王韬《盗女》、《倩云》，管世灏《奇勇》，无名氏《杨某》等篇。此类作品的结局往往是剑侠脱离萑苻，避免了玉石俱焚的结果。《盗女》中的吕牧与其妻倩珠、《倩云》中的秦雨衫与倩云、《奇勇》中的洪峻都是主动离开盗窟，《杨某》中的杨某与吴某更是同心合力，杀死贼首。由此看来，在清代文人的观念中，剑侠与盗毕竟不同，剑侠“行天下，多贼达官与有权力之人”，是“补天地之缺，济儒道之穷，如旌阳斩蛟、莆田拯溺之类”②；而“寇盗，鬼魅也；官军，雷电也。霹雳一震，妖氛顿熄，邪正之判也”③。

需要指出的是，小说中的盗匪大都是饥寒交迫的百姓，他们走投无路，逼上梁山，《缺耳游击》说是“因饥乌合”，《先正异闻》指出“凡黑白不分，妄行劫夺者，皆饿贼辈假名为之”，《杨某》中盗首本是明末遗民，曾有反清复明之举，后聚啸山林。也有剑侠为盗者。《先正异闻》篇中的海力佟佟，既是海贼，也是剑侠，他因敬重林则徐的威德，主动遁入重洋，遨游海外，从此绝迹。《隐侠传》篇中的隐侠，杀死官吏，为民除害，为了不遗祸无辜，他主动自首，受械数日后，飘然而去。《粉城公主》篇中的粉城公主，举义旗，结豪士，专杀贪官污吏，行劫不义之财。剑侠为盗，盗亦有道，有所为有所不为，不同于为非作歹的盗匪。

驱妖降魔也是清代文言剑侠小说的一个重要内容。作品有蒲松龄《聂小倩》，长白浩歌子《童之杰》，宋永岳《何配耀》，阿修罗《李凉州》，王韬《许玉林匕首》、《徐麟士》、《廖剑仙》、《李四娘》、《剑仙聂碧云》、《月里嫦娥》等。这一组作品都带有浓郁的传奇色彩，叙述婉转，曲折有致，文笔幽雅，清丽可读。如《童之杰》写童之杰在巨宅古屋中的奇异

① 王韬：《淞滨琐话》卷七，齐鲁书社 2004 年版，第 161 页。

② 郑观应：《剑侠传序》，引自《剑侠图传全集》，河北人民出版社 1987 年版，第 184 页。

③ 管世灏：《影谈》卷三，引自《清代笔记小说》（第三十三册），河北教育出版社 2003 年影印本，第 368 页。

见闻：

甫安枕，窸窣有声，窗牖故无片纸，伏而窥觇。淡月之下，见一人长仅尺余，侏儒肥矮，往来巡阶而走，状似狐。因厉声叱之，倏不见。童遂以为无足虞，驰然复卧。俄而火光顿炽，可见须眉。有异物高与檐等，面瓜色，双眸如碗，灼灼然，火光即从此出。周身皆绿毫，约长数寸，甚可怖畏。童不觉股栗，强掣其锋，虚声相向。物笑曰："此剑尽足割鸡，奈何大言欺人耶？"其音如鸮，响震屋宇，童之剑早已坠地。正仓皇间，忽闻环佩之声，物竟敛迹。①

其间叙事状物，卓有情态，而细节描摹，精彩顿生。又如《剑仙聂碧云》叙奇女子聂碧云为报杀父之仇，辗转各地寻求三件宝物。得手后，在士人的帮助下，与毒龙展开激战，激战的场面写得有声有色：

士人之箫，固神技也，高可遏云，响可裂帛，精诚所注，金石可泐，始犹按谱依律，抑扬宛转，三弄之后，极其所长。女瞥睹群鱼中有状若蜥蜴者，点首掉尾，举止有异，知必毒龙也。急投以定水神针，潭水顿涸丈许。蜥蜴倏变为巨蛇，须臾，鳞甲怒张，风浪骤作，千百条蛇俱从潭中飞出，向集女身。女掷剑空际，匕首所及，血雨横飞。士人亦从旁助之。俄而，天地昼晦，水火风雷一时并至。士人匕首已尽，但危踞石上，执杵诵经。女以胸悬神镜，诸不敢犯。龙术渐窘，知不能敌，腾升云际，张爪牙与女斗。女以降魔杵掷之，中其背，倏忽不见。急以炼影神镜遍照四方，乃伏在磐石下。起磐石觅之，转瞬间成一蛤蟆。女恐其再遁，出神针刺之，血骤涌，潭为之溢焉。②

人魔激战，天崩地裂，云烟沸涌，读来如见雷电之光，如闻波涛之声，如睹风云之色。

---

① 长白浩歌子：《萤窗异草》三编卷二，人民文学出版社2006年版，第388页。
② 王韬：《淞隐漫录》卷六，人民文学出版社2006年版，第257页。

第三节　剑术与侠情

剑术是剑侠替天行道、翦暴除恶的手段，也是剑侠修身养性、弃凡求仙的桥梁，更是剑侠小说特立独行的标志，因此，剑术的描写是剑侠小说至关重要的环节。更为重要的是，我们从有关“剑术”展示的叙述中可以清楚地察觉到沉淀于中华民族心理深处的文化积累和情感表达方式，以及浸透于作品之中的具有浓郁宗教色彩的人生理想。

清代文言剑侠小说的剑术描写，首先表现在对剑的神化上。小说中的剑侠都有自己的神兵利器，或出自上古名匠之手，或托言化外仙家所赐，《何配耀》中道人的剑是战国时冯驩的剑，《李凉州》中李凉州的剑是仙人所赠，《童之杰》中童之杰的剑是“道家荡魔剑”，《徐麟士》中的宝剑是徐麟士从古冢中掘而得之，《女侠》中潘叔明的剑是“二千年前欧冶子所铸，非凡间物也”。此类剑虽是神物，但仍须剑侠施以法力才有神通，《童之杰》中女剑侠对童之杰的宝剑这样评价：“此道家荡魔剑也，非吾辈所用者，故须人力，始克奏功。若吾剑之飞腾变化，则行之无阻矣。”[①] 可见它与剑侠所炼之剑有别。剑侠所用之剑经过法力锻造，能搓剑成丸，大小随意，且具有驱魔意识，如《聂小倩》篇写剑客燕赤霞将短剑置入箱箧内，半夜，夜叉来袭，“忽有物裂箧而出，耀若匹练，触折窗上石棂，焱然一射，即遽敛入，宛如电灭”。剑不需主人驱使，自出自入，重创夜叉于瞬间。即便盛剑的革囊也能令鬼物心惊胆战，自行将鬼物抓住，化为清水。[②] 又《何配耀》中何生持道人之剑置床头，“至夜静，闻帘外有女子声，歌唱而来。剑忽动，蹦绳倏化为龙，一线红光，穿帘而出，剑顿闪灼吐光，射人眼不敢逼视，铿然作声。何惊极，不暇持，瞥然飞腾，如疾矢驰去”[③]。这把古剑经过道人的法力催生，亦能飞行变化，自行诛魔。此

---

① 长白浩歌子：《萤窗异草》三编卷二，人民文学出版社2006年版，第389页。

② 蒲松龄：《聊斋志异》（会校会注会评本），上海古籍出版社1978年版，第163页。

③ 宋永岳：《亦复如是》卷七，重庆出版社2005年版，第206页。

外，清代文人还在文言剑侠小说的创作中融入了上古民间传说的文化元素，《剑气珠光传》中侠女白如虹“尝宿山中，见两婴儿自土出，裸体相扑，逐之，跃入涧溪，屡觅之，苦不能得其处。一夕乘凉大树下，两婴忽起自足旁，互相纠结。女顺手掩执之，嗷然而号，稍松即逝。爰即其没处掘之，得石匣一，启匣则有双剑在焉。精莹皎洁，铦利无比，用以削铁，如朽腐。有识者相之曰：‘此雌雄两宝剑也。雌曰白虹，雄曰红霓，周时所铸，历时二千年许，殆神物也。’”[①]。古剑化为人形，从地下钻出来，有情感有生命，这无疑是对古人将剑奉为神灵的剑崇拜文化心理的认同与传承。作为一种文学意象，剑承载着中华民族的精神情感，且宣泄出一种相当浓郁的民间宗教情绪。[②]

其次是对剑术修炼的描述。清代文人的学剑叙述明显地因袭了唐代剑侠小说。《姚云纤》篇写姚云纤学剑：“尼启甲得红白丸各一，令斋戒沐浴，然后吞之。十日后，自觉身轻捷如猿猱，力能举重物。每晨于庭中舞双剑，人但见万道寒光，绝不睹其身；空中有鹰隼过，飞剑掷之，无不下堕。”[③] 这简直就是《聂隐娘》学剑的翻版。但清代文言剑侠小说也有自己的创造。如《徐笠云》篇中女剑侠教授徐笠云剑术，先习外功，盘旋舞剑，三年后，外功有成，再学内功，“授以吐纳呼吸刚柔变化之妙”，又三年，直到“迟速隐现，悉随其意”方算成功。又如《刘淑芬》篇叙刘淑芬练习舞剑之法，渐有所悟时，有白猿前来相斗陪练，一年之后，刘淑芬方能“浑脱浏漓，备极其妙”。《郁线云》篇则是郁线云先读仙家内典《剑诀》一书“潜自演习”，后由公主密授神术，并赐以剑丸，方成大道。凡此种种，皆对民国及当代武侠小说创作产生影响。

道家认为，修道者死后灵魂离体飞升成仙，留下形骸，称为尸解。其中溺水而死的叫水解，死于兵刃的叫兵解。道教经典这样解释：“夫尸解者，尸行之化也。本真之炼蜕也，躯质之遁变也，五属之隐适也。”[④] 至于

---

① 王韬：《淞滨琐话》卷六，齐鲁书社 2004 年版，第 123 页。

② 关于剑崇拜与剑文化，见本书第二章及拙文《古代武侠小说对“剑术”的表现及其文化意蕴》（《南开学报》2006 年第 6 期），《中国古代剑侠小说的发展及文化特质》（《文艺研究》2007 年第 12 期）。

③ 王韬：《淞隐漫录》卷七，人民文学出版社 2006 年版，第 321 页。

④ 张君房纂辑，蒋力生等校注：《云笈七签》，华夏出版社 1996 年版，第 523 页。

尸解的作用，则是“用之潜遁，足以远凶恶；施之而逝，可以尽子孙之近恋；隐之而游，可以登名山也”[①]。小说家将这种修道之术化入情节中，于是剑术修炼中也有尸解一途，《许玉林匕首》、《徐笠云》、《廖剑仙》、《飞剑将军》、《耍字谜》等篇皆谈及剑侠尸解。《飞剑将军》中剑侠吴思演死于刀兵，“吴之亲丁来收其尸，纳之棺中，载至苏州乡间唤人舁于冢上，举之觉甚轻，启而视之，已无所有，惟留常日所用一剑而已”[②]。吴思演以剑代身，隐遁而去，这是道家“造剑尸解法”，道经云：“真人用宝剑以尸解者，蝉化之上品也。”“诸以剑尸解者，以剑代身，五百年之后，此剑皆自然还其处也。”[③]《徐笠云》一篇对尸解的描述更为形象具体。小说中一幼妇与僧通奸，并与之合谋杀死丈夫，事发后，按律当斩。“弃市之日，妇与僧神色扬扬自若，首虽陨地，身犹僵立不仆，腔中绝无滴血；群见有小人二自腔出，仿佛僧与妇状，冉冉上升。生亦目睹，忿然曰：‘岂有修成剑术而为此坏法乱纪之事乎！’掷剑向空，二小人随剑俱堕，身首异处，倏忽入地而没，旋即尸仆血流。”[④] 幼妇与僧炼魔入道，企图借兵解飞升，却被徐笠云以剑术阻止。

剑术修炼也有正邪之分。《粉城公主》中粉城公主炼剑，需要用读书人的脑血将剑浸泡四十九日，宝剑才能化为白光。如此修炼剑法，不可谓不邪！《里乘·剑侠》篇写韦生与黄山凶僧比剑：

韦与僧左右相向而立，僧口吐青气一道，韦口吐白气一道，互相激射，盘旋天际，夭矫闪烁，如电交掣。少选，青气渐弱，白气益锐，砉然一声，响若裂缯，将青气划为两断，堕地顿灭。白气直射僧顶，僧惶惧，投地膜拜，稽颡乞命……观者咋舌失色，叩问何术。韦曰：“皆剑术也。彼所炼青气为雌锋，是谓邪道；吾所炼白气是雄锋，是谓正道。雌不能胜雄，实邪不能胜正。彼挟此术横行江湖，已称无敌，惟予足以克之。今既

① 张君房纂辑，蒋力生等校注：《云笈七签》，华夏出版社1996年版，第520页。

② 王韬：《遁窟谰言》，引自《剑侠图传全集》，河北人民出版社1987年版，第175页。

③ 张君房纂辑，蒋力生等校注：《云笈七签》，华夏出版社1996年版，第521页。

④ 王韬：《淞隐漫录》卷一一，人民文学出版社2006年版，第539页。

折断，已成废物，为人除害不鲜也。”①

剑术有正有邪，相互对立，邪不能胜正，使剑侠本身有了门派之分、正邪之争，从而衍生出许多复杂的情节、热闹的故事，这在武侠小说史上产生了极大的影响。

剑术描写是剑侠小说的重要关节。它虽是虚幻之笔，却又凝聚着诸多文化元素，如中华民族的远古的崇剑文化的熏陶、道教与佛教的文化浸染、中国传统伦理文化的制约、中国民间侠文化的培植等。人们在阅读中惊异其神奇，沉醉其迷幻，当我们以理性的思维沿着这条既精彩又神秘的幽径向前奋力跋涉时，便能领略和解析这一有趣的文化符号。

剑侠谈情说爱，清代以前的作品极少涉及。蜀妇人、贾人妻、崔慎思妾等女剑侠结婚、生子，只是借此隐居复仇，报仇后杀子弃夫，飘然而去，本身并无爱情可言。聂隐娘嫁于磨镜少年大约是为了修道，爱情是谈不上的。至宋，文人在剑侠小说中开始写情，如洪迈《夷坚志》中的《花月新闻》、《解洵娶妇》两篇。《花月新闻》写三角恋爱，剑侠之间吃醋追杀，但篇幅简短，没有展开描写；《解洵娶妇》中女剑侠面对忘恩负义的丈夫，由爱生忿，由忿生恨，终至忍无可忍，杀夫远去。两篇小说的爱情色彩不浓，但均言及“情变”题材，在武侠小说发展史上具有一定的开创之功。到了清代，内容涉及爱情的文言剑侠小说明显增多，就笔者所见有近 20 篇，且文笔细腻，叙述婉转，缠绵悱恻，清丽动人。

以剑结缘是清代文言剑侠小说的言情秘诀。此秘诀在具体演述时又分成两种套路：一是雌雄双剑配姻缘。《许玉林匕首》中许琳和妻子皆有奇遇，各得到一把匕首，两刀长短一样，许琳的刀文凸而显出，铭阳文，其妻之刀文凹而深入，铭阴文，两人因此结为夫妻。《李凉州》篇叙李凉州得遇奇人，获赠宝剑，此剑“出世五百年，尚未得偶”，后入滇中，遇一戎装女郎，家中也有一把宝剑，两剑“一雌一雄，毫发俱肖，合之吻合无间”，两人遂成佳偶。二是男女比剑结连理。《老僧》中卫文庄“体魄瑰伟，丰神清拔”，精通剑术，闻西安有奇女子仇慕娘比武招亲，欣然前往。比武场上，两情相悦，结为伉俪。《淞隐漫录·女侠》篇叙剑侠潘叔明性

---

① 许奉恩:《里乘》卷六，重庆出版社 2005 年版，第 179 页。

情豪迈，精通剑术，匹马裹粮，游走四方，在山东道上遇绿林豪杰，潘叔明与女剑侠程楞仙飞剑相斗，各自倾心，英雄美女，喜结良缘。《倩云》篇中秦雨衫夜入盗窟遭遇倩云，比剑之后拜倩云为师，终至鸾凤和鸣。在男女比剑的叙述套路中，女子的剑术总是高于男子，对爱情的态度也较男方主动，这种柔弱与刚强的对比描写，很好地衬托了女侠的飒爽英姿、柔情似水。

以剑结缘是男女剑侠之间的言情表达模式，而剑侠与平常人之间相爱则更注重人的品性、才情。《何生》与《广寒宫扫花女》中的女侠原是仙女下凡，男服装扮，游戏人间，衣衫褴褛，无人相顾，而何生与郑生却送钱送物，关怀体贴，从而使仙女顿生眷恋之情，不但在危急关头出手解围，而且主动示爱。正如《广寒宫扫花女》中女侠所言："余雄服游戏尘寰，物色奇士，殊无知我者。君乃与我金，赠我衣。侠之所在，即情之所钟也。"①《姚云纤》写女剑侠姚云纤与孙公子谈论诗词曲赋、地理风情及音乐，且联诗斗酒，赏花看月，相见恨晚。《柳珊》中女剑侠柳珊，从小父母双亡，卖身抚署，抚军欲将她嫁给幕僚李生，李生因未有母命不从，抚军以势相压，李生直面顶撞。柳珊见李生据理力争，很有骨气，怦然心动，在李生遭劫难时尽歼盗匪，并委身下嫁。《剑气珠光传》描写侠女白如虹与才子随照乘青梅竹马，两小无猜。白如虹随父出门经商，随生誓不他娶，照料白母，寻访如虹，如虹也绝不别嫁，等待随生。两人久经磨难，爱心始终如一，终于苦尽甘来，别后重逢，成就姻缘。在此类言情模式中，剑侠多为女性，喜欢女扮男装，男方都是普通人，有才情，有骨气，有侠心，最终赢得侠女的爱情。

如果说以剑结缘、喜成鸾俦是男女剑侠爱情故事的美丽开端的话，那么互相扶持、患难与共就是爱情的持续发展了。《淞隐漫录·女侠》写潘叔明和程楞仙结婚后，两人情深眷恋，恩爱有加，共研剑术。程楞仙的师兄法显贪图女色，公然相犯，两人同心协力，将无良师兄毙于剑下。《李凉州》叙李凉州夫妇以剑缔结良缘，情深意笃，后李闻故友有难，前往救援，战死阵中。其妻兴师讨伐，为夫报仇之后，自杀殉情。《剑仙聂碧云》

---

① 程麟：《此中人语》，引自陆林编：《清代笔记小说类编·武侠卷》，黄山书社1998年版，第387页。

中聂碧云与丈夫相互配合，勇战毒龙，九死一生，终获大胜。《盗女》与《倩云》两篇均写剑侠夫妇合谋，智离盗薮，全身远害，化险为夷。

清代剑侠小说的侠情描写在中国武侠小说发展史上有筚路蓝缕之功，其爱情描写或英姿飒爽，或情意缠绵，尤其女侠的情态更是描摹生动，细腻入微，神韵逼真，风采不凡，但也有不足之处。《倩云》、《何生》、《剑气珠光传》、《姜千里》等篇均宣扬一夫多妻，并且女侠主动为丈夫寻找配偶，张罗婚事，两女心安理得地共伴一夫，未免庸俗、低级。另外，有些小说对男女情爱持排斥态度，认为情欲会阻碍修炼。廖蘅仙的师父对其测试道心，通过考验之后，其师曰："子不犯色戒，真侠士也。再修三百年，可成剑仙。"① 《侠女登仙》中侠女张青奴曾对冯生说："实告君，我剑仙张青奴也。向从妙手空空儿学技，见玉面郎君美，偶动凡念，师怒，责罚尘世立功德三十万。"② 而《剑仙聂碧云》中的聂碧云"虽与士人为伉俪，而食宿自别，察之，似绝无所染者"③，纯粹是一种精神恋爱。此种柏拉图式的恋爱方式后为民国年间的小说家承袭，创出所谓有名无实、违反人性的"合籍双修"的剑侠夫妻模式。

第四节 传承与创新

作为一种类型小说，剑侠小说有着区别于其他类型小说的独特的情节模式，这种情节模式具有相对稳定的叙事框架，体现出作者和读者共同的文化心理模式，是沟通作品文化特征与读者审美体验的桥梁。在剑侠小说演进的过程中，这种情节模式会随着时代的变化和读者的需求添加新的元素，在一定程度上制约着剑侠小说的创作与发展。这种相对固定的情节模式在主题学研究中称为"母题"（Motif），也有学者译为"情节单元"④，

① 王韬：《淞隐漫录》卷二，人民文学出版社 2006 年版，第 81 页。

② 邹韬：《浇愁集》卷六，申报馆仿聚珍版印本。

③ 王韬：《淞隐漫录》卷六，人民文学出版社 2006 年版，第 257 页。

④ 参见金荣华：《六朝志怪小说情节单元分类索引》，台北中国文化大学中国文学研究所 1984 年版。

更有学者认为：“情节是由若干母题的有机组合而构成的，或者说一系列相对固定的母题的排列组合确定了一个作品的情节内容。许多母题的交换和母题的新的排列组合，可能构成新的作品，甚至可能改变作品的体裁性质。”① 因此，对清代文言剑侠小说若干“母题”进行考察和梳理，将有助于我们对作品的理解。

“试道坚心”是剑侠小说常见的文学母题，即主人公在修炼剑术的过程中必须经受各种考验，以确认他是否有资格成为剑侠。此情节单元的源头可上溯至佛教典籍。《大唐西域记》卷七“烈士池”写一烈士为隐士持刀护坛，其间幻象纷至，变异迭起，终因不能断爱，为魔所乘，功败垂成。唐代小说《杜子春》、《韦自东》、《萧洞玄》等篇均套用此情节，只是变佛为道，题旨大致相同。不难看出，此“情节单元”宗教色彩极浓，旨在说明修道成仙不易，斩除心魔尤难。此情节单元经剑侠小说家移植，演绎为修炼剑术者必须经历的一种道心考验，强调修炼剑术要诚心，心意不诚，修不成剑术。遂将道侠一脉打通，使修道与炼剑融为一体，成为剑侠小说重要的文化母题。《廖剑仙》中廖蘅仙修炼剑术，将成大道之日，有魔障干扰：

廖依其言，闭目静坐，一时心中万念陡起，凡奇形异状，可怖可惊之事，无不接于目前。廖凝神敛性，兀不为动。顷刻间，大地山河，忽复明朗，旋于圆光中现一邻妇，披发浴血而来，向廖曰：“我即詈夫，亦无杀罪。汝逞一时之忿，使我身首异处，抑何忍哉！”自捽其头，掷于廖前。廖心一悸，忽背上匕首猝掣空中，有若流星闪电，耳畔闻老翁语曰：“善哉！杀戒不可开也。”圆光中复现一美妇人，雾髻云鬟，容华绝代，珊珊至前，向廖再拜而语曰：“郎君独不忆西关阿翠乎？别如许年，竟而不相识，抑何薄情乃尔！”其声娇婉，入耳荡心。廖急闭目调息，以心问心，谓世间一切境，悉由幻造。美人见廖不语，即以香颊相偎，喃喃述向日私慕意，口脂之馥，有逾兰麝。廖心几动，急自遏制，念此淫娃坏我大道，盍不杀却？忽觉鼻中奇痒，一道白光突出，美人已杳。启目视之，座下死

① 刘魁立：《世界各国民间故事类型索引述评》，《民间文学论坛》1982年创刊号。转引自王立：《佛经文学与古代小说母题比较研究》，昆仑出版社2006年版，第23页。

一九尾狐。①

这篇小说完全照搬了传统的情节模式。相比之下，《梦花杂志·珠儿》篇则对此情节进行了一番加工改造。富户吴生欲师从珠儿学习剑术，珠儿致函告知修炼之法，吴生喜悦非常，构静室，备法器，依法练习，将近四十九日，怪风陡起，静室爆炸，烈焰冲天，吴生侥幸不死，但染成狂疾。其父为之“招黄冠，设醮忏”，不但没有治愈儿子，自己也得了狂疾。父子二人几乎将家中资产耗费殆尽，父亲病逝，吴生康复。吴生看透世情，将家中余资散发给乡亲，自己隐入深山。此时，珠儿出现，对吴生说：从今以后，你可以修炼剑术了。小说旨在说明要修成剑术，就要斩断世情，散尽家财，摒除一切世俗杂念。《刘淑芬》中刘淑芬学习剑术总不能随意变化，达到通神境界，其师曰：“是不难，苟于愿受三无之厄，则剑术可以通神。”刘问何为三无，答曰：“无子、无财、无爵。孑然一身，贫无立锥，且为举世所唾弃，则正是功夫圆满时也。”② 剑术与功名富贵无缘，与人伦社会隔绝，是超凡绝俗的无人无我境界。

面对如此“试道坚心”的考验并不是每个人都能从容面对的。《聊斋志异·佟客》篇叙董生欲求异人传其剑术，路遇海外归来的佟客，便问：“曾见异人否?”佟客问异人有什么特征，董生高谈阔论，又抽出佩剑弹而歌之，并砍断路边小树。佟客拿出一把短剑，以削董剑，应手而断。董很吃惊，坚请佟客至其家中留宿。半夜，董生忽闻隔院人声鼎沸，细听之后，知为盗匪拷掠父亲，并指名要见董生。董生提戈欲往，佟客认为此去凶多吉少，让他嘱后事于妻子，董生“入告妻子，妻牵衣泣，生壮念顿消，遂共登楼上，寻弓觅矢，以备盗攻”③。正彷徨之际，佟客笑云盗匪已去，原来这是佟客在施展幻术试探董生。董生患得患失，慷慨自负，危急关头，缺乏血性，全无担当，自然经不起考验，与剑术无缘。这篇小说以调侃的笔法写剑侠戏耍董生，并将董生前倨后恭的情态传神般地描摹出来，极具讽刺性。考验情节经过蒲松龄的改头换面之后，笔锋所指意在劝

① 王韬：《淞隐漫录》卷二，人民文学出版社 2006 年版，第 80 ~ 81 页。

② 王韬：《淞滨琐话》卷三，齐鲁书社 2004 年版，第 49 页。

③ 蒲松龄：《聊斋志异》（会校会注会评本），上海古籍出版社 1978 年版，第 1186 页。

诫世人，透视现实，试道坚心的表述自然淡化了原本浓郁的宗教色彩。

女侠隐身市井，伺机复仇的情节模式也是剑侠小说的重要母题之一。唐代崔蠡的《义激》、薛用弱的《贾人妻》、皇甫氏的《崔慎思妾》等都演述此故事。唐代以后，此类小说络绎不绝，陆续而出者有《文叔遇侠》、《解洵娶妇》等。至清代，《聊斋志异·侠女》、《小豆棚·齐无咎》、《翼駉稗编·隐娘尚在》、《耳食录·水先生》等亦袭用此情节模式写剑侠隐居复仇，蒲松龄的《侠女》是这类小说中最具神采的一篇。小说叙述金陵人顾生，家贫，上有老母，靠卖字画度日。对门搬来母女二人，两家互相扶持，艰苦生活。顾生娶不起妻子，数次挑逗女郎，均遭严词拒绝。一天，女郎主动投入他的怀抱。此事被一狐精知悉，狐精欲对女郎非礼，女郎以剑术杀了狐精。女郎自母亲死后，行踪诡秘，后为顾氏生下一子。一夕，女郎提一人头至，言明大仇已报，飘然而去。小说在描写侠女对顾家报恩，为自己复仇以及与顾生母子的交往中展示出她的独特性格。侠女“艳如桃李”，“秀曼都雅，世罕其匹”，是一位美人。但她“冷若霜雪”，“不言亦不笑”，“冷语冰人”，凛然不可侵犯，又是一位奇人。她还是一个心地善良的人，为报答顾生母子的赈济，主动到顾家帮忙，“操作如妇”，又“为母洗创敷药”，“不厌其秽”，甚至为成全顾生之孝，解除顾母的祧续之忧，甘愿献出少女的贞操，为顾生无偿地生下儿子。然而她更是一个具有坚韧不拔的毅力，为了复仇大事不为儿女私情约束的侠女。她不受家庭约束，不为男人支配，不顾封建贞节，在武侠小说史上，是一位前无古人、后无来者的自主、自立的女性。侠女形象具有一种感染人、陶冶人的内在美。

将《侠女》与《义激》、《贾人妻》、《崔慎思妾》等相比较，我们发现《侠女》的情节更为合乎情理。《义激》中的蜀妇人以及贾人妻、崔慎思妾等女侠，都具有超人的剑术，然而她们隐居、结婚、生子，数年之久，大仇迟迟不报。除蜀妇人交代当年“幼，力不任其心”外，各篇皆无说明。她们有深仇，能报不报，似乎不可解释。《侠女》则交代出侠女先有老母在堂，老母死后，又怀了孕，所以延缓了报仇时间，合情合理。《侠女》还增加了剑术杀狐一节，虽着墨不多，却丰富了侠女的性格，并为情节发展作了铺垫，以至在侠女报仇时，我们不感到突兀。从结局来看，蜀妇人、贾人妻等女侠杀子弃夫，能爱能舍，非同俗流，但过分突出

“断爱”，毕竟忍性寡情。侠女则不然，她没有嫁给顾生，本无身家之累，为了报恩，牺牲贞操，为顾氏生下儿子。她是“恩仇了，飘然去”，既不为儿女私情左右，又不乏扶危济困、成人之美的侠义光彩女性的内在柔情。《阙名笔记》有这样一段话：“当时吕晚村孙女某，剑术之精，尤冠侪辈，相传雍正即为吕女所杀。《聊斋志异》‘侠女’一则，盖影射此事也。”《侠女》写成于康熙年间，雍正当时还健在，故此说实为后人穿凿附会。蒲松龄对文学母题巧妙改写，大胆创新，塑造的侠女形象对武侠小说的发展产生了较大的影响，《儿女英雄传》中的十三妹身上就有侠女的影子，在当代武侠小说中也可看到侠女的某些色泽。

第五节　文体与叙事

若从文体类型上予以区分的话，清代文言剑侠小说大致可以分为两大类。[①] 一类为笔记体，记述平直，语言质朴简约，故事粗陈梗概，偶于叙事中杂以精辟的议论，含蓄深刻而又富于理趣。另一类为传奇体，情节曲折起伏，叙述细腻婉转，语言文采绚丽，人物描写传神；尤其是将诗词歌赋汇入小说，遂使小说情节诗意盎然，具有浓厚的抒情典雅特征。而在具体描写中，除了追求委曲入情、铺排渲染之外，更不时于绮丽浓艳的文言中杂以市井俚语，使人物和情节富有十分浓郁的生活情韵。

若以作品风格而论，许多作家都有自己的创作风格，蒲松龄《聂小倩》的抒情美感与生活韵味，《佟客》对人情世态的描摹与深刻的讽世含义；纪昀《记盗二则》的质朴凝练，雍容淡雅；王士祯《剑侠》、《女侠》两篇中古淡闲远的叙述笔调与神秘氛围的布局谋篇；袁枚《猢狲酒》、《姚剑仙》于诡秘叙述中表现出来的通脱直率，风趣天然；乐钧《何生》、《葛衣人》的立意新颖，凄迷瑰丽与奇情奇想；长白浩歌子《辽东客》、《姜千

① 对于文言小说的文体分类，唐代的刘知几、明代的胡应麟、清代的纪昀以及鲁迅等人都做过研究。当代学者的研究在前人的基础上更为科学、深入。大体而言，学界普遍赞同将文言小说的文体类型划分两大类：笔记体、传奇体。其中笔记体又包括志怪体和轶事体两类。

里》、《童之杰》诸篇离奇曲折的情节，有条不紊的叙事和多愁善感的格调；毛祥麟《南海生》篇中的感慨寄托，笔意深沉，《某公子》一篇的叙事严谨，前后呼应，浑然一体，以及文中表达的潇洒出尘、纵横慷慨的侠士风采；王韬《女侠》、《粉城公主》、《徐麟士》、《相士》等篇奇思妙想，光怪陆离，运笔缥缈，纵横挥霍，且又缠绵悱恻，哀怨感慨，别开生面。清代文言剑侠小说创作可谓风格多样，精彩纷呈。

清代文言剑侠小说虽然风格多样，但小说的叙事角度较为一致，即不采用全知叙事，大都运用限知叙事来讲述故事，且叙事角度与小说的文体类型有着较大的关联。王士祯《剑侠》、《女侠》，蒲松龄《采薇翁》、《王者》，袁枚《姚剑仙》、《姚端恪公遇剑仙》，吴陈琰《琵琶瞽女》，徐岳《借寓妇》，徐承烈《某生奇遇》，曾衍东《浣衣妇》、《齐无咎》、《平顶僧》，纪昀《剧盗》，管世灏《奇勇》，宋永岳《何配耀》，昭梿《书剑侠事》，朱翊清《空空儿》、《全荃》，毛祥麟《某公子》，温汝适《缺耳游击》，黄轩祖《龙门鲤》，丁治棠《先正异闻》、《剑仙国》，俞樾《某观察偶枉法》等篇均属笔记体类型，所选择的叙事方法是从“凡人”的视角来观察事物。如王士祯《女侠》一篇，叙解官押官银赴济南，晚上欲住旅店。店主人告诫说：此处多盗贼，只要入住镇西北尼庵中便平安无事。解官依言行事，结果，半夜丢失了数千两官银。由此引出女剑侠，只见她尼姑装扮，“高髻盛装，衣锦绮，行缠罗袜，年十八九好女子也”。跨一黑驴，其行如飞，往南而去，倏忽不见。“移时，尼徒步手人头，驱卫而返。驴背负木夹函数千金，殊无所苦。”解官完成任务后，“再往访之，庵已鐍闭，空无人矣”①。女剑侠奇异的装束、往来如风的行事手段皆由平常人的视角道出。在平凡人的眼中，剑侠的身影来去无踪，缥缈难寻，神鬼莫测，惊鸿一瞥，小说中的神秘气氛大大增强。剑侠在显露本领、干预社会之后，或“人已杳矣”，或“室已空矣”，总之，是飘然而去，不知所终，留给世人的则是无限的感叹和佩服。采用这种叙事角度描写剑侠是十分巧妙的，因为，常人的眼光自然无法探测剑侠的深浅，常人的思维也无法理解剑侠的言行举止。于是，除了惊愕，便是茫然，再就是惶恐不安和深为叹服了。这样，剑侠的神秘性增加了，小说的趣味性也增强了，读者与书

① 王士祯撰，靳斯仁点校：《池北偶谈》，中华书局1982年版，第628页。

中的常人一起惊叹剑侠的神异，共同完成渲染的期待，达到作者预期的阅读效果。用平凡人的视角来叙述不平凡的剑侠，拉开了剑侠与“世人”的距离，剑侠的形象在读者的想象与补充下变得更加神异而不可思议。这种叙事视角虽然主要运用于笔记体，但传奇体也偶一为之，如长白浩歌子《辽东客》、王韬《相士》、齐学裘《车夫奇遇》等传奇体小说也采用了此叙事视角。

这种叙事视角也有其短处。在此叙事的阅读视野中，剑侠的形象始终是模糊的，一闪而逝的行事风格也无法在读者中表现鲜活的性格。因此，在传奇体小说中大都采用“凡人”视角与“剑侠”视角互补的叙事策略，或径直使用剑侠视角来叙述。蒲松龄《侠女》先从普通人顾生和其母的视角去观察侠女，感觉是“为人不言亦不笑，艳如桃李，而冷如冰霜，奇人也”；接着以细腻的笔墨描述侠女与顾家的往来，为养老母，求人借贷，受人周恤，“亦不申谢”，“出入堂中，操作如妇”，“衣绽炊薪，悉为纪理”，并为顾家产下一子，体现其为人至孝，品性贤淑，但飞剑斩狐一节，则突出其奇异刚烈的一面；手刃仇人之后，小说方以侠女自述的方式交代来龙去脉。[①] 如此多角度互补的叙述，侠女形象自然十分生动传神了。乐钧《何生》、长白浩歌子《姜千里》、许奉恩《剑侠》、陆长春《宜兴幕客》、程麟《广寒宫扫花女》、王韬《粉城公主》等篇均采用了此种多角度叙事方法，小说中的剑侠形象也由模糊、神秘变得清晰、生动了。

与上述两类叙事手法不同，在一些篇幅较长的传奇体剑侠小说中，作者为了更突出地展现剑侠的风采，通篇采用了剑侠视角来叙述故事，如宣鼎的《郁线云》一篇描写郁线云出身富有之家，父母早逝，年幼遭后母欺凌，家产被夺，流落深山，幸遇仙女传授剑术。艺成后，剪恶除盗，护佑良善，最后升入仙界。小说围绕着郁线云的成长经历落笔，将郁线云由“凡”入“仙”的历程娓娓道出，情节曲折起伏，人物真实可感，很自然地缩短了读者与剑侠的“距离”，剑侠的形象也就更能引起读者的共鸣。类似的小说还有宣鼎《耍字谜》，王韬《老僧》、《女侠》、《姚云纤》、《倩云》、《徐笠云》、《徐麟士》，姜泣群辑《李凉州》等。运用此种叙事角度

---

① 蒲松龄：《聊斋志异》（会校会注会评本），上海古籍出版社 1978 年版，第 211、214 页。

写作，读者可以轻松地进入剑侠世界，目睹他们的生活起居，了解他们修道炼剑的方法，甚至感知他们的情感世界。由于“审美距离”的拉近，读者会“感到整个故事无中介地进入他的意识，他无人引导便自然而然地处于千变万化不断展开的故事之中”①，体验着小说主人公的喜怒哀乐，从而产生一种特殊的真实效果。

综上所述，清代文言剑侠小说作品众多，风格多样，惩贪除盗降魔是其主要内容；与此前相比，剑术描写凝聚着诸多的文化元素，侠情表述更是突破传统，自成格局；对文学母题在传承中有所创新；讲述故事的叙事角度也根据文体类型的不同而有所变化。清代文言剑侠小说为武侠小说的发展开创了新天地。

① ［美］W. C. 布斯著，华明等译：《小说修辞学·译序》，北京大学出版社 1987 年版。

第九章

民国年间的剑侠小说

从20世纪初至40年代，中华大地动荡不安，中华民族历经磨难。那是一个强敌入侵、内战不断、积贫积弱、生灵涂炭的年代；那是一个中西文化产生激烈碰撞、擦出火花的时代；那又是一个纯、俗两大文学系统各自发展、双翼齐飞的年代；那当然也是中国剑侠小说蓬勃兴盛、造就辉煌的年代。

第一节　蔚然成风与毁誉相伴

民国时期的武侠小说如雨后春笋，发展迅猛。郑逸梅在《武侠小说的通病》一文中说："我国的旧小说汗牛充栋，但是十之六七属于武侠方面。"① 这十之六七的武侠小说，从题材内容上大致可分为写实型武侠小说和奇幻型武侠小说两大类。写实型武侠小说又可细分为技击、侠情、党会、历史等诸多流派，而奇幻型武侠小说又称剑侠小说。②

武侠小说在当时是深受读者大众欢迎的一种文学品类。张恨水在《论武侠小说》一文中指出："中国下层社会，对于章回小说，能感到兴趣的，第一是武侠小说，第二是神怪小说，第三是历史小说。"③ 因为武侠小说的畅销，出版部门从经济角度考虑，通常会优先考虑武侠小说的出版发行，"书贾的收买小说稿，抱着除却巫山不是云的宗旨，非武侠不收，非武侠不刊"。即使是写社会、言情、历史题材的小说，亦须酌情加入武侠的内容以招徕读者。张恨水在写作言情名著《啼笑姻缘》时，曾深有体会地说："报社方面根据一贯的作风，怕我这里面没有豪侠人物，会对读者减

---

① 芮和师、范伯群等编：《鸳鸯蝴蝶派文学资料》（上），福建人民出版社1984年版，第135页。

② 关于民国年间武侠小说的流派及发展状况、繁荣原因，参看罗立群《中国武侠小说史》第七章（花山文艺出版社2008年版），范伯群主编《中国近现代通俗文学史》第二编（江苏教育出版社1999年版）。

③ 原文题为《武侠小说在下层社会》（载1945年11月《周报》第2期），引自芮和师、范伯群等编：《鸳鸯蝴蝶派文学资料》（上），福建人民出版社1984年版，第136页。

少吸引力，再三的请我写两位侠客，……我只是勉强的将关寿锋、关秀姑两人，写了一些近乎传说的武侠行动。”① 面对这样的情形，郑振铎不禁发出感叹：“仅在这三四年中，不知坊间究竟出版了多少部这一类的小说。自《江湖奇侠传》以来，几乎每一部都有很普遍的影响。”② 由此可见，武侠小说在当时的民间，影响力是何等巨大！

在武侠小说的诸多类型中，最受读者追捧的是剑侠小说。郑逸梅曾这样描述剑侠小说在民众中受欢迎的程度：“近年来小说更如雨后春笋，陆续出版，读者们大都喜欢读武侠小说，据友人熟知图书馆情形的说，那个付诸劫灰的东方图书馆中，备有不肖生的《江湖奇侠传》，阅的人多，不久便书页破烂，字迹模糊，不能再阅了。由馆中再备一部，但是不久又破烂模糊了。所以直到‘一·二八’之役，这部书已购到十有四次，武侠小说的吸引力，多么可惊咧。”③ 徐文滢在《民国以来的章回小说》一文中也说：“最著名的《江湖奇侠传》（即《火烧红莲寺》）几乎是妇孺皆知的，这广大的势力和影响可以叫努力了二十余年的新文艺气沮。”④

剑侠小说在20世纪30、40年代广为传播，深受读者大众的喜爱，既有着社会的因素，也有着剑侠小说自身的艺术魅力。当时的中国社会正处于乱世，兵燹连年，民不聊生，老百姓有冤无处申，急需发泄心中的苦闷。在这个黑暗的社会里，“他们需要侠士剑客，他们想把自己也变成侠士剑客”。请看1941年励力出版社印行还珠楼主《青城十九侠》第3版时，一位叫陈子京的读者写在书前的话：

尝独处半室中，室以外，市声种种，嚣然杂作；室以内，器物纵横，靡有隙地；尘埃暂扫复积，欲求清洁，了不可得。上海居，大不易，此固贫者常态也。而胸次辄怅懑万状，无已，则瞑目玄想，试置身于佳山佳水

---

① 张恨水：《写作生涯回忆》，人民文学出版社1982年版，第14页。

② 芮和师、范伯群等编：《鸳鸯蝴蝶派文学资料》（下），福建人民出版社1984年版，第839页。

③ 芮和师、范伯群等编：《鸳鸯蝴蝶派文学资料》（上），福建人民出版社1984年版，第135页。

④ 原载1941年《万象》，引自芮和师、范伯群等编：《鸳鸯蝴蝶派文学资料》，福建人民出版社1984年版，第142页。

间，或若西子湖滨，山光水色，赏其秀丽；或若三叠泉畔，雷鸣珠溅，赏其雄奇；或若浮舟大海中，天水一碧，白云横飞，未尝不心旷神怡也。惟意所欲，惟想所结，境诚非真，然境由心造；耳目所接，亦何尝非幻。聊以快意，安问其他？自矜此不传之秘，索解人不得也。武侠神怪之书，我好读之，非不知其不经也。社会恶浊，纵有生花妙笔，绘景绘声，惟妙惟肖，而读之增人惆惘，则以社会本质如是，愈逼真而愈令人作恶，曷若不经之武侠神怪，足以快意。①

陈子京的话，从接受美学的角度反映出当时大部分读者的一种阅读心理，即渴望从剑侠小说中寻求一种心灵补偿，而这又正是文学的消遣娱乐功能的反映。

类似陈子京的阅读心态虽然较为普遍，但这种对作品的欣赏还是浅层面的，而发表于20世纪40年代的徐国桢的《还珠楼主论》则较为深入地探讨了剑侠小说。这篇文章共两万多字，初载于1948年《宇宙》复刊第3~5期，原题目为《还珠楼主及其作品研究》，1949年2月上海正气书局出版单行本，改题目为《还珠楼主论》，内容也有所修订。文章除“引论”和“结论”之外，共分为四章十六节，分别从作者生平、写作态度、人生哲学、作品的风格特色、语言特点、思想内容和社会形态、群众心理等各个方面对还珠楼主的剑侠小说给予评判，是一篇颇有见识的理论文章。

看过《蜀山》、《青城》，觉得《西游》、《封神》笔墨的运用不够肆畅，玄想的幅度不够广远，法宝阵势的应用和布置不够新奇；总而言之，有些拘谨的感觉。同时可也觉得，《蜀山》、《青城》不无大不拘谨之感，不免有些芜乱。他那支写小说的笔好比一匹怒马，是给谁加上了一鞭，那匹马一声长嘶，立刻舞动四条腿，电一般快，向着千山万水的前程猛冲而去，只觉得一路烟尘翻滚，尘头不住地向山高水深所在怒卷而去。性急的人说：“马呀马呀，收住奔势，歇脚了吧。”那匹马兴头正酣，溜顺了腿，还是奋鬣扬蹄，向高上高深中深的所在，绝尘飞驰而去。

① 引自范伯群主编：《中国近现代通俗文学史》（上卷），江苏教育出版社1999年版，第467页。

还珠楼主真是大手笔，从他作品的文气而观，一口气就是数万言一泻而下，确有长江大河，怒涛汹涌，奔流激荡的阔壮姿态，奇中逞奇，险中见险。那种莽莽苍苍淼淼浩浩的气息，在别部章回小说中是不大容易觉察得到的。可是，别部小说中那种步步思量，程程回顾的细密神情，他那里也不大有的。自《蜀山》、《青城》而下各部作品，虽然是章回体，可是章回的迹象模糊得很，上回和下回，大都是硬生生地斩断，并无小作“关拦”之意。其实，一集可说等于一回，而形式上一集中有好几回。大概就是因为这上面的关系，看他的本文，顺笔而挥，胆魄甚大；看他的回目，就有些字斟句酌，刻划之痕相当深，似乎十分谨慎了。

尽管还珠楼主写得海阔天空，依然可有亲切之感可得，并不是绝对违反自然的。他把水、火、风、雷、冰、雪、雨、雹，山、云、雾、日、月，铁、磁、土、木、石等等，加以神化而发挥种种威力时，对于各种自然物的本性还是完全保存，绝无“诬蔑”之处，在“荒唐”之中，有一个限度，这样，读者就愿意接受他这个荒唐了。在这里，我们不妨把还珠楼主的神怪小说定下了某一个写作上的原则如下：把物理的作用，纳于玄理的运用中；换言之，是物理的玄理化，玄理的物理化。

概括说来，还珠楼主所创造的小说人物，在行为上可说如下：本来是李耳、庄周一般的襟怀，可生就了释迦牟尼的两只眼睛，却是替孔丘、孟轲去应世办事。于是儒释道混成一体了。[①]

以上几段分别录自徐国桢《还珠楼主论》第二章写作论和第三章思想论。从中我们可以看出，作者的分析是相当深入、具体的，评价中肯，不乏创见。

对剑侠小说持批判态度者大有人在。瞿秋白在《吉诃德的时代》一文中认为：“中国的中世纪，也就充满着国术的武侠小说。中国人的脑筋里是剑仙在统治着。”剑侠小说麻痹人们的斗志。受剑侠小说的蛊惑，在黑暗现实中，穷苦百姓像一盘散沙，坐着等待救星出现，因为“济贫自有飞

---

① 徐国桢：《还珠楼主论》，上海正气书局1949年版。

仙剑，尔且安心做奴才”[1]。郑振铎在《论武侠小说》一文中痛斥剑侠小说的恶劣影响，认为它使“无知、幼稚、不平、热血的壮年人，忘记了正当的出路，正当的奋斗，惟知沉溺于‘超人’的侠士思想之中，不仅麻醉其思想，也贻害于他们的行为与命运”。剑侠小说是“使强者盲目以自戕，弱者不动以待变的。他们使本来落伍退化的民族，更退化了，更无知了，更宴安于意外的收获了。他们滋养着我们自五四时代以来便努力在打倒的一切鄙劣的民族性”[2]。沈雁冰在《封建的小市民文艺》一文中认为：“从各方面看，武侠小说和影片是纯粹的封建思想的文艺。……主要材料是封建思想，主要作用是传播封建思想。”[3]

在20世纪上半叶，武侠小说（主要对象是剑侠小说）受到批判绝不是偶然的。首先，这是新旧文学对立的结果。五四以后，一大批有理想、有抱负的知识分子，面对民辱国耻、国衰民穷的社会现实，试图用文学的手段开启民智，重塑国魂。他们看重文学的思想性和教育功能，提倡文学为人生，主张建立形式新颖、鼓舞斗志的新文学，扫除一切旧文学，以娱乐消遣为主要目的的武侠小说自然在横扫之列。其次，20世纪30、40年代，正是中国大好河山横遭日寇铁蹄践踏的时代，也是中华民族精英奋起抗争、艰苦卓绝的年代。时势决定了中国需要的是唤醒民众的抗战文艺，是紧密联系社会现实、揭露时政黑暗面的写实文学，是救亡图存的革命的大众文学，而商业性、趣味性、娱乐性极浓的以江湖帮会和飞侠剑仙为主要内容的武侠小说，则显然不能担当此任，它与时代的要求不相谐调。再次，由于出版者的赢利目的，创作者的态度和水平等因素，武侠小说作品中确实存在着大量的滥恶之作，这些低劣作品自然会影响到武侠小说的口碑。

近代武侠小说（当然包括剑侠小说）确实存在着弊病，但由于时代情绪的激扬，对武侠小说的批评也有偏激过火之处。首先，批评者们过分地

---

① 原载1931年10月《北斗》第1卷第2期，引自芮和师、范伯群等编：《鸳鸯蝴蝶派文学资料》（下），福建人民出版社1984年版，第835页。

② 原载1932年7月散文论文集《海燕》，引自芮和师、范伯群等编：《鸳鸯蝴蝶派文学资料》（下），福建人民出版社1984年版，第840页。

③ 原载1933年2月《东方杂志》第30卷第3号，引自芮和师、范伯群等编：《鸳鸯蝴蝶派文学资料》（下），福建人民出版社1984年版，第842页。

强调文学的功利性和实用目的，强调突出文学的政治宣传鼓动和教育，而忽视文学的娱乐、审美功能。同时，又过分强调文体革命和创新，忽视文学的继承，不重视通俗文学，而“五四式”的一切种种新体的白话书籍和欧化文章，又远非绝大多数的社会下层百姓所能理解。批评者们对包括武侠小说在内的通俗文学不作深入的研究，不加以文艺批评和探讨，不是采取修正、扶持、引导的态度和方法，只是一味轻视和攻击，这只能使雅俗两极文化差距越拉越大，而于武侠小说这一文体本身的发展和武侠小说的读者均无益处。其次，对武侠小说批评的矫枉过正之处，亦在所难免。如有的批评者认为，武侠小说“滋养着我们自五四时代以来便努力在打倒的一切鄙劣的民族性”，更有人认为，武侠小说的流传，“到底酿成庚子拳匪之乱，国家的元气大伤而特伤，国家的声威特削而大削”。这类指责未免给武侠小说硬加上“莫须有”的罪名了。

第二节　民国剑侠小说发展概述

笔者在《中国武侠小说史》中曾将民国年间的武侠小说发展分为三个阶段。原话是这样的：

> 对民国年间的武侠小说进行一番宏观考察，我们可以将民国武侠小说的演变发展分为三个阶段。第一个阶段从 1911 年至 1921 年，是民国武侠小说的复苏阶段；第二个阶段从 1922 年至 1930 年，是民国武侠小说狂涛骤起的阶段；第三个阶段从 1931 年至 1949 年，是民国武侠小说高水准的艺术阶段，也是新旧武侠小说的交替过渡的阶段。①

范伯群主编的《中国近现代通俗文学史》的第二编第一章第二节“民国时期武侠小说概述”中，也将民国年间的武侠小说划分为三个阶段，时间上略有不同：1912—1922 年是萌芽期，1923—1931 年是繁荣期，1932—

① 罗立群：《中国武侠小说史》（修订本），花山文艺出版社 2008 年版，第 168 页。

1949 年是成熟期。在发展阶段划分上，两书的观点基本是一致的。

本书的开篇已经指出，中国武侠小说大体可分为两类，一类是写实型的武侠小说，一类是奇幻型的武侠小说，而奇幻型的武侠小说又可称为剑侠小说。剑侠小说既为武侠小说的一个重要分支，它的发展演变的态势自然也包括在武侠小说发展演变的整体框架之内。而从剑侠小说创作的实情来看，平江不肖生的《江湖奇侠传》和还珠楼主的《蜀山剑侠传》无疑是民国剑侠小说发展阶段的标志性作品，两部书分别创作于 1923 年和 1932 年。这样，民国年间的剑侠小说的发展阶段似应如此划分：1911 年至 1922 年是初始阶段；1923 年至 1931 年是繁荣阶段；1932 年至 1949 年是成熟阶段。

在初始阶段，剑侠小说的创作主要是以短篇为主，而搜集编撰历代剑侠奇闻轶事的短篇小说集更是风行一时，如谢晙喜《江湖异闻》，陆士谔《古今百侠英雄传》，许慕羲《历代剑侠全传》、《清代三百年奇侠传》，陈浪仙《历代剑侠大观》，姜侠魂《飞仙剑侠骇闻》、《雍正一百零八侠》、《女子武侠大观》，冷风《武侠丛谈》等。这些短篇小说集，其故事来源，或取自前人笔记小说，或道听途说江湖传闻，作者加以增删、改写，不拘文章长短，唯以趣味浓厚、情节离奇为主，务求文字通达晓畅，篇名引人注目，使人读后畅快淋漓，可惊可喜。

从故事内容来看，此类短篇小说或叙飞仙剑侠，或言江湖豪侠，或述民间义侠，既侈谈剑术，又炫耀武功，且赞美节义。在题材上，虽然将写实型与奇幻型两类武侠混为一谈，但在审美趣味上却是一致的，即重在描写江湖中的奇人异事，力求小说情节的骇世惊人。至于创作目的，虽有娱乐性、消遣性的一面，但也有借小说人物呼唤重振中华民族尚武精神之意。我们不妨以《江湖异闻》为例，分析一下此类作品。至于繁荣阶段和成熟阶段则分别以平江不肖生、还珠楼主为代表，在第三节、第四节中详细介绍。

《江湖异闻》

《江湖异闻》，谢晙喜编著。初版于 1917 年 3 月，其后数次重印。共收录短篇武侠小说 132 篇，内容以江湖异人奇事为主，包括飞仙剑侠与江湖豪侠两类故事。关于此书的编辑体例，作者在书前“例言”中这样解释：

本编所记，皆江湖奇异人物。其荦荦大者，自有正史记载，概不录入，故曰江湖异闻。

本编系搜集前清一代名家著述、近人笔记而成。其事固奇，而其文亦复痛快淋漓，描绘毕至，足以鼓读者之兴味。

本编虽系搜辑群书而成，然有一人之事，散见于各家著述中者，或彼此所记，互有同异，本编会而通之，以求首位完具。

原文或有过于冗长，或文笔太晦弱之处，本编略加删改，以求醒目。

本编凡遇长篇文字，俱为分析段落，以清眉目，使阅者兴趣盎然而无繁冗之苦。①

关于此书的创作目的和编选旨意，编著者在初版的“叙”中也有明确提示：

剑侠盛于唐代，其后遂绝。而复盛于清初，散见于各家著述者颇伙。此类人物，类皆混迹于风尘屠贩之中，出入于山颠水湄、舟车往来之地，以白刃为生涯，以锄击强暴、杀人报怨为习惯。虽其人其事，未必尽出于正，要亦我国民之一种武德，所表示于后世者也。

本编搜集明末至清季三百年间江湖异人，汇为一编。其中所述武侠之事，十居八九。其事则可泣可歌，其人则可惊可喜。昔苏子美读《汉书张良传》，至良与客狙击秦始皇，误中副车，遽抚掌曰：“惜乎！击之不中。”遂满饮一大白。世有苏子美其人者乎？以是编为下酒物，吾知一斗不足多也。②

可知编著者编选此书，固有娱乐消遣之用意，但是也试图以书中的人物、事迹振兴中华武术之魂，弘扬传统侠义精神。

---

① 谢畯喜编著：《江湖异闻·例言》，上海会文堂书局 1924 年版。

② 谢畯喜编著：《江湖异闻·叙》，上海会文堂书局 1924 年版。

《江湖异闻》在每篇小说结尾处标出作者姓名，却不注明所引书目。虽然目录为132篇，实际内容并不止这些，因为有的题目在一篇之中包含了几篇小说。如《剑侠三则》，共包括袁枚《子不语·姚端恪公遇剑仙》、王士祯《池北偶谈·剑侠》和周亮工《书影·李宁远》三篇剑侠小说。

在编选的一百几十篇短篇作品中，剑侠题材约占二分之一，内容包括惩治贪官（如《剑侠三则》、《琵琶瞽女》、《侠客借银》）、扶危济困（如《女侠》、《护饷剑客》）、剪除盗匪（如《辽东客》）、炫耀剑术（如《南海生》、《佟客》、《年大将军师及其幕客》）以及剑侠复仇（如《河海客》）等。

第三节　剑仙江湖的开山祖——向恺然

民国以来，首先继承古代武侠小说传统并能发扬蹈厉，震惊当世，成为近代武侠小说名家的，是向恺然。他是南方人，与另一武侠小说作家赵焕亭（河北玉田人）合称“南向北赵”。

向恺然，湖南省平江县人，笔名“平江不肖生”，生于清光绪十六年(1890)①。向氏天资聪颖，自幼文武兼修。他14岁考入湖南高等实业学堂，后因参加学生运动而被当局勒令学校开除学籍。1907年，为谋救国之道，他东渡日本留学，进入东京弘文学院学习。“二次革命”爆发，向恺然回国参加讨袁运动，任北伐第一军军法官。讨袁失败后，向恺然再度留学日本，入日本中央大学学习经济。因爱好武术，他与日本柔道界、剑术界均有交往。留日期间，对日本社会的风俗民情及富国强民之策，观察入微，体验颇深。他将留日之所得，写成洋洋数十万言的《留东外史》，内容涉及日本国度的人情风俗，中国侨民的所作所为，留日学生的异闻艳迹，以及为了镀金而出洋留学者的言行举止等。作者要以此书“与恶党宣

① 向恺然1951年2月写的《自传》云：“六十二年前出生于湖南湘潭油榨巷向泰隆伞店内。”照此推算，当生于1889年。其子向一学在《回忆父亲一生》一文中写道：“1890年2月26日，父亲在湘潭市油榨巷向泰隆伞厂出生。”

战”，表现了强烈的爱国主义精神。

向恺然精于技击，且具有强烈的民族意识。据传闻记载，他在留日期间，有一次看见日本人欺负中国留学生，于是奋起神威，飞脚踢断一颗碗口粗的小树，为中国留学生解了围。回国后，由于生活困窘，遂进行小说创作，以笔耕换取收入。1933年，向恺然秉强国必先强种之意念，应湖南省主席何健之邀，回湖南筹办国术训练所，并组织国术俱乐部（即湖南国术馆），又在长沙主办全国武术擂台赛，对推动中华民族武术运动的开展，立有功绩。1937年，向恺然受聘去安徽，任二十一集团军总办公厅主任。抗战胜利后，离皖返沪。1947年返回湖南。1957年，向恺然患脑溢血逝世，享龄67岁。据向恺然之子向为霖回忆说，向恺然一生，第一，爱好武术，广交武林名家，提倡武术运动，并写有武术论文多篇。第二，平生著作甚丰。第三，信仰佛教，曾游历南北各地寺院和名山大川，拜谒过很多有道高僧。

1922年，向恺然经小说名家包天笑介绍，应上海世界书局主事沈知方之约，改弦易辙，专事武侠小说创作，共写出13部武侠小说。他的一系列作品均署名“平江不肖生”，当有人问及此笔名之来由时，他引《道德经》回答说：“天下皆谓我道大，夫惟其大，故似不肖。”这句话的意思是：天下人都称“道”伟大。因为伟大，涵盖万物，所以不像任何一个具体事物。照此解释，“不肖生”当为伟大而不似一般之意。张赣生在《民国通俗小说论稿》中认为，这是向氏成名后的一种解释，并非当时采用这一笔名的初意。这一笔名的初意在《留东外史》第一回中交代得很清楚：“不肖生自明治四十年（1907）即来此地，……既非亡命，又不经商，用着祖先遗物，说不读书，也曾进学堂，也曾毕过业；说是实心求学，一月有25日在花天酒地中。近年来，祖产将罄，游兴亦阑，已渐渐有倦鸟思还故林之意。”①

向恺然写书很特别，他白天交游，晚间撰稿，一直写到天亮，且用蝇头小字在不到一尺长的纸上每行写上一百四五十字，有时甚至一行写到一百七八十字，工整笔直，不歪不斜。

向恺然的武侠小说，从总体风格来看，感情炽热，文字生风，侠士须

---

① 参见张赣生：《民国通俗小说论稿》，重庆出版社1991年版，第112页。

眉，跃然纸上。语言平实简洁，故事情节生动，喜采“劈竹法”和“剥笋法”，即由一人带出另一人物，分别就其角色行当来为人物列传写生。平江不肖生有将故事叙述得十分动人的才能，却未能掌握精密细致的小说结构方法。小说枝蔓过多，缺少剪裁，若干篇章又专以对话或个人独白叙述故事情节，往往下笔万言，不能自休，话中套话，掺杂不清，读来令人乏味。

《江湖奇侠传》是向恺然的剑侠小说代表作品，也是近代剑侠小说的开山之作。

民国剑侠小说的嗁声之作：《江湖奇侠传》

1923 年春天，《江湖奇侠传》在《红》杂志（后改名《红玫瑰》）上连载，同时，世界书局出版发行单行本。[①] 经过 6 年多时间，全书共完成一百六十回，长达百万言，可谓皇皇巨构。平江不肖生写作此书时，应何健之邀请，返湘筹办国术训练所，因而辍笔。为此，世界书局主事沈知方为满足读者需求，乃请赵苕狂（化名“走肖生”）捉笔代续。平江不肖生坚决反对，然而本人却始终未能写完，所以，续作同原作合刊印行。关于这一点，徐文滢在《民国以来的章回小说》一文中已经提及：“《江湖奇侠传》没有写完，作者写到七八集时，已几乎完全忘记了开头时所布下的宏大的计划，到九集草草地结束了。以后由另一个人续写了胡说八道的数册，相形之下，方知写这样梦呓的神怪小说原来也不是易事。”[②] 近人或曰从九十五回以下，已不像是不肖生的手笔；或曰不肖生撰写本书至一百零六回，即将张文祥“刺马”案及“火烧红莲寺”始末交代完毕为止；或曰不肖生一续再续，至一百三十四回收束全篇。若从作品内容、文字风格去判断，笔者倾向于不肖生完成至一百零六回的观点。

---

① 向一学在《回忆父亲一生》一文中说：“《江湖奇侠传》发表于 1922 年春，先由上海《红》杂志连载，以后交《红玫瑰》续刊，再由世界书局分集出版。”然《红》杂志创刊于 1922 年 8 月，至年底发行了 21 期，《江湖奇侠传》始载于第 22 期，应发表在 1923 年春。

② 参见芮和师、范伯群等编：《鸳鸯蝴蝶派文学资料》（上），福建人民出版社 1984 年版，第 143 页。

小说以湖南省平江、浏阳两县居民为争夺赵家坪武斗为引子，以昆仑、崆峒两派剑侠的江湖恩怨为背景，着力描写江湖上的奇人轶事，从而叙述出无数紧张热闹、生动有趣的故事情节。小说一开始，写长沙小吴门外隐居山下的一个读书人家的子弟，姓柳名迟，天性古怪，从小喜欢交结叫化子。三年游荡，终于让他访着了一个名师，即清虚观道长笑道人。此后，又因机缘巧合，再拜昆仑派的领袖金罗汉吕宣良为师。于是，小说再从吕宣良、笑道人、柳迟身上荡漾开来，一个汲引一个，写出了昆仑派的红姑、向乐山、杨天池、桂武、甘联珠、朱复、欧阳后成，崆峒派的甘瘤子、常德庆等人的种种奇特的经历。书中昆仑派的创始人是明朝的一位皇子，此派侠客都以反清复明为宗旨。他们的对立派崆峒派则剽悍无比，心胸狭窄，此派元老董禄堂比武败在金罗汉吕宣良手下，双方由此结下宿怨。双方在平江和浏阳交界的赵家坪，因助拳两县百姓争夺“水陆码头”而发生冲突，各不相让。两派彼此摩拳擦掌，广邀能人，准备一决雌雄。最后，出来了一位人称“江南酒侠”的和事老，向两派首领晓以大义，终于将这场即将爆发的大战给避免了。

小说中最为人熟知的故事是“火烧红莲寺”。红莲寺是长沙附近一座著名的庙宇，住持和尚叫智圆。他伪装清高，暗地里经营密室，奸淫妇女，无恶不作。巡抚卜公微服察访，发现了这个秘密，智圆和尚便将他囚在一口大钟里面，要把他闷死。这个秘密又被侠客陆小青和柳迟发现，便相约红姑、桂武、甘联珠等侠客，会合官兵，大破红莲寺，救出卜巡抚和被囚禁的妇女，只是让智圆和尚逃走了。上海戏馆老板曾根据此故事排演京剧连台本戏《火烧红莲寺》，连演了30多本；明星电影公司也拍摄成影片《火烧红莲寺》，一续再续，连拍了18部，致使世人只知有《火烧红莲寺》，不复知有小说《江湖奇侠传》了。

就本书的故事内容而言，它是既谈功夫、技击、侠义，又谈飞剑、法宝和道术，并以后者为主，中间又穿插民间传说和历史轶闻，实是一部“大杂烩”小说。只是平江不肖生深习地方风情，小说也处处表现出湖南的民风民俗、人情轶事，绝非“面壁虚造，鬼话连篇”。平江不肖生又熟悉清人笔记、野史和民间传闻，小说大部分故事都有所本，如湖南平江、浏阳两地居民为争夺赵家坪而发生械斗，历史上确有其事；张文祥行刺马新贻，也是清代四大奇案之一；“火烧红莲寺”的故事是作者根据清末流传甚广的“汉调”敷演而成，而相同题材的故事在明代拟话本小说中已经出现；杨继新、桂武两人的故事则采自沈起凤的《谐铎》。作者在原有故事的基础上加以创造，娓娓道来，引人入胜。对于向恺然广采民风民俗、帮派传闻、武林掌故、历史轶事改写成小说一事，向一学在《回忆父亲一生》一文中曾有说明：“父亲爱好武术，又常拜师访友，结交当世英雄豪杰、武林高手，对江湖门槛，无所不晓。武林行规，无门不通。阅历既深，见识也广。对上海的帮派、洪门（袍哥）青帮、圈子、教门的帮规、黑话，不但能道其来历，而且能详述究竟。书中所写‘乌云盖雪’宝马、人皮面具、夜行衣等等，以及民间故事传说，武林中的技击奇闻掌故，无不有其来历。……《江湖奇侠传》因写湖南的乡风民俗甚多，湖南人读起来，倍感亲切。……书中对叫化子社会的风情，描写颇详。叫化子的规矩很严格。他们以身上背包袱的多少来分等级，大约背九个包袱的，算是资格最老、本领最大的了。也有用包袱的色彩分等级的，如黄包袱、白包袱、黑包袱、蓝包袱等等。也有以补巴多少分高低的。总之，等级高的叫化头，可以指挥当地，或跨越区域。他们一呼万应，绝无反抗。他们有时甚至可以垄断地区的年节、喜庆、丧事、买卖土地、家族族会、庙会醮会。这是地方上一种有形无据的黑势力。就是地方部队、民防团队，对他们也另眼相看，不敢怠慢。而叫化子中也的确有不少能人。文能挥毫书写，字迹苍劲有力，豪放大方。武能挥拳弄棒，确有些功夫。还有善识草药，有的能呼蛇。父亲因与这些叫化头时有交往，所以能道其详，写出为人所不知的黑社会的情形。”①

《江湖奇侠传》中的“剑术”描写继承了明清剑侠小说的传统，将道教养生理念以及道教消灾祈福的道法秘术融入“剑术”修炼之中。第二回柳迟在清虚观拜笑道人为师，笑道人对柳迟说：“我于今且传你静坐吐纳的方法，这是入道的门径，不论是谁，都不能不经由这条道路。”笑道人所传的剑术入门工夫便是道教内丹术的炼养方技。在修炼的具体描绘中，这类道教法术更是多姿多彩，曼妙无方。请看第九十三回孙癞子与其师练功的一段描写：

---

① 见平江不肖生：《江湖奇侠传》“附录”，岳麓书社 2009 年版，第 620 ~ 621 页。

孙癞子既学会了法术，这夜便能跟着他师父到峨眉山顶上。他存心要看师父在山顶如何修炼。这夜银河高挂，月色空明。孙癞子已有四年未见天日了，此时见了这般清秋景物，心里说不出的高兴。正要借月色看看四山形势，只见师父右手仗剑，左手捏诀，剑尖向空一绕，口中念念有词，登时剑尖上射出一线白烟来，越射越远，在空中凝而不散。转眼之间，白烟就变成了一天浓雾，整整的笼罩了这座峨眉山顶，星月之光，都黯然无所见了。孙癞子低头看自身，与在洞中一样，真是伸手不见五指。忽觉眼前有光一闪，急朝光处看时，原来是从他师父的头顶上射出光来。这一道光直冲霄汉，浓雾被冲开了一个圆洞，月光即从圆洞中照在他师父身上，仿佛是在房子里开了个天窗，由天窗射进来的月色，从头顶射上去的那道光与月光融合，已分不出谁是月，谁是光了。他师父从容盘膝坐在一块石上，也和坐在洞中石床上一般，闭目垂眉，不言不动。①

这段修炼描写，以符箓咒语为始，以天人相应、服食日月精华为终，用夸饰想象之笔描绘出金丹大道的修炼过程，表达了道教法术的以天地为法相，以阴阳为依托，以宇宙为基础的修炼养生理论。但小说中的剑术修炼还没有让剑侠达到长生不老的效果。虽然金罗汉吕宣良已经通过修炼得以长寿，但是否能逃离生死劫，长生不老，羽化登仙，书中没有交代。而其他剑侠如田广胜、无垢和尚，甚至与金罗汉同辈至交的沈栖霞道姑，都未能躲过生死之劫。由此看来，平江不肖生并未自觉地将炼剑与修道融合为一体，也未有意识地划分剑侠、剑仙等级，从剑侠小说的发展来考察，这一点尚不如清代剑侠小说。

在中国古代剑侠小说中，“剑术”修炼区分正与邪，《江湖奇侠传》秉承这一传统，书中的“剑术”描写亦有正邪之别。在第二十三回中，万清和为逃避官军追捕，保山寨安全，欲炼阴阳童子剑。此炼法需要两个有根基的童男女，取了血来祭奠才能成功。书中写道：“那剑并不是钢铁铸成的，系用桃木削成剑形。炼的时候，每日子午二时，蘸着童男女的血，在剑上画符一道，咒噀一番。经过百日之后，功行圆满，这木剑便能随心所欲，飞行杀人于数十里之外。比剑侠所炼的剑，效力更大。不过所用的童

① 平江不肖生：《江湖奇侠传》（下），岳麓书社 2009 年版，第 91 ~ 92 页。

男女必须有根基，有夙慧的，炼成之后，方能随心所欲。童男女笨滞不灵敏的，将来炼成的剑也笨滞不灵敏。”除此之外，镜清道人收女门徒的创教典礼、哭道人摆下的落魂阵、红云老祖的百魂幡法术等都是十分邪恶的。但书中对法术的正邪之别又有另一番解释，第二十三回庆瑞对欧阳后成说：“你要知道法术没有正邪。有道则法是正法，无道则法是邪法。你此刻的法术，足够修道之用，只是若从此不在道上用功，则你这些法术，都是自杀的东西。”第三十九回陆伟成对徐书元说：“法术有什么邪正？用得邪便邪，用得正便正。”如此叙述又表达了作者“以道为体，以法为用”的思想。

对于情欲，历来的剑侠小说大都认为它有害于剑术修炼，总是加以排斥、谴责。《江湖奇侠传》则对此表现出模棱两可的态度。第三十五回，铜脚道人命徒弟欧阳后成下山成家立业，并送他一柄雄剑，让他与拥有雌剑的女子结婚。当欧阳后成表示要保守住元阳，终身修道时，铜脚道人回答道：“孤阴不生，独阳不长，修道成功与否，并不在乎童阳。你将来的事业，不是你一个人所能成就，非先成立家室不可。”第四十七回，碧云禅师托人千里带书信，命徒弟朱复与胡舜华完婚，并替另一徒弟朱恶紫作伐，配给清虚道人的大徒弟杨天池。而在其他章回里，作者又传达出修道与情欲不能共容的理念。第七十回，峨眉剑派的开山祖方绍德立下三条门规，第二条就是戒淫。他明确告诫弟子：“凡在我门下的，须终身保持童阳身体，不许娶妻纳妾，不许奸淫他人妇女。”二徒弟蓝辛石因入门前被妖精破了元阳，不能传其道法，仅能学一些法术，无望大成。大徒弟卢瑞因犯了淫戒，只有自焚了结生命。吕宣良也借此机会教育弟子柳迟，让他不要落入情欲陷阱，并说淫戒是修道人最大的关头，必须慎之又慎。在第一百三十回里，齐六亭、雪因师兄妹也是为情所动，致使道心不坚，无法修成大道。

至于人间亲情和修道的关系，作者似乎是有所选择的。第三回中，欧阳净明训诫离家出走的柳迟：“只听说学道的人有抛妻撇子的，不曾听说有抛父撇母的。父母都可以抛撇，这道便学成了，又有何用处？并且世间也绝没有教人不孝的道术。”欧阳净明的话很清楚，学道之人不可以不孝，父母是不能抛弃的，至于其他亲人则另当别论。在第一百四十三回里，作者通过叙述剑侠红姑救子一事，发表了对修道和人情关系的看法。镜清道人与哭道人为摆落魂阵，将红姑之子掳去，欲祭奠阵旗。红姑母子情深，孤身前往营救，却束手束脚，不能成功，多亏红云老祖施展法力，母子才能团聚。事后，红云老祖说，红姑可为修道人做一个榜样，使大家知道大道与人情是并行不悖的。作者似乎对红姑关心、疼爱儿子予以褒扬，反对修道必须毁性灭情。然而在实际叙述中，红姑正是因为母子之情，关乎天性，致使浑身道术无法施展，大敌当前，无能为力，险些遗恨终生。母子之情并没有给她带来运气和力量，反而成为她施展法力的累赘。可以看出，文本叙事与作者观念并非完全一致。

小说虽然长达百余万言，但叙人叙事，首尾相衔，浑然一体，繁复而不乱。小说结构上欠缺精密严谨，枝蔓过多，章法散漫，影响了情节主线。作者以说书人的口吻叙事，经常中断情节，诌上一大段，或自谈叙事手法，或介绍民风人情，或发表一己感想。如第八回就在情节叙事中插上这么一大段：

且慢！在下写到这里，料定看官心里必然有些纳闷：不知常德庆毕竟是个甚么人？如何来得这般凑巧？这其间的原委，也正是说来话长。而且说出来，在现在一般人的眼中看了，说不定要骂在下所说的全是面壁虚造，鬼话连篇。以为于今的湖南，并不曾搬到外国去，何尝听人说过这些奇奇怪怪的事迹，又何尝见过这些奇奇怪怪的人物，不都是些凭空捏造的鬼话吗？其实不然。于今的湖南，实在不是四五十年前的湖南。只要是年在六十以上的湖南人，听了在下这些话，大概都得含笑点头，不骂在下捣鬼。至于平、浏人争赵家坪的事，直到民国纪元前三四年，才革除了这种争水陆码头的恶习惯。洞庭湖的大侠大盗，素以南荆桥、北荆桥、鱼矶、罗山几处为渊薮。至清光绪年间，还猖獗的了不得。这回常德庆出头，正是光绪初年的事。趁这时将常德庆的来历交待一番，方好腾出笔来，写以下争水陆码头的正传。①

类似的插入段落，频繁出现在小说叙事中，严重地干扰了小说情节的正常铺展。

---

① 平江不肖生：《江湖奇侠传》（上），岳麓书社2009年版，第55～56页。

作者对湖南民风虽精于观察，却粗于选择，致使小说良莠相杂，芜漫不清，一些带有迷信落后意识的风情习俗也被作者无批判地加以渲染描绘。书中对农民的反抗斗争持敌视态度，又宣扬因果报应、命运天定的思想，亦使小说的价值有所下降。

《江湖奇侠传》对后世武侠小说创作有一定的影响，如向乐山练辫子神功的情节，无疑启发了冯骥才对小说《神鞭》的构思，而金庸小说《神雕侠侣》中对那只功力非凡的神雕的塑造，也明显得益于金罗汉吕宣良的一对神鹰。总之，《江湖奇侠传》对中国剑侠小说发展的贡献是不可忽视的。它是继晚清《七剑十三侠》、《仙侠五花剑》之后的又一部在读者中极具影响力的剑侠飞仙小说，首张民国长篇剑侠小说之目，为还珠楼主小说的出现作了铺垫。

第四节　剑仙世界的集大成者——李寿民

中国近代武侠小说的流势，发展到20世纪30年代初为之巨变，以移情于幻想的“奇幻仙侠派”小说轰动武侠文坛。还珠楼主李寿民以天纵之才，魔幻之笔，海阔天空，随意所至，写出了奇中逞奇、险中见险的旷代巨著《蜀山剑侠传》。

李寿民，原名善基，四川长寿县人，生于清光绪二十八年（1902），出身于官宦世家。李寿民一生未曾进过正式学堂，只念过几年私塾。他聪明绝顶，过目不忘，从小就能吟诗作文，被乡里誉为“神童”。李寿民兴趣广泛，多务杂学，于诸子百家无所不通，佛典道藏无所不窥，医卜星相无所不晓，究天人之际，通古今之变，堪称奇才。李寿民童年时随父宦游各地，走遍大江南北，尤喜登山。雄伟高大的泰山，奇拔险峻的华山，绵延千里的祁连山，横列如屏的点苍山，都有他的足迹。其中对他影响最深、最大的是峨眉、青城两座山。他在日记中反复提到“三上峨眉，四登青城”的观景心得，并在山中多次面对古寺灵迹聆听家庭教师王二爷的“龙门阵”。那优美动人的神话故事，层峦叠嶂、千姿百态的壮丽景色，云烟缭绕、出尘离世的名胜古迹，使童年的李寿民流连忘返，在两座名山中前后生活了18个月之久。这种生活经历和童心感应，成为他日后创作的源泉，无怪乎其后写《蜀山剑侠传》、《青城十九侠》等书时，奇景迭现，下笔有神了。

李寿民少年丧父，家道中落，随母亲去苏州投亲，后来又北上天津谋生。他曾先后担任过傅作义司令部的中文秘书、邮政局的职员、家庭教师等。

李寿民的爱情婚姻也有过一段不平凡的经历。1929年，李寿民经人介绍，到大中银行老板、四川同乡孙仲山家做家庭教师。在教书期间，他与孙公馆的二小姐孙经洵谈情说爱。此事使孙仲山极为不满，认为师生恋爱，伤风败俗，况且门不当，户不对，于是辞退李寿民，对孙经洵予以严责，禁止她再与李寿民来往。孙经洵为争取婚姻自由，毅然弃家出走。孙仲山气犹未平，以"拐带良家妇女"的罪名将李寿民告上法庭。当在天津市地方法院开庭公审时，孙经洵挺身而出，据理力争，终于使李寿民官司胜诉。不久，两人便结了婚。1932年，《天风报》想连载一部小说，苦于没有稿源。经人介绍，该报社长沙大风找到李寿民，请他担纲撰写。李寿民此时也正需要钱维持生计，两人一拍即合。李寿民便开始以"还珠楼主"的笔名为《天风报》撰写《蜀山剑侠传》。由于作品深受读者欢迎，李寿民便一发而不可收，名声也越来越大了。日寇侵占华北，他因子女众多，逃不出来。日本人闻他名声，劝诱他当汉奸，任伪职，他不答应，竟至陷狱两个月，备尝各种酷刑。出狱后，生活更加困难，便重操旧业，奋力地写武侠小说。他写小说不是一部一部地写，而是同时写好几部，最多时，一天要应付八家报刊的催稿。由于他曾遭日寇非人的折磨，目力损坏，不能自己执笔，只好口述，请人代录。他一边在屋内踱步徐行，一边指天说地，滔滔不绝，构筑起自成一体的"剑仙世界"，《蜀山剑侠传》、《青城十九侠》等系列著作也随即出世，风靡全国。新中国成立以后，李寿民不能再写武侠小说了，只能编写戏曲。1961年，他因病去世，享年59岁。①

还珠楼主一生中创作文学作品共40部，其中武侠小说34部，其他作

① 李寿民的生平参考李观贤、李观鼎《回忆父亲还珠楼主》一文，载《纪实》2010年第12期。

品6部，写作时间从1932年至1960年，总字数约1 700万言。在还珠楼主的作品中，武侠小说是其主流，占了全部作品的六分之五以上。还珠楼主的武侠小说大致可划分为两大类，第一类是剑侠小说（或称之为仙侠小说），共有11部，约800万字。此类作品以剑仙为主要描述对象，炼剑修行，除魔斗法，想象奇特，结构宏大，超越时空，雄伟瑰丽，灵景奇观，层出不穷，气象万千，浩瀚无际。这一类作品奠定了李寿民在武侠小说史上的地位，其中最具有代表性的作品是《蜀山剑侠传》和《青城十九侠》。第二类作品是以江湖人物为主人公的武侠小说，共有23部，约740万字。这类作品的内容以江湖争斗、除暴安良为主，想象力明显不及“仙侠”类小说，但作品中时有民风民俗的细腻描绘，并表现出作者对现实社会邪恶势力的批判以及对人间正义的热烈肯定，是作者积极入世的思想的反映。①

《蜀山剑侠传》是还珠楼主影响最大的一部作品，是作者对世界华文武侠文学的杰出贡献，也是中国剑侠小说史上的巅峰之作。

剑侠小说的巅峰：《蜀山剑侠传》

《蜀山剑侠传》最早动笔于1932年，先在天津《天风报》连载，随后由天津励力出版社出版单行本，旋踵风行全国，大有洛阳纸贵之势。事变后，作者移居南方，陆续依次一集一集地写下去，不再登报连载了，而是直接由上海正气书局出书。随写随出，一直出到五十五集（最后五集书名为《蜀山剑侠后传》），总排目三百二十九回。在第五十五集结尾处，照例还是“要知后事如何，且看下集分解”，而出版日期已是1949年3月了。据说原来全书打算写满1000万字，实际上只写了350万字，不过完成其中的三分之一。至于书中反复提到的“峨眉三次斗剑”和“仙家四九天劫”竟未能写出。

在还珠楼主的34部武侠小说中，《蜀山剑侠传》是他的开山扛鼎之作，其余绝大多数武侠小说皆由此衍生而出，形成了一个颇为庞大的“蜀山”系列。在这个“蜀山”系列中，以武功而论，主要是描述飞剑斗法，

---

① 参看《还珠楼主小说全集》（1）“出版说明”，山西人民出版社、北岳文艺出版社1998年版。

也有少数作品是以武功打斗为主，甚至还有全然不带剑仙法宝的纯武打技击内容的小说。其中，《蜀山剑侠传》前后创作时间近20年，可以说是由作者的心血凝成。其设想之奇，气魄之大，文字之美，境界之高，内容之丰富，远非其他小说能比。在这个“蜀山”系列中，《青城十九侠》是作者的另一部力作，颇值一提。《蜀山剑侠传》第一百六十六回曾借矮叟朱梅之口说：“只因师弟伏魔真人姜庶再三和我说，先恩师当年创设青城宗派，苦修多年，颇非容易，后来兵解仙去，此志未成……难得目前是五百年群仙转劫脱劫之期，异秉良资甚多，不愿本门宗派无有传人，执意要创设青城一派，以传本门衣钵。头一代，按照先恩师遗偈，共只收男女弟子十九人。”[①]《青城十九侠》即从此派生而出。《青城十九侠》在谈玄述异的幻想设奇方面，虽不及《蜀山剑侠传》丰赡、宏伟，但其中有些章节，如虞南与裘元夜观天体星群（第三集第二回）、李洪大战太虚一元祖师苍虚老人（第二十、二十一集）等，也是想象丰富，包罗繁复，不可方物。尤其是此书在描写“入世剑侠”的生活体验和苗蛮异俗风情方面，生动逼真，细致入微，很有特色。《青城十九城》共写了二十五集，总共一百零七回，从结尾来看，也没有写完。

除《蜀山剑侠传》和《青城十九侠》之外，其余作品虽也有一读的价值，然而在构思气势上则相去甚远。

一、《蜀山剑侠传》内容概述

蜀山，指的是四川峨眉山。在这座山上修炼出来的剑侠属峨眉剑派，即所谓正宗剑派。此派剑仙即使法术不如对手，其道行也远非别派剑仙所能比，且不必经过“兵解”便可上升紫府天界，成就修行正果，所以常为别派推崇或妒恨。此派之外，便是属于旁门左道的异派了。异派也分正与邪，属于正派的，是峨眉派的同盟军；属于邪派的，则专门与峨眉派作对，且为非作歹，荼毒生灵。峨眉派的创始人是长眉真人，此公早已飞升仙界，现任的掌教是妙一真人齐淑溟。然老一辈的剑仙中，尚有“三仙二

---

① 还珠楼主：《蜀山剑侠传》（4），山西人民出版社、北岳文艺出版社1998年版，第1956页。

老”、妙一夫人、餐霞大师、醉道人、髯仙等人，俱广收门徒，而以“三英二云”最为杰出。“三英二云”，指李英琼、余英男、严人英、齐灵云和周轻云，共四女一男。小说主要是讲她们学艺、成道、斗魔、得宝等过程（其实余英男、严人英笔墨很少），特别是李英琼，天之骄子，是峨眉掌教心目中的继承人。此外，峨眉晚辈剑仙中落墨较多的尚有金蝉、笑和尚、齐霞儿等人。

小说开卷写李英琼随父亲李宁避难四川，途遇父亲至友周淳（周轻云之父），相偕隐居峨眉山。不久，洪山八魔来寻周淳报仇，双方约定在成都开元寺决一胜负。周淳得峨眉派剑仙援助，洪山八魔也广邀能人异士撑腰，于是，小说拉开了正邪两派斗法的序幕。两派数次争斗，仇怨越积越深。邪派中的人物有绿袍老祖、鸠盘婆、僵尸、万载寒蚿等妖物，一个个不仅形象丑恶，而且性格专横、残忍、毒辣。还有一个五台派的许飞娘，是峨眉派的死对头，她自己不出面，却总是煽动别人去和峨眉派交锋。另有一位晓月禅师，是峨眉派的叛徒，因忿生恨，处处拆峨眉派的台。正邪两派的争斗又往往是因争夺宝藏、宝物而起：某名山大川藏有千古至宝，对修道人大有帮助，正邪两派都想获得，互不相让，于是各逞本领，遂起战端。这种探险夺宝差不多占了小说一半以上的篇幅。小说的另一内容是峨眉剑仙铲除毒蛇猛兽凶蛟恶蟒之类的害人精，以造福人类，积修功德。《蜀山剑侠传》有两个重大情节：一是“峨眉三次斗剑”，一是“五百年群仙劫运”，即道家所谓四九天劫。小说中众剑仙的活动都围绕这两条主线进行，然而由于小说未写完，两大情节竟无下落。

《蜀山剑侠传》的故事，不是发生在人间社会，而是发生在远离俗世风尘，没有江湖恩怨，且又与尘世密切相关的“异度空间”。作者的笔力上入青冥，下通九幽，点染烟云，描摹仙境，并创造性地将中国传统文化精神凝结成具有心灵震撼的文学意象，遂使故事内容踵事增华，博大精深，含蕴无尽，幻想无极。

二、儒、释、道思想的大综合

徐国桢在《还珠楼主论》中这样评价《蜀山剑侠传》一书内容的体大思精：“本来是李耳、庄周一般的襟怀，可生就了释迦牟尼的两只眼睛，却是去替孔丘、孟轲去应世办事。于是儒释道混成一体了。”《蜀山剑侠传》既写儒家的忠孝节义，又谈佛教的因果报应，转世轮回，且讲道教的神仙术数及鬼狐修行，以艺术的手腕将三家思想精义综合为一，融入小说创作。在小说中，正派剑仙在道德方面，以儒家的伦理规范为制约，并极力提倡“知其不可为而为之”的入世精神；在生活方面，则渲染道家的散淡逍遥，游戏人间，致力于清心寡欲、服气辟谷；在修炼方面，又崇尚佛家的“四大皆空”、“一尘不染”的空明境界。这三点组成了书中正派剑仙的人生哲学。

正派剑仙的言行举止是以儒家的“仁”作为出发点的，它贯穿了佛家的“慈悲”心肠、普度众生和道家的“长生”学说，并从艺术上进行综合与提升。剑仙要修成正果并非易事，须“内”“外”兼修，功行圆满，方得成就。“内功”指养身修性，需心术端正，心诚志坚，以达到自我完善；“外功”则指入世行善，广积功德。这种“内”“外”兼修，正合于儒家“内圣外王”的立意准则，也就是书中一再强调的：“世上没有不忠不孝的神仙。”而在此修行过程中的除魔卫道，挽救生灵，则是在以“仁”为念而发为侠行了。剑仙这类以“仁”为本的言行，其目的是要达到道家所说的长生不老，得道成仙，而目标完成的过程则需借助佛家的轮回转世，几世苦修。小说中“仁”的力量无所不在，威力极大。天狐宝相夫人的超劫成道（第十二集），忍大师情关为泪所化（第二十四集），神驼乙休大闹铜椰岛以及峨眉群仙联手消弭地心奇祸（第二十七集）等，都是“仁”的力量高度发挥的结果。即便反面人物如尸毗老魔、鸠盘婆等人，也因一念及“仁”而得幸保残魂。

《蜀山剑侠传》所表现出的儒家正统观念极强。书中借英姆之口说：“法与道不同，贵派（峨眉）玄门正宗，异日循序渐进，自成正果，须时反倒无多。愚师徒如论法术，自不多让；论起道行，终因起初驳而不纯，欲速不达，枉辛苦修为了几百年，迟至今日，始能勉参上乘功果。一样成就，却不如贵派事半功倍。”（第二十四集第四回）书中强调峨眉派与别派的差别，正是作者意识中正统与在野的差别。作者用这一观念塑造人物，结果正派人物男子一律仙风道骨，丰神俊朗，女子皆仙容玉貌，美秀绝伦；而反派男子或狞恶凶残，或一脸邪气，女人大多妖艳淫邪。正派称仙姑、仙童、仙禽、仙猿，邪派则是妖人、妖徒、妖道、妖妇、妖鸟、妖兽。非正宗门派修道人，即使为人正派，法力无边，只能修到地仙境界，仍有天劫之灾，正宗门派的人就可以修到天仙境界。这种过分突出正邪的创作观，致使小说人物性格难以深掘，呈现表面化、概念化。

小说对情爱、性的看法，也是以传统的儒家道德观念为旨归的。还珠楼主有时虽也宣称“人非太上，孰能无情”，并写出一些正派男女剑仙甘愿为情粉身碎骨，减却道行，只要“来生再聚”，恩爱不移，如李厚与申若兰、石明珠与阮徵。即使是峨眉派的齐灵云、周轻云、朱文等人，修道多年，仍对几世情侣孙南、严人英、金蝉情丝未断，倍加关切。可是作者又不断描写他们为情所累，并赞扬那些能压抑心中感情的人道行深厚，修仙志坚。正派男女剑仙即使是夫妻，虽情深爱重，也只能是名义夫妻，并无邪念，各保元贞，同修仙业，有情无欲；如产生感情纠纷，则是“情孽”、“孽缘”，该有此劫，难以飞升了。至于魔教中人总是淫荡无耻，上阵交锋时，或用情魔幻相，或用活色生香的淫欲场面去迷惑对手。只要修道人略有疏忽，心念一动，魔念便乘虚而入，修道人便要为情所累，偿还孽债了。作者秉“万恶淫为首”的观念创作，故对“情”的表述突出道德观念，而对人性的发掘明显不足。

还珠楼主强调“情孽”，主张“灵”“肉”分离，在具体情节中更把“情”作为修道的重大障碍。如秦紫玲、秦寒萼的父亲秦渔，本是极乐真人李静虚的弟子，因被天狐所惑，迷恋情欲，失了真阳，不能脱劫飞升，须借助兵解，二度入世，重新修行。而天狐宝相夫人也因有此孽缘，须遭受数次雷劫之苦，方能修成正果。就是峨眉派掌门齐漱溟夫妇也需为“情”付出代价。第十五回中齐漱溟对妻子说：“只是你我俱非童身，现在只能学下乘的剑法。将来还得受一次兵解，二次入道，始参上乘。”还珠楼主以“灵”“肉”冲突作为男女情爱描写的基本观念，男女剑侠可以情深义重，却不能相互失身，如有违犯，轻则兵解入世，再度重修，重则形神俱灭，前功尽弃。正如有的学者指出的那样：“他的笔下，把男女之‘爱’与男女之‘欲’，看作两个极端，可以绝对分立，不相混杂。而且天堂、地狱两条路的分歧点，就从这个关头出发。这种灵肉异趋论，和他全部小说中的哲理，仍是一致的。”①

① 徐国桢：《还珠楼主论》，上海正气书局1949年版。

“情”与“道”对立虽然是小说的基调，但作者在客观描写上也不自觉地笔走异端，如秦氏姊妹紫玲、寒萼二人。两姐妹经母亲和前辈剑仙做主，与司徒平结为夫妻。紫玲修道志坚，排除杂念，平时避开司徒平，面子上冷冷的，而寒萼天真烂漫，一派童心，心地光明，性情温厚。司徒平对两姐妹原是一般爱重，而后逐渐在心目中感到寒萼的春温，紫玲的秋肃，情不自禁地将心灵天平偏向了寒萼。这类描写在客观上是对参透情关、摆脱俗缘、无牵无挂、寻求正果的压抑人性的修炼飞升，提出了不平之鸣。

《蜀山剑侠传》艺术地再现了高深的佛学境界。十二集第五回中描写天狐宝相夫人借助二女和女婿以及邓八姑、诸葛警我、神驼乙休和东海三仙之力抵御天劫三灾（乾天纯阳真火、巽地风雷、天魔）。作者写乾天真火、巽地风雷二灾，腕底狂飙怒卷，场面骇目惊神，大自然的威力状声绘色，几欲夺势而出。至写“天魔”之劫，作者驰骋想象，曲曲写出“魔由心生”的诸般幻境（包括声、色、香、味、触、法等境），又由紫玲、寒萼道行法术高深反而为魔力所破，司徒平道力法术较浅反而战胜“天魔”，加上作者现身插入一番议论，道出佛家“六贼”之魔便是以人的眼、耳、鼻、舌、身、意六根为媒介，造成声、色、香、味、触、法（幻想）六种污染心灵、妨害修道的魔境和道家“有”、“无”相生相克的哲理。二十四集第一回作者借苍陀大师之口细述“小转轮三相神法”：“我那小转轮三相神法，纳大千世界于一环中；由空生色，由虚为实，佛法微妙，不可思议。说起来虽是个石光电火瞬息之间，而受我法者，一经置身其中，便忘本来；不特不知那是幻相，凡诸情欲生老病死，与实境无异。一切急难苦痛，均须身受。幻境中岁月，久暂无定，在内转生一次，最少也须五六十年。此一甲子岁月，更须一日一时度过，与邯郸黄粱的梦境迷离，倏忽百变，迥乎不同。”这种于刹那间，遍历未来三生苦乐，且在“三相虚境”内预积三十万善功，并一一实践的“小转轮三相神法”，实是还珠楼主精研大乘佛学的无上妙谛的心得体会。在书中，这一移后作前、倒果为因的奇思妙想，将佛学精义充分具体化、形象化、艺术化了。三十三集第三回写仙都二女谢琳、谢璎和癞姑在青莲峪千顷平湖边“花开见佛”，求取七宝金幢之事，奇景奇缘，内蕴佛道两家无上妙谛。当三人禅心不净时，但闻湖上梵声若有若无，只有安定心神，不生一念，返虚生明，达到物我相忘的境界，满湖清波才变作一片莲花世界，祥辉万丈，大放光明。明心见性后，才得“花开见佛”。当七宝金幢出现时，仙都二女心下动念，欲以法力强求，结果徒劳，七宝金幢隐形。她们恍然大悟相由心生，有相无相，无为因果，于是顿触灵机，理解了“有无相因，人宝分合”，“佛在我心”之妙，于是万虑全收，人宝合一。此段情节意境绝高，说玄不玄，可以借《金刚经》上名言阐释：“一切有为法，如梦幻泡影，如露亦如电，应作如是观。”所谓“不落言诠”者，便在于此。

《蜀山剑侠传》也用艺术之笔形象地描绘了道教的生命哲学。在自然界中，生命有一个从诞生、成长到消亡的过程，这是大自然的规律。但道教主张“我命在我不在天”，试图通过炼养脱胎换骨，达至生命的永恒。为了寻求长生久视的依据，道教对生命的形态进行了不懈的探求。道教认为：生命的形态是“形”与“神”的结合体。对于“形”与“神”的关系，《西升经·神生章》这样阐述：“盖神去于形谓之死，而形非道不生，形资神以生故也。有生必先无离形，而形全者神全，神资形以成故也。形神之相须，犹有无之相为利用而不可偏废。惟形神俱妙，与道合真。”[①] 所以道教主张形神俱炼，性命双修，认为如此便可超越生死，肉身成仙。为了达到这一目的，道门中人施展才华，发明了许许多多的炼养方技，如集中意念的守一、存思，顺畅经脉的服气、胎息，服食增补的外丹养生，效法乾坤的内丹修炼等。《蜀山剑侠传》通过人物与具体情节对此予以艺术的演绎。在小说中，一切生命的形态由“元神”和“肉身”组成。“元神”起决定性作用，肉身可以毁坏、替换，元神却不可消灭。元神存在，生命还在延续；元神毁灭，生命也就终止了。修道人修炼到一定程度，可以将元神凝聚成形，可以自由地与肉身离合，还可以修炼成多个元神。修炼成形的元神，只要功德圆满，不需要肉身也可脱劫飞升。小说的故事情节虽有着浓厚的宗教色彩，但我们从中仍可强烈地感受到人类对于超越自然生命、战胜死亡的愿望和探索，以及对生命潜能的自信与崇仰。

① 《道藏》（第11册），文物出版社、上海书店、天津古籍出版社1988年影印本，第506页。

三、奇幻绝伦的剑仙世界

还珠楼主纵奇思，发妙想，构造了一个前无古人、后无来者的仙佛妖魔鬼怪鸟兽虫鱼混合而成的“天外世界”。这个世界中的主人公，上不是神仙，下不是凡人，而是居于仙、凡之间的“剑仙”。剑仙可以死，也可以不死；可以形神俱灭，也可以飞升紫府，与天地同寿；剑仙既有人的七情六欲，又有神仙的法宝仙术；剑仙居住之地，或在峻山之巅，或在沧海之底，又需经常云游四海，修积善行，制炼法宝，偶一犯错，或打入轮回，或被迫兵解转世，或形神俱灭，十分危险。如此一来，整个故事的时空便无限扩展，作者也有了纵横宇宙、跨越千载的自由。

20世纪40年代，通俗文学评论家徐国桢对《蜀山剑侠传》有过十分形象而精确的评论，他认为在还珠楼主笔下：关于自然现象方面，海可煮之沸，地可掀之翻，山可役之走，人可化为兽，天可隐灭无迹，陆可沉落无形，所谓天外还有天，地底还有地，水下还有湖沼，石心还有精舍；关于生命的看法，不但人能成仙，鸟兽蛇虫也能得道或者成妖。道行高深的妖魔更能修到元神（灵魂）离开肉身，独成一体，甚至可以有第二元神、第三元神，直至第九元神，如遇劫难，九个元神中只要逃出一丝一缕，仍然可以重新修炼。所谓灵魂可以离体，身外可以化身，借尸可以复活，自杀可以逃命，修炼可以长生；关于生活方面，不食可以无饥，不衣可以无寒，行路可缩万里为咫尺，谈笑可由地室达天庭；关于战斗方面，风霜水雪冰，日月星气云，金木水火土，雷电声光磁，都可以收摄其精英，炼成各种凶杀利器，相生相克，能攻能守，藏可纳之于怀，发而威力大到不可思议。① 比之“飞剑取人首级于百里之外”的古代剑侠小说，《蜀山剑侠传》的神怪幻想色彩当然要浓重得多，即使《西游记》、《封神演义》等神魔小说，相形之下，亦为之逊色。

在这个奇特的剑侠世界里，还珠楼主以肆畅无边、超凡入圣的想象力，凭恣肆汪洋、一泻千里的笔力，创造了光怪陆离的仙境：峻山翠峰，飞瀑流泉，仙葩异卉，千形万态。请看仙境“凝碧崖”的风光：

---

① 参见徐国桢：《还珠楼主论》，上海正气书局1949年版。

灵云等举目往前一看，果然前面崖壁上面有丈许方圆的“凝碧”两个大字。左侧百十丈的孤峰，拔地高起，姿态玲珑生动，好似要飞去的神气。那凝碧崖与那孤峰并列，高有七八十丈，凝碧上面藤萝披拂，满布着许多不知名的奇花异卉，触鼻清香。右侧崖壁非常峻险奇峭，转角上有一块形同龙蛇的奇石；一道二三丈粗细的急瀑从石端飞落。离那奇石数十丈高下，又是一个粗有半亩方圆，高约十丈，上丰下锐，笔管一般直的孤峰。峰顶象钵盂一般，正承着那一支大瀑布；水气如同云雾一般，包围着那白龙一般的瀑布，直落在那小孤峰上面，发出雷鸣一样的急吼。飞瀑到了顶端，溅起丈许多高，瀑势到此分散开来，化成无数大小飞瀑，从那小孤峰往下坠落。峰顶石形不一，因是上丰下锐原故，有的瀑布流成稀薄透明的水晶帘子；有的粗到数尺，有的细得象一根长绳，在空中随风摇曳；俱都流向孤峰下面的一个深潭，顺流往崖后绕去。水落石上，发出来的繁响，映着潭中的泉声，疾徐中节，宛然一部绝妙音乐；听到会心处，连峰顶大瀑轰隆之响，都会忘却。那溅起的千万点水珠，落到碧草上，亮晶晶的，一颗颗明珠一般，不时随风滚转。近峰花草，受了这灵泉滋润，愈加显出土肥苔青，花光如笑。①

奇峭的岩峰，清香的花草，飞动的瀑布，绝妙的音乐，如此山水交汇、春光秀美的绝佳风景，的确堪称人间仙境。然而面对如此仙境，还珠楼主犹嫌不足，于是便展开想象的翅膀，让峨眉众仙与其他道友通力合作，大显神威，山崩地陷，沸石熔沙，再建仙山。重新开辟的峨眉仙府，地形开阔，气势雄旷，琪花瑶草，佳木芳卉，泉石清幽，拱桥飞虹，楼台错落，晶莹透碧。请观赏其中的一处景色：

只见飞桥两面湖波中，又由嵩山二老用紫云神砂建立起四座金碧楼台，一边两座，恰与楼当中飞阁成为五朵梅花形对峙，紫霞点点，金碧辉煌，越发壮观。仙府后侧，各处峰崖上，也有二三十处各式大小亭台楼

---

① 还珠楼主：《蜀山剑侠传》（1），山西人民出版社、北岳文艺出版社 1998 年版，第 512 页。

阁，隐隐出现。这次云幢上，共是百零八下金钟，四十九敲玉磬，众仙到时，尚还未住。眼看湖两岸各处山峦上仙葩和后山许多花树，越显精神，含苞欲放。忽听湖水哗哗作响，碧海溶溶中突冒起满湖水泡，跟着一片极清脆的啪啪之声密如贯珠。每一水泡开裂，便有一株莲芽冒出水面，晃眼伸长，碧叶由卷而开，叶舒瓣展，满湖青白二色莲花一起开放，翠盖平擎，花大如斗。这时金钟玉磬已将到尾声，众仙方讶平湖新辟，刚刚离开不久，适才并无人想到往湖中行法植莲，顷刻功夫，这佛国灵花西方青莲怎会突在湖中开放？眼前倏地又是一亮，再看四处前后的天府仙花，连同后山千百株花树，忽然同时开放，仙府前半，立时成了一片花海。青翠浮空，繁霞匝地，香光百里，灿若锦云。再加上仙馆银灯，玉石虹桥，飞阁流丹，彩虹凝紫，祥光万道，瑞霭千重，汇成亘古未有之奇。尤妙是境地壮阔，尽管花光宝气，光怪陆离，依旧水碧山青，全境光明，了不相混，全不带一毫人间富贵之气。①

诸如此类仙境刻画，作者工笔细描，点染烟云，遂使灵山奇秀，风景如绘，喷玉溅珠，势欲飞舞，给读者带来极大的艺术享受。

各类法术与形形色色的法宝的描绘，构成了《蜀山剑侠传》的一大奇观。还珠楼主充分地调动自己的想象能力，采用夸张的手法，以酣畅的笔墨，描绘了惊天动地的仙魔大搏杀、匪夷所思的法宝和波谲云诡的法力。请看其中一段仙魔斗法：

红发老祖心中愤急，身形一晃，化作一只血手影，想连人带桥一起抓住；同时放出化血神刀，朝霞儿飞去。哪知金桥撤得比电还疾，手刚飞起，便已急收回去。湖上立有千百丈金光，夹着风雷之声涌来。红发老祖识得厉害，未破法以前，不敢冒进，只得含愤将血手收回。化血神刀刚飞出去，众妖人已各施威相助，一时烟光交织，法宝齐飞。霞儿冷笑一声，左手将鼎一举，鼎口内一声龙吟，飞出百丈光霞，将化血神刀敌住。同时右手一指，飞出太乙神雷，将四外烟光邪法，连同当空暗赤色的妖云一起

---

① 还珠楼主：《蜀山剑侠传》（7），山西人民出版社、北岳文艺出版社 1998 年版，第 3172 页。

荡开，飞身直上。等红发老祖收回血手追赶时，只听霹雳连声，数百丈雷火金光飞舞中，霞儿已化作一道匹练般长虹，破空飞去，一闪不见。①

再看法宝“九天十地辟魔神梭”：

那九天十地辟魔神梭，乃易周采取海底千年精铁，用北极万载玄冰磨冶而成；没有用过一点纯阳之火，形如一根织布的梭。不用时，仅是九十八根，与柳叶相似，长才数寸，纸样薄的五色钢片。一经使用，这些柳叶片便长有三丈，自行合拢，将人包住，密无缝隙。任凭使用人的驱使，随意所之，上天下地，无不如意。如要中途救人，只须口诵真言，将梭中心七片较小的梭叶一推，便现出一个小圆洞的门户，将人纳入，带了便走。如再有敌人法宝飞剑追来，那七片神梭便即旋转，发出一片寒光，将它敌住，一转眼，已是破空穿地而去。②

再来看神驼乙休“缩天透影”的法力：

神驼乙休忽然将口一张，吹出一口罡气。只见碧森森一道二三丈粗细的青芒，比箭还直，射向前面云层中。那云便如波浪冲破一般，滚滚翻腾，疾若奔马，往两旁分散开去，转眼之间，便现出一条丈许宽的笔直云衖。寒萼、司徒平朝云孔中望去，仅仅看出相近紫玲谷上空，有一些光影闪动，云空中青冥氤氲，仍是不见什么。正在眺望，又听神驼乙休口中念动真言，左手掐住神诀，一放一收，右手戟指前面，道一声：“疾！”便觉眼底一亮，紫玲谷景物如在目前。果然一个形如花子的人坐在当地，正与藏灵子斗法，金花红霞，满天飞舞。紫玲身上围着一圈青荧荧光华，手持弥尘幡，站在花子身后，不见动作。知道神驼乙休用的是“缩天透影”之

① 还珠楼主：《蜀山剑侠传》（7），山西人民出版社、北岳文艺出版社 1998 年版，第 3599 页。

② 还珠楼主：《蜀山剑侠传》（4），山西人民出版社、北岳文艺出版社 1998 年版，第 1904 页。

法，所以看得这般清楚。[①]

仙魔斗法，作者驰骋想象，渲染铺陈，在奇幻的斗法场面中，摄其神而绘其形。红发老祖气急败坏，杀手频出；齐霞儿气定神闲，随手化解；神梭构造，奇巧绝妙，举世无双。至于乙休的神术更胜一筹，直似当今科学中的电视直况转播。诸如此类的描写，还珠楼主想象超拔，笔力千钧，遂使小说瑰异诡谲，奇逸灿烂，为读者提供了奇幻且极具魅力的幻想空间。

除此之外，还珠楼主还在这个剑侠世界中涂抹了一层紧张欲裂的恐怖气氛。这种恐怖气氛的形成，一是夸张大自然狂暴的力量（与仙境中自然界和谐、柔性之美相反），海啸、陆沉、山裂、地震、雪崩、火山爆发等，作者均以如火如荼的笔力和绘声绘影的景象一一写出，使读者既有耳闻目睹的真实感，又有目眩神惊的危机感。二是写出怪兽、怪禽、怪虫、怪鱼的奇形怪状和可怕行为。书中最恐怖惊人的还是“邪教”妖人的暴戾性格和由其性格衍生出来的惨毒行为，比之形貌上的恐怖，更令人触目惊心。绿袍老祖、万载寒蚿、鸠盘婆、魔女铁姝等人，其性格、行为无不阴森惨厉，恐怖绝伦，阅之令人心悸神惊。书中对这类恐怖场景过分渲染，破坏了小说的美学价值。

还珠楼主营构的剑仙世界虽然奇特，却仍有人世间的影子。三十四集第一回写仙都二女自空中下望川江纤夫拉纤的一段文字，完全是人间真境的客观描绘，只是经作者虚构了一段红发老祖在三峡中平险结怨的热闹故事，这川峡险滩的真景实境便神怪之至了。书中正邪两派剑仙的斗法，邪教人物的荼毒生灵，也是人世间正义与邪恶战争的缩影。尤其值得一提的是十七集第二至四回的小人国故事。这则故事显然深受《列子》、《山海经》的影响，犹如一个童话世界，而小人国中兄弟争王、发生政变等事又好似现实世界中的争权夺利一般。作者还在讲述小人国的历史与现状时，下春秋之笔，反讽现实，讥刺国人的劣根性和病态心理，寓意深刻，发人深省。

---

① 还珠楼主：《蜀山剑侠传》（3），山西人民出版社、北岳文艺出版社 1998 年版，第 1464 页。

四、得失与影响

《蜀山剑侠传》除了幻想神奇和追求意境外，其最大特色便是绘景状物了。还珠楼主因为具备神奇无极的想象力和高超的驾驭语言文字的功力，所以不论是写山川草木，还是写风雾云烟，都能使幻境逼真，呼之欲出，且文字精美，气象开阔。书中这类写景状物的段落，完全可以看作是散文佳篇，即与陶弘景、吴均、郦道元、柳宗元、苏东坡等人自古传诵的写景名篇相比，在文词的富丽华艳、音韵的铿锵优美、句法的错综变化、风格的清新脱俗、景色的隽永传神、意境的深远高雅等方面，也毫不逊色。

小说在进行中又注重情节结构的韵律节奏之美，往往继腥风血雨的争斗之后，忽又收拾风雨，别有天地地写出一段花好月圆的柔美风光，使人们自极度紧张而又压迫得透不过气来的魔力包围中，转而进入另一悠然意闲的境界。十二集第三回写李英琼、申若兰助齐霞儿在雁湖除灭恶鲧。与恶鲧交战时，一路写人、妖斗法，禹鼎妙用，恶鲧的狰狞恐怖、怪声怪影，雁湖的狂潮怒涛、乌烟瘴气，齐霞儿等人的剑术通玄，法宝的无穷妙用，千形百态，顿呈奇观，如火如荼，紧张欲裂！战罢收束时，作者举重若轻，从有形化无形，笔端丝毫也不凝滞。恶鲧既除，转而天朗气清，行文由狂风暴雨之后，更以清新景色相衬，情节尽跌宕起伏之妙，节奏尽紧张松弛之美。

语言文字是文学作品的载体。丰富活跃的想象，曲折变幻的情节，峻险奇丽的景色，生动可感的形象，这些都需要语言文字的表述。还珠楼主不但具有神奇的艺术想象力，还具有很高的驾驭语言文字的能力。他掌握的词汇量极其丰富，在写景状物时，那些奇思异想一经其深具表现力的魔幻语言描绘出来，便历历如画，形象逼真。他的语言文字通俗易懂，文白相间，“他写景状物和描写人物的风姿仪容，常使用大量四字句来铺叙排比，尽情形容；这些句子看起来像是普遍流行的成语，但细加辨析便可发现，其中除成语之外，也有不少是出于作者的创造”，“用这些四字句来连续铺叙，便使写景状物的笔墨不落俗套，姿彩纷呈”。[1] 还珠楼主又往往用夸张的笔法描述人物的出场，摄神绘形，烘托气氛，从而达到传神写照的艺术效果，如第二百九十二回写兀南公出场，有着令人震撼的动感，气势逼人，效果强烈：

忽听远远遥空中传来一声冷笑，众妖徒面色骤变，乐声立止。那条青气仍是长虹经天，由当地起一直挂向天际，始终未动，也看不出它的尽头到底多长。笑声由远远天空传来，听去极远。乐声才停，便见最前面苍霞杳霭之中，有一点青光闪动，晃眼由小到大，由那长不可测的青气之中飞射过来。随见青光越来越大，现出全身，乃是一个身材长瘦、青衣黑髯的道人，羽衣星冠，相貌清癯奇古，不带一丝邪气，周身罩着一层青光，简直成了一个光人。刚一入眼，便随青气飞堕，来势神速，晃眼临近，声息皆无。可是才落彩云之上，便觉全山地皮一起震动，似欲崩塌，猛恶惊人。[2]

还珠楼主有着深厚的中国传统文化修养，这不但表现在作品的内容里，也表现在作品的回目中。小说回目的设计颇能表现作者的艺术匠心和文字功力，不但关涉整部作品的情节布局，且要对本回内容精练概括，还要尽量吸引读者的眼球。中国古代说部大体以“联对”作为小说回目，对偶工整，诗意浓郁，赏心悦目。还珠楼主继承了中国古典小说的形式，“更是把这种回目写得诗情奔放，意味隽永”[3]。如第三十回回目“烛影忽摇红，满殿阴风来鬼祖；剑光同闪电，昏林黑月会妖人”，又如第三十五回回目“密室困昆仑，艳艳红霞，飞剑惊芒寒敌胆；禅林逢异教，漠漠黄雾，迅雷忽震散妖氛”，再如第一百三十四回回目“敌众火雷风以抗天灾，返照空明，凡贪嗔痴爱恶欲，皆集灭道；历诸恶苦难而御魔劫，勤宣宝相，无眼耳鼻舌身意，还自在观”等，无论字句长短，皆妙对天成，诗意

① 金开诚：《还珠楼主小说全集序言》，《蜀山剑侠传》（1），山西人民出版社、北岳文艺出版社 1998 年版，第 34 页。

② 还珠楼主：《蜀山剑侠传》（10），山西人民出版社、北岳文艺出版社 1998 年版，第 4969 页。

③ 张赣生：《民国通俗小说论稿》，重庆出版社 1991 年版，第 20 页。

盎然，典雅精致，华美流丽，将这种形式美的特色充分显现出来。但《蜀山剑侠传》回目编排的弊病也较明显，有些回目文字过长，不够简洁明了，尤其是回目文字对内容本身缺乏明显而扼要的概括提示，若从回目去重温作品的情节内容，便有些摸不着门路。比起古典名著如《红楼梦》，在精练概括与醒目提示方面便显出一定的差距。更进一步说，武侠小说面对的是普通读者，过于华丽、典雅的回目拟定，也会给大多数读者造成文字障碍，在作品与读者间产生隔阂。

《蜀山剑侠传》的最大缺陷是小说整体结构松散，缺乏肌理可言。还珠楼主的平生功力在于写景状物的散文中，散文无须严谨的结构布局，而要讲究文理气势和神理意境，还珠楼主精于此道，故能写出优美的佳篇。但在小说的结构布局中，还珠楼主则败笔显著，不善营构，东拉西扯，横生枝节。这是因为还珠楼主在创作态度上不够严谨，过多地从商业方面考虑，能拖则拖，于素材上又不明取舍，缺少剪裁。又因还珠楼主在写作时，稿债积压，忙于应付，没有时间殚精竭虑地细细布局，疲于奔命，必致草率成书。此外，小说在叙事中有过多的重复。如第二百一十九回开篇介绍杨瑾等人回峨眉山的原因及路上所遇之事，与前文有重复。又如第二百五十九回写乙休、韩仙子、朱由穆、姜雪君等人大战天残、地缺师徒，其中“原来二人日前曾算出为了自己一时负气……难有丝毫杂念?”一大段，都是不必要的重复叙述。[①] 类似现象，全书还有不少。因此，《蜀山剑侠传》一书虽时有神来之笔，但从总体结构布局以及小说叙事来看，难免松散重复，冗长沉闷，赘语烦琐，文情芜沓。

小说在人物塑造上也不成功。还珠楼主善于讲述热闹有趣的故事，却不善于刻画性格出色的人物。《蜀山剑侠传》一书中人物约有千数，然而较为突出者只有神驼乙休、笑和尚、癞姑、寒萼寥寥数人而已，其余绝大多数人物皆性格单一。峨眉派的众弟子几乎面貌相同，性格一致，即便书中主角“三英二云”，除了李英琼之外，大多缺乏性格的深度和复杂性。反面人物的性格也一律呈公式化、概念化。小说中有些段落文字猥亵，如二十三集第三回写九烈神君之子黑丑与烈火祖师门下史春娥淫乐之事，作

① 还珠楼主:《蜀山剑侠传》(9)，山西人民出版社、北岳文艺出版社 1998 年版，第 4296 ~ 4297 页。

者大肆渲染，其情节场面竟有似于《金瓶梅》中“潘金莲大闹葡萄架”，实有诲淫之嫌。

《蜀山剑侠传》在武侠小说史上很有影响。还珠楼主在弘扬中国传统侠义精神的同时，对中国传统文化进行了全方位的展现。范伯群主编的《中国近现代通俗文学史》指出：“李寿民的特色在于对中国传统文化，包括儒、释、道、医卜、星相、五行、诗画、民俗等的融会贯通，就此而言，他的武侠小说，特别是以《蜀山剑侠传》和《青城十九侠》为代表的仙魔武侠小说，可以被视为现代人对传统文化的某种特殊阐释。”① 尤其是还珠楼主有意识地将儒、佛、道哲学精义融入小说情节，独创“境界”。后世武侠小说宣道言佛，标出“意境”者，盖源于此。《蜀山剑侠传》写怪兽怪禽，奇山奇水，神怪风光，独步一时。这些也给后世武侠小说家以极大启发，他们在小说中竞相刻画峻山奇水、猛兽恶禽，叙述山川景色，异域风光，从朱贞木的武侠小说到当代剑侠小说《诛仙》，莫不如此。

《蜀山剑侠传》虽主写剑仙斗法，但十七集第一回写凌云凤被白发龙女崔五姑带到风洞山白阳崖花雨洞修道，其中凌云凤行功打坐，参悟“白阳图解”种种，皆为后世武侠小说家所师法其意。后世武侠小说中所叙武功壁画、拳经剑诀，十之八九脱胎于此。在一些具体武功和题材细节上，如鹿清的“降龙八掌”、矮叟朱梅的“百里传音”、李英琼的神雕和智猿、海底紫云宫的“天一真水”等，都为后来的武侠小说家加以取意创新。

特别值得一提的是，十九集中黄婉秋的形象，可以说是中国武侠小说史上第一位被作家细腻描绘的由情转仇、由痴生恨的情变女性。黄婉秋由于爱情失败，心生怨恨，设下毒计陷害情敌。阴谋暴露后，又唆使女儿、女婿继续报仇。作者通过这一情仇故事，对人性进行了较为全面而深刻的挖掘，描绘人性中的正邪冲突、天人冲突，首开武侠小说中的“情变”主题和变态人性之叙事模式，对后世武侠小说创作产生了极为重大的影响。

---

① 范伯群主编：《中国近现代通俗文学史》（上卷），江苏教育出版社 1999 年版，第 476 页。

第十章

当代剑侠小说创作

1949年，中华人民共和国成立，中国大陆的意识形态发生了翻天覆地的变化。在以阶级斗争为纲和文艺为政治服务的整体环境下，武侠小说遭到彻底的禁绝，作为武侠小说重要流派的剑侠小说自然不能幸免。20世纪80年代，中国大陆改革开放的春风唤醒了人们内心沉睡了30年的阅读和创作武侠小说的热情，各种报纸、期刊都有武侠小说连载，街市的书摊上更是摆满了各种武侠小说。相比之下，描写剑仙题材的剑侠小说回归得略晚一些，直至90年代中期才出现。

在大陆武侠小说创作遭受灭顶之灾的时候，香港和台湾的武侠小说创作却没有停止前进的脚步。在海外一批有见识、有才华的作家的辛勤耕耘下，武侠小说这一中华民族独特的文学样式以崭新的面貌出现在世人的面前，受到众多读者的追捧和称赞，被人们誉为“新派武侠小说”。在这股新派武侠小说的热潮中，剑侠小说创作表现得不尽如人意，虽也有一些作家从事这类题材的描写，但有影响的高水平的作品极少。

第一节　当代剑侠小说的发展及创作特征

20世纪50年代至80年代，台港新派武侠小说创作如火如荼，蓬勃发展，取得了辉煌的成就，而作为武侠小说重要分支的剑侠小说则显得青黄不接，作品数量本就不多，而在剑侠小说史上值得评述的作品就更加少了。

造成这种局面是有着一定原因的。台港新派武侠小说兴起于20世纪50年代中期，当时首发、引领并推动这一创作热潮的重要作家是学识广博的香港报人梁羽生、金庸。他们投身武侠小说创作，除了热衷此道、消遣娱乐之外，更有着借虚幻的江湖描写来颂扬传统的侠义精神、阐释人性、透视现实社会乃至努力反映某一时代的历史真实等目的。如梁羽生认为：在武侠小说创作中，武是一种手段，侠才是目的，小说中的正面人物可以完全没有武功，却不可以没有侠义。秉承这种创作理念，他在写作时便自觉地“集中社会下层人物的优良品质于一个具体的个性，使侠士成为正义、智慧、力量的化身，同时揭露反动统治阶级的代表人物的腐败和暴虐”，在作品中表现“所谓的时代精神和典型性”[①]。金庸则说：“我个人始终觉得，在小说中，人的性格和感情，比起社会意义具有更大的重要性。”[②]“武侠小说并不纯粹是娱乐性的无聊作品，其中也可以抒写世间的悲欢，能表达较深的人生境界。”[③]另一位新派武侠小说的重要作家古龙指出：“武侠小说中已不该再写神，写魔头，已应该开始写人，活生生的人，有血有肉的人！武侠小说中的主角应该有人的优点，也应该有人的缺点，更应该有人的感情。”[④]依据这样的创作观念，这些重要作家在武侠小说的创作实践中，或注重作品的历史背景和历史氛围的描述，或致力于人性的刻画，或通过作品表达一种批判意识、一种理想追求，或通过作品对历史政治和历史文化进行反思。因此，他们作品的内容、风格大多偏重于写实型，甚至有意或无意地排斥剑仙题材。如梁羽生的《大唐游侠传》（1963年1月1日至1964年6月14日连载于香港《大公报·小说林》）就有意将摩勒、精精儿、空空儿等唐代小说中的剑侠改写成江湖奇人，变虚幻为写实。名家的创作观念和实践在社会上有着极大的号召力，必然会影响新派武侠小说的整体创作趋向。

剑侠小说在这一时期虽然处于创作的低谷，但对新派武侠小说创作仍有着相当的影响力。以武功描写而论，新派武侠小说不同于民国时期武侠小说中的“技击派”武功，即不注重武术套路的身手步眼，不细述格斗厮杀的一招一式，而是将中国传统文化的艺术境界、哲理精神融汇到武功打斗之中。在小说文本中，这类武功的威力被作者夸张、神化，但是，我们在阅读作品时，从武功修炼的过程、运用效果的具体叙述中仍可感觉到剑侠小说对其潜移默化的内在渗透。

先看内力的培养。金庸《倚天屠龙记》中张无忌在深山幽谷修炼“九阳真经”，抱一含元，澄心静虑，自然呼吸，天长日久，“他身轻体健，但觉全身真气流动，全无病象”，“待得练到第二卷经书的一小半，体内阴毒

---

① 冯立三：《与香港作家一夕谈》，转引自王海林：《中国武侠小说史略》，北岳文艺出版社1988年版，第181页。

② 金庸：《神雕侠侣·后记》，广州出版社、花城出版社2002年版，第1381页。

③ 金庸：《天龙八部·后记》，广州出版社、花城出版社2002年版，第1785页。

④ 古龙：《天涯·明月·刀·序》，珠海出版社1995年版。

已被驱得无影无踪了"[①]。张无忌的练功法门无疑来自道教的"存思"、"守一"、"服气"及"胎息"等炼养方技，这也正是剑侠小说中剑侠修炼"剑术"的入门功夫。

再看轻功的威力。古龙《楚留香传奇·血海飘香》中有两段张啸林（楚留香的化名）轻功的表演：

他展动起身形，一家家的屋顶，就好像是飘浮着的灰云似的，一片片自他脚下飞过去，晚上的凉风，吹着他的脸。

一种迅速的快感刺激着他，他觉得愉快得很。[②]

宋刚狂吼倒地，墙角后阴影中便有人影一闪而没，别人虽未瞧见，但又怎能逃得过张啸林的一双利眼。

他立刻凌空掠出数丈，追了过去。谁知那人影竟已在十余丈外，他轻功之高，天下皆知，谁知这人轻功竟也不弱。

两条人影，一前一后，在济南城干燥的晚风中凌空飞掠，就像是一根线上系着的两个风筝。

那人影竟始终能与张啸林保持一段距离。

片刻间，两人便已飞掠出城。远处烟水迷蒙，已到了大明湖畔，这月下的名湖，看来实有另一种动人心魄的风致。[③]

两段描写中，楚留香都是凌空飞行，第一段描述楚留香自空中俯瞰大地的感觉，第二段则突出飞行的速度。此类夸张的轻功虽比不上腾云驾雾，但是，还真有一点剑侠"御剑飞行"的影子。此外，如化功大法、移花接木、天魔解体大法、摄魂术、驱兽术等，无一不具有剑侠小说的"神异"元素。

纵观当代剑侠小说创作的整体情况，大致可分为两个时期。第一时期从20世纪50年代至80年代，创作中心在台港；第二时期是90年代至今，

---

① 金庸：《倚天屠龙记》（2），广州出版社、花城出版社2002年版，第535页。

② 古龙：《楚留香传奇》（1），珠海出版社1998年版，第55、67页。

③ 古龙：《楚留香传奇》（1），珠海出版社1998年版，第55、67页。

创作中心移至中国大陆。两个时期作家的创作观念、创作手法以及作品的内容和风格都有比较明显的差别。

从整体上看，第一时期的剑侠小说创作不太景气，作品数量不多，也没有在读者中产生多大的影响。这一时期的作品有东方玉《纵鹤擒龙》，海上击筑生《南明侠隐》，醉仙楼主《太乙乾坤》，天风楼主《雍乾异人传》，丁剑霞《神箫剑客传》，南湘野叟《玉佩银铃》，蛊上九《河狱流云录》，向梦葵《紫龙佩》，徐梦还《灵翠峪》，秋梦痕《翠堤潜龙》，萧逸《塞外伏魔》、《长啸》等。①

与民国年间一样，这一时期的小说作家与出版社大都保持着较为紧密的联系，有的作家甚至专为某一出版社供稿。许多作品先在报刊上连载，然后再由出版社集结成书。如东方玉的《纵鹤擒龙》，先由台湾《新生报》连载，至1960年9月连载完毕后，再由台湾大美出版社出版发行。这种报刊与出版相结合的营销方式，是这一时期台港武侠小说创作与出版发行的一种方略，并在一定程度上影响了当时武侠小说创作的方式、进度和情节结构。

从整体上看，这一时期剑侠小说创作水平不高，因袭模仿痕迹较重。如萧逸创作的《塞外伏魔》，描写七修真人的末世传人杜铁池在西昆仑山上的“摘星岩”苦练七修仙术，遭遇赤碧门弟子司徒猛上山寻找秦冰夺宝。秦冰此时重伤未愈，无法施展神功，危急时刻，杜铁池用七仙剑杀了司徒猛，救了秦冰。

司徒猛的母亲雷姑婆为子报仇，用法术擒住杜铁池，把他送给“妖尸”朱申，由朱申借尸还魂。朱申等恶魔被关在“太阴十三极”，此地被伏魔真人设了重重仙禁，专门用来惩罚作恶多端的凶鬼恶煞。杜铁池被困“太阴十三极”，得到石水父女的帮助，免遭劫难。朱申等恶魔恶贯满盈，伏魔真人将其形神消灭。石水功德圆满，飞升天界，其女石兰儿和杜铁池一起，跟随蓝婉莹仙子到昆仑山修炼。

“黄面无常”康准受寒谷二老差遣，前往昆仑山寻找秦冰。秦冰不敌康准，杜铁池又一次挺身而出，恰巧蓝婉莹路过，见状即施法擒住康准。

---

① 以上剑侠小说均在台湾出版，叶洪生、林保淳《台湾武侠小说发展史》第二章有简略的介绍，并将此类小说标为“奇幻仙侠小说”。

蓝婉莹与秦冰曾有一段恋情，她来看望秦冰，劝秦冰迁往洗星堡养伤。蓝婉莹与杜铁池护送秦冰前往洗星堡，寒谷二老探知消息，也赶往洗星堡寻衅，蓝婉莹、杜铁池和洗星老人一起抵抗来犯之敌，寒谷二老无法取胜，悻悻退走。

“飞花仙子”蓝婉莹和杜铁池、云七婆婆联手收复了千年怪蟒，石兰儿与云七婆婆前生是祖孙，今世有缘成为师徒。杜铁池得昆仑七子之一“赤松子”谭悟之助，在点苍山上寻到一处古仙人洞府，意欲在此修炼，光大七修门。数月之后，杜铁池的三生爱侣梁莹莹来到点苍山，两人一起完成光大七修门的宿愿。

这篇小说情节较完整，语言也比较流畅，蓝婉莹、寒谷二老等形象也很有性格，但整部小说在作品立意、情节构思、法宝运用、形象塑造等方面过多地模仿前人作品，如小说中描述的道家四九天劫、仙家禁障、形与神的生命形态、诸多法宝、“妖尸”朱申的形象等，均有明显地因袭还珠楼主小说的痕迹。

除了拾还珠楼主的余唾，刻意模仿、缺乏创新之外，特别需要指出的是，某些作家在小说中有意影射政治，肆意歪曲、丑化敌对政党和政权，甚至含沙射影对其领导人进行人身攻击，文学创作沦为政治斗争的工具。联系当时的历史背景来看，出现这种情况显然与当时两岸紧张敌对的形势氛围有关，但也与作家本人的政治立场、思想倾向有关。

20 世纪 80 年代，随着改革开放号角的吹响，中国大陆文坛迎来了百花齐放的春天。从 1949 年至 1980 年，在长达三十年的时间里，中国大陆的武侠小说（当然包括剑侠小说）创作和出版几乎是空白。但人为的禁绝并不能斩断文化传统。几千年来，中国侠义精神和中国武术文化一直伴随着中华民族的成长，与中华民族血脉相连，已成为中华民族无法泯灭的文化基因。这种深层的文化积淀，在改革开放的春风吹拂下，又受到台港武侠小说的刺激，很快爆发成为一种无法遏止的追捧情绪，从而催生了中国大陆武侠小说热。①

中国大陆的新派武侠小说创作可分为两个阶段：20 世纪 80 年代初至

---

① 关于大陆新派武侠小说的创作和发展，参阅罗立群：《中国武侠小说史》（修订本）第九章，花山文艺出版社 2008 年版。

90 年代中期是第一阶段，90 年代中期至今是第二阶段。第一阶段的武侠小说创作首先是报刊连载，然后是出版社出版图书，那一时期各类报刊铺天盖地、连篇累牍地刊载武侠小说，街道的书摊上也摆满了武侠小说。这一阶段的武侠小说创作以写实为主，创作手法较为拘谨，内容一般表现为民众反抗官府欺压和爱国主义的题材，也有一些作品描写江湖仇杀、武林争霸。总体而言，缺乏足够的想象力，艺术性也不成熟。这一阶段还没有出现一部纯正的剑侠小说。

90 年代以后，大陆武侠小说热有所降温，传统的以纸质图书为主流的武侠小说创作和出版日渐式微，而一种新型的创作方式——网络原创武侠小说悄然崛起，并迅速发展，形成规模，与纸质期刊和图书争夺市场，形成了不大不小的新一轮武侠小说创作热潮。在这一轮的创作热潮中，剑侠小说创作成为名副其实的中坚力量。

网络传播快速便捷，人们利用这个平台可以在忙碌之中有效地了解各类资讯，及时把握商机；也可以和朋友及陌生人交往聊天，互通有无，联络感情；还可以在空闲的时段上网浏览，体验网上阅读的快感。网络对于剑侠小说创作的影响，首先在于它为写作者提供了一个可以自由发表、广泛传播的平台。网络具有开放性，受众面较广，网管和版主对作品的筛选没有出版社、杂志社编辑那样严格，撤文又较纸质出版的书刊方便得多。因此，作者的创作自由度很大，艺术上更为随心所欲，这对初次尝试写作的无名写手无疑极具吸引力。正因为有这样一个平台，许多网络写手纷纷将他们的作品发表于网络，讲述自己的剑侠故事，编织自己的修真梦想，展示自己的创作才华，燃烧自身的创作激情。他们在网络上获得了相当的人气之后，再转入期刊投稿，有的则直接与期刊社、出版社签约，成为引人注目的剑侠小说创作新秀。

网络对剑侠小说创作的另一个重大而深远的影响是，网络并非仅仅是为写手们提供了一个写作和传播的环境，而是改变了武侠小说生产、流通乃至消费的方式，这种改变直接或间接地对剑侠小说的内容特质及表现手法都产生了影响。网络具有极强的互动性，它为写作者和读者建立了广泛的交流平台。因此，网络剑侠小说在创作中，尤其是连载作品，读者的参与起着十分重要的作用。读者关注作品，在回帖中与作者直接交流，提出自己的修改意见，表达对作品的看法，这种即时反馈常常影响着创作者的继续写作，在一定程度上决定了作品的终极面貌。这种创作中的正文与跟帖的并置，形成了一种新的文学创作景观，它对作品的情节、人物和主题都会产生一些变化，而且，网络上自由灵动、充满无限生机的创作精神也会在具体的文本中得到体现。

这一时期出现在网络上的以修真剑仙为题材的剑侠小说很多，除了在读者中影响较大的《诛仙》、《仙剑问情》等作品外，更多的是在网友中没有产生多少反响的作品。笔者仅在“小说阅读网”上粗略统计一下，就多达几十部，如一夕渔樵话《七彩魔剑》、兵心一片《九界独尊》、飞哥带路《命锁修神》、酸豆角《九阳绝脉》、凤痴《逆天神尊》、幻岳《太古剑修》、雷巫雨《大道修真录》、爱睡觉的箱子《星芒诀》、灭魂《神兵诀》、古道苍茫《修罗仙剑》、郭少风《驾临修真界》等。而在“起点中文”网站上，则专列有“仙侠”类，作品极多，如雾里赏花《极品鬼仙》、格子里的夜晚《修仙科学院》、若有其士《重生修蛇》、玉在男《异世修妖传》、影·魔《穷人修仙传》、浮觞《灵魂紫电》、大梦人生《寻道长生》、风逸翱翔《夜羽传奇》、无尚流氓《妖脉修仙》、明墓《仙侠乱界》、一叶轻舟随风《十方仙侠》、悠悠凡人《乾坤缘》、唐家三少《唯我独仙》、耳根《仙逆》、忘语《凡人修仙传》等。这些作品大都在网上广为流传，其中有些作品的点击率相当高，部分作品因此被出版社看中，由出版社集结成书出版发行。

当今的社会是数字化的高科技时代，也是多元化传媒激烈竞争、相通共融的时代。在这一时期，影视、动漫、网络、电玩等高科技载体铺天盖地，以网游动漫为代表的读图已成为新生代阅读娱乐的重要方式。网游动漫依据剑侠小说文本开发游戏软件，将文字文本转换为图像文本，如《诛仙》便被设计成电玩游戏，游戏性明显地超越文学性。

网游动漫中也有着一定的文学因素，如叙事性、虚构性、剑仙人物、故事情节等，这使得网游动漫设计者在改编开发时必须依赖小说文本，它显示出古老的武侠文化对新兴的文化形式的影响力和适应能力。但是，从另一方面看，这些新的娱乐文化形式的某些特点也会对剑侠小说创作产生一些作用，比如在网络游戏中，玩家的自主参与意识十分明显，他们的经验、技艺、熟练程度以及对具体项目的选择都会影响游戏的进程。此外，与小说文本相比，网游的价值观念也明显地商业化，只要能升级、过关，玩家在游戏中偷窃、敛财、杀人都理所当然，显示出虚拟世界的随意性。新锐作家在小说创作过程中会自觉或不自觉地借鉴吸纳新兴文化娱乐形式的艺术资源和文化精神。剑侠小说创作对动漫网游元素的吸纳、糅合，网游动漫的游戏娱乐精神涌入文学，这是当下剑侠小说文本研究中一个应该引起人们注意的新动态，它或多或少地改变了我们对剑侠小说原有的固定认识。

影视也是当代剑侠小说发展中不可忽略的一个因素。电影、电视具有视觉形象，镜像逼真，与音响配合更能达到奇异的效果，受众极为普遍。剑侠修真除魔的故事一直是影视重要的题材来源，如十分畅销的电脑游戏《仙剑奇侠传》被改编成电视剧播出后，大受欢迎，一拍再拍。而依据剑侠小说改编的影视剧播出后，又能反过来促进图书的热销。这种网络创作、纸质出版、电玩游戏、影视播放之间的互动，为当代剑侠题材的艺术作品形成了多种娱乐、销售渠道，不同的娱乐形式有着不同的艺术特征，这些都会对当代剑侠小说创作产生相应的影响，给小说内容带来新的时代气息。可以说，在当代高科技、多元化的时代氛围里，传统题材的剑侠小说正经历着发展史上的一次转型，在某些方面，它已经越出了我们原来所熟知的文学批评界域，需要我们重新学习，调整焦距，认真予以观察和研究。

第二节　修道观念的颠覆与突破——《诛仙》

《诛仙》是当代剑侠小说中一部很有影响的作品，作者是萧鼎。萧鼎，原名张戬，1976 年出生，福建仓山人，大学毕业。萧鼎从小爱读武侠小说，对《蜀山剑侠传》印象尤其深刻。他对中国传统文化有着浓厚的兴趣，当《梦想者》杂志向他约稿时，他就尝试着写一部具有东方文化背景、中国古典风味的剑侠小说，于是就有了《诛仙》。

萧鼎这个笔名，本是作者最初上网时用的名字。据说，作者爱读武侠小说，而武侠小说中姓萧的人一般都具有极高的武功，而“鼎”则是我国古代的“国之重器”，很有气魄，故取笔名曰“萧鼎”。

《诛仙》约250万字，可谓皇皇巨著。2003年，此书首次在台湾陆续以纸质图书的形式出版，2006年4月则由朝华出版社在大陆出版，出版了前6册，第7册和第8册由花山文艺出版社推出。此书在写作过程中，被众多网迷追捧，新浪网和百度网都曾在年度评选中将其评为最佳小说，据说网上的点击率超过3 000万人次。

一、内容概述与主题倾向

书叙青云山附近草庙村的少年张小凡因偶然机遇，被天音寺得道高僧普智收为徒弟，传授天音寺道法“大梵般若”神功。草庙村遭到血洗，张小凡与林惊羽被青云门所救，留在青云门中，张小凡被大竹峰首座田不易收为徒弟。张小凡由于练习佛道二门功法，因此修行进展很慢。在大竹峰后山幽谷，张小凡意外地得到了噬血珠与摄魂棒，并以自己的精血将两者融合，成为自己随身携带的法宝。青云门七脉会武的比试中，他竟意外地进入前四名，并与小竹峰陆雪琪结下了善缘。会武之后，张小凡与陆雪琪等师兄师姐下山历练。在死灵渊，他与鬼王宗鬼王之女碧瑶相识并相爱。

魔教大举进犯青云门，青云山苍松道人叛出师门，道玄真人以诛仙古剑击败了魔教。在激战中，道玄为了不留祸患，竟用诛仙剑砍向张小凡，碧瑶用血咒救下了张小凡，自己却惊散了魂魄，仅剩下一缕魂魄留在合欢铃中。张小凡伤心之下，叛出青云门。张小凡在鬼王宗内，由于精通佛道魔三门修真之法，道行突飞猛进，成了副宗主，改名鬼厉。他带领属下吞并了众多小门派。10年来，鬼厉千方百计地寻找救碧瑶的办法，均告失败，鬼厉陷入深深的痛苦之中。

魔教之间争权夺利日益激烈，此时，妖魔兽神复活，疯狂地屠杀人类，魔教万毒门、合欢派均全军覆灭，鬼王宗也退出中原，保存实力。兽神向正道进犯，在青云山上，道玄真人启动诛仙剑阵，再一次击败兽神，但自身反为剑气所侵，凶戾反常，入了魔道。兽神受伤，逃入十万大山，鬼厉追踪而至，他与陆雪琪并肩作战，终于杀死了兽神。道玄真人入魔之后，性情大变，田不易意欲劝说，反被道玄劫持而去。在诛仙剑气的侵蚀下，田不易也入了魔，正当他要杀死张小凡时，被陆雪琪杀死。

鬼王宗重入中原，并秘密设置“四灵血阵”，企图一举消灭正道。四灵血阵完成，鬼王向正道进攻，此时，道玄在青云山幻月之洞去世，正道无人能抵挡鬼王，眼看就要全部毁灭。这时，张小凡手持诛仙古剑出现，以凶猛无比的剑气将鬼王击败，打退了魔教的进攻。诛仙剑阵又一次显示了无与伦比的威力。张小凡从此隐居，而陆雪琪却无意中与他重逢……

小说以张小凡的身世、成长过程以及修道经历为主线，辅以正道与魔教之间的争斗。小说主人公不断追问："天道是什么？"而书中又反复引述《道德经》中的"天地不仁，以万物为刍狗"来予以说明。这句话出自老子《道德经》第五章，其原意为：天地是自然的存在，并不具有人类的仁爱之心，它对待万事万物就像对待刍狗（古时候祭祀时用草扎成的狗），任凭万物自然发展。老子的本意是，天道自然，不以人的意志为转移，人在天地间应做到自然无为。小说则通过主人公的身世和经历，表达了天地无情，天道残酷，人生充满了苦难与艰辛的主题。

作者笔下的神州浩土，到处是争伐杀戮，野兽横行。兽神妖魔残害百姓，而修道者之间也是门派对立，钩心斗角，争权夺利，相互残杀。魔教之间不断火拼，征伐血斗，正道之间也是尔虞我诈，互用心机。小说第二册"法逝"一章中，作者借六尾白狐之口抨击人类滥杀其他族类，指出人与其他族群都是平等的，人不应视别的物种为妖孽，任意杀戮。小说从狐的视角叙述其他物种对人的杀戮行为的感受，批判名门正派斩妖降魔的行为其实就是弱肉强食。小说在具体叙述中对名门正派和邪道魔教都有批判，并通过张小凡之口说出"天地间第一邪物是人心"，对人类的行为道德以及人性的善与恶进行深刻的反思。

二、对传统修道观念的突破

历来的武侠小说对正与邪均有严格的区分，而在描述修真斗法的剑侠小说中，正与邪更是水火不相容。《诛仙》一书将修道分为佛、道、魔、鬼、巫五种途径，佛道二家是名门正道，其余三家则是邪魔歪道。佛家修道讲究体悟自性，道家修真则遵循造化自然，于是佛家默坐静虑，照见五蕴俱空，而以一般若生八万四千智慧，获得神通；道家则呼吸吐纳，导引天地之精华培元固本，身御自然，天地一息，成绝大威力。而其他邪派或用人兽之血，或驱阴灵魂魄，或御毒物，或施媚术，功法中充满了血腥味和诡异气息。但是，这种正邪划分只是表面，在实际叙述中，《诛仙》一书所追求的修真的最高境界是正邪合一。在小说中，魔教的修道经典是《天书》，“这魔教之中诸般神通异法，偏激特异，但究其根源，便在这《天书》之中。道家讲究身御自然造化，佛门注重体悟自性，而天书之中，却似乎面面俱到，既有道家思想，也涉及佛门大法”①。因此，《天书》不仅将正邪合一，而且将佛道融合。如此正邪一体的修道阐释，在以前的剑侠小说中还没有出现过。

再看“诛仙”剑。青云门中的镇教之宝“诛仙古剑”在诛魔杀恶的同时，本身又有着凶狠的戾气，且会侵入人体，扭曲人性，使人入魔，这诛仙古剑也是正邪合一。道玄的师父因启用了诛仙剑阵，为灵魔反噬，性格大变，心灵入魔，道玄也同样步其师后尘。本为除邪，却是自己成邪，岂不是莫大的讽刺！而身怀天书魔法，又携带天下至凶之物———噬血珠、摄魂棒的张小凡，在与鬼王的决战中，启动诛仙剑阵斩妖降魔。结果，他不但没有受剑气侵害，反而因诛仙古剑的凶戾侵蚀，终将佛道魔三法融合。就张小凡的修道经历而言，正与邪不但融合无间，而且因邪得福，邪高于正，正邪一体，造福苍生！《诛仙》一书的正邪观，是对传统剑侠小说创作观念的一次大胆而成功的突破。

历来的剑侠小说，万物修道都是为了长生不老。修道可以长生，长生是修道的目的。但在《诛仙》中，一切道法通神的人都没有办法成为真正的不死神仙。小说在“序章”中就说：“当长生不死看起来那般遥远而不可捉摸，修炼中所带来的力量，便逐渐成了许多人的目标。”② 可见，本书所写的修道人，他们修道并不是（或主要不是）为了长生不死，而是要掌握震撼天地的强横力量，战胜对方，强大自己，“长生之法还未找到，彼此间却逐渐有了门派之分，正邪之别。由此而起的门户之见、钩心斗角乃至争伐杀戮，多有所在”③。修道竟是为了争夺霸权，毁灭对手。《诛仙》第七册第二十二章，水月大师对这种修道发出过感叹：

① 萧鼎：《诛仙》（1），朝华出版社 2006 年版，第 263 页。

② 萧鼎：《诛仙》（1），朝华出版社 2006 年版，第 2 页。

③ 萧鼎：《诛仙》（1），朝华出版社 2006 年版，第 2 页。

“一世修行，修行一世，修得了道，却修没了人性，这却又是何苦?”水月大师长叹一声，淡淡道，“其实什么是道，什么叫做得道，我修了一世，时至今日，却当真有些模糊了。”①

这是对修道可以长生、可以养性提出了质疑，更是对扭曲人性的修道提出了批判。

三、对修道中情欲观念的全新阐释

以仙魔斗法为主要内容的剑侠小说，对男女情欲历来是予以排斥的。晚清以前剑侠小说中的剑仙，拒绝两性关系，认为万恶淫为首，要修炼成仙就要摒弃情欲，否则不会修成大道。民国年间的《蜀山剑侠传》则主张精神恋爱，所谓男女合籍双修，只是一种精神依恋，不存在肉体关系，其实也是一种违反人性的态度。《诛仙》打破了这种创作观念，书中修道者不仅可以结婚，还可以生儿育女，丝毫也不影响道行的修炼。书中的男女情爱写得凄婉欲绝，震荡心扉，足以让痴男怨女一洒同情之泪。

小说对情感的描述，淋漓尽致，催人泪下。第二册第四十章“血咒”，当张小凡在危难关头，碧瑶为了心爱的人奋不顾身，献出生命来抵挡诛仙巨剑：

当下道玄真人拼起最后灵力，刹那间天空中所有彩色气剑一起大放光芒，尤其是阵法的七彩主剑，更是赫然又大了一半，轰然而响，震动天地，如远古天神狂怒一般，冲了下来，直向张小凡打来!

……

那一道惊天巨剑，当头击下，未到地面，咯咯巨响已然发出，张小凡附近一丈方圆地面尽数迸裂，狂风呼啸，将他笼罩其中，已是必死局面。

张小凡瞪红双眼，人为无形剑气笼罩，挣脱不得，心中悲愤恨意难以抑制，眼睁睁看着天空那柄恐怖巨剑带着无边杀意迅疾落下，张口狂呼：

“啊啊啊啊啊啊啊啊啊啊……”

---

① 萧鼎:《诛仙》(7)，花山文艺出版社2007年版，第212页。

这声音震动四野，天地变色，唯独那“诛仙”奇剑却仿佛是诛灭满天神佛的无情之物一般，依旧毫不容情地向他击来，眼看着张小凡就要成为剑下亡魂，粉身碎骨。

忽地，天地间突然安静下来，甚至连诛仙剑阵的惊天动地之势也瞬间屏息……

那在岁月中曾经熟悉的温柔而白皙的手，出现在张小凡的身边，有幽幽的、清脆的铃铛声音，将他推到一边。

仿佛沉眠了千年万年的声音，在此刻悄然响起，为了心爱的爱人，轻声而颂：

九幽阴灵，诸天神魔，

以我血躯，奉为牺牲。

……

她站在狂烈风中，微微泛红的眼睛望着张小凡，白皙的脸上却仿佛有淡淡的笑容。

那风吹起了她水绿衣裳，猎猎而舞，像人世间最凄美的景色。

张小凡的心沉了下去。

突然，他张开了口狂呼却被狂风逼了回来，他疯了一般跃起扑向碧瑶却被神秘气息弹开，血红的双眼中流出了红色的泪，淌过他的脸颊。

那个风中的女子，张开双臂，向着满天剑雨，向着夺尽天地之威的巨剑。

……

三生七世，永堕阎罗，

只为情故，虽死不悔。

……

剧烈的狂风突然转了方向，变成了围绕在碧瑶身边的巨大漩涡，那个婉约而美丽的女子被狂风推上半空，迎着那七彩流转的巨剑。

她是那一刻天地间惟一的光彩！

片刻……

无数的血色雾气从她的体内瞬间喷出，在她身前凝成晶莹如红玉的血墙，同时白皙的面容之上，飘出九道若隐若现的轻烟，融入血墙之中。

那血墙瞬间沸腾，如炽热的痴情之火燃烧不止，带着所有的热情绝望焚烧，爆发出无与伦比的灿烂光辉，逆天而上！

与那“诛仙”主剑轰然相撞！

灿烂的光辉如此耀眼，没有人可以睁开眼睛。

无法用言语形容的巨响，震动了整个天际苍穹，势不可挡的“诛仙”剑倒飞而回，满天的气剑一阵紊乱，而在通天峰上，山峰巨震，乱石横飞，山体之上如割裂一般出现了无数巨大裂痕，仿佛末日到临。

隐约中，一个苗条而凄婉的身影，从半空中缓缓落下。

天地间，忽然全部安静下来，只有一个声音，撕心裂肺一般地狂吼着：

“不要啊……”①

在剑气狂风中，碧瑶激发出毕生的精华血肉，为心爱的人筑起了一道屏障，宁愿自己魂飞魄散、永堕地狱，也要让情人平安。她短暂而亮丽的生命凸现了爱之精神永恒！

类似的感人情节还有很多。当陆雪琪看到张小凡被审问，道玄等人要将他赶出青云门时，她毅然不顾众怒，挺身而出，决然喊出：“弟子陆雪琪愿以性命担保。”当青云门、焚香谷的前辈要将她嫁给李洵时，她在玉清殿上，当着众位前辈，斩钉截铁地回绝：“我不愿。”为了张小凡，为了自己心中的爱，她虽然孤单无助，但决不退缩，只身面对一切，无怨无悔。

兽神虽然凶恶，但当他面对玲珑的石像时，却深情地说道：“你要我死，一句话就够了。”

田不易仙逝之后，苏茹将百年道行与生命视若无物，毅然抛弃一切，追随丈夫而去，死时神情恬静端庄，面带微笑，十分欣慰。

《诛仙》一书描述爱情的场面，情深意切，感人至深，对传统剑侠小说的修道情欲观念无疑是一种突破。

四、艺术成就与败笔

《诛仙》的叙述语言优美流畅。作者尤其喜用散文的笔法，用抒情的

---

①　萧鼎：《诛仙》（2），朝华出版社2006年版，第266～267页。

语言描绘出诗一般的意境。第二册第十三章，张小凡与碧瑶在滴水洞经历了同生共死，感情递增，在分别前的夜晚，两人在客栈中雨夜相逢：

夜正深，风呼啸，雨深沉。

从苍穹落下的雨滴，打在庭院里的青石板上，溅起一朵朵的水花；回廊上方的屋檐瓦间，雨水汇聚成流，丝丝缕缕，轻轻流下，如小小瀑布一般。这一路走来，仿佛也似走在幽深静谧的某个深山水洞之中。

曾几何时，少年记忆之中，也曾有过这样的——

夜晚！

黑暗里不知名处，有低低的叹息声！

风吹过，“呜”的一声，漫天的雨势，也那么斜了一斜。

张小凡的衣襟湿了几处，他却全然不曾在意，只愕然向前望去。

风雨中，却有人素手撑伞，默默站在雨中树下，静静伫立。

明眸如水，眼波流动，仿佛听到了什么，感觉了什么，那女子轻轻回头。

苍穹沉默，风雨沉默。

他与那女子，默默而望，悄悄无语。

风雨，依然在吹着，下着……①

这一段描写，黑夜，风雨，长廊，女子撑伞雨中独立，两人相视而望，默然无语，激烈的情感压抑于心中，难舍难分，却又无奈无助，以景衬情，情景交融，写得十分感人，极富诗情画意。

《诛仙》一书，故事情节极具吸引力，仙魔斗法，激动人心；无悔爱恋，痛彻心扉。情节在发展中，高潮迭起，一浪接着一浪。草庙拜师，七脉会试，绝地天书，古剑退魔，白狐脱困，兽神复活，人兽决战，无字玉璧，八荒火龙，四灵血阵，幻月洞府，古剑诛仙……可谓流风回玄，夭矫变幻，跌宕腾挪，奇幻多姿。其中一些重大场景的描绘，更是惊涛大作，震撼天地。如上述第二册中，魔教四大派合力攻上青云山，道玄掌教启动诛仙剑阵迎敌，诛仙古剑，光芒闪烁，剑气如雨，天地肃杀，鬼泣神惊，

---

① 萧鼎：《诛仙》(2)，朝华出版社2006年版，第84～85页。

场面之壮观惨烈，令青云门和天音寺诸人也为之变色。当一道惊天巨剑带着呼啸的狂风，向张小凡当头斩下时，一位柔弱白皙的女子将他推向了一边，挡在他面前，迎着满天剑雨，向着夺尽天地之威的诛仙巨剑，张开双臂，将自身所有的精华血肉以咒力激发而出，并摄取自身三魂七魄熔炼，筑起了晶莹如红玉的血墙，为自己心爱的人挡下了这毁天灭地的一剑！作者于此笔走风云，浪涛拍天，小说情节的高潮达到极致。在随后的情节发展中，面对碧瑶的沉眠，鬼王宗众人束手无策，鬼王情绪低落，张小凡痛不欲生；而在青云山上，陆雪琪因为张小凡叛出师门，痛苦焦虑，情难自持。小说的情节在惊涛过后，仍扩散成无数余漾，可谓余波涟漪，荡漾回环。

《诛仙》对人物性格的塑造，十分突出。张小凡，恢宏辽阔的剑仙世界的孤独的灵魂，如同一位行走在喧嚣闹市的孤独旅人，身世凄苦，尝尽辛酸，被青云门扫地出门，又与鬼王宗格格不入，在善与恶之间沉浮，在爱与恨之中挣扎。他性格坚毅，孤独地面对整个世界；他重情重义，为救碧瑶奔波十年。碧瑶的失踪使他自暴自弃，陆雪琪的深情让他感慨万千，诛仙古剑的召唤心语将他重新震醒。最后，在青云山上，他再次发动诛仙剑阵，彻底粉碎了鬼王独霸天下的罪恶阴谋。“深情苦，一生苦，痴情只为无情苦。”这句歌谣可看作是张小凡凄苦悲凉的人生写照，也是他痴情深情的性格缩影。此外，活泼美丽、为情献身的碧瑶，冷艳无语、痴情坚忍的陆雪琪，性格粗豪、重情重义的田不易，外表冷酷、内心善良的水月大师，见识非凡却行为低劣的周一仙，阴险毒辣、老谋深算而又儿女情深的鬼王等形象，都写得生动鲜活，给读者留下了深刻的印象。

《诛仙》虽是一部描写仙魔斗法的剑侠小说，但小说叙述的重点是表现剑侠的除魔卫道、门派的钩心斗角，以此抨击人世的贪婪与野心，其宗教色彩并不浓郁。小说虽然也描述了佛道精神并将之化于道法修炼之中，但缺乏高度的艺术性表述，与《蜀山剑侠传》相比，在生命哲学的艺术表现上，在儒佛道精神的艺术阐释上，在修仙进化的艺术想象上，本书都显得有些表面化。

这部小说也有明显的败笔。苍松道长勾结魔教，叛出师门，他不为争权夺利，只是为万剑一师兄的遭遇打抱不平，这样的解释缺乏必要的说服力。周一仙这个形象前后也有些矛盾。周一仙虽然见识过人，但一向装神弄鬼，道行稀松平常，而且品行低劣。可是他居然能看出张小凡修习了四卷《天书》，并且拍出的一掌连张小凡也无法躲避，实在很难让人信服。另外，张小凡加入鬼王宗后，更名鬼厉，书中曾有介绍，说他是“鬼王宗的第一号战将，带领鬼王宗弟子纵横杀戮，灭门无数，手中一根噬血棒不知吸噬了多少人的鲜血”，小说更具体写出他在南疆时曾一次吸食了十多个木族男子的鲜血（当然，小说也指出这是由于噬血珠与摄魂棒两大凶戾之物使他性情扭曲的缘故），陆雪琪是亲眼所见，双方还展开了搏斗。但是，后来田不易与陆雪琪在对话中却都说自己一直留意张小凡的一举一动，并没有发现什么伤天害理的劣迹。如此叙述，岂不是前后十分矛盾吗？

《诛仙》在情节上也有疏漏之处。万剑一的形象在小说中并非可有可无，他和水月大师、道玄真人、诛仙古剑都有重要关联，而且书中明写苍松道长为了他叛出师门，他又隐居在祖师祠堂打扫卫生。这样重要的人物，书中却没有将他的来龙去脉交代清楚，留下了许多疑问。鬼王修炼成四灵血阵魔法之后，大举进攻青云山。天音寺赶来和青云门并肩作战，但是焚香谷呢？作者没有作一点交代，于情于理都很难解释。

第三节　凡人修真的瑰丽之梦——《仙剑问情》

《仙剑问情》是继《诛仙》之后又一部颇有影响的剑侠小说，作者是管平潮。管平潮，本名张凤翔，江苏省南通市人，硕士毕业于中国科学技术大学，博士毕业于日本国立情报学研究所，现在网易公司工作。

《仙剑问情》网络原名《仙路烟尘》，2005 年初在“起点中文”网开始连载，2008 年 7 月刊载完毕，历时三年半左右。《仙剑问情》一经刊登，便受到无数网友的追捧，再次掀起了网络华语阅读的风暴，被网友誉为后《诛仙》时代的仙侠圣经。自 2006 年 10 月起，花山文艺出版社开始分册出版此书，共分八册，于 2009 年 2 月出版齐全，全书合计约 210 万字。

小说以魏晋南北朝时期为历史背景，描写农家少年张醒言混迹于饶州城中，他既在当地望族名士季老先生的私塾里读书，同时，为了生计又去酒楼里做跑堂，后来又去妓院里做乐工，还与上清宫老道清河一起走家串户，画符驱鬼，贪图些蝇头小利。机缘巧合，张醒言在马蹄山中习得“太华道力”，可以将天地日月之精华吸入体内，化入全身经脉，又得到一把“封神”宝剑，从此交上了好运。他结交了皇帝的女儿倾城公主居盈，美丽的公主送给他一块能消灾解毒的玉佩；他得到四渎龙君的赏识，龙君送给他一支能呼风唤雨的玉笛“神雪”，促成了他与龙宫公主灵漪儿的相识相爱；祖居地马蹄山的奇妙变化，更使他一夜之间成为令天下修道人景仰的道教正宗上清宫的“四海堂”堂主；而在奔赴上清宫圣地罗浮山的途中，张醒言又结识了化身隐在红尘的昆仑天墟西王母的女儿长公主琼彤，两人成为亲密无间的兄妹。此外，张醒言还收留了梅花精灵寇雪宜。

揭阳县火云山土匪猖獗，其中还有法术之士助纣为虐，应官府之邀，上清宫派张醒言前去助官军剿匪。在剿匪之战中，张醒言和琼彤英勇善战，法术高强，立下大功，被朝廷封为中散大夫。道教盛典嘉元会在罗浮山上举行，在斗法比赛中，张醒言凭借太华道力将闯入嘉元会的妖魂邪魔一举消灭，确保了上清宫的声誉。上清宫水精私自下山，掌门灵虚道长派张醒言下山寻找，张醒言带领琼彤和寇雪宜四处搜寻，一路上降妖捉怪，救护生民。最后，他们终于找到水精，将水之菁华“水之心”带回罗浮山。

南海龙王的三太子孟章，垂涎四渎龙宫公主灵漪儿的美色，又意欲借此渗入内陆水域，扩大势力，进而称霸整个海疆。灵漪儿垂青张醒言，孟章几番警告，张醒言浑然不理，孟章恼羞成怒，发兵围攻上清宫，并施法力冰冻罗浮山。激战中，寇雪宜为救护张醒言不幸被孟章的兵器打中，魂消魄散，尸体也被孟章劫走。罗浮山道观被毁，道众死伤无数，上清宫掌门灵虚道长决意复仇。此时，受过张醒言恩惠的禽兽妖灵自动组织起来参战，四渎龙王云中君也发兵增援。征战过程中，一直受到南海神灵欺压的鬼族和魔族与张醒言的征讨大军遥相呼应，配合作战，南海水军很快土崩瓦解。孟章潜入鬼族圣地“灵之渊”，得邪恶之灵淆紊附体，由此获得巨大的法力。孟章倒行逆施，疯狂反扑，为保护张醒言，灵漪儿身受重伤。危急时刻，张醒言使出道教绝技“天地往生劫”，用封神剑砍伤淆紊之灵，将其封落在宇宙的某个星辰上。失去了淆紊附体的孟章，强大的法力也随之消失，得到了应有的惩罚。

张醒言在曦和大神的帮助下，与琼彤进入昆仑天墟，请西王母的女儿长公主救活寇雪宜。其实，琼彤就是西王母女儿的化身，因为西王女神力无边，任性娇蛮，为了激发女儿善良的本性，西王母让琼彤化身少女，入红尘历练。回归天庭的西王女请求母亲再次考验张醒言，经过西王母对其心性的考察，终于感动了西王女，寇雪宜获得了新生。昌宜侯叛乱，居盈求救，张醒言施展法力，平息了叛乱，并将自己的修真心得写下来，嘱居盈认真修习。为了使灵漪儿早日康复，张醒言与琼彤、寇雪宜飞往星河之源寻找穹桑果，而皇室公主居盈也在皇宫中盼望张醒言依约前来相会。

这部小说将天地间修道者分为六大类：昆仑天墟中的神仙，水中的龙族神灵，人间的道教，世间包括禽兽草木类的妖灵，阴间的鬼族，恐怖的魔族。而人间的道教则是小说描述的重点，尤其对上清宫的修炼法门给予详细的叙述。如第二册第二卷第十八章清溟道人向张醒言讲解“驭剑术”，先要培生剑中之灵，然后驭剑者与剑灵产生心灵感应，人与剑心意相通，才能像指挥手臂那样驾驭剑器。又如第四册第一卷第三章，张醒言用掌门师尊灵虚子教授的“飞剑神巡法”察看周围状况，他双目紧闭，一缕神思与神剑之灵相互感应，“背后那把封神剑便如猛虎出柙般一声清啸，从鞘中倏然飞出，朝庙外夜空中呼啸而去。脱鞘的神剑，在月夜星空中往来飞腾，就仿佛一只寻觅猎物的夜鹰，在山野上方不住地盘旋往复”①。此类“人剑合一”的叙述，正是中国古代哲学“天人合一”的形象阐述。第二册第一卷第十七章，写张醒言在罗浮山千鸟崖上吸纳漫天而来的天地精气，全身沐浴在无形的月华之中，感受到那充塞浮动于罗浮山中的天地灵气正滚滚而来，旋动、流转、汇集，形成一个巨大的浩荡奔腾的气流漩涡，而自己正在漩涡的中心：

与这身外“漩涡”相对应的，现在少年身体里，那股有如流水般空灵的“太华道力”，也似乎将少年的身体之中，当成了一个小小的乾坤，正在循着他身外天地间那庞大“漩涡”的方向，奔涌流转，生生不息。

随着这样相生相济、顺时顺向的旋涌流转，醒言只觉得自己拥有的太华道力，正在将体外那庞大无俦的天地灵气，如抽丝剥茧一般，将那至空

① 管平潮：《仙剑问情》（4），花山文艺出版社2006年版，第15页。

至明、至真至灵的先天菁气，一丝一丝地汇入到自己身体里这个小小的漩涡中来。

与上次马蹄山上所忍受的非人煎熬不同，这一次，醒言却再也感受不到丝毫的痛苦。现在在他心中，反而觉得浑身都充盈着欢欣鼓舞的勃勃生机，在这一刻，似乎这整座罗浮洞天的万山万壑，这整个明月静照的天地乾坤，全都有了自己的生命，蓬勃葳蕤，通过这至大至微的无形水流，一起向这位伫立于抱霞峰顶的少年，致意，微笑……①

在这一段描写中，张醒言与大自然融为一体，同呼吸，共命运，和谐一致，形象地阐释了《周易》所言“大人者与天地合其德，与日月合其明，与四时合其序”②，以及老子所说的“人法地，地法天，天法道，道法自然”的思想③，具体而生动地描绘出中国哲学中“天人合一”的命题。此外，此类描述与魏晋时期道教上清派遵循的存思存神，注重人体内精气神的炼养，强调通过炼神达到炼形的修炼方法，也有一定的相通之处。④

在《仙剑问情》（大结局下）第四卷第八章中，张醒言与孟章的斗法描写更运用了现代科技知识：

大约是清晨枝头的露珠从叶边脱离后掉落土中的时间吧，那天地间一切都变得十分奇异。且不说南天大海深处这片风云异色的修罗杀场，只说那风和日丽的中土大地。在这一瞬间，忽然那枝头掉落的露水重新回到了叶上，地上破碎的瓷盏重新变回了原样，奔驰的骏马朝后倒退，播撒下去的麦种又回到老农的手上，刚被劫匪砍开的伤口瞬间愈合，苦主疼出的眼泪又倒飞回眼眶！如此的奇景境中的人物各个不知，只有冥冥中有个超越时空的眼睛才能看清，在这一瞬间，时光倒流了！

于是，那孟章手边飞落的光雹又回到天空，刚刚蔑声大笑张开的大口又合上。所有事物都在回转原状，只除了一样。随着光雹幻影逆云而上，那个青衫少年却没留在原处倒着背回那句吟诵。万丈云空下，醒言手中那

① 管平潮：《仙剑问情》（2），花山文艺出版社2006年版，第79页。
② 《周易》乾第一，珠海出版社2002年版，第11页。
③ 王弼：《老子注》，《诸子集成》（3），中华书局1954年版，第14页。
④ 参阅卿希泰、唐大潮：《道教史》第二章，江苏人民出版社2006年版。

把古剑突然发出一阵耀眼的白光，随着醒言轻轻一挥，便将似乎永远不会分离的时空割裂。于是就在这倒流时光所有人无法自控只能倒回刚才的瞬间，对于少年来说，时和空、宇和宙不再是一个密不可分的整体；对于他，这一刻和那一刻再没有先后之分，同样此处和彼处也没了哪怕分毫的距离。转瞬即逝的片段中，对他而言只剩了因和果，或者果和因。

于是，当他眉毛一扬，想要立在那孟章面前，便立在他面前。而此刻那时光又被割裂成无限个微小的碎片，对他来说，那一刹那已成了永恒。于是他便慢条斯理地观察了一下对面定格的恶魔，有条不紊地侦测了几遍，直到无数个无限小的时光碎片最后几个区间，才举起手中那已变得如太阳般灿烂的封神剑，对准这万恶之源的左肩头刺下去——

……

剑落之时，那孟章肩头覆着的明黄袍甲下突然发出一声无法辨别的尖锐嘶鸣，然后便有一团形状变幻的黑雾从身躯飘离，丧家犬般哀鸣着朝天外飞去。等这如电光般飞蹿的黑雾也不知逃过几百万亿里，黑雾中那迷蒙阴影的核心忽然闪划出一道金色的徽纹，立时将它钉入一颗路过的星辰！①

张醒言施出的“天地往生劫”让时光倒流、时空分离。作者在行文表述中运用当代人的天文知识和时空观念来形容这一神功的无穷威力，而时光倒流的叙述更如同电影镜头的回放，有如画面流动一般，显得清晰而又逼真。

作者在小说中将许多神话传说、历史故事加以巧妙改造，然后合理地编入故事情节中。如昆仑山的传说、西王母的传说、牛郎与织女的传说、深海龙王的传说、八仙之一蓝采和的故事、“火把节”的由来等。这种随意点染、妙手植入，使小说情节摇曳生姿，内涵颇有韵味，有一种“仙气飘飘”的意境。

作者文笔清新优美，大量的诗词曲赋的运用使小说于诡谲波折的情节中散发出淡雅而又浪漫的古典情韵，尤其难能可贵的是，这些诗词曲赋大都和小说情节、人物性情相符，在小说里不显突兀，反而令人觉得古色古香，清幽空灵。如第三册第一卷第十二章，罗浮山千鸟崖上的中秋之夜，

---

① 管平潮：《仙剑问情》（大结局下），花山文艺出版社 2009 年版，第 64 页。

龙女灵漪儿以高山为琴，流瀑为弦，施无上法力弹奏神曲；张醒言以太华道力吹奏神雪玉笛；梅花精灵寇雪宜翩然而起，飞入空中，合着琴笛节拍，在月光中翩跹起舞；而倾城公主居盈又珠喉玉啭，一曲清歌相伴，才唱罢，灵漪儿又婉转续唱。居盈的歌词有着皇家公主的富贵与大气，而灵漪儿的歌词则蕴涵着仙子的飘洒出尘，两人的唱词既符合各自的身份，又衬托了当时的场景、气氛，如怨如慕，曼妙娇婉，诗趣盎然，意境悠远。

小说中有许多场景都给人留下深刻的印象，如对桌小酌、轻湖泛舟、月下吹笛、山崖嬉闹等，尤其是对吹笛的场面反复描写，然而每次都能给读者带来一种美的享受。第三册第二卷第十一章，居盈离开千鸟崖，张醒言吹笛相送，清远悠扬的笛声顺风送入倾城公主的耳中，居盈听得心动神摇，潸然泪下。护送倾城公主的队伍在曲折的山道上缓缓而行，“而那缕缥缈空灵的笛音，则无论少女行得多远，都始终在她耳畔身边，如慕如诉地悠悠回响”①。又如第一册第三卷第九章，张醒言于月光中坐在鄱阳湖边吹奏神雪玉笛，借笛音抒发深埋在心底的悠悠思念之情，随着笛音在鄱阳湖上寂静的夜空中飞扬、飘荡，“在那月光映照下波光潋滟的湖水之中，正有一位韶致嫣然的白衣少女，沐浴着满身的月华，从那泓冷冷的秋水之中，冉冉地升起”。“只见她踏着水面的波纹，来到这湖岸之上。然后，便静静地立在醒言身旁，默默地听他用心吹奏的笛曲”②。再如大结局（下）第五卷第十三章，昌宜侯叛逆篡位，倾城公主居盈从京城逃出，被追兵包围，面对色欲熏心的无耻叛将，穷途末路的倾城公主准备投缳自尽。在这千钧一发之际，一缕清越的笛音响起，刚柔相济，在每个人的耳边萦绕飘荡，让人喊马嘶的战场为之一震，落难出逃的倾城公主朝笛声飘来处望去，只见“山花烂漫处，那蓝天高挂，白云低垂，碧草高坡上，有人乘银鞍白马，在旁若无人般横吹玉笛……”③。这几处描写文采斐然，清丽明快，用笛音衬托人物内心的感情，犹如一幅幅轻盈淡雅的中国山水画卷，使人阅后目眩意乱，心动神摇。特别是大结局（下）中那段杀场上身处绝境之中横空飘来的笛音描绘，更是天外飞来的惊世绝响，与纷乱如麻的搏

① 管平潮：《仙剑问情》（3），花山文艺出版社 2006 年版，第 164 页。
② 管平潮：《仙剑问情》（1），花山文艺出版社 2006 年版，第 210 页。
③ 管平潮：《仙剑问情》（大结局下），花山文艺出版社 2009 年版，第 166 页。

斗场面张弛互补，将血腥厮杀的战场一变而为幻丽、温馨的仙境。

小说对情感的表述十分出色。大结局（下）第六卷第八章，张醒言凭借神术平定了叛乱，保护了居盈，挽回了国势，两人在皇宫行苑漫步情话，居盈弹琴放歌，欢快异常：

> 忽然水面风来，吹落几许桃花；于是恰如歌中所唱，那花片纷飞，缤纷如雨。斜飞而过的密集花雨中，待居盈唱完“又是春归”之句，忽然出神，住了歌声，只怔怔看着那漫天的花雨。恰此时，那绿茵坪中，有几株蒲公英，洁白的花绒球被风一吹，那绒絮挣脱了茎梗的束缚，乘着春风直往天空飞去。满天的桃花飘落之时，独有这一朵朵的白绒花絮逆势而飞，与那些飘落的花瓣擦肩而过，身子轻盈飘逸，直向那长空飞去。
>
> ……
>
> 本来欣然欢乐的少女，忽睹这水中花、风中絮，不知触动什么心事，再也忍不住，忽然泪痕如线，失声恸哭！①

作者借景写情，用桃花飘落、白絮飞升的自然景色表现两人仙凡隔路、高下相异的现实状况，强烈地衬托出居盈内心的哀愁与绝望。这种触景伤情引发的对青春、爱情与生命的悲悯，是人类作为万物之灵长对智性生命的深沉感发，是中国古代文学不断表现的永恒主题。而这幅少女伤春的情感画面，在落花飞絮的飘舞中情景交融，充满了诗画情韵。

张醒言是这部小说的主人公，也是寄托了作者理想的艺术形象。张醒言从一个混迹城镇的市井少年，成长为拯救天下苍生的仙人，其经历充满了太多的奇遇。与清河老道结为知己是一种奇遇，邂逅倾城公主居盈也是一种奇遇，马蹄山上捡到神剑、修习太华道力还是一种奇遇，得到四渎老龙的垂青，获得神雪玉笛更是一种奇遇，此外，担任上清宫四海堂堂主，化炼千年“道魂”，结识神女琼彤、梅花精灵寇雪宜、四渎龙女灵漪儿等，无一不是天下人梦寐渴求的奇遇。这些奇遇成全了张醒言的理想，造就了张醒言的神通，使他功成名就，美女环绕，威震天下。

小说中的张醒言本是一个心地善良、明白事理的小人物，他不张扬，

---

① 管平潮：《仙剑问情》（大结局下），花山文艺出版社 2009 年版，第 225 页。

有爱心，平时性情随和，关键时刻又敢于担当，其性格还是适合修真炼道的。但作者在他的成长道路上布施了太多的奇遇，从而冲淡了修仙途中的艰难困阻，无法突出其性格中坚忍不拔的毅力，他的成功也就缺乏一种震撼人心的魅力。过多的奇遇安排使小说情节缺少内张力，人物性格难以深掘。另一方面，这种极为夸张的刻意渲染又是作者有意无意间向世人袒露的人生梦想，是作者在白日梦般的幻想中实现精神寄托的心灵写照。而张醒言飞黄腾达的奇遇经历，又成为众多试图改变自身状况的下层读者心中的理想情结，对他们而言，人生奇遇太有诱惑力了，正如一位网友所说："醒言从一个店小二到神君，从一个茫然无知的少年成了一个顶天立地的英雄，或许这是现在大多数青年心中的一个梦想……看着醒言的成长，就会想到自己。"①

小说中的其他人物形象也可圈可点。如深处皇宫、纯真多情的倾城公主居盈，气质高雅、性情温和的梅花精灵寇雪宜，性格开朗、自然率性的四渎龙女灵漪儿，刁蛮任性、喜弄恶作剧的魔族公主荧惑，洒脱随性、通达世故的四渎老龙云中君，骄横霸道、野心勃勃的南海孽龙孟章。相比之下，在众多的人物形象中，少女琼肜塑造得最为成功。她天真烂漫，活泼调皮，人事懵懂，口无遮拦，时而乖巧，时而任性，时而撒娇，时而好奇，天真的话语让人喷饭，出格的行为令人解颐，她浑身上下洋溢着一种不谙世情而又令人心动的无邪天性，是一个难以让人忘怀的十分可爱的小妹妹。她的可爱，来自纯真自然，清澈芬芳而又具有灵性，这正是对矫情、虚伪的恶劣世风的深刻反讽。

《仙剑问情》塑造了众多的女性形象，她们的基调是一个"情"字。除了琼肜形象较为复杂之外（亲情占了很大成分），其他女性则主要表现为男女爱情。居盈贵为皇室公主，灵漪儿、汐影是水族龙女，荧惑是令人敬畏的魔女，寇雪宜是千年修成的梅花精灵，尽管她们身份、性格不同，但有一点却是相同的，那就是为情所苦、为情所惑、为情所困，而且目标指向都是张醒言。很明显，在作者创作的潜意识里渗透着中国传统的男权主义文化，张醒言成为众星拱月般的中心，正是这种以男性为中心的思想意识在小说中的集中体现。长生不老，功成名就，红袖添香，一往情深，

---

① 管平潮：《仙剑问情》（大结局上）封底，花山文艺出版社2009年版。

书中渲染的这种带有梦呓色彩的惬意人生，不过是一相情愿的男性意识的瑰丽之梦。

小说中故事发生的历史背景是在魏晋时期。第一册第一卷第一章写道："此时正值天下甫定。刚刚经历过割据势力的长年战乱征伐，华夏大地上人口剧减。无论是中下层士族，还是底层的平民，都对之前朝不保夕的日子心有余悸。因而，现在天下俱是人心思定。"又说当时"那道家玄学家清谈之风，便出乎想象的盛烈"①。又说当时还不讲究科举，朝廷选拔官员用举荐制等。第一册第三卷第三章更直接言明故事背景是晋代。虽然小说中的人物、故事有历史背景，但在具体叙述中却没有多少历史氛围。在第四册第二卷第四章中，张醒言在荒野之中与一长衫老者彻夜争辩"鬼之有无"，作者似乎想写出张醒言的口才便捷，借此表达出魏晋清谈风范，而在整个"争辩"中未见到多少机敏的谈锋。小说又屡及官场甚至皇室，却没有一个历史人物出现，诗词歌赋更是随意出现唐宋名句。作为一部描写剑仙修真内容的小说，有无历史背景并不重要。但既然有历史背景为依托，人物的言行就要适应其历史文化语境，做到相应的"合理"，而在具体描述中更应尽量地强化小说中的历史氛围。《仙剑问情》在这一方面存在着明显的缺陷。

① 管平潮：《仙剑问情》（1），花山文艺出版社 2006 年版，第 6 ~7 页。

第十一章

剑侠小说与相关文学类型的比较

上述各章分别论述了剑侠形象、“剑术”描写的文化渊源、剑侠小说的文化形态以及历史演变，可以看出，剑侠小说这一文学品类的特征是十分明显的。剑侠小说虽然具有鲜明的特色，但在崇尚奇幻、侈谈神异方面，与明清神魔小说十分相似；在“剑术”描绘方面，如“剑术”的修炼、威力及其境界等，与日本剑道小说有相通之处；在以超自然的能力对抗邪恶、干预社会的情节叙述方面，剑侠形象与西方“超人”又有着一致的努力。因此，本章试图对这些产生于不同国家、不同民族、不同时代及不同文化背景的文学现象进行对比考察，研究其各自的文化内涵及相互异同。通过比较，读者可以更加准确地把握剑侠小说叙事语法和文化特征。

第一节　剑侠小说与神魔小说

剑侠小说被一些评论者指责为将武侠小说神魔化，是武侠小说发展史上的逆流。[①] 这种指责缺乏对剑侠小说认真的梳理和深入的考察，偏颇与失误是很明显的。但有一点是可以肯定的，即剑侠小说与神魔小说确有某些相通之处。

“神魔小说”的概念是鲁迅提出来的。鲁迅在《中国小说史略》中写道：

且历来三教之争，都无解决，互相容受，乃曰“同源”，所谓义利邪正善恶是非真妄诸端，皆混而又析之，统于二元，虽无专名，谓之神魔，盖可赅括矣。[②]

在《中国小说的历史的变迁》中又云：

此思潮之起来，也受了当时宗教、方士之影响的……当时的思想，是

① 参看袁良骏：《武侠小说指掌图》，新华出版社2003年版。

② 鲁迅：《鲁迅全集》(9)，人民文学出版社1981年版，第154页。

极模糊的，在小说中所写的邪正，并非儒和佛，或道和佛，或儒释道和白莲教，单不过是含胡的彼此之争，我就总括起来给他们一个名目，叫做神魔小说。[①]

鲁迅在分析产生此类小说的宗教背景的前提下，结合小说的实际内容提出这一概念。“神魔小说”的概念提出后，得到学术界较广泛的认同。近年来，也有学者对此提出质疑，主张使用“神怪小说”的名称。[②] 仔细考察，提出“神怪小说”概念的学者，是从神怪题材小说的发展史立论，时间上从先秦至晚清，题材上包含文言、白话、长篇、短篇。而“神魔小说”则专指明代中叶以后风行于世的写神怪内容的长篇白话小说。两个概念在研究范围上是有区别的。本章是将剑侠小说与明清以神怪题材为内容的长篇白话小说相比较，故仍使用“神魔小说”这一名称。

产生剑侠小说和神魔小说的文化心理机制是相似的。人们对神异怪诞题材的热衷，源于人类尚异好奇的天性。明人胡应麟曾说：“怪力乱神，俗流喜道……至于大雅君子，心知其妄而口竞传之，旦斥其非，而暮则引用之，犹之淫声丽色，恶之而弗能弗好也。夫好者弥多，传者弥众。传者日众，则作者日繁，夫何怪焉。”[③] 人们对未知的事物和常理不能解释的事物总是充满好奇，对超自然的神秘世界更是满怀憧憬。这种好奇心理在激发人们寻幽探险、追根溯源的同时，也催生了人们的艺术想象力和创造力。人们在瑰丽的幻想中，创造出一个充满奇异色彩和生命活力的神与魔的世界，以此表达浓烈的宗教理想和强烈的生命情怀，宣泄在现实社会中积郁的诸如恐惧、不安、愤懑等情绪，并在一定程度上体现深重的忧患意识和不屈的反抗精神。剑侠小说与神魔小说，正是这种尚奇心理激发出来的艺术想象力和创造力的结晶。

---

① 鲁迅：《鲁迅全集》(9)，人民文学出版社 1981 年版，第 327 页。

② “神怪小说”这一概念，晚清已有人提出，如张冥飞《古今小说评林》和黄人《小说小话》，参阅朱一玄编：《明清小说资料选编》（上），齐鲁书社 1990 年版，第 566、589 页。近年来，有学者又提出这一概念，参看林辰《神怪小说史》（浙江古籍出版社 1998 年版）和欧阳健《中国神怪小说通史》（江苏教育出版社 1997 年版）。

③ 胡应麟：《少室山房笔丛》卷二九“九流绪论下”，中华书局 1958 年版，第 374 页。

近代学者吕思勉在《小说丛话》中谈到神怪小说时言道："盖人莫不有好奇之性，他种奇异之事，其奇异皆为界限的，惟神怪则为超绝的。而魇人好奇之性，则超绝的恒胜于界限的故也。"认为此类超绝奇异题材的小说，"能引人之心思，使入于恢奇之域"①。作者虽然是在论述神怪题材的小说，移于剑侠小说也非常合适。在以驰骋想象为能事的艺术创作中，神魔小说和剑侠小说都表现出"意出尘外，怪生笔端"的艺术思维，都运用了恢诡谲异、变化无方的艺术虚构，两种类型的作品都向读者展示了一个超越时空局限和物我分别的形象世界。《西游记》、《封神演义》等神魔小说上达天庭、下及幽冥的时空描绘，呼风唤雨、变幻莫测的法力比拚，降妖捉怪、取经封神的渲染铺陈；《七剑十三侠》、《蜀山剑侠传》等剑侠小说中"剑术"的奇特恣纵、法宝的威力无穷、生命形态的奇异怪诞、斗法比剑的奇丽壮观、人妖争胜的惊心动魄等，两类作品都有着御虚驰幻、发想无端的奇逸描述，这正是剑侠小说与神魔小说共有的叙事特征。

除了创作心理和叙事特征的一致外，神魔小说和剑侠小说都在一定程度上表现出对现实社会的关注。吴承恩在《禹鼎志序》中对自己的创作总结道："虽然吾书名为志怪，盖不专名鬼，时记人间变异，亦微有鉴戒寓焉。"② 表明作者试图通过光怪陆离的神魔世界的描写折射人类社会的弊端。《西游记》续书《西游补》的卷首有一篇《续〈西游补〉杂记》，其中有这样一段话："绿玉殿，见帝王富贵之幻；廷对秀才，见科名之幻；握香台，见风流儿女之幻；项王平话，见英雄名士之幻；阎罗勘案，见功名事业忠佞贤奸之幻……艰难历遍，觉悟顿生。"③ 揭示出《西游补》借梦境抒情怀、托神魔以刺世的良苦用心。

与神魔小说创作一样，剑侠小说作者对现实社会也有着较为清醒的认识，经常在作品中揭露现实社会的黑暗，发泄自己的忧愤。光绪年间，香山人郑观应从明清笔记小说中辑录剑侠故事三十九则，题名《续剑侠传》，

---

① 转引自黄霖、韩同文选注：《中国历代小说论著选》（下），江西人民出版社1985年版，第369页。按，吕思勉此文最早发表在1914年《中华小说界》第3~8期，初署名"成"，第8期署名"成之"。

② 转引自朱一玄、刘毓枕编：《〈西游记〉资料汇编》，中州书画社1983年版，第158页。

③ 转引自朱一玄编：《明清小说资料选编》（上），齐鲁书社1990年版，第534页。

与明人所编《剑侠传》合刊一函行世。他在序中写道，剑侠是“补天地之缺，济儒道之穷”，剑侠与儒道“其所致力者各异，其有济于世则未尝异也。余悯世宙之迍邅，慕仙人之神妙，而剑侠一流，于今为宜，于用为切。苟有其人，何患乎异端，何虑乎强敌！”① 《七剑十三侠》书首“序”也言道：“今于世风颓靡之中，得几个侠士以平此间一切不平事，此虽属有徵之说，而要其侠肠义胆流露于字里行间，不特令读者赏心悦目，而廉顽立懦之义，即于是乎在。”吕熊创作剑侠小说《女仙外史》，以明代“建文逊国”、“靖难之役”为小说背景，前二十回还据史演义，后八十回则发奇想，逞才藻，劈空撰结，借幻演史。关于这部作品的主旨，清人刘廷玑曾与作者有过交谈，作者云：“尝读《明史》，至逊国靖难之际，不禁泫然流涕。故夫忠臣义士与孝子烈媛，湮灭无闻者，思所以表彰之，其奸邪叛逆者，思所以黜罚之，以自释其胸怀之哽噎。”② 可以看出，剑侠小说创作有着作者借幻刺世、劝惩人心的寓意。这一点与神魔小说是相同的。

剑侠小说与神魔小说有诸多相同之处，于是，有些学者将剑侠小说称为“武侠小说的神魔化”。如果我们将两者认真比较的话，可以发现，其差异还是比较明显的。

差异之一，在剑侠小说中，“剑术”描写是不可或缺的重要元素，它是剑侠惩奸除佞、匡正济世的主要手段，也是剑侠小说的主要标志。从唐代的《聂隐娘》、《昆仑奴》、《红线》、《贾人妻》、《崔慎思妾》，到宋元明代的《虬须叟》、《乖崖剑术》、《郭伦观灯》、《香丸夫人》、《侠妪》、《韦十一娘传》、《青城舞剑录》，再到清代的《剑侠》、《女侠》、《侠女》、《王者》、《南海生》、《粉城公主》等作品，“剑术”描写都是支撑小说情节的骨架。在白话长篇剑侠小说中，“剑术”描绘更加成熟、丰富和具体，从宝剑的冶炼、剑术的修行，直至剑术的威力，都有较为详细的描述。《女仙外史》中九天玄女教授唐赛儿剑术，《瑶华传》中剑侠无碍子教授瑶华剑术，《七剑十三侠》中玄贞子教授焦大鹏剑术，传授的方法、修炼的步骤、修行的要点均交代得十分详细，《仙侠五花剑》中剑侠公孙大娘对宝

---

① 《剑侠图传全集》，河北人民出版社 1987 年版，第 181 页。

② 刘廷玑：《在园品题二十则》，引自《女仙外史》“附录”，百花文艺出版社 1985 年版，第 1110 页。

剑冶炼的材料和方法也有比较充分的描写，而剑术威力的夸饰，比剑斗法的奇异，更是剑侠小说渲染铺陈的重心。在现当代剑侠小说创作中，剑术描写更加争奇斗艳，成为小说中光彩炫目的一道亮丽风景。而在神魔小说中，尽管有着五花八门的神魔斗狠，法宝比拼，“剑术”却始终未能登台表演。《西游记》中孙悟空有着七十二般变化，快捷无比的筋斗云，一条金箍棒舞动起来更是风云变色，日月无光；猪八戒也会三十六般变化，手持九齿钉耙，腾云驾雾，颇有神通；各路妖精也是法宝众多，精通妖术，但始终看不到剑术的威力。在《封神演义》、《西游补》、《三遂平妖传》、《西洋记》、《斩鬼传》等神魔小说中，也几乎看不到神奇的“剑术”。

差异之二，对于主要人物形象的塑造，剑侠小说表现的是人，神魔小说则是神。以剑侠小说为例，不论是《绿野仙踪》中的冷于冰师徒，《瑶华传》里的无碍子、瑶华，《七剑十三侠》中的玄贞子、傀儡生等，还是《江湖奇侠传》中的笑道人、红姑、柳迟、向乐山，《蜀山剑侠传》里的齐淑溟夫妇、峨眉二老、“三英二云”等，这些剑侠的身份原本都是人，他们的仙业、成就是靠艰苦的修炼获得的。他们艰苦的学艺经历与其坚毅的人格相得益彰。《女仙外史》中的唐赛儿，小说虽写她是月殿里的嫦娥下凡，但唐赛儿毕竟是历史上真实的人物，小说描述了她出生、读书、婚嫁、学艺等经历，她的根基虽然是神，而人的基因也占了相当大的成分。神魔小说则不同，神是书中的主人公，人只是神的配角。《西游记》中的孙悟空、猪八戒、沙和尚、二郎神、太白金星以及牛魔王等众多妖魔，《封神演义》中的哪吒、杨戬、土行孙、鸿均道人、通天教主等，《西洋记》中的金碧峰禅师、张天师，《济公全传》中的济公，《南游记》中的华光天王，《东游记》中的八仙，《南海观音菩萨出身修行传》中的观音菩萨，这些小说中的主要形象都是神。即便是以“人”为根基的人物形象，如《西游记》中的唐僧，《封神演义》中的姜子牙，在小说中也是以半神半人的面目出现，他们在神魔斗法的大多数场合只是配角。

在空间的表述方面，神魔小说与剑侠小说也存在着较大的差异。神魔小说的描绘空间极为广阔，纵向方面，上至天庭，下及地狱；横向方面，遍及天下名山、五湖四海，更有经过玄想虚构的远离尘世、凡人不至的十洲三岛[①]。如《西游记》第四回孙悟空初入天界，作者用铺陈的笔法，对天宫的美景尽情地渲染：

初登上界，乍入天堂。金光万道滚红霓，瑞气千条喷紫雾。只见那南天门，碧沉沉琉璃造就；明幌幌，宝玉妆成。两边摆数十员镇天元帅，一员员顶梁靠柱，持铣拥旄；四下列十数个金甲神人，一个个执戟悬鞭，持刀仗剑。外厢犹可，入内惊人：里壁厢有几根大柱，柱上缠绕着金鳞耀日赤须龙；又有几座长桥，桥上盘旋着采羽凌空丹顶凤。明霞幌幌映天光，碧雾蒙蒙遮斗口。这天上有三十三座天宫，乃遣云宫、毗沙宫、五明宫、太阳宫、化乐宫……一宫宫脊吞金稳兽；又有七十二座宝殿，乃朝会殿、凌虚殿、宝光殿、天王殿、灵官殿……一殿殿柱列玉麒麟。寿星台上，有千千年不谢的名花；炼药炉边，有万万载常青的瑞草。又至那朝圣楼前，绛纱衣，星辰灿烂；芙蓉冠，金壁辉煌。玉簪珠履，紫绶金章。金钟撞动，三曹神表进丹墀；天鼓鸣时，万圣朝王参玉帝。又至那灵霄宝殿，金钉攒玉户，彩凤舞东门。复道回廊，处处玲珑剔透；三檐四簇，层层龙凤翱翔。上面有个紫巍巍、明幌幌、圆丢丢、亮灼灼，大金葫芦顶；下面有天妃悬掌扇，玉女捧仙巾。恶狠狠，掌朝的天将；气昂昂，护驾的仙卿。正中间，琉璃盘内，放许多重重叠叠太乙丹；玛瑙瓶中，插几枝弯弯曲曲珊瑚树。正是天宫异物般般有，世上如他件件无。金阙银銮并紫府，琪花瑶草暨琼葩。朝王玉兔坛边过，参圣金乌着底飞。[②]

除了天庭的描写之外，神魔小说还对地狱予以演述，《西游记》中地狱有十位阎王，又有判官、勾魂鬼、牛头马面等，还有生死簿，掌管着人类及飞禽走兽的生死。而《咒枣记》中将地狱分为九重，分别为风雷之狱、金刚之狱、火车之狱、溟冷之狱、油龙之狱、虿盆之狱、杵臼之狱、刀锯之狱、镬汤之狱。每一重地狱都设有各类酷刑，有神兵鬼卒惩罚世间罪人。如第十三回中“火车之狱”的描写：

---

① 道教典籍《云笈七签》引托名东方朔的《十洲记》称，“十洲”为祖洲、瀛洲、玄洲、炎洲、长洲、元洲、流洲、生洲、凤麟洲、聚窟洲，“三岛”为昆仑、方丈和蓬丘。

② 吴承恩：《西游记》（上），人民文学出版社1985年版，第42～43页。

> 继而又到第三重地狱，门上扇额上写着“火车之狱”四个大字。真人又走进小门去看，只见一轮车装着几个汉子，小鬼们哨着一声，那轮车飞涌而去。小鬼们呼一口气，那车下的火喷将出来，车走得快，火烧得大，一会儿，把个汉子烧得焦焦的，就是一块火炭。却又取将过来，洒上几点凉水，原来还是原来，依旧是个汉子。真人道：“那一轮好狠火也，怎的烧了的又会还原转来?”判官道：“此冥业相缠千万劫。”①

地狱惨烈恐怖的景象，在神魔小说中是比较具体、丰富的。在剑侠小说中，剑侠的一切活动均在人间展开，不会上达天庭，下探地狱。剑侠的足迹虽然遍及各地，三山五岳、九州大地，甚至海外边陲、蛮荒极域，但基本上是在与人类世界的同一平面上，不同于神魔小说世界的仙凡差别、阴阳阻隔的纵横空间。②

剑侠小说与神魔小说的差异还表现在作品不同的叙事风格上。许多神魔小说，尤其是其中的代表作品，在叙事风格上表现出鲜明而浓郁的幽默气息，形成了神魔小说重要的美学特征。鲁迅先生在《中国小说史略》中这样评述《西游记》的审美价值：“又作者秉性，‘复善谐剧’，故虽述变幻恍忽之事，亦每杂解颐之言，使神魔皆有人情，精魅亦通世故，而玩世不恭之意寓焉。”③ 胡适先生在《西游记考证》中也指出：“这部《西游记》至多不过是一部很有趣味的滑稽小说，神话小说；他并没有什么微妙的意思，他至多不过有一点爱骂人的玩世主义。”④ 通观《西游记》全书，诙谐幽默的笔法无处不在。在主人公孙悟空的性格中，除了勇敢、机智、坚忍不拔之外，顽皮和幽默是其重要的特征。他藐视天庭，嘲弄神圣，称太白金星是“奸诈之徒”，笑观音菩萨“该他一世无夫”，对玉皇大帝公然宣称：“皇帝轮流做，明年到我家。”在谐谑与反讽中将“庄严”和“神圣”一律抹去。猪八戒憨态可掬，世俗心重，贪婪，好色，爱占小便宜，耍小聪明，却又往往弄巧成拙，是一个极具亲和力的可笑又可爱的人物形

---

① 《古本小说集成》第1辑第119册，上海古籍出版社1990年影印本，第167页。

② 剑侠小说的空间设置的具体论述，见本书第四章。

③ 鲁迅：《鲁迅全集》(9)，人民文学出版社1981年版，第165页。

④ 胡适：《中国章回小说考证》，上海书店1980年版，第367页。

象。作者用传神之笔，将两个不同性格的人物巧妙对比，制造矛盾，既推动情节的发展，又产生出强烈的喜剧效果。作者在小说中往往随意发挥，涉笔成趣，对世态人情予以讥讽。但作者秉持公心，谐谑中充满理趣，深刻而不刻薄，看似随意揶揄，却往往达到自然轻松、诙谐有趣的艺术效果。

这种诙谐幽默的艺术风格，在多部神魔小说中都有体现，已形成神魔小说的一大特色。《西洋记》、《钟馗全传》、《斩鬼传》、《西游补》、《飞跎全传》、《何典》等神魔小说，都有着“以戏言寓诸幻笔”，讥弹时弊，轻松幽默的美学意蕴。而剑侠小说则不然，它对人情世态、官场黑暗也有揭露，却重在表现剑侠的干预社会、“剑术”救世，突出正与邪的对立，彰显剑侠的神通和侠义精神，表达虚幻而美好的修仙理想。剑侠小说创作虽然也是以娱乐消遣为主，但与神魔小说的戏言讽世的笔法是明显不同的。

第二节 剑侠小说与日本剑道小说

旅日文化学者李长声经过多年的研究认为，日本武侠小说又称作“时代小说”，按其内容又可分为若干类型：剑豪小说、忍者小说、捕物帐小说和股旅小说。[①] 剑豪小说描写剑客学剑、比剑的经历，突出“剑之道”；忍者小说叙述的是杀手题材；捕物帐小说则是将断案推理融入武功打斗之中；而股旅小说描述的是日本浪人四处漂泊的生活。[②] 日本早稻田大学教授冈崎由美在《“剑客”与“侠客”——中日两国武侠小说比较》一文中，将日本武士文学分为“讲剑客的小说”与“忍者小说”两种。剑客小说以古代的日本武士为主角，除了凭借武技锄强扶弱的主要内容以外，还描写剑客创出新剑招、研究武学上的至理、争夺武林秘籍、为父报仇、比武决斗、恋爱的纠葛等情节，很类似中国武侠小说。忍者小说则描写杀手

① “时代小说”是指小说的社会背景是过去的年代，但又与“历史小说”不同，历史小说实多虚少，而时代小说的人物与故事情节主要是虚构。

② 李长声：《日边瞻日本》第五部分“日本的武侠小说”，中央编译出版社 2007 年版。

施展隐身法，飞檐走壁，放毒飞镖，凝视对方的双目或者一打对方的要害就令人昏倒等功夫，以便潜入敌方窥探情况，暗杀重要人物。对忍者武功的想象，跟中国当代武侠小说的轻功、暗器、毒药、摄魂法、点穴法几乎一致。尽管两位学者的分类有所不同，但可以看出，日本文学中确实存在着描写“剑客”题材的小说。

就日本此类剑客题材的小说而言，因描写学剑、创新招及比武决斗的内容较多，不断彰显武学至理，突出“剑之道”，笔者认为称其为“剑道小说”似乎更加合理。所以，本书不采用“剑豪小说”、“剑客小说”、“忍者小说”等称谓，而采用“剑道小说”。

日本剑道小说与中国剑侠小说的区别是十分明显的。若就作者的想象力及武功的神奇而言，日本小说中的“忍术”也算是异想天开了，有着“日本金庸”之称的山田风太郎创作了风靡日本的“忍法帖”系列，将日本的“忍术”充分发扬光大，以至在日本的《国语词典》中有了“忍术”这一词语。日本小说中的“忍术”可以隐身躲藏，可以在山崖和高大的建筑物上游走，可以在水面上奔跑自如，可以从口里喷出钢针等杀人利器，可以使气息中浸满有毒物质，可以长时间不吃不喝不睡，可以控制别人的心灵，甚至可以托人转世，变成魔剑士。《魔界转生》一书中，德川家康的儿子，纪伊大纳言德川赖宣产生野心，想通过魔界转生来实现目的，而异人森宗意轩便使用“忍术”来帮助他完成心愿。这“忍术”就是用转世再生来获得新的生命，但转世再生者已变成了听命于人的魔剑士。小说开篇即描写宫本武藏在平定叛乱的战斗中，目睹了魔界转生的过程。幕府军攻克城池，叛军失败，四散奔逃。森宗意轩带着两个女子逃往海边，武藏率人追赶。恐怖而令人惊异的场面出现了：

老人“嗖”地拔出一把刀来。这时武藏一下子站了起来，但却突然呆若木鸡了，他看见两个女人做出了一个意外的举动。——眼看着她们迎着蜂拥而来的武士们，开始脱去身上穿的白色衣服。

年轻光鲜、一丝不挂的雪白裸体立在那里。

老人挥刀砍去。然而，竟不是砍向敌人。那刀刃从一个女人的胸口一直划向腹部。虽然相隔还有三四个房间的距离，但连武士们也停住脚步，为那女子遗憾不已。

一道黑光从那女子柔软光滑的胸脯一直贯穿到腹部，那是渗出的鲜血。眼看着从那里向着身体的四面八方，出现了一种明显不是血的、像裂纹一样的东西，仿佛网眼一样越来越多。

“啊——！”

发出惨叫的，不是女子，而是武士们。在那里他们看见了无法相信的景象。女人的身体裂开了，破碎了，像花一样绽开了。雪白的皮肤从全身的网眼处开始像鸡蛋壳一样剥落了，从那里面，一下子出现了另一个人。

当然，那是一个裸体的人，好像是推开了女人的身体而出现在了人们眼前，而且看那鼓起的地方，是一个男子。那是连胡子都留着，体格健壮的壮年男子的裸体……谁也不知道，到底是怎么回事。“孵化”他的女人变成了皮肤的残骸，好像枯叶似的堆在他的脚下，而那个女人不知道消失到哪里去了。

另一个女人捡起落在地上的女式礼服和刀，交给了他。

老人用怪鸟一般的声音叫喊了一句什么。这个男子便将女式礼服披在身上，手上提着刀，像梦游病人一样蹒跚着向这边走了过来。

“来！——来！——到地狱来!”他叫道。那声音仿佛是从地下冒出来的一样……这简直不是这个世界上能够发生的事。

追击而来的武士们，化成了一排人偶，呆若木鸡。还有两三个人，哧溜一屁股坐在了尸体上。

“来！——来！——到地狱来!”“卵生”出来的男子又叫道。

于是，四五个人像游泳一样，走上前去。——但这并非勇敢地前进，而是着了魔的行动。只见他们完全像被吸住了一样，靠近那个男子，手脚不听自己使唤，眨眼间一道寒光闪过，就被白刃砍倒了。甚至听不见刀刃相击的声音。手起刀落，那种杀戮就像切葱一样。①

从女人身体里跳出来的，是柳生流的名剑客、已经阵亡的荒木又右卫门。老人又斩向另一个女子，从中跳出来的同样是在战斗中被斩杀的叛军首领天草四郎时贞。两个魔剑士杀退追兵后，与老人一起离去。森宗意轩一共转生了七个魔剑士，后来的五个魔剑士分别是田宫坊太郎、宫本武

① ［日］山田风太郎著，韦平和译：《魔界转生》，北岳文艺出版社2006年版。

藏、江户柳生一族的掌门柳生宗矩、尾张柳生的柳生如云斋、宝藏院的枪术大师胤舜。这几个人都是日本传说中有名的武术家，身处不同年代，作者把他们全召集到一起。小说内容荒诞不经，从一开始就将“转生忍术”叙述得神秘而又恐怖。

对于死后复生的描述，中国剑侠小说有“转世投胎”和“尸解”两类。《瑶华传》中雄狐为炼长生之术，采女童的元阴补其阳气，被剑侠用飞剑斩首。其魂魄认罪忏悔之后，在剑侠的指引下，转世投胎成女子，勤修苦练，终成正果。而《七剑十三侠》里的草上飞焦大鹏在赵王庄战斗中被敌将杀死，剑侠傀儡生在他阵亡之时，将他的灵魂度回山去炼魂七日，炼成仙道。玄贞子又传焦大鹏剑术，焦大鹏经过“尸解”之后，脱了凡胎，魂灵聪慧，与仙家无异，三日之后便炼成剑术。妖道余半仙设“招魂就戮大法”，欲取赵王庄万人性命，而焦大鹏“尸解”之后，脱去凡胎，灵魂又被仙家炼过，不惧妖术，无影无形，要现形又与凡人没有区别，所以破了余半仙的妖术。“尸解”又称“兵解”，对此，小说中有一段解释：

> 你道怎的为兵解成仙？仙家有一派流传，要度脱凡人成仙，必要此人死于刀兵，可脱凡胎，这就名为兵解。并非是旁门左道，不过是个外功。与玄贞子内功一道，略有分别。内功是凡胎肉骨，亦可飞升；外功必须脱了凡胎，方能成功。二者虽有内外之分，并无高低之别。[①]

据此而言，在剑侠小说的表述中，“尸解”成仙与肉体成仙同为仙道正宗，不同之处只是内外功的分别而已。[②]

从上述举例中可以看出，日本剑道小说中的“转生忍术”与中国剑侠小说中的“转世投胎”、“尸解”虽然都宣扬灵魂不灭，却有着较大的区别。“转世投胎”明显受到佛教轮回说的影响，“尸解”则承袭道教的修仙教义和炼养方技，他们所表述的是一种超自然的、宗教化的生命形态观念。至于“转生忍术”，小说是这样说的：森宗意轩是天主教徒小西摄津守的遗臣，他幼年时练过忍术。有一天，他在天主教徒的仓库里发现了几

---

① 唐芸洲：《七剑十三侠》（附《仙侠五花剑》），岳麓书社 1991 年版，第 183 页。

② 关于剑侠小说中的“尸解”之术，请参阅本书第四章第二节，此处不展开论述。

本祈祷书、占卜书和魔术书，熟读之后，与日本传统忍术融会贯通，终于创造了令人惊奇而又恐惧的“转生忍术”。那么，“转生忍术”就是西洋魔法与日本传统忍术相结合的产物，从文化背景来看，它与中国剑侠小说中的“转世投胎”、“尸解”有很大差异。此外，“转生忍术”需要有一个女人做忍体，转生时，女人的身体被劈开，转生者犹如小鸡一般从蛋壳中钻出，而作为忍体的女人则像蛋壳一样被抛弃。转生者对自己的身世、经历全都忘记，灵魂被施术者牢牢控制，完全成为施术者手中操纵的傀儡。由此可见，“转生忍术”是一种残忍、邪恶的魔道法术，与“转世投胎”、“尸解”等仙家道术实有天壤之别。

若从整体上将日本剑道小说中的“忍术”与中国剑侠小说中的“剑术”相比较的话，“剑术”描写的威力远远超越“忍术”。举凡腾云驾雾、呼风唤雨、移山倒海、上天入地、转瞬千里、隐形灭迹、推算阴阳、预知吉凶、身外化身、变化无方等，可谓无所不能、无坚不摧，表现出创作者无与伦比的想象力。尤其值得关注的是，在剑侠小说具体情节的叙述中，这类神通又往往与中国传统文化精神紧密结合，如阴阳五行的相生相克，佛教的诸行无常、诸法无我、修心为要，道教的服食采补、存思、胎息、效法乾坤等，皆成为“剑术”的修行理念与文化根基。

日本剑道小说中“忍术”的具体描写，自有其文学创作的奇幻而丰富的想象力，但其中无疑浸透着日本民族的文化精神，尤其表现出日本武士道的人生观与价值观。传诵于日本江户时代，由山本常朝口述、田代陈基整理的《叶隐闻书》，是日本武士道的修养书。[①] 此书狂热地鼓吹武士要誓死效忠君主，随时准备为主人奉献自己的生命；武士要有敢于赴死的坚决的意志，果断地去死，因为在诸事皆虚伪的世界上，只有死亡才是真实的，也只有死亡才能使武士的心灵获得神佑。在山田风太郎的“忍法帖”系列小说中，通过阅读文本的具体情节，我们可以清晰地感觉到这种漠视生命、轻言杀戮、忘我赴死、唯恩主马首是瞻的武士道精神的存在。

日本剑道小说十分强调武士的修行，它包含身心两个方面。《宫本武

---

① 阐述日本武士道精神的书籍还有一些，如新渡户稻造《武士道》，大道寺友山《武道初心集》，山鹿素行《武教全书》、《武教本论》等，内容不尽相同，而《叶隐闻书》思想较为极端，影响也比较大。

藏》中宫本武藏曾经说过："所谓武者修行，并不是只会到处找人比武，就表示他很厉害。如果只能勉强求得一宿一餐，扛着木刀到处比武，这不叫武者修行，这叫流浪汉。真正的武者修行，内心的修养要比武技来得重要多了。除此之外，还要走访诸国，测量地理水利，牢记各地乡土人情，观察领主跟人民的相处之道，洞悉城里城外动静。脚踏实地，云游四海，善用心思，仔细观察，这才叫武者修行。"① 宫本武藏对武者修行的阐释十分契合中国禅宗对事物的认知。禅宗认为：色即是空，空不异色。在禅宗看来，"一切色是佛色，一切声是佛声"②，"山河大地是佛，草木丛林是佛"③，"青青翠竹，尽是真如；郁郁黄花，无非般若"④。因此，世间的一切实践，皆可完成对真如的体悟，禅语所谓"跳水砍柴，无非大道"。宫本武藏的剑道修行亦是如此，身体力行，注重观察生活中的每一个细节，举凡插花、剪枝、绘画、茶道、弹琴、雕刻、种地、锄草等，无一不可从中参悟剑道真谛。

将这种剑道修行与中国剑侠小说中"剑术"的修炼进行比较的话，其相互差异还是较明显的。剑侠在师父的指导下掌握了剑术的法门之后，必须下山历练，即行走江湖，干预社会，在与社会的接触和实践中，扶危济困，斩妖除邪，融汇剑法，累积功德。与剑道修行的武士的追求不同，剑侠修炼"剑术"的目的是飞升成仙。要达到这一目标，必须内炼为本，替天行道，内外超越，方能功德圆满。为此，剑侠在历练时总是格外关注人世间的苦难，时时注重内心的修炼，不断加强自身的道德修养。《七剑十三侠》、《江湖奇侠传》、《蜀山剑侠传》等在叙述故事时，既注重表现剑侠的济世救民，也强调剑侠在修炼"剑术"过程中的内在超越与人格提升，并有意将正邪、善恶、是非、忠奸等内容引入故事情节中，以强化"剑术"拯救社会的应用功能，使飞行变化的剑术神通合情合理地承载着

① ［日］吉川英治著，颜世俊、刘仲达译：《宫本武藏》"水之卷"，重庆出版社2005年版，第199页。

② 赜藏主编集：《古尊宿语录》卷二，转引自张节末：《禅宗美学》，浙江人民出版社1999年版，第173页。

③ 赜藏主编集：《古尊宿语录》卷一二，转引自张节末：《禅宗美学》，浙江人民出版社1999年版，第172页。

④ 静　筠二禅师：《祖堂集》（上）卷三，中华书局2007年版，第170页。

阐扬道德伦理的文化使命。武士与剑侠的修行目标虽然有别，其修行方式（如重视内心修养、强调脚踏实地去身体力行等）却极为相似。

还有一点，日本武士与中国剑侠在各自的修行中，都自觉地摈弃情欲。在小说《宫本武藏》中，宫本武藏为了修行剑道毅然割舍了与少女阿通之间的恋情，拒绝了少女朱实的苦苦追求，孤独地走向茫茫的未来，去追寻剑道的意义。面对阿通的哭诉和期望，宫本武藏果断地回答："我的身心早就融入到剑道之中。阿通，剑道的境界才是我真心想追求的。换句话说，我曾经脚踏两条船，在恋情和进修这两条路上陷入迷惘、挣扎，烦恼再烦恼，好不容易才决心对剑道全力以赴。因此，我比谁都了解自己。我既不是伟大的男人，也不是天才，更不是什么特别人物，我只是爱剑甚于爱你。我无法为爱情舍弃生命，但是却可以为剑道随时殉死。"[①] 在武士的眼里，爱情与剑道是不相容的，爱情会妨碍剑道的修行，亵渎剑道精神。同样，在剑侠的观念里，男女之情欲也被认为是修炼"剑术"的障碍。在剑侠小说中，情欲是修道的毒药，被修道人视为"孽缘"、"情障"。当世人选择修行剑术时，一定要抛家弃子，斩断世俗情缘，避入深山，潜心修炼；剑侠在录用徒弟时，也常常用情欲作为考察其是否心诚的试金石；而修道人在剑术修炼至紧要关头时，往往会遇到心魔干扰，杂念纷呈，其中最难踏破的关卡就是一个"情"字。[②]

第三节　中国"剑侠"与西方"超人"

中国的剑侠身具超自然的"剑术"，遨游苍穹，替天行道，是民众的希望和救星。同样，在西方也有与中国剑侠的能力和特征极为相似的英雄——"超人"。

1938 年 6 月，超人首次出现在美国 DC 漫画公司的多种书籍中，随后

---

① ［日］吉川英治著，颜世俊、刘仲达译：《宫本武藏》"风之卷"，重庆出版社 2005 年版，第 641 页。

② 剑侠小说中的情爱描写，在不同发展时期有相应的变化，可参看本书各章的具体叙述，尤其是第三章第四节。这里只是择要言之。

被改编成动漫、电视剧、电影、舞台剧等多种文艺形式，其故事一续再续，不断翻新，从而使超人成为美国乃至世界各地家喻户晓的英雄。2006年，由布莱恩·辛格（Bryan Singer）执导的影片《超人归来》又一次在全美引起轰动。这表明，虽然已经过去了半个多世纪，但“超人”仍然是人们狂热追捧的英雄。

超人来自遥远而又科技先进的氪星球。他的父亲是氪星球上一位伟大的科学家，在氪星球即将爆炸之前，这位科学家将还是婴儿的超人放入太空飞船，让他飞往地球。在飞往地球的过程中，飞船经过了28个星系数十亿颗星球，为超人积累了大量的有关天文、地理、科技和历史等方面的知识，而地球的生存环境又为超人形成了巨大的能量，使他力大无穷，坚逾钢铁，能自由飞行，且飞行速度超过光速，并且具有透视、热能、速冻等特异功能。这位外星人来到地球后，被一对农民夫妇养育，改名克拉克·肯特。长大后进入城市，在《星球日报》做一名记者。他以记者身份作为掩护，用超自然的能力打击各种犯罪活动，帮助人类抵御各类天灾人祸，成为维护正义、拯救人类的传奇人物。

如果将中国剑侠与西方超人相互比较的话，我们就会发现，他们有着明显的相同之处，但由于时代和文化背景的差异，两者也存在着根本的区别。

中国剑侠与西方超人最大的相同点，就在于他们都自觉地履行惩暴除恶、济世救民的神圣职责。从明代的文言小说《韦十一娘传》开始，中国的剑侠就已经以替天行道、除暴安良为己任，秉持“剑术为公”的信念，关注国计民生，干预社会。[①] 如同《七剑十三侠》书前的“小引”所表述的那样：“所谓‘剑仙大侠’似乎都在世乱之时才出现人间，其实这也是必然之理！因为盛治之时，文教昌明，民心耻格，事实上也不须有剑侠的白刃；到了纲常废弛，道义沦亡时，奸邪当道，强梁横行；居上位的只管淫侈骄恣，在下位的也单知阿谀囊括，土豪劣绅棍徒恶霸辈便益发肆行无忌！良善的人们只能遭摧残，被冤抑，受压迫，忍哀怨，于是一般剑侠便

① 剑侠惩暴除奸之举，唐宋小说已有描述，如唐代《原化记·义侠》、宋代《江淮异人录·洪州书生》、《夷坚志·郭伦观灯》、《青琐高议·任愿》等篇。但将此举作为剑侠的社会责任而郑重提出，却是从《韦十一娘》开始的。

要来代天伸诛了。”面对当时的黑暗世道，作者发出感叹：“在乱世之时，怎么可没有剑侠呢？现在也正是个世道日非、奸恶遍天下的时候，如果能有剑侠多人，发大无畏的精神，仗剑叱咤，拔刀长啸，把奸恶之徒一一按其罪而杀伐之，这真是一件大快人心之事！”剑侠是黑暗社会里劳苦大众盼望的一线光明。

西方的超人也同样扮演着中国剑侠的角色。虽然人类已进入到民主和文明的社会，科技高度发展，但人类仍然面临诸多难题，如各类刑事犯罪，道德滑坡，意外事故、战争、恐怖活动以及各种自然灾害等。超人降临地球就是为了拯救人类。在电影《超人》第一集中，超人的父亲曾对超人如此嘱托：“尽管人类把你养大，但你并非人类。人类可以成为伟大的人民，他们也希望那样。人类具有追求美好的能力，他们缺少的是指路明灯，因为这个至高无上的原因，我把你——我唯一的儿子送给他们。”在《超人归来》里，影片又一次出现了其父的画外音：“即使你无法帮助人类，人类也世世代代需要你的帮助，因为有些问题人类永远无法自己解决。”“你的示范作用对人类永远有激励意义。”在影片中，超人的恋人、《星球日报》的记者露伊斯·蕾恩因为超人不告而别，数年毫无音信，写了一篇文章《为什么我们不需要超人？》并得了奖。超人归来后对露易斯说：“你说这个世界不需要救世主，可我每天都能听见人们在呼唤他。”超人坚信人类需要他的帮助，也自觉地承担起这个责任。由此可见，超人和剑侠一样，自觉地履行铲暴除恶、扶危济困、匡扶正义的职责。①

剑侠与超人的另一个相同点，是两者都具备超自然的能力。中国的剑侠剑术通神，法力无边，瞬息千里，变化无端，呼风唤雨，上天入地，隐形潜踪，无所不能。凭借着这种神奇的本领，剑侠斩妖除魔，惩奸伐贪，既轻而易举地震慑贪官污吏、恶霸豪绅，又能在奇思玄想的正邪争斗中，与妖魔展开惊天动地的法力大比拼。波谲云诡的情节和气势恢宏的场面，更加凸显了剑侠替天行道的意志和广积善功的宏愿。同样，超人力大无

---

① “超人”现象绝不是孤立和偶然的。除了“超人”之外，类似的文学和影视作品还有《蜘蛛侠》、《蝙蝠侠》、《闪电侠》、《终结者》等。此类相似的题材在西方乃至全世界受到如此欢迎，说明即使在现代文明社会，救世英雄、超自然能力仍然是民众心中普遍追寻的理想。在他们身上，寄寓着整个人类追求正义、渴望超越自然的美好愿景。

比，坚逾钢铁，不惧怕任何外来攻击，刀剑、枪弹、炸药甚至核武器都不能伤害他。他的飞行速度极快，超过光速，能飞越大气层，更能让时光倒流。依靠这无穷无尽的能量，他打击各类犯罪活动，将罪犯抓捕归案，交给警察；他帮助人类抵御各种自然灾害和人为事故，诸如飞机失事、地震、火灾、洪涝以及战争威胁等，有力地维护了社会的稳定，保障了市民生活的安宁。

中国的剑侠和西方的超人虽然同为“救世”，但由于文化与时代的差异，两者又有着明显的区别。中国的剑侠产生于封建社会，政治黑暗，官场腐败，土豪劣绅鱼肉百姓，劳苦大众的生命财产得不到保障。另一方面，由于当时科技落后，再加上中国社会普遍崇佛信道，因此，人们谈神论鬼，巫术盛行。剑侠生长于这片文化土壤，其剑锋所指自然首先是败国虐民的赃官恶吏、土匪豪绅，其次是给人们心理造成极大恐慌的妖魔鬼怪。正如清末郑观应在所辑《续剑侠传》书前的序中所说：“余悯宇宙之迍邅，慕仙人之神妙，而剑侠一流，于今为宜，于用为切。苟有其人，何患乎异端，何虑乎强敌！”① 西方的超人诞生于20世纪30年代末的美国，50年代被改编成电视连续剧，70年代又被改编成电影。那个时期的美国早已进入工业文明社会，科技进步，政治民主，经济发达，充满活力。但是，在这样激烈竞争的商品经济社会里，生活节奏快，心理压力大，刑事犯罪率高，幸福指数降低。依托这样的时代和文化背景，超人一出现便施展神威，打击抢劫、绑架、强奸以及高智商犯罪，消除战争隐患，抵御各类自然灾害，为人们排忧解难。因此，中国剑侠救助的主要对象是生活在社会底层的孤苦无援的老百姓，西方超人救助的对象是生活在现代社会的各阶层的民众，甚至包括整个人类。可以看出，超人的救助范围要比剑侠广泛得多。

同样由于时代和文化背景的差异，中国剑侠与西方超人所具备的超自然的能力分别来自不同的“师承门派”，有着各自的文化底蕴。中国剑侠的“剑术”神通主要是靠“修炼”得来。其“修炼”的过程，一是源自中国传统的崇剑文化心理，这种对剑的崇拜往往与对龙的崇拜合为一体，

---

① 郑观应：《剑侠传·序》，《剑侠图传全集》附录，河北人民出版社 1987 年版，第 184 页。

所以，在中国古代典籍文献中，剑与龙经常相互化形，具有灵性和极大的威力。二是源自在中国社会广为流传的佛教、道教。佛经中有成就剑法的具体描述，如手持宝剑，站立山顶，口诵真言，剑出光焰等，剑法成就之后，持剑之人便具备飞行、变化、隐身等各类神通。道教典籍中的炼剑法门更为详尽，如《真龙虎九仙经》中便有炼气、化神、体道、成圣等剑仙修炼之道，小说家更将道教的炼养方技化为剑侠人物的炼剑秘术。佛道的影响，使得中国剑侠的“剑术”神通罩上了一层耀眼的宗教光环。① 与剑侠不同，超人身体里的无穷能量是从现代科技知识中获得的。超人诞生于 DC 漫画公司的科幻漫画，其出身就蕴涵着浓厚的科学幻想。超人来自地球外遥远的氪星球，由于太阳辐射的原因，他具有了无穷无尽的能量，而唯一惧怕的就是氪星球的陨石，这水晶一样的绿色物体不但可以化解他的一切能量，甚至可以要他的命。他的头号敌人是莱克斯·卢瑟，一位拥有高科技知识的犯罪专家，他用科技手段犯罪，甚至让超人顾此失彼，手忙脚乱。莱克斯不具备超自然的本领和能量，但他凭借科学知识很快看清了超人的软肋，差一点夺走了超人的生命。超人与莱克斯之间的争斗，是科学技术的较量；超人的所有能力，诸如移山填洪、穿越时空、排除核弹等都是以科技知识为支撑。当然，这一切又有着浓烈的科学幻想成分。

在生活方式上，超人与剑侠有着相似之处。剑侠或隐逸山林，或潜踪市镇，深居浅出，不愿张扬，行事诡秘，不为人知；他们向世人公开的身份极其平凡，或是已婚的家庭主妇，或是客店里看门的老人，或是官宦之家的奴仆，或是游走江湖的和尚、道士。超人的公开身份是《星球日报》的记者，戴一副近视眼镜，文弱儒雅，彬彬有礼，待人接物，和蔼可亲，即使面对最心仪的女友露易斯·蕾恩，他也不愿道破自己就是超人。在 1983 年拍摄的电影《超人》第 3 集中，为了不揭穿超人就是记者克拉克这一秘密，超人在高中女友和恋人露易斯之间巧妙伪装，楼上楼下穿梭飞行，忙得不亦乐乎。每当危机出现，需要超人挺身相救时，他总是尽量地避开众人的耳目，选择僻静的角落完成身份转换，然后飞上蓝天去执行使命。可以看出，在世人面前超人和剑侠都是尽量低调，刻意伪装，平静地生活。只有当危险来临、人们迫切需要援助时，他们才会迅捷出手，尽显

① 关于剑侠“剑术”的形成，本书第二章有详尽的叙述，可以参阅。

本色。

在对待爱情的态度上，大致说来，古代小说中的剑侠对情欲是排斥的。他们将情欲与修道对立起来，视情欲为剑术修炼的“情障”，必须加以破除。当代剑侠小说则注重男女爱情描写，书中的剑侠大多是至情种子，爱情不但不会影响他们修炼道术，而且是他们生活中的重要组成部分。① 总体而言，在漫画与影视作品中，超人的情感之恋是其重要的组成部分，是予以赞美的。这不仅是商业市场的要求，也充分地反映了当代社会的人文精神与价值观念，即爱情是美好的，是人类精神活动中不可或缺的。但由于其创作者与改编者较多，作品中的爱情表述也较为复杂。如在电影《超人》第2集中，因为和露易斯的爱情，超人丧失了巨大的能量，连一个小混混都打不过，更谈不上济世救民了。在此情节里，对于超人来说，爱情就像是剑侠修炼中的“情障”，表现出巨大的负面影响。在电影《超人》第3集中，超人撇开了露易斯，转而追求高中的女同学拉那，并且与商业界巨富维斯伯的女人上床，对待爱情显得过于随意和开放。在电影《超人归来》中，超人又恢复了电影第1集中对待爱情的专一态度，影片中弥漫着一种如痴如醉的浪漫情思。《超人》系列的爱情描写既温馨浪漫，又变幻莫测、多姿多彩；透过它，我们可以认识一个人的品质，也可以从中获得生动幽默的情趣，或饱尝刻骨铭心的痛苦。正如瓦西列夫《情爱论》中所描述的：“人们自古以来就在探索爱情的秘密，试图认识它的本质，因为爱情既给人们带来明朗的欢乐，又给他们造成深沉的痛苦。”②

还有一点需要指出，电影《超人》第3集里，超人在一次欢迎集会上接受了维斯伯赠送的礼物——一件采用电脑分析后而仿制的氪星体，遭到了暗算，体质中邪恶的因素增长蔓延，性情大变，对城市里的犯罪案件视而不见，不再关心、援助人类，甚至还受到维斯伯的女人的蛊惑，助纣为虐，完全忘记了自己应该承担的责任。后来，经过一番内心的挣扎，良知终于战胜邪恶，超人找回了失去的自我，重新恢复了往日的精神面貌。这种内在的性格冲突和转变，古代剑侠小说几乎没有叙述，而在当代剑侠小

① 关于剑侠小说中的爱情问题，请参阅本书第三章第四节。

② ［保加利亚］瓦西列夫著，赵永穆等译：《情爱论·引言》，生活·读书·新知三联书店1984年版，第1页。

说《诛仙》中有相类似的描写。青云门中的镇教之宝“诛仙古剑”威力无穷，但此剑本身又含有凶狠的戾气，会侵入持剑者的身体，改变其性格。道玄和其师父都因发动诛仙剑阵诛魔，被剑气反噬，性格扭曲，堕入魔道。张小凡因随身携带噬血珠和摄魂棒（都是凶戾之物），性情也在发生变化，渐渐变得凶残而又血腥。当鬼王宗疯狂反扑，各路剑派无法抵挡之时，张小凡也发动了“诛仙剑阵”，赢得了胜利。有趣的是，张小凡经受了诛仙剑气的侵蚀后，体内其他戾气反而与剑气相互溶解，正邪融合无间，因祸得福，达到了修炼的飞跃。

张小凡与克拉克的这种内在性格的波动性，反映出人的心理特征的复杂与变化。对于人的内心世界的丰富、复杂，前辈学者早有论述，美学家朱光潜说：“人不像木石只有物质，而且有意识，有情感，有意志，总而言之，有心灵。西方还有一句古谚：‘人有一半是魔鬼，一半是仙子。’魔鬼固然诡诈多端，仙子也渺茫难测。”① 翻译家傅雷也曾发出感叹：“人真是矛盾百出，复杂万分，神秘到极点的动物。”② 在作品中，张小凡与克拉克性情的变化是由于外界的侵入，变化的轨迹是由善趋向恶。而后，或经过内心的搏斗，或来自外力的干扰，再由恶回归善。其性格的流变总是徘徊、游走于善恶之两极。中国古代哲人早已论述了一切事物都不是单一的、绝对的，而是相反相成、互相依存的原理。当代学者刘再复据此原理对人的性格进行认真的分析研究，提出了人物性格二重组合的理论。他指出：“人的行为方式千变万化，心理特征也千差万别，因此，人的性格本身是一个很复杂的系统。每个人的性格，就是一个构造独特的世界，都自成一个有机的系统，形成这个系统的各种元素都有自己的排列方式和组合方式。但是，任何一个人，不管性格多么复杂，都是相反两极所构成的。”③《诛仙》和超人影片虽然演示了这方面的内容，但总的来说，情节的表述过于浅显，性格的描述也不够细腻。

---

① 朱光潜：《谈美书简》，上海文艺出版社 1980 年版，第 28 页。

② 傅雷：《傅雷家书》，生活·读书·新知三联书店 1984 年版，第 194 页。

③ 刘再复：《性格组合论》，上海文艺出版社 1986 年版，第 59 页。

附　录

剑侠小说研究论文索引

注：1. 研究论文的收录时间截止于2010年12月，只限于中国内地，没有涉及台港和海外。

2. 由于唐代武侠小说是以剑侠小说为主，且影响较大，虽然许多研究者并没有从剑侠小说的角度进行研究，其研究成果仍然予以收录。

3. 网络评论未予收录。

1. 归晨因：《关于〈虬髯客传〉等等》，《华北日报·每日文艺》第155期，1935年5月7日。

2. 孟心史：《书〈虬髯客传〉后》，《益世报·读书周刊》第103期，1937年6月10日。

3. 赵景深：《剑侠传》，写于1944年，《中国小说丛考》（齐鲁书社1980年版）收录。

4. 王运熙：《〈虬髯客传〉的作者问题》，《光明日报》1958年3月2日。

5. 贝远辰、罗灵山：《〈虬髯客传〉赏析》，《唐传奇鉴赏集》，人民文学出版社1983年版。

6. 凡木：《奇特的故事，诗意的描绘——简论唐代传奇小说〈红线〉》，《南京师院学报》1983年第3期。

7. 谈凤良：《浅谈〈红线〉》，《唐传奇鉴赏集》，人民文学出版社1983年版。

8. 王汝涛：《论唐代的豪侠小说》，《南开学报》1984年第5期。

9. 王运熙：《读〈虬髯客传〉札记》，《学林漫录》（第11集），中华书局1985年版。

10. 刘荫柏：《隆庆刻本〈剑侠传〉叙录》，《文学遗产》1985年第2期。

11. 华世欣：《唐代武侠小说之一瞥》，《云南教育学院学报》1985年第4期。

12. 谢锡林：《漫论〈红线传〉及唐代豪侠小说》，《扬州教育学院学报》1986年第2期。

13. 罗立群：《论唐代武侠小说》，《临沂师专学报》1987年第4期。

14. 李宗为：《唐代传奇〈聂隐娘〉〈虬髯客〉作者辨》，《中国古典小说戏曲论集》(2)，上海古籍出版社 1987 年版。

15. 李剑国：《〈虬髯客传〉考》，《文学研究年刊》第 1 辑（1987 年）。

16. 罗立群：《谈剑说侠》，《文史杂志》1988 年第 2 期。

17. 赵昊龙：《唐代传奇中的女侠形象——读〈红线〉〈聂隐娘〉》，《语文学刊》1988 年第 4 期。

18. 谈凤良：《简论唐代豪侠小说〈红线〉》，《古小说论稿》，浙江古籍出版社 1989 年版。

19. 褚荣昌：《主题与艺术的完美统一——唐传奇〈虬髯客传〉赏析》，《南平师专学报》1991 年第 1 期。

20. 陈平原：《江湖仗剑远行游——唐宋传奇中的侠》，《文艺评论》1990 年第 2 期。

21. 褚荣昌：《唐代游侠小说简评》，《上海师范大学学报》1990 年第 3 期。

22. 刘荫柏：《唐代武侠小说与社会生活、文化思想之关系》，《文史知识》1990 年第 9 期。

23. 罗立群：《一种特定的文化符号的阐释——话说"剑术"》，《古典文学知识》1991 年第 2 期。

24. 杨民苏：《唐代豪侠小说浅论》，《昆明师专学报》1991 年第 3 期。

25. 罗立群：《谁说女儿不如男——复仇与女侠》，《古典文学知识》1991 年第 4 期。

26. 梁军：《以奇制胜　意趣深厚——〈七剑十三侠〉的思想与艺术》，《明清小说研究》1992 年第 1 期。

27. 凌子：《层层叠进中的侠客世界——谈〈虬髯客传〉的艺术视角》，《文史知识》1992 年第 1 期。

28. 陈延榔：《佛道文化与唐代武侠小说》，《上饶师专学报》1994 年第 2 期。

29. 王汝梅、薛洪勣：《初论在韩国新发现的剑侠小说〈韦十一娘传〉——附〈韦十一娘传〉全文》，《吉林大学社会科学学报》1994 年第 3 期。

30. 路云亭：《道教与唐代豪侠小说》，《晋阳学刊》1994 年第 4 期。

31. 程国赋：《论唐代侠义小说的成因及其嬗变》，《暨南学报》1995

年第 2 期。

32. 陈文新：《唐人传奇中豪侠形象的演变》，《古典文学知识》1995 年第 2 期。

33. 赵钦泉：《关于〈韦十一娘传〉的不同意见》，《十堰大学学报》1995 年第 4 期。

34. 李昶：《道教与唐代豪侠小说》，《龙岩师专学报》1996 年第 2 期。

35. 李炳海：《从北朝骑射女杰到唐代女侠传奇》，《中国文化研究》1996 年第 4 期。

36. 卞孝萱：《〈红线〉〈聂隐娘〉新探》，《扬州大学学报》1997 年第 2 期。

37. 李钊平：《唐豪侠传奇女性观刍议》，《陕西师范大学学报》1997 年第 2 期。

38. 程国赋：《漫谈〈昆仑奴〉及其嬗变作品的叙事视角》，《古典文学知识》1998 年第 2 期。

39. 阎艳：《唐豪侠传奇中市民阶层侠义观刍议》，《内蒙古工业大学学报》1999 年第 1 期。

40. 景凯旋：《唐代文人游侠与小说》，《中国典籍文化》1999 年第 3 期。

41. 李瑞明：《唐代剑侠传奇与密宗成就剑法》，《文史杂志》1999 年第 4 期。

42. 张淑华：《试论唐代任侠小说兴盛原因》，《西北工业大学学报》2000 年第 1 期。

43. 刘志伟：《古今〈虬髯客传〉研究反思》，《西北师大学报》2000 年第 1 期。

44. 夏哲尧：《〈聂隐娘〉出〈传奇〉辨析》，《台州师专学报》2000 年第 2 期。

45. 陆艳清：《对唐传奇女侠形象的解读》，《柳州师专学报》2000 年第 2 期。

46. 凤录生：《唐五代仙侠小说风格特征》，《河北师范大学学报》2000 年第 3 期。

47. 王立、陈庆纪：《道教幻术母题与唐代小说》，《山西大学师范学院学报》2000 年第 3 期。

48. 田劲松:《唐代豪侠小说初探》,《襄樊学院学报》2001 年第 4 期。

49. 王立:《重读剑仙聂隐娘——互文性、道教与通俗小说题材母题》,《商丘师范学院学报》2001 年第 6 期。

50. 尹丽丽:《唐侠义小说反映的社会文化心理》,《徐州教育学院学报》2002 年第 3 期。

51. 袁良骏:《还珠楼主〈蜀山剑侠传〉的成败得失》,《黄河科技大学学报》2002 年第 4 期。

52. 柯天希:《仁、智、勇之礼赞——从摩勒等豪侠形象的塑造看孔子人格观的影响》,《长沙电力学院学报》2002 年第 4 期。

53. 侯翠云:《从豪侠小说看唐朝社会现象》,《广州大学学报》2002 年第 5 期。

54. 孔令俊、凌升:《唐代豪侠小说兴盛原因探微》,《沧州师专学报》2002 年第 5 期。

55. 伍大福:《〈绿野仙踪〉与道侠文化》,《明清小说研究》2004 年第 2 期。

56. 王永兴:《唐人小说〈红线〉的历史背景》,《文史知识》2004 年第 2 期。

57. 季夫萍:《对女权张力下唐传奇中女侠形象的解读》,《伊犁教育学院学报》2004 年第 2 期。

58. 江中云:《唐传奇中侠女的命运模式及思考》,《广西师范学院学报》2004 年第 2 期。

59. 江中云:《理想的幻灭——再论唐传奇中女侠的经历与归宿问题》,《蒲松龄研究》2004 年第 3 期。

60. 龙延:《唐剑侠传奇的宗教文化渊源考辨》,《中国典籍与文化》2004 年第 3 期。

61. 陈曦:《唐传奇中的女侠形象及其审美价值》,《广西社会科学》2004 年第 3 期。

62. 熊海英:《武与侠的合流和分异——论唐传奇中侠客形象的演变》,《中华文化论坛》2004 年第 3 期。

63. 张振国:《唐女侠传奇成因初探》,《重庆师范大学学报》2004 年第 4 期。

64. 王猛、刘香环：《明清神魔小说与侠文化》，《集美大学学报》2004 年 12 月。

65. 张乐林：《试析晚清剑侠小说中剑侠形象的转变》，《明清小说研究》2005 年第 1 期。

66. 刘娜：《〈聂隐娘〉的文化意蕴——兼谈聂隐娘形象》，《保山师专学报》2005 年第 3 期。

67. 汪聚应：《唐人豪侠小说中的杂技描写》，《天水师范学院学报》2005 年第 3 期。

68. 邱昌员：《论唐代豪侠小说与咏侠诗之互动关系》，《贵州社会科学》2005 年第 5 期。

69. 孔庆东：《论〈蜀山剑侠传〉的超越生命观》，《西南师范大学学报》2006 年第 2 期。

70. 罗立群：《古代武侠小说对“剑术”的表现及其文化意蕴》，《南开学报》2006 年第 6 期。

71. 赵桦：《〈虬髯客传〉英译赏析》，《文献资料》2006 年第 25 期。

72. 朱乾：《明清神魔小说、侠义小说的互动影响分析》，《温州职业技术学院学报》2007 年第 1 期。

73. 柴刘锦：《唐人侠义小说对先秦两汉文献的继承与发展》，《牡丹江教育学院学报》2007 年第 3 期。

74. 汪聚应：《唐代任侠风气与豪侠小说创作》，《天水师范学院学报》2007 年第 3 期。

75. 乔季冬、张文德：《唐代女侠形象的审美特征》，《淮阴师范学院学报》2007 年第 5 期。

76. 陆学莉、黄小妹：《唐传奇中侠女形象精神风貌及文学史意义》，《安徽农业大学学报》2007 年第 6 期。

77. 乔季冬、张文德：《论道教传播对唐女侠形象建构的影响》，《盐城师范学院学报》2007 年第 12 期。

78. 罗立群：《中国古代剑侠小说的发展及文化特质》，《文艺研究》2007 年第 12 期。

79. 张宇飞：《〈史记〉与唐传奇中侠客形象之比较》，《齐齐哈尔师范高等专科学校学报》2008 年第 1 期。

80. 卓雅：《四位女侠，两种救赎——唐豪侠传奇中四位女性的再解读》，《十堰职业技术学院学报》2008 年第 1 期。

81. 乔孝冬：《唐代小说女侠形象类型浅析》，《绥化学院学报》2008 年第 1 期。

82. 胡丽：《佳人舞剑，气壮情长——唐传奇中女侠形象浅析》，《辽宁行政学院学报》2008 年第 2 期。

83. 郭伟延：《唐剑侠小说改编明杂剧初探》，《厦门教育学院学报》2008 年第 1 期。

84. 杨萍：《从唐人女侠传奇到 21 世纪女性武侠》，《西南大学学报》2008 年第 4 期。

85. 张乐林：《略论〈七剑十三侠〉〈仙侠五花剑〉中的仙侠形象》，《明清小说研究》2008 年第 4 期。

86. 周清霖：《还珠楼主李寿民年表》，《西南大学学报》2008 年第 6 期。

87. 宋巍：《唐代豪侠传奇中的道侠形象分析》，《作家》2008 年第 22 期。

88. 刘丽梅：《唐传奇中的豪侠形象与文人的侠客情结》，《邯郸学院学报》2009 年第 1 期。

89. 林宪亮：《唐代豪侠小说中的武功描写及其社会背景》，《西南大学学报》2009 年第 2 期。

90. 罗立群：《古代小说中剑侠形象的历史与文化探源》，《文学遗产》2009 年第 3 期。

91. 王昕：《论唐人小说中的侠女形象及其影响》，《文学评论》2009 年第 3 期。

92. 李小荣：《唐豪侠小说的兴盛与中晚唐社会现象》，《安徽理工大学学报》2010 年第 2 期。

93. 白笛：《唐传奇的豪侠思想》，《安徽文学》（下半月）2010 年第 3 期。

94. 罗立群：《明清长篇剑侠小说的演变及文化特征》，《文学遗产》2010 年第 3 期。

95. 罗立群：《清代文言剑侠小说概论》，《文学与文化》2010 年第 4 期。

96. 林华胜：《浅论女侠小说变化发展——以唐、明、清个案为例》，《考试周刊》2010 年第 28 期。

97. 汪聚应：《唐代侠风与文学》，陕西师范大学 2002 年博士学位论文。

98. 胡丽：《唐代小说女侠形象研究》，山东师范大学 2007 年硕士学位论文。

99. 黄奕：《唐代侠题材文言小说研究》，华东师范大学 2007 年硕士学位论文。

100. 刘佳：《唐传奇对金庸小说的影响》，中国海洋大学 2010 年硕士学位论文。

参考文献

1. 李学勤主编：《十三经注疏》，北京：北京大学出版社 1999 年版。

2. 《二十五史》，上海：上海古籍出版社、上海书店 1986 年版。

3. 《二十五别史》，济南：齐鲁书社 2000 年版。

4. 《诸子集成》，北京：中华书局 1954 年版。

5. 李昉：《太平广记》，北京：中华书局 1961 年版。

6. 司马光：《资治通鉴》，北京：中华书局 1956 年版。

7. 左丘明著，杜预等注解：《春秋左传集解》，上海：上海人民出版社 1977 年版。

8. 赵晔撰，张觉校注：《吴越春秋校注》，长沙：岳麓书社 2006 年版。

9. 沈节甫：《纪录汇编》，上海涵芬楼影印明万历木刻本。

10. 《全唐诗》，北京：中华书局 1960 年版。

11. 苏东坡：《苏东坡全集》，珠海：珠海出版社 1996 年版。

12. 《道藏》，文物出版社、上海书店、天津古籍出版社 1988 年影印本。

13. 任继愈主编：《道藏提要》，北京：中国社会科学出版社 1991 年版。

14. 胡道静等主编：《藏外道书》，成都：巴蜀书社 1994 年版。

15. 《剑侠图传全集》，石家庄：河北人民出版社 1987 年版。

16. 李剑国辑释：《唐前志怪小说辑释》，上海：上海古籍出版社 1986 年版。

17. 王根林、黄益元、曹光甫校点：《汉魏六朝笔记小说大观》，上海：上海古籍出版社 1999 年版。

18. 上海古籍出版社编，丁如明、李宗为、李学颖等校点：《唐五代笔记小说大观》，上海：上海古籍出版社 2000 年版。

19. 《清代笔记小说》，石家庄：河北教育出版社 2003 年影印本。

20. 陆林编：《清代笔记小说类编·武侠卷》，合肥：黄山书社 1998 年版。

21. 周诗雅编：《增订剑侠传》，明万历四十年刻本。

22. 徐广编：《二侠传》，明万历四十一年刻本。

23. 邹之麟：《女侠传》，《说郛续》卷二三，《续修四库全书·一一九一·子部·杂家类》，上海：上海古籍出版社影印本。

24. 干宝：《搜神记》，北京：中华书局 1979 年版。

25. 《拾遗记》，北京：中华书局 1981 年版。

26. 刘向撰，向宗鲁校证：《说苑校证》，北京：中华书局 1987 年版。

27. 段成式：《酉阳杂俎》，北京：中华书局 1981 年版。

28. 孙光宪：《北梦琐言》，上海：上海古籍出版社 1981 年版。

29. 王谠撰，周勋初校证：《唐语林校证》，北京：中华书局 1987 年版。

30. 曾衍东：《小豆棚》，济南：齐鲁书社 1991 年版。

31. 徐珂编：《清稗类钞》，北京：中华书局 1986 年版。

32. 蒲松龄：《聊斋志异》（会校会注会评本），上海：上海古籍出版社 1978 年版。

33. 王韬：《淞滨琐话》，济南：齐鲁书社 2004 年版。

34. 王韬：《淞隐漫录》，北京：人民文学出版社 2006 年版。

35. 长白浩歌子：《萤窗异草》，北京：人民文学出版社 2006 年版。

36. 李贽：《焚书》，北京：中华书局 1974 年版。

37. 胡应麟：《少室山房笔丛》，上海：上海书店 2001 年版。

38. 龚自珍：《龚自珍全集》，上海：上海人民出版社 1975 年版。

39. 沈曾植：《海日楼札丛》（外一种），北京：中华书局 1962 年版。

40. 《古今刀剑录》，《文津阁四库全书·子部》，第 277 册。

41. 顾起元：《客座赘语》（与《庚巳编》合刊），北京：中华书局 1987 年版。

42. 冯梦龙编，赵俊玠、文飞校：《喻世明言》，西安：陕西人民出版社 1992 年版。

43. 冯梦龙编，严敦易校注：《警世通言》，北京：人民文学出版社

1956 年版。

44. 冯梦龙编，钟仁校注：《醒世恒言》，西安：陕西人民出版社 1992 年版。

45. 凌濛初：《拍案惊奇》，上海：上海古籍出版社 1982 年版。

46. 邓志谟：《吕祖飞剑记》，明萃庆堂刊本，据日本内阁文库本影印。

47. 邓志谟：《许仙铁树记》，明万历癸卯萃庆堂刻本影印本。

48. 吕熊：《女仙外史》，天津：百花文艺出版社 1985 年版。

49. 李百川：《绿野仙踪》，济南：齐鲁书社 1995 年版。

50. 丁秉仁：《瑶华传》，西安：三秦出版社 1990 年版。

51. 唐芸洲：《七剑十三侠》（附《仙侠五花剑》），长沙：岳麓书社 1991 年版。

52. 惜花吟主：《仙侠五花剑》（附《七剑十三侠》），长沙：岳麓书社 1991 年版。

53. 海上剑痴：《仙侠五花剑》（与《宋太祖三下南唐》合刊），北京：华夏出版社 1995 年版。

54. 谢畯喜编著：《江湖异闻》，上海：上海会文堂书局 1924 年版。

55. 平江不肖生：《江湖奇侠传》，长沙：岳麓书社 2009 年版。

56. 还珠楼主：《还珠楼主小说全集》，太原：山西人民出版社、北岳文艺出版社 1998 年版。

57. 萧鼎：《诛仙》（1—6 册），北京：朝华出版社 2006 年版。

58. 萧鼎：《诛仙》（7—8 册），石家庄：花山文艺出版社 2007 年版。

59. 鲁迅：《鲁迅全集》，北京：人民文学出版社 1981 年版。

60. 芮和师、范伯群等编：《鸳鸯蝴蝶派文学资料》，福州：福建人民出版社 1984 年版。

61. 徐国桢：《还珠楼主论》，上海：上海正气书局 1949 年版。

62. 朱一玄等编著：《中国古代小说总目提要》，北京：人民文学出版社 2005 年版。

63. 赵景深：《中国小说丛考》，济南：齐鲁书社 1980 年版。

64. 台静农：《台静农论文集》，合肥：安徽教育出版社 2002 年版。

65. 范伯群主编：《中国近现代通俗文学史》，南京：江苏教育出版社 1999 年版。

66. 罗立群：《中国武侠小说史》（修订本），石家庄：花山文艺出版社 2008 年版。

67. 刘荫柏：《中国武侠小说史》（古代部分），石家庄：花山文艺出版社 1992 年版。

68. 陈平原：《千古文人侠客梦》，北京：人民文学出版社 1992 年版。

69. 龚鹏程：《大侠》，台北：风云时代出版股份有限公司 2007 年版。

70. 徐斯年：《侠的踪迹》，北京：人民文学出版社 1995 年版。

71. 汪涌豪：《中国游侠史》：上海：复旦大学出版社 2005 年版。

72. 张亮采：《中国风俗史》，台北：台湾商务印书馆 1984 年版。

73. 王立：《中国文学主题学》，郑州：中州古籍出版社 1995 年版。

74. 卿希泰、唐大潮：《道教史》，南京：江苏人民出版社 2006 年版。

75. 詹石窗：《道教文化十五讲》，北京：北京大学出版社 2003 年版。

76. 陈文新：《文言小说审美发展史》，武汉：武汉大学出版社 2002 年版。

77. 李剑国、陈洪主编：《中国小说通史》，北京：高等教育出版社 2007 年版。

78. 黄霖、韩同文选注：《中国历代小说论著选》，南昌：江西人民出版社 1985 年版。

79. 胡士莹：《话本小说概论》，北京：中华书局 1980 年版。

80. 谭正璧：《话本与古剧》，上海：上海古籍出版社 1985 年版。

81. 刘开荣：《唐代小说研究》，香港：香港商务印书馆 1964 年版。

82. 黄节注：《黄节注汉魏六朝诗六种》，北京：人民文学出版社 2008 年版。

83. 汤一介：《当代学者自选文库·汤一介卷》，合肥：安徽教育出版社 1999 年版。

84. 周纬：《中国兵器史稿》，天津：百花文艺出版社 2006 年版。

85. ［美］W. C. 布斯著，华明等译：《小说修辞学》，北京：北京大学出版社 1987 年版。

86. ［瑞士］荣格著，冯川、苏克译：《荣格文集：让我们重返精神的家园》，北京：改革出版社 1997 年版。

87. 申荷永：《荣格与分析心理学》，广州：广东教育出版社 2004 年版。

后　记

1970年4月，我们全家下放到安徽淮北农村，那时，我刚上初中。也就是从这一年开始，我接触到了《三侠五义》、《小五义》、《武松》等武侠小说。这些古旧小说大多没有封面，残缺不全，但我看得如痴如醉。从那时起，我算是与武侠小说结下了不解之缘。

真正对武侠小说进行研究，则是始于20世纪80年代。1986年9月，我考进南开大学中文系，攻读古代小说研究方向的硕士研究生，所选定的毕业论文的研究领域就是有关武侠小说。在南开大学求学的三年，我整天泡在图书馆里，阅读了大量古代、近代的武侠小说，读书卡片做了几千张。后来，这篇硕士论文被扩展成一部专著——《中国武侠小说史》。毕业以后，先是到出版社做编辑，编辑出版了一些古代、近代和当代的武侠小说，尤其是90年代中期，策划、主编了《古龙作品集》，在出版界和读者中产生了较大的影响。进入大学工作以后，我开设了《武侠小说与中国文化》的课程，又陆续撰写了一些关于这方面的研究论文，《中国剑侠小说史论》一书就是在这个时期完成的。

剑侠小说是武侠小说的一大分支，演绎的是剑仙修炼、剑术威力和仙魔斗法，光怪陆离，千形万态，波谲云诡，奇幻绝伦，其对宇宙时空与生命哲学的表述，更是充满着浓郁的宗教文化色彩。相对于注重历史背景、描述武林恩怨和江湖社会的写实型武侠小说而言，剑侠小说有着独特的文化传承和叙事模式。

20世纪80年代以后，武侠小说的研究逐渐升温，既有对武侠小说发展演变轨迹的研究，也有对武侠小说类型的研究，还有对单个作家的研究，同时又有涉及武侠文化现象的研究，甚至武侠小说辞典（包括鉴赏辞典）也出版了好几种。在众多的研究成果中，对剑侠小说的研究少之又少，研究成果犹如凤毛麟角，既无法与写实型武侠小说的研究势态相比，也与武侠小说两大类型的实际发展状况极不相称。

系统地、有目的地对剑侠小说进行深入、细致的研究，是从2007年开始的。2006年10月调入暨南大学以后，主要从事教学和科研工作，在科研方面，我仍然将武侠小说作为自己的重要课题。在对武侠文学的研究现状作了比较全面的考察之后，我发觉剑侠小说的研究几乎是一个空白，研究的视点只有《七剑十三侠》、《蜀山剑侠传》等一两部书，对这一小说类型审美特征和文化现象的整体面貌几乎没有涉及。鉴于这种状况，我将这一阶段的研究重点定位于剑侠小说。

在研究过程中，我深切地体会到宗教文化，尤其是道教文化对剑侠小说有着极大的影响。为了更好地把握剑侠小说的审美特征和文化形态，我认真地阅读了大量的道教典籍和道教文化研究专著，试图从道教文化的视角去解读这一文学类型。

我尝试着先将部分研究成果以论文的形式发表出来，期望得到学界的关注、评判，从而能修正自己的研究策略，提高研究质量。这期间，《文学遗产》的副主编、编审竺青先生给了我很大的帮助与启发，他以独到的眼光、新颖的见解、严格把关的敬业精神对我的投稿提出了很多创设性的修改意见。在他的严格审读与把关下，经过多次修改而写成的论文《古代小说中剑侠形象的历史与文化探源》，刊登在《文学遗产》2009年第3期，受到学界同行的普遍好评。此后，我又在不同期刊上陆续发表这方面的论文，至2011年底，共发表了9篇有关剑侠小说的研究论文。这些先期的研究成果，为我进一步深入、系统地研究这一课题打下了良好的基础。

书稿写成后，发给我的老师、武侠研究的“江湖同道”、南开大学常务副校长、知名教授陈洪先生，一是向他请教，二是恳求赐序。陈洪先生对我的书稿给予高度评价，并于百忙中为拙稿写了一篇热情洋溢的序文，辞切义真，情深意浓，令我倍感亲切。

我的妻子长年累月地操持家务，细心体贴地照顾我的生活，使我能够心无旁骛地阅读和写作。她虽然不知道我在写什么，自己也有一份工作，却始终任劳任怨，默默奉献，这份真情确实让我既感且佩。

本书获暨南大学“211工程”项目资助，感谢暨南大学及文学院的领导，并对为此书付出辛勤劳动的暨南大学出版社总编辑史小军教授、责任编辑陈绪泉先生表示诚挚的谢意。

罗立群

2012 年春于暨南大学珠海校区